흙 2

한국문학산책 17 장편 소설
흙 2

지은이 이광수
엮은이 송창현
펴낸이 안용백
펴낸곳 (주)넥서스

초판 1쇄 인쇄 2013년 3월 20일
초판 1쇄 발행 2013년 3월 25일

출판신고 1992년 4월 3일 제311-2002-2호
121-840 서울시 마포구 서교동 394-2
Tel (02)330-5500 Fax (02)330-5555

ISBN 978-89-6790-040-3 04810

출판사의 허락없이 내용의 일부를
인용하거나 발췌하는 것을 금합니다.

가격은 뒤표지에 있습니다.
잘못 만들어진 책은 구입처에서 바꾸어 드립니다.

www.nexusbook.com
지식의 숲은 (주)넥서스의 인문교양 브랜드입니다.

한국문학산책 17
장편 소설

이광수
흙 2

송창현 엮음·해설

지식의숲

* 일러두기

1. 시대 분위기와 작가의 개성이 드러나는 문장이나 방언, 속어, 고어 등은 원문 표기를 따랐다.
2. 원본 한자는 한글로 바꾸고 작품의 이해에 필요한 경우에만 한자를 병기하였다.
3. 독자들의 이해를 높이기 위해 필요한 경우 괄호 속에 뜻풀이를 달았다.

차 례

제4장 ...207
제5장 ...377

*

숭이 눈을 떴을 때에 숭의 눈에 띈 것은 눈에 익지 아니한 방 모양이다. 찬란한 화류 장롱, 양복장, 책장, 문갑, 책상, 교의 등 도무지 꿈도 꾸지 못한 것이다.

고개를 돌려 보니 곁에 누운 사람이 있다. 두어 자쯤 새를 떼어서 자리를 깔고 누운 젊은 여자가 있다. 숭은 깜짝 놀라서 벌떡 일어났다.

'내가 어딜 와 있어?'

하고 숭은 눈을 크게 떴다.

목이 마르다, 입이 쓰다, 머리가 띵하다, 눈은 텁텁하다, 속은 쓰리다, 그리고 맘은 찜찜하다.

숭이 벌떡 일어나는 바람에 옆에서 가엾게 코를 골고 잠이 들었던 그 여자도 눈을 떴다. 그 눈은 처음에는 반가운 웃음으로 가늘게 빛났으나, 숭의 얼빠진 모양을 보고는 놀람으로 크게 둥글게 떴다.

그리고 그 여자도 벌떡 일어났다.

"난 여태껏 앉았다가 금시 잠이 들었어."

하고 제가 제게 잠든 것을 변명한다.

숭은 그 소리의 임자가 산월인 것과 자기가 허숭인 것을 비로소 인식하고 어젯밤 강 변호사와 술 먹던 생각이 대강대강 생각이 난다. 그렇지마는 술 안 먹던 이가 술 취한 때에 흔히 그러한 모양으로 술이 어떤 정도까지 취한 뒤의 일은 도무지 기억에 떠오르지를 아니하였다. 다만 한 십 년 전, 한 만 리 밖에서 무슨 일이 생겼던 것 같다는 것만이, 마치 글자를 지워 버린 칠판에 글자는 없으나 씌었던 자국은 남은 것과 같았다. 무엇인지 모르나 결코 좋은 일은 아닌 성싶었다. 무엇으로 그것을 아나. 입맛이 쓰고, 머리가 띵하고, 맘이 찜찜한 것으로.

산월은 친절하게 준비하였던 밀수(蜜水)를 숭에게 권하였다.

"댁으로는 아니 가신다고 그러시고, 도무지 정신을 못 차리시길래 할 수 없이 우리 집으로 뫼셔 왔죠."

하고 산월은 전기난로의 스위치를 틀고 이불을 들어 숭의 앉은

몸을 둘러싸 주고 자기는 손을 요 밑에 넣고 앉으며,

"취중이나 아니시면 선생님이 우리 집에를 오실 리가 있겠어요? 창기의 집에를. 선생 같으신 좋은 뜻 가지신 이가 우리 집에 오셔서 몇 시간이라도 계셨다는 것은 나 같은 사람에게는 일생에 다시 있지 못할 귀한 사건이고 기억이겠지요. 그러니까 과히 불쾌하게 생각 마세요."

하고 숭의 눈치를 엿보며 머리를 만진다.

숭이 말없이 점잖게 앉았는 것을 보고 산월은,

"인제 다 밝았으니 세수나 하시고 아침이나 잡수시고 가실 데로 가세요. 그렇게 무서운 얼굴 마시고. 제 집에서 나가실 때까지는 취한 대로 계셔요. 깨셨더라도 깬 체 마셔요. 사내 양반들은 술 취한 때에만 참 저를 보이더군요. 선생님도 어젯밤에는 참 당신을 보이셨지요, 꾸미지 아니한 적나라한……. 그래서 나는 술 취한 사람이 제일 좋아요. 나는 술 취한 사람들 보는 맛에 이 기생 노릇을 하고 살아간답니다. 도무지 그 술 안 취하고 도덕적인 젠틀맨들한테는 멀미가 났거든요. 에, 그 거짓! 그 거짓! 오우 아보미네이션(가증스러움), 아보미네이션."

하고 목전에 가증한 것을 보는 것같이 몸을 떨었다.

*

 산월의 말에는 열이 있었다. 크게 가증한 꼴을 당한 사람이 아니고는 이렇게 남자의 거짓에 대해서 깊이 불쾌할 수가 없을 것 같았다. 그 열이 숭의 말을 끌었다.

"왜 그렇게 남자를 저주하고 술주정꾼을 찬미하시오?"
하고 숭도 맘이 좀 풀렸다. 아직도 술이 다 깨지는 아니하였다.

"왜 남자를 저주하느냐고요? 아니오, 나는 남자를 저주하지 않습니다. 남자를 왜 저주해요? 남자가 없으면 여자들이 심심해서 어떻게 이 세상을 살아가요? 남자가 밥을 벌어 준다든지, 여러 가지 힘드는 일을 하여 준다든지 그것을 말하는 것이 아닙니다. 그만 것은 소와 말을 부리고 또 기계를 이용해서라도 보충할 수가 있지마는 장난감으로 본 남자는 무엇으로도 리플레이스(대신)할 수가 없단 말야요. 그러니까 남자를 사랑하고 찬미하지요, 저주할 리가 있어요? 절대로 아니지요. 사랑하고 찬미하길래 나 같은 년도 사내한테 반해서 허덕이다가 속고 발길로 채어서 떨어졌지요. 아냐요, 아냐요, 하하하하, 고만 속에도 없는 소리를 해 버렸네."
하고 산월은 분명히 술이 깬 것 같건마는 취한 체를 한다.

 숭은 산월의 말과 태도에 얼마쯤 끌려들어서 굳어졌던 맘이 약간 누긋누긋하게 됨을 깨달을뿐더러 도리어 일종의 유쾌함까지도 깨닫게 되었다.

"내 말이 무례한 말이거든 용서하시오."

하고 숭은,

"어찌해서 기생이 되셨나요?"

하고 물었다.

"그런 쑥스러운 문제는 집어치우구……."

하고 산월은 좀 더 취한 태를 보이며,

"점잖다는 사내들한테 멀미가 났으니깐, 예배당이나 학교에서 만나는 신사들한테 멀미가 났으니깐 부랑자 주정뱅이를 따라서 기생으로 나왔죠. 부랑자에게는 사랑과 용기와 의기가 있고 주정뱅이는 거짓이 없어요. 가작(假作)이 없구요. 참과 사랑과 용기와 의기 - 이것은 조선서는 부랑자와 주정꾼에게서밖에는 얻어 볼 수 없는 것 같더군요. 저 여러 가지 체를 쓴 신사들은 ○○과에 잡아다 놓고 잔뜩 취하게만 해 보오. 비로소 참 사람들이 될 것이니. 그야 그 작자들이 그 가식을 떼어 버리면, 그 회칠한 무덤 껍질을 벗겨 버리면 구려서 못 견디겠죠, 하하하하. 어디 껍질을 벗겨서 향내 날 사람이 몇 되던가, 하하하하. 선생님 안 그렇소? 왜 나오시다가 그 ○○○선생님 축들 노는 방문을 활짝 열어젖히셨지, 생각나셔요? 그 사람들이 ○○ 중에서는 제일 그래도 사람다운 사람들이오. 그래도 술을 먹어도 요릿집에 와서 먹거든. 안 그래요, 선생님. 아이 그렇게 점잔 빼지 말구, 술 깨지 말아요, 내가 무어랬어요! 그렇게 가작 마시고 속에 있는 대로 하셔요. 내 말이 듣기 싫으면 싫다고, 내가 귀여우면 귀여운 모양을 하셔요. 어젯밤 취하셨을 때 모양으로, 아, 이!"
하고 산월은 어리광 몸부림을 한다. 그러나 그 몸부림은 비통한 눈물에 젖은 것 같았다.

"난 가식하고 있는 것이 아니오. 본성이 이렇지. 난 지금 산월씨 하는 말을 정신 차려 듣고 있는데요."
하고 숭이 한마디 하였다.

"그러신 줄 알아요. 선생님은 정선이 집 – 아니 참 처가댁에 계실 때부터 우리들 중에 문제가 되었더랍니다. 재주 있고 정직한 시골고란이로, 하하하하, 정말야. 정선이도, 아이 용서하세요, 나 같은 년이 부인의 이름을 불러서. 그러니 무어라고 불러요? 아따 우리 취한 것으로 작정했으니깐 상관없지요. 정선이도 – 부인께서도 선생님을 '우리 고란이'라고 했답니다, 정말야. 그때에는 나는 분개했지요. 나도 선생님을 퍽이나, 아이구 무어라고 할까, 존경이라고 할까 했거든요. 지금도 그렇지만. 그래도 나는 소원 성취했어. 내가 좋아하는 양반을 이렇게 잠시라도 집에 뫼셔다 놓았으니깐 호호호호, 하하하하."

*

"그러기로 주정꾼을 만나기 위해서 기생 된다는 데가 어디 있어요?"

하고 숭은 말하지 아니할 수 없는 의무를 느끼면서,

"그것은 첫째로 저를 학대하는 것이요, 둘째로는 커뮤니티(단체)에 대한 빚과 구실을 잊어버린 것이란 말이지요. 어떠한 불평이 있다고 하더라도, 어떠한 핑계가 있다고 하더라도, 당신과 같이 재주와 교육과 사회적 지위를 가진 이가 기생이 된다는 것은 용서할 수 없지요. 기생이란 사회에 무슨 유익을 준단 말요? 왜 간호부가 안 되시오? 왜 유치원 보모가 안 되시오? 왜 농촌 야학에 선생이 안 되시오? 당신만 한 재주와 교육을 받은 이가 어디를 가기로 굶어 죽는단 말요? 간호부, 보모, 교사, 다 어떻게 사회에 봉사하는 직업이오? 그런데 기생이라면 부랑자와 술주정꾼, 사회에 아무 소용없는 계급의 장난감밖에 더 되는 것이 무엇이오? 그도 원체 재산도 없고, 교육도 없고, 밑천이라고 몸 하나밖에 없는 여자면, 혹 부모한테 팔려서 혹 부모를 벌어먹이느라고 기생이 되는 것도 할 수 없는 일이겠지요. 하지마는 당신 같은 이는 무슨 이유가 있단 말요?"

하고 열심으로 공박을 하였다.

산월은 가만히 듣고 앉았더니,

"그렇지요. 기생이 맡은 파트라는 것이야 사회에 이로울 것 아무것도 없지요. 허지만 선생님, 세상이란 그렇게 단순한 것이 아니랍니다. 누가 기생 되고 싶어 된 사람 어디 있나요. 황진이 말도 있지마는 나는 다 믿지 아니합니다. 그렇지마는 서울 사오백 명 기생이, 물어보면 다 부득이한 사정이 있답니다. 기생이 아니 되면 아니 될 사정이 있답니다. 누가 되고 싶어 된 것이었던가요? 마르크시스트의 말을 빌리면 제도의 죄라고도 하겠지요. 운명론자의 말을 빌리면 막비천명(莫非天命)이라고도 하겠지요. 그러나 그렇게 일원적으로 깨끗하게 설명되는 것만도 아닌가 합니다. 어떤 기생은 어미 애비를 잘못 얻어 만난 탓도 있겠지요. 어떤 기생은 부모에게 대한 효성이라는 동기도 있겠지요. 또 어떤 기생은 에라 빌어먹을 것 하고 의식적으로 세상을 저주하고 술과 사내 속에서 아무렇게나 놀다 죽자 해서 된 이도 있겠지요. 또 나 모양으로 신사들에게 멀미가 나서 부랑자와 주정꾼의 참됨, 의기, 담대한 사랑 같은 것을 바라고 기생이 된 년도 있겠죠, 하하하하. 그러니까 인생이란 그렇게 단순하게 설명이 되는 것이 아니란 말입니다. 선생님이 좋은 지위, 좋은 재산, 어여쁜 부인 다 내버리고 시골구석에 가서 농촌 사업을 하시는 것도 우리네가 기생 된 것과 같아서 단순하게 마르크시즘이나 운명론이나 이상론만 가지고도 설명이 안 될 것입니다. 그러니깐 나는 아무도 원망을 아니합니다. 이건영에게 짓밟혔다고 원망을 아니합니다. 아이고머니, 또 내가 속에도 없는 소리를 했네. 아뿔싸, 내가 이렇게 사설을 하다가는 선생님께 속 다 뒤집어 보이겠네. 아이 그런 소리는 다 해 무엇해요. 아무려나 난 이건영이를 한 번 술을 먹여서 그 가식을 다 벗겨 놓고 싶어요. 어떻게 하나 좀 보게."

*

숭은 세수를 하고 산월이 솔질해 주는 옷을 받아 입고 산월의 집 문밖을 나서 전동 자기 여관으로 돌아왔다. 때는 오정이 지나고 새로 한 시.

숭은 여관에 돌아온 길로 자리를 펴고 드러누워서 멀거니 어젯밤과 오늘 아침 일을 생각하였다. 분명히 숭은 인생의 아직 보지 못한 한 방면을 본 것 같았다.

그러나 아내 정선은 어찌 되었는가 하고 생각하는 동안에 숭은 노곤히 잠이 들어 버렸다.

*

숭은 아무리 하여도 집에 들어갈 생각이 없었다. 그것을 집이라고 생각하는 것부터 제게 대한 큰 욕인 것만 같았다.

숭은 도리어 산월이 그리움을 깨달았다. 그 믿지 못할 정선보다는 도리어 산월이 미덥고 그리웠다. 다시 산월을 찾아갈까 하는 생각도 해 보았다. 차라리 산월과 연애 관계를 맺어서 정선에게 대한 원수를 갚을까 하는 생각도 났다. 에라, 또 어디 가서 술이나 먹을까. 산월을 불러 가지고 술이나 먹을까. 그러다가 취하거든 또 산월의 집으로 갈까, 이러한 생각도 났다.

산월은 미인이었다. 재주도 있었다. 더구나 기생으로 닦여 난 그의 친절하게 감기는 맛이 숭에게는 잊힐 수가 없었다.

숭은 여관에서 물끄러미 이런 생각을 하고 앉았을 때에 전등이 들어왔다.

'아뿔싸, 내가 타락한다.'

하고 숭은 머리를 흔들었다. 거기 붙은 부정한 무엇을 떨어 버리기나 하려는 듯이.

'내가 내 몸의 향락을 생각하느냐.'

하고 숭은 벌떡 일어나 몸을 흔들었다.

이러한 때에 숭의 머릿속에 떠오르는 것은 한 선생이었다. 낙심되려 할 때에, 타락하려 할 때에 한 선생은 항상 어떤 힘을 주었다. 숭이 생각하기에 한민교 선생은 큰 힘의 샘이었다.

숭은 모자를 벗어 들고 여관에서 뛰어나와 익선동 한 선생의 집을 찾았다. 한참 못 보던 그 조그마한 대문, 꺼멓게 그은 문패, 모두 숭이 오륙 년 동안 눈 익게 보아 오던 것이다.

대문을 열어 주는 것은 한 선생의 딸이었다. 한 반년 못 본 동안에 퍽 자란 것 같았다. 그는 숭을 친형과 같이 반갑게 맞았다.

"선생님 계시오?"

"네."

"손님 오셨소?"

"네, 그저 늘 같은 손님이지요."

하는 동안에 마루 앞에 다다랐다. 이것이 양실이라는 마루다.

"양실 안 쓰시오?"

하고 숭은 구두끈을 끄르며 물었다.

"안 써요."

하고 정란은 부끄러운 듯이 고개를 숙였다. 한 선생의 생활이 더욱 고난해져서 겨울에 석탄 값 들고 전등 값 드는 양실을 폐지하고 안방 하나만을 쓰는 것이었다.

안방에는 아랫목에 한 선생이 앉고 발치에 부인이 앉고 그리고도 청년 사오 인이 둘러앉았다. 발치 부인 곁 빈틈은 필시 정란이 앉았던 자리라고 숭은 추측하였다.

"아, 허 변호사!"

하고 한 선생은 벌떡 일어나서 숭의 손을 잡아 흔들며,

"언제 왔소?"

하고 반갑게 벙글벙글 웃었다. 그 얼굴은 더욱 수척하여서 뺨의 우묵한 곳에 그림자가 생기고 눈가죽과 입술에 늙은이 빛이 완연하게 보였다. 더구나 이가 여러 개가 빠진 것이 한 선생을 더욱 늙게 보였다. 그것이 숭의 가슴을 아프게 하였다.

"어제 저녁에 왔습니다."

하고 숭은 늦게 찾아온 것이 미안하다는 것을 표정으로 보였다.

"지금도 우리는 농촌 사업 이야기를 하고 또 허 변호사 말을 하고 있었소. 호랑이도 제 말 하면 온다고, 하하하하. 자, 여기 앉으우. 손이 차구려. 그동안 중병을 하신대도 내가 가 보지도 못하고, 자 이리 와 앉으우."

하고 자기가 앉았던 자리를 숭에게 내주고 자기는 문 밑으로 나앉는다.

*

숭은 한 선생의 성격을 잘 알므로 사양하지 아니하고 한 선생이 내주는 아랫목 자리에 앉았다. 거기는 딸 정란이 짠 얄따란 방석이 깔리고 퍽 따뜻하였다.

"부인 안녕하시오?"

하고 한 선생은 아직도 반가운 웃음이 스러지지를 아니하였다.

"네."

하고 숭은 힘없는 대답을 하였다.

"재판소에 일이 있다고? 내 일전 부인을 만나서 들었소."

하고 한 선생은 인사하는 것도 어디까지든지 정성을 다하였다.

"아이그, 허 변호사가 병이 중하시니 어찌하느냐고, 가신다고 그리셨지요. 그러니 노자가 있어야 가시지. 가엾으셔요."

하고 부인은 한 선생을 보고 웃는다.

한 선생은 교원 자격이 없다는 이유로 금년까지에는 학교에서 보던 모든 시간을 다 내놓았다. 학무과에서 보기에는, 또 젊은 학감이나 교무 주임이 보기에는 교원 자격이 없는 한 선생은 서 푼어치 가치도 없었다. 그래서 인제는 한 선생은 그나마 양식 값이나 들어오던 수입도 다 없어지고 말았다. 선생의 세계이던 양실을 폐지한 것도 이 때문이다. 선생의 필생 사업인 청년

교제를 할 자리가 없어졌다. 그래서 안방을 청년 교제하는 처소로 쓰게 된 것이다.

앞으로 한 선생의 생활을 보장할 것은 아무것도 없다. 그가 집과 세간과 있는 것을 다 팔면 이태 동안을 굶어 죽지 아니하고 살아갈는지 모른다. 한 선생은 그것으로 만족할 것이다. 그는 앞으로 이 년간 청년 중에서 동지를 구하고, 청년을 조직하고 훈련하는 일의 준비를 하다가 더 먹을 것이 없이 되는 날, 그는 행랑살이나 하인으로 들어갈 것이다. 그러나 그는 그런 생각도 할 여유가 없다. 그는 낮이나 밤이나 참된 젊은이를 만나서 조선의 이상을 말하고, 조선 사람이 앞으로 해 나갈 일의 계획을 말하고, 청년의 사명을 말하고, 조선의 희망과 자신을 말하고, 이리하여 한 사람 한 사람 조선의 힘 있고 미쁜 아들을 구하는 것으로 일을 삼고 의무를 삼고 낙을 삼았다. 이렇게 하는 것이 조선에 대한 은혜 갚음의 오직 한 길이요, 또 조선을 건짐의 오직 한 길이요, 자기의 일생을 값있게 하는 것의 오직 한 길이었다. 아니 지금에는 이 일은 의식적으로 하는 것이 아니요, 고만 천성을 이루어 버린 것이었다.

그러나 청년들은 반드시 한 선생의 뜻대로만 되지 아니하였다. 한 선생의 집에 자주 다니는 동안 그들은 다 한 선생의 뜻을 따르는 제자라면 제자요, 동지라면 동지지마는 학교를 졸업하고 혹은 직업 전선으로, 혹은 해외 유학으로 이태, 삼 년 떠나 있으면 아주 배반까지 아니한다 하더라도 대부분 맘이 식어 버렸다. 어찌하여 조선 사람의 맘은 이렇게 속히 식는고, 어찌하여 한 번 작정하면 일생을 변치 아니하고, 한 번 허락하면 죽어도 고치지 아니하는 사람이 많지 못한고, 하고 사람들은 한탄하였다. 이것이 조선이 쇠하여진 까닭인가고 낙담하는 이도 있었다.

이날 밤 화제는 신라의 화랑도에 이르렀다. 신라 진흥왕 때에 민기(民氣)가 점점 쇠잔하고 백제와 고구려의 침노가 쉴 날이 없을 때에 왕은 욕흥방국(欲興邦國, 나라를 일으키고자 함)의 목표로 인재 배양, 인재 등용의 기관을 삼기 위하여 단군의 옛날로부터 내려오는 정신을 기초로 하여 아름다운 여자를 골라 원화(源花)를 삼고 삼백여 명의 청년을 모아 옳음으로 서로 갈고, 노래와 풍악으로 서로 기꺼하게 하며, 산과 물에 노닐어 즐기어 인재를 고르고 인재를 훈련하게 하여 어질고 충성된 신하와 재주 있고 용기 있는 장졸이 여기서 나게 하였으니, 그들은,

일. 임금을 충성으로 섬기고

이. 어버이를 효도로 섬기고

삼. 벗을 미쁨으로 사귀고

사. 싸움에 나아가 물러감이 없고

오. 산 것을 죽이되 가려 한다.

는 다섯 가지 계를 가져 의를 위하여는 목숨을 털같이 여기고, 한 번 허락하면 죽기까지 변함이 없었다. 충간의 담이 그들의 본색이요, 의를 무겁게 이름과 이와 죽기를 가볍게 여긴 것, 사다함(斯多含), 무관(武官), 부례(夫禮), 관창(官昌), 해론(奚論), 소나(素那), 귀산(貴山) 등의 의기 있는 이야기를 들으매 청년들은 조상의 갸륵함이 고맙고 저마다 그 정신을 배우기를 속으로 작정하였다.

"선생님, 저는 마음에 괴로움이 있었습니다. 그래서 힘을 얻으려 선생님을 찾았습니다. 인제 힘을 얻었으니 저는 갑니다." 하고 숭은 사람들이 이상히 생각함도 관계 않고 인사하고 나왔다. 그의 맘에는 기쁨과 용기가 있었다.

*

숭이 기쁨과 힘을 얻은 것은 반드시 화랑 이야기에서만 아니다. 화랑 이야기는 당연히 조선의 젊은 사람의 기운을 돋울 일이지마는 그것보다도 힘이 있는 것은 한 선생의 쉼 없는 노력과 떨어짐 없는 희망이었다. 잘되어 가는 일에 재미를 붙이고 희망을 붙이는 것이 아니라, 도무지 잘되지 아니하는 일에 그리하는 것이 더욱 감격되는 것이었다.

그의 일생의 노력의 결과가 무엇이냐 하면, 그것을 화폐 가치로 환산할 것이 없음은 물론이지마는 화폐 말고라도 무슨 숫자로 표현할 성적이 별로 없었다. 그는 매일 사오 인의 청년을 만나니 일 년에 천여 명 청년을 만나는 것이다. 그것이 비록 다 새 사람이 아니라 하더라도 대단히 큰일이라고 아니할 수 없다. 그러나 이 일의 뜻을 알아주는 사람이 몇이나 되나. 진실로 알아준다면야 의식이 걱정될 까닭은 없을 것이다. 이렇게 셈 안 맞는 노릇이 또 어디 있을까.

숭이 하는 노릇도 셈 안 맞는 노릇이다. 그렇지마는 조선이 오늘날에 가장 크게 요구하는 것이 이 셈 안 맞는 노릇이 아닌가. 셈 안 맞는 이 노릇을 하는 사람이 많아야 할 터인데 적어서 걱정이다. 모두들 이해 관계가 분명하고 너무들 똑똑해서 저 한 몸에 이로움이 없는 일을 매달고 쳐도 아니하려 드는 이때다. 조선은 똑똑하지 못한 사람을 기다린다. 어리석어서 저 한 몸의 이해를 돌아볼 줄 모르는 사람을 구한다. '제 앞 쓸이'는 정돈된 사회에서만 쓰는 처세술이다. 어떤 민족이 다른 민족보다 대단히 많이 떨어져서 모든 것을 새로 설시하고 부리나케 따라가려

하는 때에는 남의 앞까지 쓸어 주는 사람이 많지 아니하면 아니 된다. 마치 아이들을 많이 데리고 다니는 어른 모양으로. 그러므로 그런 사람은 밤낮 고생이다. 남에게 고맙다는 소리 못 듣고, 도리어 미친 사람이라는 비웃음을 받고, 약빠른 사람들에게 조롱거리가 되는 것이다. 한 선생이 그러한 사람이 아니냐. 숭도 장차 그러한 사람이 되려고 하는 것이다. 돈도 없고, 세력도 없고, 명예도 없는 사람이. 땅속에 묻히는 사람이. 만일 이러한 운동이 공을 이루어 큰 집이 지어지는 날이 있다고 하면 한 선생이나 숭 자신이나 다 수십 척 깊이깊이 묻히는 기초 공사에 쓰이는 한 덩이 벽돌이다.

한 선생은 이 조금도 빛나지 않는 소임을 만족히 여기고 파멸되어 가는 개인 생활을 도무지 염두에 두지 아니하는 것이 숭에게는 더할 수 없이 부러웠다.

'오냐, 나는 가정을 파괴해 버리자.'

이렇게 숭은 교동 골목을 내려오면서 결심하였다.

'원래 나는 혼인을 아니해야 옳은 사람이다!'

하고 숭은 혼인이라는 것이 어떻게 사람을 속박하고(특별히 사람의 정신을) 사람의 정력을 허비하는 일인 것을 알았다.

'수천만 동포로 하여금 행복된 가정을 가지게 하기 위하여 우리는 가정을 가지지 말자.'

하는 것이 어떤 작가의 말이다.

'장가를 아니 든 이는 장가를 들지 말고, 시집을 아니 간 사람은 시집을 가지 말라.'

한 예수의 사도 바울의 말뜻이 새삼스럽게 알려지는 것 같았다.

'옳다, 나는 가정을 깨뜨려 버리자. 나는 일생을 혼자 살면서 농촌 일을 하자. 농촌으로 내 애인을 삼고 아내를 삼자. 정선은 맘대로 뜻 맞는 남편과 다시 혼인해서 살라고 하자.'

이렇게 생각하고 숭은 아내 정선에게 대한 모든 미움을 쓸어버리고 집 - 정선의 집으로 빨리 걸었다.

*

숭은 거의 반년 만에 내 집 문 앞에 섰다. '許崇(허숭)'이라고 쓴 그의 문패가 그를 조롱하는 것 같았다.

숭은 문 앞에 서서 눈을 감고 감시 생각에 빠졌다. 첫째로 생각나는 것은 장인이 이 집을 마련해 준 뒤에 저와 정선과 두 사람이 날마다 와서 몸소 목수와 도배장이를 감독하여 집을 수리하던 일이다. 스위트홈을 그리고 꿈을 꾸던 그때 일이 그립기도 부끄럽기도 하였다.

숭은 그때에 유순에게 대한 미안이 염통 속에 박힌 철환 모양으로 행복된 맘을 아프게 하던 것을 기억한다. 정선은 유순보다 교육이 높고, 돈이 많고, 세력이 있기 때문에 제가 그리로 끌리는 것이 아닌가 하고 스스로 부끄럽던 것을 기억한다.

만일 정선과의 혼인을 아니하였다면, 유순과 혼인을 하였다면 이런 불행은 없었을 것이다. '저놈 돈 따라 장가든다.' 하는 명예롭지 못한 소문만 남기고 이 꼴이 아니냐. 숭은 마치 양심이 허락지 아니한 행위, 사욕에 끌린 행위에서 오는 면치 못할 벌을 받는 것같이 생각하였다.

아내가 미인이라고 스위트홈이 되는 것이 아니었다. 고등한 교육을 받았다고 스위트홈이 되는 것도 아니었다. 좋은 집이 있고 돈이 있고 지위가 있고 건강이 있고 사람들이 필요하다고 생각하는 것이 다 있다고 스위트홈이 되는 것이 아니었다. 숭이란 남편, 정선이란 아내, 이들이 어디가 부족하냐. 누가 보더라도 어느 모로 보더라도 맞는 짝이 아닐 수 없건마는 그들은 불행하지 아니하냐.

그러면 그 불행은 어디서 오는 것이냐. 성미가 맞지 아니함? 성미란 무엇이냐, 숭은 얼른 대답할 수가 없었다.

숭은 뒤숭숭한 생각을 잊어버리기나 하려는 듯이,

"문 열어라!"

하고 크게 소리를 쳤다.

안에서는 주인 없는 집에 하인들만 안방에 모여 앉아서 지껄이고 있었다. 이때에는 정선은 봉천 가는 차를 타고 떠난 뒤였었다.

"에그머니, 영감마님 목소리야!"
하고 유월이 눈이 똥그래졌다.

"에라, 얘, 미친년 소리 마라. 영감마님이 어디를 온단 말이야. 잿골 서방님이 오시면 오시지."
하고 어멈이 유월을 오금을 박는다. 그는 영감마님에는 경어를 아니 쓰고 잿골 서방님에는 경어를 썼다.

이때에 또,

"문 열어라."
하고 소리가 첫 번보다는 좀 크게 들렸다.

"자, 아냐?"
하고 유월은 이긴 자랑으로 어멈을 한 번 흘겨보고,

"네, 에."
하고 일어나 뛰어나간다.

유월이 나간 뒤에 어멈, 침모, 차집의 무리는 황겁하여 모두 주섬주섬 거두어 가지고 방바닥을 쓸고 뛰어나간다.

"삐걱."

하고 문이 열리며 유월의 얼굴의 쏙 비어졌다.

"에그머니, 영감마님 오셨네."

하고 유월은 너무나 반가워서 숭에게 매달릴 듯하였다. 그러다가 신분이 다른 것을 깨닫고 중지하는 것 같았다.

이 집에서 진실로 숭을 그리워하는 것은 유월뿐이었다. 온 집안 식구가 다 숭을 업신여기니깐 그 반감으로 그런지도 모르지마는 유월은 진정으로 숭을 그리워하였다.

숭은 유월의 머리를 만지며,

"잘 있었니?"

하고 문지방 안에 한 발을 들여놓았다.

"마님은 시골 가셨는데, 아까 차로."

하고 유월이 곁붙어 들어오면서 걱정하였다.

*

"시골 갔어?"

하고 숭은 아내가 시골 갔다는 유월의 말에 아니 놀랄 수가 없었다.

"시골? 어느 시골?"

"영감마님 계신 시골 가셨어요."

하고 유월은 적당한 말을 발견하기 어려운 듯이 몸을 꼰다.

방에 들어오니 그래도 낯익은 곳이었다. 비록 길지는 아니하나 새로운 젊은 부부의 기억을 담은 방이었다. 벽에 걸린 그림들, 책상, 의장 모두 예나 다름이 없었다. 벽 옷걸이에 걸린 정선의 입던 치마, 두루마기도 예와 같은 모양이었다. 하나 다른 것은 방 안에 담배 냄새가 나는 것이었다. 재떨이에는 반씩 남은 궐련 끝이 여러 개가 있었다. 정선이 담배를 먹는가, 정선을 찾아온 남자, 또는 남자들이 먹은 것인가. 잠깐 그것이 숭을 불쾌하게 하였다.

"시골 가셨어?"

하고 숭은 외투도 아니 벗은 채 아랫목에 다리를 뻗고 앉으며 대문간에서 유월에게 금시 들은 말이 미덥지 아니한 듯이 재우쳐 물었다.

"네에."

"아까 차에?"

"네에."

"어느 시골?"

아무리 해도 정선이 저 있는 곳에 갈 것 같지는 숭에게는 생각되지 아니하였다. 만일 진실로 정선이 남편을 따라서 살여울로 갔다고 하면 숭이 지금까지 아내에게 대해서 가졌던 생각을 다 교정하지 아니하면 아니 될 것이다.

"영감마님 계신 시골이죠."

하고 유월은 제가 무슨 잘못된 말이나 한 것이 아닌가 하고 방 치우던 손을 쉬고 물끄러미 숭을 쳐다본다.

숭은 눈을 감고 가만히 앉아 있었다.

"어젯밤에는 몇 시에 돌아오셨던?"

하고 얼마 있다가 숭은 눈을 떠서 유월을 보며 물었다.

"네?"

하고 유월은 어찌 대답할 바를 몰랐다.

"자정에도 아니 돌아오셨다고 했지?"

하고 숭은 증인을 심문하는 법관처럼 차게, 사정없이 물었다.

"자정에요?"

하고 유월은 도무지 알 수 없는 일을 본 사람같이 눈을 둥그렇게 뜬다. 그리고 어젯밤 자정에 받은 난데없는 전화, '글쎄, 음성이 이상하게 귀에 익더라니.' 하였던 그 전화가 그러면 주인의 전화였던가. 그러면 주인은 마님이란 이가 잿골 서방님이란 사내하고 밤중까지 바람이 나서 돌아다니던 일을 다 알고 있는 모양인가 하고 유월은 숭의 눈이 무서운 것 같았다. 저도 숭에게 무슨 큰 죄를 지은 것 같았다.

"몇 신지 모르겠어요."

하고 유월은 대답하였다. 한 시 반이나 되어서 들어왔단 말은 차마 나오지 아니하였던 것이다.

숭은 더 묻고 싶은 말이 많았으나 묻는 것이 도리어 제 위신에 관계하는 것 같아서 입을 다물었다. 백 가지 말 다 듣지 아니하여도 정선이 왜 저를 찾아갔는지 그것만 알고 싶었다. 그러나 그것은 알 도리가 없었다.

"진지 잡수셨어요?"

하고 유월이 슬쩍슬쩍 눈치를 보아 가며 물었다.

"나가 먹고 올 테니 자리 펴 놓아라."

하고 숭은 그대로 일어나 나왔다.

열 시나 되어서 숭은 저녁을 사 먹고 짐을 가지고 택시를 타고 집으로 돌아왔다.

방에는 숭이 정선과 혼인할 때에 덮던 금침이 깔려 있었다. 이것은 정선의 유모가 특별한 생각으로 꺼내 깐 듯싶었다. 정선과 숭과의 애정이 이로부터 회복되리라는 뜻으로.

숭은 자리에 누워서 멀거니 눈을 뜨고 이 생각 저 생각을 하였다.

*

부부의 관계란 그렇게 끊기 쉬운 것일까.

'Free love, free divorce(사랑도 자유, 이혼도 자유).'

이러한 문자도 들었고, 문명했다는 여러 외국에서는 실지로 그것이 실행된다는 말도 들었다. 그러나 숭에게는 혼인이란 그렇게 가르기 쉬운 매듭 같지 아니하였다. 그것이 묵은 동양 사상일까. 또는 예수교의 사상일까. 그럴는지 모르지마는 어느 남자가 어느 여자를 한 번 사랑했다 하면, 그것이 정신적인 데 그친다 하더라도 벌써 피차의 정신에서 지워 버릴 수 없는 자국을 남기는 것이 아니냐. 숭은 그것을 저와 유순의 관계에서 본다. 유순에게 대한, 발표는 아니한 사랑이 숭의 지금까지의 생활에 끊임없는 양심의 찌름을 주지 아니하는가. 숭의 생각에는 이로부터 백 년을 살더라도 제가 유순에게 가졌던 사랑의 흔적은 스러질 것 같지 아니하였다.

그러하거든 하물며 혼인이라는 중대한 맹약을 통하여 이뤄진 부부의 관계랴. 정신과 육체가 다 하나로 합하여진 부부의 관계랴. 설사 정선과 일생을 서로 떠나 있기로 숭의 가슴에서 정선의 그림자가 떠날 줄이 있으랴. 설사 정선이 죽어 버린다 하더라도 그가 숭에게 주던 기쁨의, 슬픔의, 사랑의, 아니 이 모든 것을 합해 놓아도 꼭 그것이 되지 아니할 그 어떤 무엇은 영원히 숭의 몸과 맘에 배고 스며서 빠지지를 아니할 것 같았다. 하물며 여자 편에서는 남자의 정액을 흡수하여 체질에 일대 변혁을 일으킨다 함에랴. 정선의 몸과 맘에는 영원히 지워지지 아니할 숭의 낙인(단 쇠로 지져서 박은 인)이 찍힌 것이 아니냐.

숭에게 있어서는 혼인은 다만 법률적 계약 행위만은 아니었다. 법률이 규정하는 것은 혼인의 법률적 일면뿐이다. 도덕이 규정하는 것은 혼인의 도덕적 일면뿐이다. 혼인에는 예술적 일면도 있고 생물학적 일면이 있는 것은 말할 것도 없거니와 종교적 일면도 있다. 그러나 그 모든 것을 다 모아 놓더라도 그것이 혼인이란 것이 가진 모든 뜻을 다 설명하지는 못할 것이다.

'무슨 신비한 것.'

이렇게 숭은 생각하였다. 인생에 신비한 것이 있다고 하면 그것은 부부 관계일 것이다. 전연 아무 관계없는(불교에서 말하는 모양으로 전생 타생의 인연이란 것이 있다면 몰라도) 두 생명이 서로 누가 누구인지도 모르고 자라나서 일생의 운명을 같이한다는 것은 참으로 신비한 일이 아니냐.

'두 몸이 한 몸이 된다.'

는 우리 조선의 생각이나 불교의 다생인연설이나 다 이 부부의 신비성을 말한 것이 아닐까 하고 숭은 길게 한숨을 쉬었다.

'내 생각이 구식이어서 이런가. 남들은 이 시대에는 정말 사랑도 자유, 이혼도 자유라는 주의로 가는데 나 혼자만 혼인이란 것을 이렇게 신비하게, 신성하게 생각하는가. 만일 '우리 다'를 위해서 '나 하나'를 희생하는 경우면 몰라도 '나 하나'의 향락을 위해서 혼인의 신성을 깨뜨릴 수가 있을까. 내가 톨스토이 모양으로 도덕에 너무 엄숙성을 많이 가진 때문일까.'

숭은 이러한 생각을 하였다.

'그러나 우리 가정은 벌써 파괴된 것이 아닌가. 파괴되었다고 보는 것은 내 잘못된 생각인가. 이 박사의 말을 잘못 믿은 것이 아닌가. 경성역 앞에서 번뜩 본 자동차, 그 속에 앉은 두 남녀, 정선과 갑진, 그것도 잘못 본 것이었던가. 밤에 늦게 돌아온 것이 반드시 실행의 증거가 될 수 있을까. 모두 내 잘못된 판단이 아닐까.'

숭의 눈에는 고운때 묻은 아내의 치마와 저고리가 띄었다.

*

아침에 눈이 뜬 때에는 아직 방은 캄캄한데(그것은 겹창을 굳게 닫은 탓이었다.) 전기난로의 마찰음이 들릴 뿐이었다. 유월이 새벽에 들어와서 피워 놓은 것이다. 방은 마치 이른 여름과 같이 유쾌하리만큼 온화한 기후다. 이 공기를 뉘라서 대소한서품의 아침 공기라 하랴.

숭은 베개 밑을 손으로 더듬어 전기등 스위치를 꼭 눌렀다. 그것은 조그마한 가지 모양으로 생긴 것으로 하얀 뼈 꼭지가 달린 것이다. 불이 꺼졌을 때에 그 꼭지를 누르면 켜지고, 켜졌을 때에 그 꼭지를 누르면 꺼지는 것을 기다란 코드라는 줄에 매어 베개 밑에 넣고 자면서 자유자재로 등을 켰다 껐다 하게 생긴 매우 편리한 기계다.

'이거를 조선 집집에 맨다면.'

하고 숭은 그 황송스럽게도 편리하게 만들어 놓은 스위치로 불을 켜고 나서도 손에 든 채로 한탄하였다.

책상에 놓인 옥시계의 바늘은 여덟 시를 가리키고 있었다.

밖에는 해도 떴을 것이다. 혹은 바람이 불고 눈이 올 것이다. 그러나 겹겹이 닫은 이 방 안에는 그러한 불필요한 바깥소식은 아니 들린다. 만일 필요한 소식이 있다고 하면 문 열지 아니하고도, 찬바람 들이지 아니하고도 통할 수 있는 전화로 올 것이다. 일어날 필요도 없는 살림, 가만히 누워 있다가, 버둥거리다가, 또는 희롱하다가 하도 그것이 지루하면 일어나는 것이다.

네 벽에 늘인 모본단 방장. 그 모본단은 결코 인조는 아니다.

대부분이 정자 비단실로 된 교직이다. 이것은 거의 혼인 예물들이다.

숭이 만일 전등 스위치 곁에 놓인 초인종을 한 번 누른다 하면 유월이 세숫물과 빵과 과일과 우유를 들고 들어올 것이다. 이것은 숭이 신가정을 이룬 뒤로부터 습관이 된 아침밥이다.

숭이 세수를 끝내면 유월은 빨아 다린 크고 부드러운 타월을 팔에 걸고 있다가 두 손으로 받들어 드릴 것이다. 그리고 숭이나 정선이 머리를 빗거나 면도를 하거든 그동안에 유월은 갈아 입을 내복 기타 새 옷을 자리 밑에 묻을 것이다. 그것도 꾸김살이 안 지도록, 고르게 녹도록 조심을 하여서. 그리고 숭이나 정선이 옷을 갈아입을 때에는 유월이 곁에 서서 한 가지씩 한 가지씩 집어 섬길 것이다. 혹 차례를 잘못 아는 일이 있으면 그는 정선에게,

"왜 정신을 못 차려!"

하고 단단한 꾸중을 한마디 얻어들을 것이다.

옷을 다 갈아입으면 숭과 정선은 팔을 끼고 웨딩마치를 휘파람과 입으로 부르면서 건넌방으로 간다. 건넌방은 식당으로도 쓰고 숭의 서재로도 쓰는 양식 세간을 놓은 방이다. 방 한가운데 놓인 둥근 테이블에는 붉은 테이블보 위에 하얗게 빨아 다린 식탁보를 깔고 토스트 브레드, 우유, 삶은 달걀, 과일, 냉수, 커

피 등속이 다 상등제 기명에 담겨 기다리고 있을 것이다. 여기서 숭과 정선은 의분이 좋은 때면 서로 껴안고 행복된 키스와 축복을 하고 아침을 먹을 것이다. 밤에 잘 자고 아침 세수와 단장을 마친 그 프레시한 아름다움은 오직 내외 간에만 보고 보일 특권을 가진 것이었다.

"어린애가 하나 있었으면."

하고 정선은 찻숟가락 자루로 식탁보를 긁으면서 말할 것이다.

"당신같이 생긴 어린애가 요기 요렇게 앉았으면."

하고 정선은 낯을 붉힐 것이다.

"정선이 같은 딸을 나우."

하고 숭은 일어나 정선의 머리를 만지며 위로하였을 것이다.

*

정선은 아침 목욕과 샤워 배스를 퍽 좋아해서 집에다가 그 설비를 한다고 날마다 말을 하고 있었다. 그러나 조선 건물에 서양식 욕실을 만드는 것은 쉬운 일이 아니었다.

"이놈의 것 팔아 버리고 양옥을 하나 지읍시다."

하고 정선은 목욕탕 이야기가 날 때마다 화나는 듯이 이러한 한

탄을 하였다.

"조선집에야 글쎄 방이 작아서 살 수가 있나. 피아노 하나를 들여 놓으면 꼭 차지, 테이블 하나를 놓으면 꼭 차지, 침대 하나를 놓아도 꼭 차지. W. C.를 가자면 십 리나 되지, 안방에서 사랑에를 나가자면 외투, 목도리까지 해야 하지, 글쎄 우리 조상은 왜 집을 이렇게 망하게 짓고 살았어, 어."

하고 정선은 짜증을 냈다.

"터는 괜찮아, 우리 집도."

하고 정선은,

"이걸 헐어 버리고 양옥을 지읍시다."

하고 남편을 보고 보채었다.

숭은 이러한 정선의 말을 들을 때마다 어떤 때에는 제가 아내의 뜻대로 활활 해 줄 힘이 없는 것이 괴롭기도 하였고, 어떤 때에는 이때 조선 형편에 나 한 몸의 안락만 생각하는 아내의 맘보가 밉기도 하였다.

그러나 정선의 생각은 어떻게 하면 하루바삐 맘에 드는 양옥이 실현될까, 맘에 드는 세간이 장만되고, 한 번 모든 것이 다 맘에 들게 해 놓고 살아 볼까 하는 데만 있는 것 같았다. 그런데 남편 되는 숭이 정선의 이 뜻, 이 간절한 뜻, 이 마땅한 뜻을 알아주지 못하는 것이 기가 막힐 일이었다. 남편이란 것은 아내의 이러한 정당한 생각을 알아차려서 속히 실현해 줄 능력과 성의를 가지는 것이 정선의 부부관이었다. 남편이란 무엇에 쓰는 것이냐, 그것은 아내를 기쁘게 하기 위하여 있는 것이 아니냐. 남편으로서 아내를 기쁘게 하는 능력을 잃는다 하면 그것은, 정선이 보기에는 짠맛을 잃은 소금이 아니냐. 짠맛을 잃은 소금 같은 남편은 정선에게는 이상적 남편이 될 수는 없었다.

게다가 남편으로서 아내를 기쁘게 하는 기술이 숭에게는 없었다. 정선은 먼저 혼인한 동무들에게서 지나가는 이야기로 내외 생활 - 일반 남녀 생활의 깊은 재미에 관한 이야기를 많이 들었으나 숭에게서는 그러한 것을 얻어 볼 수가 없었다. 숭은 너무 점잖았다. 너무 아내인 저를 존경하였다. 너무 엄숙하였다. 정선은 기교적인 것이 소원이었으나 숭에게는 그런 것을 바랄 수가 없었다.

숭은 아내의 이 요구를 노상 모르는 것이 아니었다. 그러나 숭은 인격의 존엄으로 보아서 아내의 그 요구에 응할 수는 없었다. 숭은 아내의 도덕적 수준을 제가 가지고 있는 곳까지 끌어올리려고 해 보았다. 그래서 한 선생을 집으로 청하기도 하고, 또 성경, 기타 정선이 체면상으로라도 홀대할 수 없는 책에 있는 말도 인용하여,

일. 섬김

이. 구실

삼. 맡은 일

사. 금욕

오. 우리를 위한 나의 희생

육. 구실과 맡은 일을 위한 나 한 사람, 또는 내 한 집의 향락의 희생

칠. 주되는 일은 민족의 일, 개인이나 나 가정의 일은 남은 틈에 할 둘째로 가는 일

팔. 평등, 무저항

이러한 제목으로 많이 토론도 해 보았다.

*

정선은 이러한 말을 잘 알아들었다. 그 말에 해당한 영어까지 잘 알았다. 그래서 숭이 조선말로 말하는 대로 곧 그것을 영문으로 번역을 하고는 '오우케이', '올라잇', '굿', '언더스탠드' 하고 어리광 삼아 장난삼아 놓쳐 버리는 것이 예사였다. 그러면

숭도 하릴없이 웃어 버리고 말았다. 그리고 혼자 해석하는,

'물론 정선이도 이러한 생각을 잘 안다. 잘 알뿐더러 그러한 주의를 가지고 있다. 정선과 같이 영리하고, 고등교육을 받고, 또 얌전한 사람이 아니 그럴 리가 없다. 그는 조선이 요구하는 새로운 딸의 하나일 것이다. 그렇지 아니해서는 아니 된다.'

이렇게 생각하고 혼자 위로하였다. 그리고 장난꾼이 모양으로 제 앞에서 응석을 부리는 정선을 정답게 생각하였던 것이다. 이런 생각을 하며 숭은 자리옷을 입은 채로 자리 위에 일어나 앉아서 방 안을 이리저리 둘러보았다.

불현듯 정선이 그리웠다. 그의 상긋상긋 웃는 모양이, 또는 시무룩한 모양이, 또는 자다가 깨어서 눈도 잘 아니 떨어지던 모양이, 그의 발끈하던 모양이, 남편이 아니고는 가질 수 없는 정선에 관한 여러 가지 포즈와 태도의 기억이 벽에, 장에, 눈을 돌리는 대로, 눈을 감으면 눈 속에 어른거렸다. 정선의 입김이 숭의 뺨에 닿는 것도 같고, 팔이 목덜미에 스치는 것도 같았다. 정선의 향기가 코에 맡이는 것도 같았다.

숭은,

'정선이란 내게서 뗄 수 없는 존재다. 정선은 내 조직 속에 스며든 존재다!'

하고 숭은 빗질 아니해서 흐트러진 머리를 흔들었다.

숭의 가슴속에는 정선에게 대한 그리운 생각이 못 견딜 압력으로 북받쳐 오름을 깨달았다. 숭의 의지력으로 거기 반항하여 내리누르려 하였으나 되지 아니하였다.

'맘 변한 계집을.'

하고 일부러 정선에게 대한 반감을 일으키려 하였으나 그러한 때에는 뉘우침의 눈물에 젖은 가련한 정선의 모양이 눈앞에 떠나와 더욱이 숭의 맘에 동정하는 생각이 넘치게 한다.

정선은 귀여운 아내가 아니냐. 그를 버려 둔 것은 남편인 숭의 잘못이 아니냐. 귀여운 아내는 귀여운 아내로서 저 맡은 인생의 직분을 다하는 것이 아니냐. 어린애의 이기적인 것이 귀여움의 한 재료가 되는 것과 같이 귀여운 아내는 이기적이요, 아닌 것을 도무지 문제 삼을 것이 없는 것이 아니냐. 귀여운 아내라는 것은 꽃이 아니냐. 열매 맺는 것은 치지하고도 꽃에는 꽃만으로의 값이 있지 아니하냐. 남편은 나를 잊고 우리만 알 때에 아내는 나를 생각하게 생긴 것도 조화의 묘가 아닐까. 만일 아내가, 어미가 저를 잊고 제 집, 제 자식, 제 서방을 잊고 다닌다면 집안이 꼴이 될 것인가 - 이렇게 숭은 제가 지금까지 가지고 있던 여자관, 아내관을 정정도 해 보았다.

이렇게 제 생각을 다 정정해 놓고 보면 정선에게는 미워할 데는 없고 오직 그립고 사랑스럽기만 하였다. 그뿐더러, 한 걸음 더 나아가서 정선을 제게서 독립한 다른 개체라고 생각하지 아니하고, 부부란 신비한 화학적인 작용으로 결합된 한 몸이라는 숭 본래의 부부관과 일치하는 것 같았다.

숭은 미친 듯이 일어나서 정선의 베개를 내려 그 약간 때 묻은 데에 코를 대고 정선의 향기를 맡았다. 그리고는 벽에 걸린 정선의 옷을 벗겨서 향기를 맡고 또 가슴에 안았다.

*

"영감마님 주무세요?"

하고 유월이 문밖에서 불렀다.

"오, 일어났다."

하고 숭은 안고 있던 아내의 옷을 얼른 한편 구석에 밀어 놓았다. 그리고 일어나서 문을 열었다. 찬 광선이 방 안으로 물결처럼 몰아 들어왔다.

유월은 편지 두 장을 숭에게 주었다. 그리고 방에 들어와서 닫은 창을 다 열어 놓고 자리를 걷었다.

숭은 유월이 주는 편지를 받아서 겉봉을 뒤적거려 보았다. 둘이 다 정선의 이름으로 온 것인데, 하나는 '玄(현)'이라고 편지

한 이의 이름을 써서 그것이 현 의사에게서 온 것인 줄을 알 수 있으나, 하나는 뒤 옆에도 보낸 이의 이름이 없었다.

숭은 무슨 심히 불쾌한 예감을 가지고 보낸 이 이름 없는 편지부터 떼었다. 그것은 대단히 난잡한 글씨였고 말은 글씨보다도 더욱 난잡하였다. 그리고 끝에는 독일말로 다이너(Deiner, 네 것)라고 썼다. 그리고 그 내용은 이러하다.

'내 정선이.

인제는 내 정선이지. 나는 어젯밤 오류장 왕복에 감기가 들어서 앓고 누웠소. 열이 나오. 열이 나더라도 오늘 밤에는 꼭 가려고 했는데 하도 몸이 아파서 못 가오. 정선의 부드러운 살이 생각나서 못 견디겠소. 이 편지 받는 대로 좀 와 주시오. 숭이 놈이 일간 올라온다니 좀 대책을 의논할 필요가 있소. 숭이 놈을 죽여 버릴까. 그놈이 염병을 앓다가 죽지 않고 왜 살아났어! 꼭 와! 안 오면 내 정선이 아니야!'

이런 편지였다.

숭은 앞이 캄캄해짐을 깨달았다.

'그러면 엊그제 밤 자동차로 가던 것은 분명히 갑진과 정선이로구나! 그들은 그 길로 오류장에를 갔구나!'

숭의 가슴에 북받쳐 오르는 분노의 불길 - 그것은 피를 보고야 말 것 같았다.

유월은 숭의 낯빛이 변하고 팔이 떨리는 것을 보았다. 그리고 제가 숭에게 준 편지가 무슨 편지인 것을 짐작하고(그는 글을 모른다.) 몸에 소름이 끼쳤다.

유월의 시선이 제게 있는 줄을 안 숭은 얼른 감정을 진정하려고 애를 썼다. 그래서 편지를 접어서 예사롭게 도로 봉투에 집어넣고, 현 의사의 편지를 떼었다.

'사랑하는 내 동생!

어제 네 태도와 묻던 말이, 너를 돌려보내 놓고 생각하니 심상치 아니하다. 내가 곧 따라가고도 싶었으나 환자 집에 불려서 밤늦게 돌아와서 못 보고 이 편지를 쓴다. 만일 난처한 일이 있거든 이 편지 보는 대로 곧 오너라.'

숭은 이 편지도 접어서 도로 봉투에 넣었다.

숭은 아뜩아뜩해지는 것을 억지로 참으면서,

"세숫물 다오."

하고 유월을 시켰다.

숭은 폭풍같이 설레는 제 정신을 진정하느라고 이를 닦고 면

도를 하고 머리까지 감고 아무쪼록 세수하는 시간을 길게 끌었다. 칫솔은 몇 번이나 빗나가서 입천장을 찌르고 면도로 귀밑과 턱을 두 군데나 베었다. 칼라가 끼어지지 아니하고 넥타이를 세 번이나 다시 매었다.

억지로 식탁을 대하고 앉았을 때에 숭의 코에서는 갑자기 피가 쏟아졌다. 하얀 테이블보가 빨갛게 물이 들었다.

"코피 나셔요."

하고 유월이 어쩔 줄을 모르고 벌벌 떨었다. 그리고 속으로 정선을 원망하고 숭에게 무한한 동정을 주었다.

"아아."

하고 숭은 참다못하여 크게 한숨을 쉬었다. 그리고 코피도 막을 생각을 아니하고 식탁 위에 엎드렸다. 찻잔이 팔 굽이에 스쳐 엎질러졌다. 엎질러진 홍차의 연분홍빛이 숭의 피인 듯이 흰 테이블보를 적시며 퍼졌다.

유월은 구르는 차 컵을 붙들었다.

*

숭은 그날 하루를 전혀 혼란 상태로 지냈다. 그 이튿날도 그러하였다. 숭의 맘속에는 '원수를 갚음'이라는 생각이 수없이 여러 번 들어왔다. 그래서 그는 원수 갚을 여러 가지 방도까지도 생각해 보았다.

그러나 그는 두 가지 갈래 길을 발견하였다. 무엇이냐? 원수를 갚아 버리고 마느냐, 또는 모든 것을 참고 용서하는 것이냐 하는 것이었다.

만일 원수를 갚는다면? 그러면 일시는 쾌할는지 모르거니와 저와 정선과 김갑진이 다 세상에서 버리는 사람이 되는 것이다. 거기서 소득은 일시의 통쾌뿐이었다. 그렇지마는 참고 용서한다 하면 이 모든 여러 사람이 받을 손실은 아니 받고 말 것이다.

'용서하라!'

하는 예수의 가르침을 생각하였다.

그러나 간음한 아내는 내보내도 좋다고 예수가 말씀하지 아니하였느냐. 이렇게도 생각해 본다. 하지마는 그것은 내보내도 좋다는 것이요, 꼭 내보내라는 것은 아니다. 또 내보내라는 말이지 원수를 갚으라는 말은 아니다.

만일 한 선생이라면 어떠한 태도를 이 경우에 취할까 이렇게도 생각해 보았다. 한 선생 같으면,

일. 사랑과 의무의 무한성

이. 섬기는 생활

삼. 개인보다 나라

이러한 근본 조건에서 생각을 시작할 것이다. 사랑이란 무한하지 아니하냐. 의무도 무한하지 아니하냐. 아내나 남편이나 자식이나 동포나 나라에 대한 사랑과 의무는 무한하지 아니하냐. 그렇다 하면 정선을 사랑해서 아내를 삼았으면 그가 어떠한 허물이 있더라도 끝까지 사랑하고, 따라서 그에게 대한 남편으로서의 의무를 끝까지, 아니 끝없이 지켜야 할 것이 아니냐.

또 섬기는 생활이라 하면, 숭이 제가 진실로 동포에 대하여 나라에 대하여 섬기는 생활을 해야 한다 하면 우선 아내에 대하여 섬기는 생활을 하여야 할 것이 아니냐. 아내를 못 용서하고 아내를 못 섬기고 어떻게 누군지도 모르는 수많은 동포를 사랑하고 섬기고, 눈에 보이지도 아니하는 나라를 사랑하고 섬길 수가 있을 것이냐.

셋째로, 만일 숭이 제가 진실로 우리를 위하여 저를 버리는 사람이라 하면 그래 제가 해야 할 일생의 의무를 아니 돌아보고 이기적 개인주의자와 같은 행동을 하다가 저 한 몸을 장사해 버릴 것이냐.

만일 한 선생 모양으로 생각한다 하면 이러한 결론에 도달할 수밖에 없을 것이다. 이렇게 숭은 생각하였다.

사흘 동안 고민한 결과로 이러한 결론에 다다랐다.

이에 그는 곧 김갑진에게 편지를 썼다.

'김 군, 나는 형이 내 아내에게 대해서 한 모든 허물을 용서합니다. 또 형으로 하여금 친구 의리를 저버리고 간통의 죄를 짓게 한 내 아내의 허물도 용서합니다. 형이 내 아내에게 보낸 그 옳지 못한 편지도 내가 이 편지를 쓰고는 불살라 버릴 터입니다. 그러니 다시는 내 아내에게 대하여 죄 되는 생각과 일을 하지 말기를 바랍니다. 그리하고 형만 한 재주와 포부를 가지고 지금의 생활을 버리고 동포를 위한, 나라를 위한 새 생활을 하는 이가 되기를 바랍니다.'

이 편지를 써 놓고 숭은 갑진의 편지를 불사르려 하였다.

그러나 갑진의 편지에는 일종의 유혹이 있었다. 그것은 이 편지를 정선에게 보이자는 것과, 또 후일에 힘 있는 증거를 삼자는 것이었다. 숭은 성냥을 그어서는 끄고, 그어서는 끄기를 세 번이나 하였다. 그러다가 네 번 만에 숭은,

'나의 약함이여, 약함이여!'

하고 그 종잇조각을 태워 버렸다.

그 종잇조각이 타서 재가 되어 스러질 때에 숭의 맘은 흐렸다가 밝아지는 것 같았다.

*

갑진의 편지를 불살라 버린 숭은 대단히 유쾌한 생각으로 저녁을 먹었다. 그리고 이발소에 가서 머리를 깎고 목욕을 하고 돌아와서 마치 몸과 맘의 때를 다 씻어 버린 듯이 기쁜 맘으로 자리에 누웠다. 맘 한편 구석에 뭉키어 있는 무엇을 숭은 아무쪼록 못 본 체하려 하였다. 숭은 여러 날의 노심과 피곤으로 잠이 들려 할 때에,

"전보 받으우."

하고 대문 두드리는 소리에 깨었다.

'明朝(명조) 칠 시 着京(착경).'

이라는 것이다.

정선이 며칠 숭을 기다리다 하릴없이 올라오는 것이었다.

이튿날 숭이 잠을 깬 것은 다섯 시였다. 잠이 깨매 어제 갑진의 편지를 불사를 때에 맛보던 유쾌하던 생각은 훨씬 줄어 버렸다. 마치 목욕탕에서 깨끗이 씻은 몸에 밤새에 무슨 분비물이

생겨서 몸이 끈끈한 모양으로 맘에도, 영혼에도 무슨 분비물이 생겨서 텁텁해진 것만 같았다.

숭은 세수를 하고 뒤꼍에 나아가 운동을 함으로 이 흐릿한 기분을 고치려고 애를 썼다.

숭은 무엇에 내리눌리는 듯한 몸과 맘을 억지로 채찍질해서 정거장에 걸어 나갔다.

'무한한 사랑, 무한한 용서, 무한한 의무, 무한한 사랑, 무한한 용서, 무한한 의무, 섬김, 나를 죽임, 섬김, 나를 죽임……. 무한한 사랑, 무한한 의무.'

이렇게 숭은 걸음걸음 중얼거려서 맘을 덮으려는 질투의 구름, 미움의 안개를 쓸어 버리려 하였다.

아직 전깃불이 반짝반짝하였다. 텅 빈 전차들이 잉잉잉 소리를 내며 빛나지 않는 머릿불을 내두르며 달아났다. 까무스름한 안개가 희미하게 집과 길을 쌌다. 이러한 속으로 숭은 무거운 맘을 안고 아내를 맞으러 페이브먼트를 타박타박 울리면서 남대문을 향하였다. 입술은 마르고 혓바닥에는 바늘이 돋았다.

남대문에서부터는 사람들이 많았다. 그것은 다만 남대문시장으로 들어가는 사람들뿐만 아니라 일본에서부터 만주로 싸우러 가는 군대가 통과하는 것을 송영하러 가는 학생 행렬과 단체들도 있었다.

정거장은 발 들여놓을 틈 없이 승객과 군대 송영객으로 차 있었다.

숭이 정선을 기다리는 제일 플랫폼에서도 군대를 송영하는 제이 플랫폼 광경이 잘 건너다보였다. 정선이 탄 열차가 경성역에 들어오기를 기다려서 북으로 향할 군대 열차는 정선의 열차보다 십 분가량 먼저 정거장에 들어왔다.

열차가 들어올 때에 송영 나온 군중은 깃발을 두르며 '반자이(만세)'를 부르고 중국 사람의 것과 비슷한 털모자를 쓴 장졸들은 차창으로 머리를 내밀고 화답하였다. 송영하는 군중이나 송영받는 장졸이나 다 피가 끓는 듯하였다. 이 긴장한 애국심의 극적 광경에 숭은 남모르게 눈물을 흘렸다. 고향과 사랑하는 사람들을 두고 나라를 위하여 죽음의 싸움터로 가는 젊은이들, 그들을 맞고 보내며 열광하는 이들, 거기는 평시에 보지 못할 애국, 희생, 용감, 통쾌, 눈물겨움이 있었다. 감격이 있었다. 숭은 모든 조선 사람에게 이러한 감격의 기회를 주고 싶다고 생각하였다. 전장에 싸우러 나가는, 이러한 용장한 기회를 못 가진 제 신세가 지극히 힘없고 영광 없는 것같이도 생각되었다.

이러한 일생에 첫 기회가 되는 용장하고 감격에 찬 생활의 생각을 하고 섰을 때에 정선을 담은 차는 콧김을 불며 굴러 들어왔다.

차창에서 서서 내다보는 정선의 적막한 얼굴이 번뜻 보였다.

*

정선은 플랫폼에 섰는 남편을 보고 곧 소리라도 지르고 싶었다. 그것은 아내가 남편에게 대한 본능이라고 할 만한 것이었다. 그러나 소리를 지른대야 겹유리창을 통하여 밖에 들릴 리도 없겠지마는 겹유리창보다도 더 두꺼운 무엇이, 정선의 맘의 부르짖음이 숭의 귀에 들어가지 아니할 것같이 생각되었다. 더구나 남편은 제게 무슨 비밀이 그동안에 있는지도 모르고 여전한 아내인 줄 알고 반갑게 마중 나온 것이라고 생각할 때에 몹시 맘이 아팠다.

숭은 아내의 얼굴을 찾고 곧 차에 올라갔다.

"침대 안 타고 왔소?"

하고 숭은 반가운 음성으로 물었다.

"안 탔어요."

하고 정선은 잠깐 남편의 낯을 바라보고는 가방을 찾는 체하고 고개를 숙여서 외면하였다. 낯이 후끈거리고 가슴이 울렁거림을 깨달았다.

숭은 정선의 짐을 두 손에 들고 앞서서 내려왔다.

"반자이."

하는 여러 천 명의 사람이 외치는 소리가 들렸다. 고동 소리가 났다.

정선은 남편의 뒤를 따라서 나가는 데로 향하였다. 남편의 다리의 움직임, 구두의 움직임을 보는 눈도 가끔 아뜩아뜩하였다.

'남편이 내 비밀을 알고 저렇게 태연한가, 모르고 저렇게 태연한가.'

하고 정선은 마치 경관에게 끌려가는 죄인과 같은 생각으로 어디를 어떻게 가는지 모르게 위킷(개찰구)을 나섰다. 거기서 기다리고 섰던 유월이 내달아 정선을 맞았다.

"무엇 자셨소?"

하고 숭은 짐을 놓고 정선을 돌아보며 물었다.

정선은 애원하는 눈찌로 남편을 바라보며 말없이 고개를 흔들었다.

숭은 택시를 불러 짐을 싣고 유월이더러 먼저 집으로 들어가라고 이르고,

"가서 차나 한 잔 먹고 갑시다. 추워."

하고 앞섰다. 정선은 말없이 뒤를 따라섰다.

"살여울 아무 일도 없었소?"

하고 숭은 아내의 외투를 벗겨서 걸면서 물었다.

"별일 없어요."

하고 정선은 자리에 앉는다.

숭도 자리에 앉아서 아내를 바라보았다. 정거장 앞에서 갑진과 함께 자동차를 타고, 갑진의 팔이 정선의 어깨 뒤로 돌아와 놓였던 그때 광경이 숭의 눈앞에 번쩍 보인다. 숭의 입에는 쓴 침이 돌았다.

"쵸쇼쿠(아침밥)."

하여 보이에게 시키고, 숭은 일어나려는 맘의 물결을 억지로 진정하면서 무슨 말을 할 것인가를 찾았다.

"이번 가 보니까 살여울이 맘에 듭디까."

하고 숭은 억지로 웃어 보였다.

"……"

정선은 말없이 고개만 끄덕끄덕하였다. 목이 메어 말이 나오지를 아니하는 것이었다.

"살여울 사람들은 다 좋은 사람들이오. 그 사람들은 다 제 손으로 벌어서 제 땀으로 벌어서 밥을 먹고 밤낮에 생각하는 일도 어떻게 하면 쌀을 많이 지을까, 어떻게 하면 거름을 많이 만들까, 어떻게 하면 가마를 많이 짜서 어린것들 설빔을 해 줄까, 집에 먹이는 소가 밤에 춥지나 아니한가, 아침에는 콩을 좀 많이 두어서 맛나게 죽을 쑤어 먹어야겠다, 이런 생각들만 하고 있다오. 서울 사람들 모양으로 어떻게 하면 힘 안 들이고 돈을 많이 얻을까, 어떻게 하면 저 계집을 내 것을 만들까, 저 사내를 내 것을 만들까, 이런 생각은 할 새가 없지요. 나는 살여울이 그립소. 당신은 어떻소. 당신은 살여울 가서 정직하게, 부지런하게, 검박하게, 땀 흘리고 남을 위하는 생활을 할 생각이 아니 나오?"
하고 숭은 정선을 바라보고 한숨을 지었다.

*

"내가 살여울 가서 무엇을 하겠어요? 나 같은 것이 거기 가서 무어 할 게 있나?"
하고 정선도 한숨을 쉬었다.

"왜 할 게 없어? 밥도 짓고, 빨래도 하고, 김도 매고 그리고 또 틈이 있으면 동네 부인들과 아이들 글도 가르치고. 또 당신 음악 알지 않소? 동네 사람들 음악도 들려주고……. 왜 할 게 없소? 할 게 많아서 걱정이지, 할 게 없어? 서울서야말로 할 게 없소. 서울서 무얼한단 말요? 당신 학교 졸업하고 나서 무어 한 것 있소? 당신만 아니지. 공연히 농민들이 애써 지은 밥 먹고, 여직

공들이 애써 짠 옷 입고 그리고 사람들 많이 부리고 그리고는 하는 것이 무엇이란 말요? 서울에 있겠거든 무슨 좋은 일을 하든지 그렇지 아니하면 저 먹을 밥, 저 입을 옷이라도 제 손으로 지어 입는 것이 옳지 않소. 적어도 남의 신세는 아니 진단 말요. 남의 노동의 열매를 도적질은 아니한단 말이오. 이건영이니 김갑진이니 하는 사람들이 다 호미 자루를 들고 농사만 짓게 되더라도 세상 죄악은 훨씬 줄고 농민 노동자의 고생도 훨씬 덜어질 것이오. 안 그렇소?"

하고 숭은 책망하는 듯한 눈으로 정선을 보았다.

"걱정 마세요!"

하고 정선은 양미간을 한 번 찡그리면서,

"아무러기로 내가 당신 것 얻어먹지는 아니할 사람이니 염려 마세요. 나는 죽으면 죽었지, 밥 짓고 빨래하고 김매고 그런 일은 못해요. 우리 조상은 오백 년래로 그런 천한 일은 해 본 적이 없어요. 당신네 집과는 달라요."

하고 견딜 수 없는 모욕을 당하는 듯이 바르르 떨었다. 그리고 손에 들었던 면보를 접시에 내던졌다.

숭도 정선의 이, 의외의 반응에 일변 놀라고 일변 분개하였다. 그래서 참으리라는 의지력이 발할 새 없이,

"당신 집에서는 조상 적부터 김매고 밥 짓는 천한 일은 한 적

이 없고, 남편을 배반하고 남편을 복종하지 아니하는 일은 한 적이 있소? 당신이 하는 일이 천한 일인지, 내가 당신더러 하라는 일이 천한 일인지 당신의 재주와 교양으로 한 번 판단해 보시오!"

하고 주먹으로 식탁을 쳤다. 식탁 위에 놓인 그릇들이 떨그럭 하고 소리를 내고 떨었다.

숭의 이 말은 정선의 가슴에다가 큰 말뚝을 박는 것과 같았다. 정선은 잠시 숨이 막히고 눈이 아뜩하였다.

'그러면 남편은 내 비밀을 아나?'

하는 한 생각이 정선의 신경을 마비해 버리고 말았다.

식탁을 치는 소리에 보이가 뛰어와서 왜 부르는가 하고 명령을 기다렸다.

숭은,

"커피로 말고 홍차로."

하고 시키고, 남은 면보에다가 버터를 득득 발랐다.

'여자에게는 영혼이 없다. 여자에게는 이성이 없다.'

하는 옛사람의 말을 숭은 생각하였다. 정선의 추리 작용의 움직임이 어떻게 비논리적이요, 도덕 관념의 연합되는 양이 어떻게 그릇되어 있고 감정의 움직임이 어떻게도 열등임에 숭은 놀라지 아니할 수가 없었다.

'더불어 이치를 말할 수 없다.'

하는 반감까지도 일어나서 숭은 대단한 불쾌를 느꼈다.

고개를 숙이고 앉아서 '햄 앤드 에그즈'의 달걀을 포크로 찍어서 입에 넣는 정선의 눈에서 눈물이 떨어지는 것이 숭의 눈에 보였다.

*

정선의 눈물은 숭의 가슴을 아프게 하였다. 숭에게 정선은 대단히 사랑스러웠다. 첫째 정선은 아름다웠다. 그의 얼굴, 그의 눈, 코, 입, 귀, 살갗, 몸맵시, 음성, 어느 것이나 하나도 숭의 맘에 들지 아니하는 것이 없었다. 정선의 손이 백랍으로 빚어 놓은 것 같고 그 손톱들이 연분홍빛으로 맑게 빛나는 것도 아름다웠다. 원체로 말하면 숭은 이러한 손을 미워해야 옳을 것이다. 그것은 이러한 손은 놀고먹는 계급의 손인 까닭이다. 그야말로 오백 년 놀고먹은 씨가 아니고는 이러한 손은 가질 수 없을 것이다. 그 손은 거문고 줄을 고른다든가 피아노의 건반이나 누르기에 합당하고, 바늘을 잡기에도 맞지 아니할 것 같았다. 만일 그 손이 한 해 겨울만 진일을 한다고 하면, 한 해 여름만 김을 맨다고 하면 그 아름다움은 영영 잃어버리고 말 것이다.

숭에게 정선이 이렇게 아름다운 것이 괴로웠다. 그의 맘도 몸 모양으로 아름다웠으면 얼마나 좋을까 하였다.

"이 앞에는 어떻게 할 테요? 살여울로 날 따라가려오? 서울 있으려오?"

하고 숭은 화두를 돌렸다.

정선은 지금 제가 저지르고 있는 죄만 스러지고 나타나지 아니할 양이면 아무렇게 하여도 좋을 것 같았다. 만일 제 비밀이 숭에게 탄로가 되어서 숭이 그것을 들고나는 날이면 정선의 일생은 망쳐지는 것이 아니냐. 아버지에게도 버림을 받을 것이요, 세상에서도 버림을 받을 것이다.

정선은 신마리아라는 여자의 일생을 생각한다. 그는 늙은 남편의 아내가 되었다가 젊은 남자와 예배당 찬양대에서 서로 사랑하게 되어서 마침내 그 남자의 씨를 배고 간통죄로 남편의 고소를 당하여 육 개월 징역을 지고 나와서는 그 친정에서까지 쫓겨 나와서 카페에 여급으로 다니는 것을 생각한다. 제 일생도 그와 같지 아니할까. 그것은 전혀 숭에게 달린 것이다. 정선은 숭의 인격을 믿는다. 만일 제가 회개만 하면 숭은 아마도 저를 용서하고 제 허물을 다 감추어 주고 아내로 사랑해 줄 것을 믿는다. 그러나 또 한편으로는 숭을 무서워한다. 그것은 숭에게는 무서운 의지력이 있고, 고구려 사람다운 무기가 있어서 한 번 작정하면 물과 불을 가리지 아니하는 한 방면이 있는 것이 다. 만일 숭이 실행한 아내인 제게 대하여 이 고구려 기운을 내는 날이면 저를 간통죄로 고소하기 전에 단박에 죽여 버릴는지도 모른다. 정선은 그것이 제일 무서웠다.

이해 관계를 따지면 정선은 아무리 하여서라도 숭에게 갑진과의 비밀을 알리지 아니하는 것이 상책이었다. 그러나 이 비밀을 남편이 알았는지 아니 알았는지 그것을 알 도리가 없었다. 만일 숭이 그 비밀을 알았다 하면 아무쪼록 제 태도를 부드럽게 해서 숭의 사랑과 인격에 하소할 길밖에 없었다.

그래서 남편과 같이 집에 돌아온 뒤에도 어떻게 하면 그 눈치를 알아낼까 하고 그것만 애를 썼다.

숭은 집에 돌아온 뒤로는 도무지 정선에게 대해서 아무 말이 없었다. 살여울로 가겠느냔 말도 묻지 아니하였다. 그리고 고등법원에 제출할 상고 이유서를 쓴다 하고 사랑에 들어박혀서 나오지 아니하고 자리도 사랑에 깔게 하였다. 그리고 마치 정선에게서 무슨 소리가 나오기를 기다리고 있는 것과 같이 정선에게는 보였다.

이래서 초조한 정선은 혹시나 갑진이 찾아오지나 아니할까, 무슨 편지나 와서 숭의 눈에 띄지 아니할까 잠시도 맘이 놓이지 아니하여서 어떻게 틈을 내서 갑진을 한 번 만났으면 하고 애를 썼다. 그것은 보고 싶어 만나자는 것이 아니라 이 비밀이 탄로되지 않도록 대책을 의논하기 위한 것이었다.

*

 정선이 아무리 갑진과 서로 만날 기회를 엿보나 기회는 만만치 아니하였다. 그렇다고 갑진에게 편지를 보내 갑진에게 필적을 남겨 놓을 용기도 없었다. 전화가 오면 혹시 갑진에게서 오나, 편지가 오면 혹시 갑진에게서 오나 정선은 맘을 졸였다.
 숭이 재판소에 가던 날 정선은 이것이 최후의 기회라 하고 옷을 떨쳐입고 집을 나가서 길에서 호로 씌운 인력거 한 채를 집어타고 재동 김 남작 댁을 찾아갔다. 번지도 모르고 김 남작을 찾으나 아는 이가 없었다. 김갑진을 찾아도 아는 이가 없었다. 잿골이라고 부르지마는 정말 재동인지 가회동인지도 알 수가 없었다.
 정선은 마침내 인력거를 보내고 걸어서 이 집 저 집 문패를 뒤지기 시작하였다. 그 꼴이 심히 창피하였으나 그것을 가릴 여유가 없었다. 아무리 하여서라도 갑진을 만나지 아니하면 아니 된다.

정선은 마침내 파출소에 가서 김갑진의 주소를 물을 용기까지 냈다. 순사는 어떤 젊은 미인이 이 유명한 부랑자를 찾는가 하고 번지 적은 책을 뒤지면서,

"그 사람은 왜 찾으시오?"

하고 심술궂게 물었다.

정선은 얼김에,

"친척이야요."

하고 대답하고 낯을 붉혔다.

"친척? 친척인데 동네 이름도 몰라요?"

하고 흥미를 가지고 묻는다.

"시골서 와서 잿골이라고만 압니다."

하고 정선은 거짓말을 하였다.

"김갑진이란 사람은 ○동 ○○번지요. 이 사람 집에는 웬 이리 번지도 모르는 젊은 여자 친척이 많담."

하고 순사는 책을 덮어놓으면서 정선을 한 번 더 훑어본다.

정선은 얼굴에 모닥불을 끼얹는 듯함을 깨달으면서,

"고맙습니다."

한마디를 던지고 파출소에서 나와서 순사가 지시하는 번지를 찾았다.

그것은 남작 대감의 아들이 사는 집이라고는 상상할 수 없이 초라한 집이었다. 그래도 양반집이라 대문 중문은 분명하고, 또 사랑 중문이라고 할 만한 문도 형적만은 있었다.

대문 안에를 들어서서 두리번거리니 행랑에서 어떤 어멈이 아이를 안고 문을 열고 내다본다.

"김갑진 씨 계시오?"

하고 아무쪼록 태연한 모양을 지으며 물었다.

"네, 사랑 서방님요?"

하고 어멈은 서양식 헌 문을 사다가 달아 놓은 문을 가리켰다.

"손님 아니 오셨소?"

하고 정선은 주밀하게 물었다.

"안 오셨나 본데요. 감기로 편찮아 누우셨나 보던데요. 들어가 보세요. 여자 손님들도 노 오시는걸요."

하고는 한 번 더 이 이상한 손님을 훑어보고는 문을 닫고 우는 애를 달랜다.

정선은 사랑문을 열었다. 그것은 쉽게 안으로 열렸다.

무어라고 찾나?

"김 선생 계셔요?"

하고 용기를 내어 불렀다.

"어, 거 누구? 용자야?"

하고 영창을 열어젖히는 것은 갑진이었다. 금방 자리에서 일어나는 사람 모양으로 머리가 푸시시하고 꾸깃꾸깃한 배스로브를 입었다.

"아, 이거 누구야?"

하고 제아무리 갑진이라도 이 의외의 방문객에는 놀라는 모양이었다.

*

정선이 하도 쌀쌀하게 구는 데에 갑진은 좀 무안하였다. 그리고 다음 순간에는 아니꼬운 계집년이라고도 생각하였다. 그러나 동시에, 정선의 심상치 아니한 태도에는 갑진도 염려가 아니 될 수 없었다.

갑진은,

'심상치 않기로 무슨 상관야. 형편 따라서 잡아뗄 게면 떼고, 또 정선이를 좀 더 가지고 놀 수 있으면 놀면 고만이지. 먹을 것을 가지고 온다면 데리고 살아도 해롭지 않고, 적더라도 오늘 심심한데 이왕 찾아온 정선이니 빨 수 있는 대로 단물을 빨아먹는 것이 유리하다. 물론 오류장 한 번에 벌써 김은 많이 빠졌지

마는.'

이런 생각을 하며 갑진은 정선을 어떤 모양으로 취급할까를 연구하느라고 한참이나 말이 없었다.

정선도 갑진을 찾아오기는 하였지마는 도무지 말이 나오지를 아니하였다. 남의 아내로서 간통한 김갑진을 찾아와서 본남편 속일 의논을 하게 된 것은 고등 교육까지 받지 아니하더라도 여자로 그리 유쾌한 일이 아니었다.

"우리 집에서 올라오셨어요."

하고 정선은 마침내 먼저 입을 열었다.

"우리 집이라니?"

하고 갑진은 다 알아들으면서도 슬쩍 시치미를 뗐다.

"허 변호사가 올라오셨어요. 오늘이 고등 법원에 공판이 있는 날이 되어서."

하고 정선은 갑진이 시치미 떼는 것이 미우면서도 한 번 더 설명하였다.

"어, 그거 잘됐구려. 축하합니다."

하고 갑진은,

"그래서 그 기쁜 말씀 하러 날 찾아왔소? 허 변호사가 왔으면 어떡하란 말요?"

하고 정선을 힐난이나 하는 듯한 어조다.

"허 변호사가 올라오셨으니 내게 편지를 하시거나 전화를 거시거나 찾아오시거나 하시지 말란 말씀야요."

하고 정선은 정색하고 말하였다. 이것으로 정선은 할 말을 다 한 것이었다. 인제는 돌아가리라 하고 일어서려는 것을 갑진은 치맛자락을 잡아당기어 앉힌다.

"노세요! 이게 무슨 짓야요?"

하고 정선은 큰 욕을 당하는 듯한 분함을 깨달았다.

"그렇게 노여워할 게 있소?"

하고 갑진은 유들유들한 태도를 지으며,

"치맛자락을 좀 잡아당겼기로 그렇게 노여워하실 것이야 있소. 정선이 다른 사내 앞에서는 얌전을 빼는 것도 좋겠지마는 내게 대해서야. 내야 치맛자락 아니라 속곳자락을 끌었기로 노여워할 게 있소? 자 앉으우."

하고 기어이 치맛자락을 끌어 앉히고 나서,

"그래, 당신은 숭이 녀석한테 우리들의 연애를 감쪽같이 숨길 작정이오?"

하고 픽 웃는다.

"애고, 망칙해라. 연애란 또 무어야."

하고 정선은 악이 난 판에 모든 것을 다 잡아뗄 생각이다.

"허허, 아 이런 변 보았나."

하고 갑진은 세상이 들어라 하는 듯이 어성을 높이며,

"허허, 요새 고등 교육 받은 현대 여성의 연애관 어디 좀 들어 볼까. 우리네 무식한 구식 남성은 당신과 나의 관계쯤 되면 연애로 아는데, 그럼 좀 더 무슨 일이 있어야 연애가 되는 것이오? 당신네 이른바 영과 육과 둘로 갈라서 아무리 육이 합했더라도 영만 합하지 아니하면 연애가 아니란 논법이로구려. 허허, 자 어디 우리 정선이 연애 좀 받아 봅시다그려."

하고 갑진은 고개를 이리 기웃 저리 기웃 하고 정선을 놀려 먹었다.

정선은 손을 들어서 이 악마 같은 사내의 뺨을 열 번이나 갈기고 싶었다.

*

정선이 칼날 같은 눈으로 노려보는 것을 보고 갑진은,

"아서, 서방질은 할지언정 남편을 속여서야 쓰나. 했으면 했노라고 하구려. 그래서 숭이 녀석이 이혼하자고 하거든 얼씨구나 좋다 하고 해 주어 버리지. 그리고 나하고 삽시다그려. 해 먹을 것이 없거든 우리 카페나 하나 벌까. 당신은 마담이 되고 나는, 나는 글쎄 무엇이 될까, 반토(지배인)가 될까. 아니 싫어, 반토가 되면 뒷방에서 치부나 하고 앉았게. 우리 정선이는 어떤 놈팽이허구 손을 잡는지, 입을 맞추는지 알지도 못하고, 하하하하. 그야 카페 해 먹는 신세에 여편네 손과 입쯤이야 달라는 손님에게 아니 줄 수 없지마는, 도무지 우리 정선이 한 번 서방을 배반한 버릇이 있는 우와키모노(바람둥이)가 되어서 내님이 장히 맘을 못 놓을걸, 하하하하, 안 그래?"
하고 번개같이 달려들어서 정선의 목을 껴안고 입을 맞춘다.

정선은 거의 반사적으로 손을 들어 갑진의 뺨을 갈겼다. 그 소리가 철컥하고 매우 컸다.

갑진은 전기에 반발되는 물체 모양으로 입을 벌리고 뒤로 물러앉았다. 배스로브 자락이 젖혀지며 털 많은 시커먼 다리가 나타난다.

"옳지, 사람을 때린다."
하고 갑진은 정선이 손으로 때린 뜻을 정선의 눈에서 알아내려는 듯이 뚫어지도록 들여다보았다. 그는 그의 성격의 한 귀퉁이에 있는 천치스러운 일면을 나타내 보이고 있었다.

정선은 벌떡 일어나서 옷소매로 입을 수없이 씻었다. 마치 입술에 묻은 더러운 무엇이 씻어도 아니 씻기는 것 같았다.

"내가 어쩌다가 저런 악마에게 걸렸어!"

하고 정선은 발을 동동 구르고 울었다.

"옳지, 인제 와서."

하고 갑진은 정선에게 얻어맞은 뺨을 만지면서 빈정댔다.

"흥, 되지못하게 인제는 나까지 배반하려 들어! 허숭이를 배반하고, 김갑진을 배반하고, 그담에는 또 누구? 오, 요 이건영이란 놈이 자주 정동 근처로 다니더라니. 해도 안 될걸. 내나 하길래 저하고 카페라도 내자고 그러지, 건영이 따위야 어림이나 있나. 세상이 무서워서, 비겁해서 – 대관절 숭이 놈한테 간통 고소를 당하더라도 눈썹 하나 까딱 안 할 나와는 다르거든. 싫건 고만두어, 가고 싶은 데로 가란 말야. 건영이 놈하구 붙든지 호떡장수 호인 놈하구 붙든지 내가 아랑곳할 게 아니란 말이다. 내란 사람은 어떤 계집이든지, 서시(西施), 양태진(楊太眞)이라도 말야, 꼭 한 번 건드리면 다시 돌아볼 생각도 없는 사람이란 말이다. 한 번 건드린 계집애에게 다 책임을 진다면 내 몸의 털을 다 뽑아서 – 참 불경에서 나오는 말 같구나. 내 몸의 털을 다 뽑아서 책임을 수를 놓아도 다 못 놓는단 말이야. 이건 왜 이래, 괜시리, 오, 숭을 속이고 감쪽같이 허숭 부인입시오 하고 학교에도 가고 예배당에도 점잔을 빼 보시게? 흥, 고런 소갈머리를 가지니깐 계집이란 하등 동물이란 말이다. 허기야 학곱시오 예배당입쇼 하는 숙녀들도 정선이보다 나은 년이 몇이나 되는지 모르지마는, 어쨌으나 여자란 속임과 거짓으로 빚어 만들었단 말이다. 우리 같은 사람은 그런 줄을 알고 여자를 대하니깐 그렇지, 숭이 같은 시골뜨기 숫보기 녀석들은 여자를 하늘에서 내려온 천사나 같이 알고, 무릎을 꿇고 있다가 소금 오쟁이를 지는 것이거든. 그래도 여보 정선이, 숭이 놈도 노상은 바지저고리만은 아니거든. 무어 하나 보여 줄까, 내가 그걸 어디 두었더라, 그 쑥의 편지를."

하고 일어나서 무엇을 뒤진다.

*

갑진은 책상 서랍을 빼어 동댕이를 치고 양복 고리를 내려서 이 주머니 저 주머니 뒤져 보고는 홱 내던지고, 마치 가택 수색하는 순사 모양으로 한참 수선을 떨더니 마침내 제가 입고 있는 배스로브 주머니에서 옥색 봉투 하나를 꺼내 무슨 훌륭한 것을 자랑이나 하는 듯이 알맹이를 빼서 정선에게 내던졌다.

정선은 봉투 뒤 옆에 '辯護士 許崇法律事務所(변호사 허숭 법률 사무소)'라고 박힌 것을 보았고, 또 편지 글씨가 숭의 것인 것을 알았다.

정선은 무서운 것을 예기하는 맘으로 그 편지를 내려 읽었다. 정선이 갑진이하고 오류장 갔던 것을 안다는 것, 갑진이더러 다시는 정선을 가까이하지 말라는 것, 갑진의 허물을 용서한다는 것, 갑진이 정선에게 보낸 편지는 불살라 버리겠다는 것 등이었다. 정선은 오직 정신이 아뜩함을 깨달았다. 그 편지를 한 손에 든 채로 얼빠진 것같이 갑진을 바라보았다.

갑진은 정선이 그 편지를 다 읽기를 기다리고 있다가 정선이 저를 바라보는 것을 보고,

"자, 보아요. 놈팽이가 - 숭이 놈이 노상 숙맥은 아니라니까. 허기야 그놈이 내가 정선에게 편지를 받아 보았단 말야. 어젯밤 오류장 생각은 참 못 잊겠다고, 정선의 부드러운 살맛을 못 잊겠다고, 숭이 녀석이 오기 전에 또 한 번 만나자고 했던가, 원. 그날 말요, 오류장 댕겨온 이튿날 몸살이 나서 드러누웠으려니깐 우리 정선이 생각이 나서 못 견디겠더라고. 그래서 좀 오라고 한 편지란 말야. 아무리 기다리니 생전 와야지, 왜 안 왔어?" 하고 정선을 한번 흘겨보고,

"아무려나 숭이 녀석이 쑥은 쑥이거든. 그래, 제 계집 빼앗은 사내더러 용서해 주마는 다 무어야. 나 같으면 다른 놈이 내 계집의 손목만 한 번 건드려도 그놈을 당장에 물고를 내고 말 텐데. 글쎄, 그런 못난이가 어디 있어. 꼭 오쟁이 지기 안성맞춤이

라. 흥, 게다가 또 시큰둥하게시리 내 죄는 다 용서할 테라고, 증거품 될 편지는 불살라 버리겠다고, 그게 다 쑥이거든. 그 편지를 왜 불을 살라 버려, 글쎄. 제게 유리한 적의 증거품을 제 손으로 인멸을 해? 허, 그리고 변호사 노릇을 해 먹어. 똥이나 먹으라지 오쟁이나 지고, 하하."

하고 혼자 수없이 지껄이다가 문득 잊었던 무엇을 생각해 내는 듯이,

"아 참, 그래 그 쑥이 정선이 보고 무어라고 해?"

하고 그래도 얼마쯤 염려되는 표정.

"……."

"그 못난이가 암말도 못 하겠지?"

"……."

"그깟 놈 무어라고 말썽 부리거든 내게로 와요."

"……."

"그런데 그놈이 내 편지를 정말 불을 살랐는지 알 수 없거든. 제 말대로 정말 불을 살랐으면 땡이지마는 이놈이 그것을 움켜쥐고 있으면 걱정이란 말야. 그 편지 한 장으로 간통죄가 성립이 되거든. 까딱 잘못하면 우리 둘이 콩밥이오. 허기야 웬걸, 그 시골뜨기 놈이 언감생심으로 간통 고소를 하겠소마는 정선이 잘 좀 무마를 해요. 내가 과히 강짜는 아니할 테니."

하고 또 갑진은 정선을 건드리려 한다.

정선은,

"글쎄 편지질은 왜 해?"

하고 갑진을 뿌리치고 목도리를 들고 나가려는 것을 갑진이 아니 놓칠 양으로 뒤로 팔을 둘러 정선을 껴안는다.

이때에 마당에서,

"김 군, 갑진이."

하고 찾는 소리가 들린다.

두 사람은 장승 모양으로 우뚝 섰다.

그것은 숭의 음성이었다.

*

"얼른 저 반침 속으로 들어가!"

하고 갑진은 정선을 반침 있는 쪽으로 떠밀었다. 정선도 얼김에 갑진이 시키는 대로 반침 속으로 들어갔다.

갑진은 정선을 반침 속에 감추고 나서 쌍창을 열었다. 거기에는 과연 숭이 엄숙한 얼굴로 서 있었다.

"손님 안 계신가."

하고 숭은 마루 앞에 놓인 부인네 구두를 보고 물었다. 제 아내 구두를 모를 리가 없지마는 아내가 설마 여기 와 있으리라고는 숭은 꿈에도 생각하지 아니했기 때문에 그것을 아내의 구두로는 의심하지 아니하였다. 다만 갑진이 또 어떤 여자를 후려다 놓았는가 할 뿐이었다.

"아니 손님 없어. 들어와, 언제 왔나?"

하고 갑진은 허둥지둥 인사를 하다가 마루 앞 보석 위에 놓인 정선의 구두를 보고는 제아무리 갑진이라도 가슴이 덜컥 내려앉지 아니할 수 없었다. 그러나 다음 순간에 갑진은 '머리 감추고 꼬리 못 감춘다.'는 말을 생각하고 픽 웃었다.

방에 들어와 마주 앉은 두 사람은 한참 동안 서로 바라만 보고 말이 없었다. 서로 저편의 속을 탐지해 보려는 것이 아니라, 다만 피차에 말을 꺼내기가 거북한 것이었다.

"내가 자네하고 오래 말하고 싶지 아니하이. 다만 한마디 자네 말을 들으려고 온 것일세. 허니까 분명한 대답을 해 주게."

하고 숭이 정색하고 입을 열었다.

"옳은 말일세."

하고 갑진이 뻔뻔스럽게 대답한다.

"?"

"나도 자네하구 길게 말하기를 도무지 원치 아니하네. 나도 자네한테 꼭 한마디 물어볼 말이 있으니 분명한 대답을 주게."
하고 갑진은 마치 숭의 말을 흉내 내는 듯하였다.

숭은 갑진의 뻔뻔스러움이 불쾌하였으나 못 들은 체하고,

"첫째는 일전 편지로도 말했지마는, 이로부터는 다시는 내 아내와 가까이 말라는 말일세. 이 첫째 문제에 대해서 분명한 대답을 주게."
하고 말을 끊고 갑진을 바라보았다.

"그러지."
하는 것이 갑진의 대답이었다.

"둘째는 만일 내 아내가 자네 아이를 배었다 하더라도 그것은 내가 말없이 호적에 넣을 테니 그 아이에 관해서 자네가 일생에 아무 말도 아니할 것을 약속해야 하네."

"그것도 그러지."

"나는 자네가 약속은 지켜 줄 사람으로 믿네."

"그렇게 믿게그려. 퍽 미안허이."
하고 갑진은 그래도 좀 무안한 모양을 보였다.

"그럼 난 가네."
하고 숭은 일어나려 하였다.

"가만있게, 나도 자네에게 할 말이 있다고 하지 않았나."
하고 갑진은 일어서려는 숭을 손을 들어 만류하며,

"나는 자네가 그 편지, 내가 보낸 편지를 불살라 버린 것으로 믿어 좋은가?"

"암, 믿게."

"고마우이. 그 편지가 자네 손에 남아 있는 동안 내가 도무지 맘을 못 놓겠네. 고마우이. 인제 그만하고 가게."

*

숭은 아무 말 없이 일어나서 갑진의 방에서 나갔다. 나와서 구두를 신으면서 곁에 놓인 여자의 구두를 유심히 보았다. 그리고 구두끈 매던 손을 쉬고 잠깐 놀랐다. 이 칠피 구두는 분명히 혼인 때에 맞춘 두 켤레 구두 중에 하나였다. 어디가 그러냐고 특징을 물으면 대답하기가 어렵지마는 숭은 정선이 이 구두를 신고 저와 함께 놀러 다니던 것을 기억한다. 끝이 너무 뾰족해서 보기 흉업다고 숭이 한 번 말한 것을 기억하고 다시는 신지 아니하고 두었던 그 클로버 무늬 놓은 구두다.

숭은 다시 신 끈매기를 시작하고 아무 일도 없는 듯이 뚜벅뚜벅 뒤도 아니 돌아보고 밖으로 나갔다.

"잘 가게. 못 나가네, 고마우이."

하는 갑진의 소리가 숭의 뒤를 따라 나왔다.

숭은 어떻게 어느 발로 오는지 모르게 재동 파출소 앞까지 단숨에 달려왔다. 그는 맘속에,

'정선이 와 있구나. 나 재판소 간 틈을 타서. 가만두고 가? 가만두고 가?'

하는 소리를 들었다. 이 소리에 숭은 두 손으로 맘의 귀를 막고 달려온 것이다. 그것이 옳다고 생각하였기 때문에, 믿었기 때문에. 그러나 파출소 앞에 다다라서 숭은 잠깐 발을 멈추었다.

'이 계집이 곧 나오나 아니 나오나. 어떤 꼴을 하고 나오나. 나를 대하면 어떤 낯을 들려나. 그것만은 보아야 속이 풀리겠다.'

하는 생각에 진 것이다.

숭은 아까 올 때보다도 더 급한 맘으로 재동 골목으로 달려 올라갔다. 갑진의 집이, 대문이 바라보이는 데 몸을 숨기고 마치 사냥꾼이 몰려올 짐승을 기다리듯이 기다리고 있었다. 우두커니 섰기도 싱거워서 서성서성 오락가락하였다. 사람이 지나갈 때면 어떤 집을 찾는 듯한 모양을 하였다.

숭은 제 이 태도가 대단히 점잖지 못함을 깨닫는다. 그러나 숭의 뇌세포는 충혈이 되어서 평소의 냉정한 판단력과 굳은 의지력이 두툼한 반투명체의 헝겊으로 한 벌 싼 것과 같았다.

정선의 편에서 어찌하였던가. 숭의 발자국 소리가 아니 들리

게 된 뒤에도 한참 동안이나 갑진은 얼이 빠진 사람 모양으로 숭이 나가던 문을 향하고 우두커니 서 있었다. 그러나 한참 뒤에는 갑진은 그의 독특한 기술로 제 맘에 서리었던 모든 불쾌한 것, 부끄러운 것을 쓸어버리고 평상시와 같은 유쾌한 기분을 지을 수가 있었다.

갑진은 부러,

"하하하하."

하고 너덧 마디 너털웃음을 치고,

"놈팽이 갔어, 이리 나와."

하고 반침문을 열었다.

반침문을 연 갑진은 입, 눈, 팔을 한꺼번에 벌렸다. 그리고,

"정선이!"

하고 불렀다. 정선은 입술이 하얗게 되어서 기색해 있었다. 눈은 번히 떴으나 그것은 죽은 사람의 눈과 같았다. 정선은 경련을 일으킨 듯이 떨었다. 그리고 쪼그리고 앉아서 매를 피하는 어린애와 같이 몸을 쪼그리고 있었다.

시체를 몹시 무서워하는 버릇을 가진 갑진은 전후 불고하고 벼락같이 문을 차고 마루로 뛰어나가면서,

"누구 좀 와!"

하고 소리소리 질렀다.

*

 갑진의 소리에 놀란 집 사람들은 우 몰려나왔다. 정선을 반침 속에서 끌어내 사지를 주무르고 얼굴에 물을 뿜고 야단법석을 하였다. 그러나 정선의 정신은 들지 아니하고 경련은 그치지 아니하였다.

 "정선이, 정선이, 정신차려!"

하고 갑진은 황겁하여 정선의 몸을 힘껏 흔들었다. 다른 사람들이 곁에 있기 때문에 시체라는 무서움이 덜한 것이었다.

 갑진은 정선이 이대로 죽어 버린다 하면 그것이 경찰에 보고되어야 하고, 제가 불려가서 취조를 받아야 하고, 갑진이 원수같이 미워하는 신문 기자들을 만나야 하고, 저와 정선의 이야기가 신문에 올라야 하고, 하는 법률 배운 사람에게 올 만한 모든 생각을 하매 도무지 귀찮기가 짝이 없었다.

 '윤 참판은 무슨 낯으로 보아?'

하는 생각도 나고,

 '○○은행에 취직 문제 있던 것도 이 사건 때문에 흐지부지가 되지 아니할까.'

하는 생각이 나매 정선이 더할 수 없이 미웠다.

 갑진은 집 사람들이 모인 기회를 이용해 제 변명을 하느라고,

"글쎄 웬일야. 무어 의논할 말이 있다고 와 가지고는 말도 다 끝내기 전에 제 손으로 반침문을 열고 뛰어 들어가서는 저 꼴이란 말야."

하고 알 수 없다는 듯이 머리를 흔들었다. 들을 뿐으로 있던 사람들 중에서 새로 들어온 어멈이,

"지랄병이 있나요?"

하고 유식한 양을 보였다.

"옳지 지랄이로군, 간질야."

하고 갑진은 좋은 말을 발견한 것을 기뻐하였다.

이러는 동안에 정선은 깨어났다. 정선은 눈을 떠서 휘 한 번 둘러보고는 벌떡 일어나서 두 손으로 낯을 가리고 벽을 향하고 돌아앉아서 울었다. 정선의 옷은 젖고 꾸겨지고 머리는 한바탕 끄들린 사람 모양으로 헙수룩하게 되었다.

"난 죽는 줄 알았구려."

하고 갑진이 길게 한숨을 쉬었다. 갑진은 이번 통에 그만 모든 흥이 깨어지고 말았다. 여자라는 것이, 적어도 정선이란 여성 하나만은 그만 무서워지고 말았다. 그래서 갑진은,

"자동차 불러 줄게. 타고 가구려."

하고 차게 정선에게 말하였다. 그리고는,

"내가 나가야 전화를 걸지."

하고 배스로브 위에다가 외투를 입고 뛰어나갔다.

이때에 숭은 밖에서 아무리 기다려도 소식이 없어, 아마 제가 파출소 앞까지 간 새에 정선이 가 버린 것이 아닌가 하고 돌아서려다가 그래도 단념이 아니 되어서 갑진의 집 대문까지 걸어왔던 때라 뛰어나오는 갑진과 딱 마주쳤다.

"앗."

하고 갑진은 한 걸음 뒤로 물러서다가,

"자네 여태껏 여기 있었나."

하고 잠깐 머뭇머뭇하다가,

"정선 씨가 내 집에를 오셨다가 잠깐 기색을 했어. 그래 지금은 피어났네. 난 죽는 줄 알았는걸. 내가 오라고 청한 것도 아닌데, 이를테면 나한테 좀 할 말이 있다고 해서 왔다가 자네가 온 것을 보고 아마 기색을 한 모양이야. 아니 참 자네 간 뒤에 왔던가, 원. 아무려나 살아났으니 다행인데, 내가 지금 자동차를 부르러 가니 자네 들어가 보게. 마침 자네가 잘 왔으니 자동차 타고 집으로 같이 가지."

하고는,

"경칠, 어느 놈의 집 전화를 빌려?"

하고 껑충껑충 뛰어나간다.

*

 갑진이 껑충껑충 뛰어서 모퉁이를 돌아서는 양을 보고 숭은 누를 수 없는 불쾌와 분노를 깨달았다.
 '그러면 그것은 정말 정선이던가. 정선이 무엇하러 갑진의 집을 찾아왔으며, 내가 오는 것을 보고 숨었으며, 또 기색은 왜 하였는가.'
 그러나 숭은 '억제하는 것이 힘'이라고 생각하였다. 숭은 태연하기를 힘썼다. 이 경우에도 제가 들어가서 정선을 데리고 가는 것이 정선의 체면을 조금이라도 보전하는 것이라고 생각하였다. 숭은 용기를 내서 사랑으로 들어갔다.
 사랑마루에는 아직도 사람들이 웅성거리고 있다가 숭이 들어오는 것을 보고 모두 눈을 크게 떴다. 숭은 머리와 등에 얼음물을 끼얹는 듯함을 깨달았지마는 태연하게 쌍창을 열어젖혔다. 정선이 혼자 우두커니 벽에 기대어 앉았다가 숭을 보고 두 손으로 낯을 가렸다.
 "괜찮으니 다행이오."
하고 숭은 한마디를 던지고 다시 문을 닫아 버렸다.
 마루 끝에 섰던 사람들은 숭이 온 것을 보고 다 나가 버리고 말았다. 숭은 다시 쌍창을 열었다. 정선은 방바닥에 엎드려 어깨를 움직이며 울고 있었다.

밖에서 자동차의 사이렌이 들렸다.

"자동차 왔소. 나오시오."

하는 숭의 말은 부드러웠으나 떨렸다.

정선은 몸을 들어 눈물을 씻고 코를 풀고 머리를 만지고 손가방을 찾아 들고 목도리를 찾아 들고 일어나 나왔다. 그는 구두끈을 매는 동안에도 땅만 들여다보고 구두를 신고 일어서서도 감히 숭을 우러러보지 못하였다.

숭은 정선을 한 번 힐끗 보고는 앞을 서서 대문으로 나왔다. 정선이 따라 나오는 구두 소리를 들으면서.

자동차가 섰는 큰 한길 모퉁이를 돌아서려 할 적에 갑진을 만났다.

"괜찮소?"

하고 갑진은 정선과 숭을 일시에 바라보았다. 정선의 눈물에 젖은 해쓱한 얼굴과 숭의 화석인 듯한 엄숙한 얼굴이 다 갑진에게는 차마 볼 수 없는 괴로운 것이었다.

'아, 내가 잘못했다.'

하고 갑진은 평생에 몇 번 아니해 본 후회를 하였다.

숭은 정선을 먼저 자동차에 앉히고 저도 올라앉았다. 갑진은 자동차에 가까이 오지 아니하고,

"허 군, 잘 가게."

하는 한마디를 자동차 바퀴가 두어 번 돌아간 뒤에야 던졌다. 자동차 속에서는 아무 대답도 없었다.

갑진은 자동차가 좁은 길로 연해 사이렌을 울리면서 내려가는 것을 물끄러미 바라보며 숭이란 인물을 생각하였다. 동시에 눈을 내리떠 제 모양을 돌아보았다.

'아아, 초라한 내 꼴!'

하고 갑진은 눈을 감았다.

'술주정꾼, 계집애 궁둥이만 따라다니는 놈, 은인의 딸, 친구의 아내를 통한 놈, 직업도 없는 놈, 아무에게도 존경을 못 받는 놈, 그리고 도무지 세상에는 쓸데없는 놈!'

하고 갑진은 길게 한숨을 쉬었다. 때 묻고 꾸깃꾸깃한 자리옷, 세수도 아니한 얼굴, 음란한 생각만 하는 맘, 이러한 초라한 제 모양이 분명히 눈에 뜰 때에 갑진은 힘없이 고개를 숙이고 누구를 만날까 두려워하는 사람으로 제 집을 향하고 무거운 걸음을 옮겼다.

*

갑진은 그 길로 방에 들어와 눈을 감고 누워서 가만히 생각하였다.

갑진에게는 밝은 도덕적 양심이 있었다. 그는 본래 둔탁한 기질이 아니다. 보통학교 이래의 수재다. 그는 오늘날 조선 사람이 받을 가장 높은 교육을 받았다. 다만 그에게는 조상 적부터 전해 오는 이기적인 피가 있고 여러 백 년 동안 게으른 생활과 술과 계집의 향락 생활에 의지력이 마비되고 말았다. 그는 알지마는 행하지 못하고 행하지마는 계속하지 못한다. 그에게는 의리나 나라나 학문이나 주의나를 위하여 저를 희생해 버릴 만한 열도 없고 인내력도 없다. 오직 권력과 향락에 대한 욕심이 있다. 그것도 제 몸과 맘을 이쁘게 하지 아니하고 얻을 욕심이 있다. 이 점에 있어서 갑진은 유전의 희생자다. 운명의 아들이다.

정선도 이 점에서는 갑진과 같다. 그는 밝은 지혜와 양심을 가졌다. 그러나 그에게 있어서는 저 한 몸의 향락이 다른 모든 것보다 컸다. 갑진이나 정선에게는 나라를 위해서 목숨을 바치기를 기뻐하는 일본 사람의 심리를 깨달을 수가 없다. 그들은 도리어 일본 군인이 어리석어서 전장에 나아가 죽는 것같이 생각한다. 그들의 유전적인 자기중심주의와 이기주의로 굳어진 뇌세포는 이와 다르게 생각할 자유를 잃어버렸다. 그들로 하여금 연설을 하게 한다면, 글을 쓰게 한다면 그들의 여러 대 동안 단련된 구변과 문리는 아무도 당할 수 없는 좋은 이론을 전개하게 하고, 그들의 비평안은 능히 아무러한 일, 아무러한 사람에게서도 흠점을 집어낼 만하게 날카롭다. 그러나 이기욕 중독, 향락 중독, 알코올 중독된 도덕적 의지는 말할 수 없이 약하다.

힘드는 일은 남을 시키고서 가만히 보고 앉았다가 그 일이 잘되면 제가 한 것이라 하고 못되면 저 같으면 잘할 것이라 하는 그러한 약음을 가졌다. 이 모든 것이 거의 그들의 선천적 약점인 것으로 보아서 그들은 새 시대의 건설에 참례할 자격이 없는 동정할 존재다.

그러나 개인의 새로운 결심과 감격은 그들에게 새 생명을 불어넣을 수가 있을는지 모른다. 만일 노쇠한 민족이 다시 젊어질 수 없다는 어떤 학자의 말이 옳다고 하면 노쇠한 계급, 노쇠한 혈통의 후예도 영영 다시 젊어질 수 없을는지 모른다.

갑진도 중학교 이래로 여러 번 결심을 한 일이 있었다. 술, 담배를 아니 먹기로 결심한 일도 있고, 여자를 보고 음심을 아니 먹기로 결심한 일도 있고, 날마다 운동을 하기로, 또는 좋은 서적을 보기로, 또는 산에 오르기로, 또는 돈 쓰는 것을 일일이 적어 놓기로, 또는,

'나는 일생을 마르크스주의에 바치리라.'

고 결심한 일조차 있고, 또는,

'나는 변호사가 되어 농민, 노동자, 사회 운동자를 위하여 몸을 바치리라.'

고 결심한 일도 있었다. 장담한 일도 있었다. 그러나 언제나 말뿐이요, 그것이 한 달을 계속한 일도 없었다. 오직,

'사내, 주색을 모르고 무엇을 하느냐. 대장부 마땅히 불구소절할 것이다.'

하는 결심만이 언제까지나 계속하는 듯하였다. 그래서 갑진은,

'어떻게 하면 돈 십만 원이나 얻나. 어떻게 하면 저 계집애를 손에 넣나.'

하는 생각으로 세월을 보내고 있었다. 날마다 조금씩 조금씩 쌓아서 큰 것을 이룬다는 것 같은 일은 갑진과 같은 의지력 상실자에게는 바랄 수 없는 일이었다.

'그것을 누가? 숭이 같은 못난 놈이나.'

하는 것이 그의 생각이었다.

이건영도 이 점에서는 갑진과 같은 부류다.

*

 갑진의 맘은 많이 괴로웠다. 못나게 보던 숭에게는 그가 일찍 생각하지 못한 무슨 무서운 힘이 있는 것 같았다. 그가 성낼 일에 - 누구든지 성낼 일에 성을 내지 아니하는 숭의 태도가 못난 것이 아니라, 제가 지금까지 생각하지 못하던 무슨 높은 힘인 것 같았다. 갑진은 제가 숭보다 지혜 있고 힘 있는 사람이라던 생각이 깨어지는 것을 눈앞에서 보았다. 저는 숭이에게 비겨 '가치'가 떨어지는 사람이라는 것을 느꼈다. 그것이 슬프기도 하고 부끄럽기도 하였다.

 '심기일전.'

하는 생각도 났다.

 '방향 전환.'

하는 생각도 났다. 언젠가 아마 한 선생에게 들은, 'Clean life(깨끗한 생활)'가 인격의 힘의 근원이라던 말도 생각났다. 담배도 아니 먹고 술도 아니 먹고 계집 집에도 아니 가고 돈 욕심도 아니 내고 오직 청년을 지도하기에만 힘을 쓰고 있는 한 선생의 생활은 분명히 깨끗한 생활임에 틀림없다. 그리고 한 선생에게 사람을 감복시키는 힘이 있음에 틀림없었다. 그다음에 깨끗한 생활을 하는 이로는 분명히 허숭이었다. 허숭에게 무슨 힘이 있다고 생각해 본 적이 없었으나 오늘은 분명히 그것을 느꼈다. 분명히 허숭은 제가 꿈도 못 꾸던 무슨 힘을 가졌다는 것을, 싫지마는 인식하지 아니할 수 없었다.

'나도 생활을 고칠까. 나도 술, 담배, 계집을 버리고 깨끗한 생활을 해 볼까. 나도 세상을 위해서 몸 바치는 일을 해 볼까. 그렇게 깨끗한 일생을 보내 볼까.'

이렇게 생각하면 갑진은 가슴이 뜀을 깨달았다.

그러나 배스로브 주머니에 있는 해태갑을 만질 때에 한 대 피워 물고 싶었다. 갑진은 모든 생각 다 내버리고 벌떡 일어나 성냥을 찾아 한 대를 피워 물었다. 깊이 뱃속까지 들어가라 하고 연기를 들이마셨다. 정선이 야단 통에 두어 시간이나 담배를 끊었다가 먹는 담배라 머리가 아뜩하는 것 같았다.

'요것이 의지력을 마비하는 것인가.'

하고 갑진은 한 번 웃고, 그 담배를 재떨이에 북북 비벼 버리고, 그리고는 주머니에 든 해태갑을 꺼내 두 손으로 비틀어 두 동강에 끊어서 쌍창을 열고 마당에 홱 집어던졌다. 그리고 갑진은,

'난 담배를 끊는다. 다시는 담배를 입에 아니 댄다!'

하고 혼자 소리를 지르고, 그 결심을 더욱 굳게 하기 위하여 두 주먹을 불끈 쥐어서 허공에 내둘렀다.

'그러나 술은?'

하고 갑진은 생각한다. 갑진의 눈에는 대 달린 유리잔에 부어진 노란 위스키가 보인다. 그것은 갑진이 가장 사랑하는 술이다. 그것을 몇 잔 마시고 얼근하게 취하게 된 때에 젊은 이성의 손을 잡고 허리를 안고 음란한 소리를 하는 저를 상상하였다. 그것은 진실로 버리기 어려운 유쾌한 일이었다. 그러나 갑진은 그러한 이성들에게서 전염한 매독과 임질을 생각하고 그것을 의사에게 보일 때에 부끄럽던 것을 생각한다. 그래서 ○○이라는 사람은 이 위험을 면하기 위하여 꼭 처녀와 유부녀를 따라다닌다는 것을 듣고 갑진이 저도 그것을 배우려 한 것을 생각한다. 그러나 갑진의 눈앞에는 봄날 암캐를 따라다니는 수캐의 떼가 보인다.

'사람이란 그보다 좀 더 높은 것이 아닐까.'

하고 갑진은 타구에 침을 탁 뱉는다.

*

'빌어먹을 것, 마르크시스트나 될까.'

하고 갑진은 열 손가락으로 머리를 득득 긁었다.

'마르크시스트가 되더라도 요새 조선 마르크시스트들보다

백 배나 낫게 되련만.'

하고 그는 제 학식과 재주를 생각한다.

'구라파에 한 새 괴물이 있으니……. 만국의 노동자여, 단결하라…….'

이 모양으로 공산당 선언시의 문구를 생각해 본다. 그러나 법학을 배운 그에게는 치안 유지법이 생각이 난다. 소유권이나 국체의 변혁을 목적으로 결사를 하는 자는 삼 년으로부터 사형…….

갑진의 눈앞에는 감옥이 보인다. 그는 학생 시대에 형법 선생에게 끌려 감옥 구경을 한 일이 있다. 그 맨마룻바닥의 음침한 방, 그 미결수의 야청 옷과 복역수의 황토물 들인 옷, 그 쇠사슬, 더구나 머리에 쓰는 그 용수 - 이런 것들은 갑진에게는 그렇게 유쾌한 광경은 아니었다. 더구나 그 사형 집행장. 갑진은 일찍 저는 검사가 되리라, 검사가 되어 법정에서 논고를 하는 것도 유쾌한 일이지마는 사형 집행을 임검하는 것이 더욱 재미롭게 생각한 일도 있다. 그 미운 신문 기자 놈을 한 번 사형 집행을 하였으면 하고 손뼉을 치고 웃은 일도 있었다. 그러나 제가 사형수가 되어서 그 자리에 서고 싶은 생각은 털끝만치도 없었다.

'나는 마르크시스트는 싫다. 무릇 감옥과 사형대와 관계있는 것은 싫다!'

하고 갑진은 몸을 한 번 흔들었다.

'빌어먹을 거, 나는 예수나 믿어 볼까. 목사가 되어 볼까.'
하고 갑진은 예배당을 눈에 그렸다.

'찬송합시다, 찬송합시다. 아아, 내 죄를 씻으신 주 이름 찬송합시다.'

그것도 남을 시켜서 부르게 하고 듣는 것은 괜찮지마는 제가 부르는 것은 - 그 어리석은 무리들과 섞여서 부르는 것은 쑥스러웠다. 갑진은 원체 창가를 잘 못하였고 또 음악은 싫었다.

"이놈아 그 빠, 빼 하는 것을 직업이라고 해."
하고 그는 음악을 전문으로 하는 친구를 놀려 먹었다. 갑진에게는 가장 가치 있는 학문은 법학이요, 가장 가치 있는 직업은 관리 - 그중에도 사법관이었다. - 그중에도 검사였다. 그 밖에는 대학 교수와 변호사뿐이 제 체면에 할 수 있는 유일한 직업이었다. 같은 대학 교수라도 사립 말고, 조선에 있는 것 말고, 동경제국대학 교수였다.

이렇게 도고한 갑진이 예배당에 가서 어중이떠중이와 함께 찬미를 부르고 고개를 숙여 기도를 하는 것은 차마 못할 일이었다. 갑진은 물론 하느님의 존재를 믿지 아니한다. 그는 유물론자일 것이다. 하물며 유대인이 생각하는 하느님인 여호와라는 것은 한 신화 중의 픽션에 불과하였다. 예수는 갑진에게는 괜찮은 사람이었다. 그러나 갑진은 예수 모양으로 밥을 굶고 발을 벗고 돌팔매를 맞고 돌아다니다가 가시 면류관을 쓰고 십자가에 매달려서 옆구리를 찔려 죽고 싶지는 아니하였다. 편안히 살면서, 오래 살면서, 정말 면류관을 쓰면서 예수가 되라면 그것은 할 만한 일이라고 생각하였다. 그렇게 하기 위하여 갑진은 돈 많고 아름다운 아내와 고등문관 시험 합격을 노리는 것이었다. 그렇지마는 하느님이 있고 없고, 예수가 하느님의 외아들임을 믿고 아니 믿는 것은 예수를 믿는 데 별로 큰 지장이 없었다. 일요일마다 예배당에를 가고 남과 같이 찬미를 부르고 성부와 성자와 성신의 이름을 부르기만 하면 갑진은 일 년 내에 능히 주일학교 성경 선생, 장로까지는 올라가리라고 생각한다.

'거 할 만하지마는 머 먹을 것이 있다구.'
하고 갑진은 담배 한 모금을 길게 들이마셨다가 입을 여러 모양을 지으며 내뿜었다.

*

'무얼해?'
하고 갑진은 정말 체조 모양으로 두 팔을 홰홰 내두르다가 책상

앞에 와서 꿇어앉으며,

'그렇다고 밤낮 이 모양으로 살다가는 전정이 전병이구.'
하고 눈을 껌벅껌벅하며 생각을 계속한다.

'제길, 나도 금광이나 나설까.'
하고 최창학이, 방응모를 생각한다.

'나도 최창학이, 방응모 모양으로 금광만 한 번 뜨면 백만 원, 이백만 원이 단박에 굴러 들어올 텐데. 오, 또 박용운이란 사람도 백만 원 부자가 되었다고. 내가 하면야 그깟 놈들만큼만 해. 그래서는 그 돈은 떡 식산 은행, 조선 은행, 제일 은행……일본 은행에다가 예금을 해 놓고는. 옳지, 요새 경제 봉쇄니, 만주 전쟁이니 하는 판에 그 백만 원, 아니 이백만 원을 가지고 한 번 크게 투기 사업을 해서 열 갑절만 만들어 - 일 년 내에. 그러면 이천만 원. 아유, 이천만 원 생기면 굉장하겠네.'
하고 갑진은 바로 눈앞에 이천만 원의 현금이 놓이기나 한 듯이 눈을 크게 뜨고 바라본다.

'이천만 원만 가지면야 무엇은 못해. 제길 한 번 정치 운동을 해 볼까. 정우회 민정당을 온통으로 손에 넣어서……. 그보다도 조선의 토지를 살까. 아유, 그 이천만 원만 있으면야. 아유, 그걸 어떻게 다 써. 한 번 서울 안에 있는 기생을 모조리 불러 놓고 - 아차 또 이런 비루한 생각. 인왕산 밑 윤 자작의 집을 사 가지고,

어여쁜 여학생 첩을 스물만 얻어서…….'

갑진은 이천만 원이라는 생각에 일시적으로 과대망상광이 된 모양으로 이 생각 저 생각 하고 있을 때에, 점심상이 나와서 갑진의 공상의 사슬을 끊었다. 그러나 이천만 원 덕분에 정선이 문제로 생겼던 괴로움은 훨씬 가벼워졌다.

'요오시(오냐), 금광을 해 보자. 그것도 자본이 드나?'
하고 금광을 해 보리라는 생각은 갑진의 맘에 뿌리를 박았다.

그러나 금광에는 자본이 안 드는가. 새것을 찾으려면 고생이 안 될는가. 누가 찾아 놓은 것을 하나 얻었으면 좋으련마는, 좋은 것을 왜 내놓을라고. 이렇게 생각하면 금광도 쉬운 것 같지는 아니하였다.

'에이, 귀찮어!'
하고 갑진은 담배 한 대를 또 피워 문다. 담배를 피워 무는 것이 가장 쉬운 일이었다.

밥상을 물린 뒤에도 다시 생각을 계속하였으나 신통한 결론이 없었다. 그는,

'에라, 금년 고문에나 꼭 패스하자.'
하고 책상에서 작년에 부족하였던 《형법총론》을 꺼냈다.

'우선 검사가 되어 가지고……. 그래 그래, 검사가 제일이다.'
하고 책을 떠들어 보았다. 그러나 반년 이상이나 돌아보지 않던

책이라 글이 눈에 들어오지를 아니하였다.

'역시 부잣집 딸한테 장가드는 것이 제일 속한 길이다!'
하고 책을 내동댕이를 쳤다.

'그러나 인제는 신용도 다 잃어버리지를 아니하였나. 그나 그뿐인가. 숭이 놈이 그 편지를 불살라 버리지 아니하고 두었다 하면 언제 그것을 내대고 간통 고소를 할는지 아나. 글쎄 내가 미쳤지, 그 편지를 왜 해?'
하고 갑진은 이를 갈았다.

'어디 술 먹으러나 갈까.'
하고 갑진은 시계를 꺼내 보았다. 아직 오후 세 시다.

'아직 카페도 안 열었겠고.'
하고 갑진은 대단히 불쾌하였다.

*

숭은 정선을 자동차에 태우고 오는 길에 혹시 독약이나 먹은 것이 아닌가 하여,

"병원으로 가려오?"
하고 물었다.

"아니오."

하고 정선은 숭을 쳐다보면서 애걸하는 듯이 대답하였다.

그럼 독약은 아니로구나 하고 숭은 잠잠하였다.

"어디로 모시랍시오?"

하고 재동 골목을 다 나서서 운전수가 백미러를 들여다보면서 물었다.

숭은 정선을 돌아보았다. 정선은 남편에게 들릴 만한 소리로,

"집으로."

하였다.

숭은 아내의 말을 받아,

"정동으로, 방송국 가는 길로."

하고 명령을 하였다.

정동까지 가는 동안에 두 사람은 아무 말이 없었다. 집에 가서 숭은 유월을 시켜 안방에 자리를 깔아 드리라고 명하고 저는 곧 집에서 나왔다.

정선은 자리에 누워서 앓았다. 몸과 맘을 다 앓았다. 이 몸이 어찌 될 것인지 향방을 알 수가 없었다.

남편은 필경 모든 것을 다 알고 있는 것이 아니냐. 제가 집에 온 지 수일을 두고 남편이 저와 자리를 같이하지 아니하는 뜻도 알았다. 그러나 정거장까지 저를 나와 맞아 준 뜻, 그 후에도 줄

곧 비록 전과 같이 따뜻하지는 아니하다 하더라도 예사롭게 저를 대해 주는 뜻, 오늘도 보통 사람으로 말하면 비록 칼부림까지는 아니 난다 하더라도 간음한 아내인 제게 대하여 온갖 모욕을 다 하여야 할 경우이건만도 도무지 성낸 빛도, 미워하는 빛도 보이지 아니하는 남편의 속을 도무지 알 도리가 없었다.

'무한한 사랑으로 나를 용서함일까. 남편으로서 이러한 아내를 용서할 수가 있을까. 만일 남편이 다른 여자와 간통을 하였다 하면 나는 이러할 수가 있을까.'

이렇게도 생각해 보았다.

'남편은 내게 대한 사랑이 아주 식어 버려서 치지도외(置之度外)하는 것일까.'

이렇게도 생각하고,

'속으로는 견딜 수 없는 분함과 슬픔을 품으면서도 남성적인 의지력으로 그것을 꾹 눌러 두었음일까. 마치 단단하고 두터운 땅거죽이 땅속의 지극히 뜨거운 불을 꾹 눌러 싸고 있는 모양으로, 숭의 강한 인격의 힘이 질투와 분노의 몇 천 도인지 알 수 없는 불을 가슴속에 눌러 품고 있음이 아닐까.'

이렇게 생각하면 숭이란 사람이 천지에 꽉 차도록 무섭고 큰 사람같이 보였다.

지금까지 정선은 숭을 저보다 높은 사람, 더 좋은 사람, 더 힘 있는 사람이라고 생각해 본 일이 없었다. 도리어 숭을 시골뜨기 못난이라고 생각하였다. 그러나 참을 수 없는 것을 참는 것을 볼 때에, 보통 사람이 가지지 아니한 무슨 큰 힘을 가진 사람임을 승인하지 아니할 수 없었다. 갑진이 입버릇같이 말하는 모양으로 숭은 반드시 쑥도 아니요, 못난이도 아니라고 생각했다.

그러나 만일 숭이 보통 사람 이상의 분함과 슬픔을 가슴에 품고 꾹 눌러 참고 있다고 하면, 마치 땅속의 불이 화산으로 터져 나오는 모양으로, 또 그것이 한 번 터져 나오는 날이면 하늘과 땅의 모든 것을 흔들고 태워 버릴 기세를 보이는 모양으로, 숭의 분통이 한 번 터질 때에는 정선의 몸을 가루를 만들고 연기를 만들어 버릴 무서운 위력이 있지 아니할까 – 이렇게도 정선은 생각해 보았다.

*

그처럼 숭이 힘 있고 높은 사람일진대, 저는 숭의 충실한 아내가 되었다면 좋았다고 생각하였다. 또 생각하면 저는 분명히 숭의 값을 잘못 친 것 같았다. 첫째 갑진을 비롯하여 여러 남자가 정선의 인물과 재산을 탐을 냈건마는 숭은 도리어 저와 혼인하기를 아버지에게 여러 번 거절한 줄을 잘 안다. 정선은 지금까지 이 거절은 숭이 제 집 문벌과 또 제 인물이 도저히 감당치를 못하여, 이를테면 숭이 못나서 그런 것으로만 알고 있었다. 그러나 지금 생각하면 숭의 눈에는 더 큰 다른 것을 보기 때문에 그만한 재산이나 문벌이나 또 여자의 용모와 교육(정선은 제가 세상에 드문 미인이요, 귀족 집 딸이요, 고등 교육을 받았고, 또 십여 만 원의 재산이 있고 한 것을 세상에 비길 데가 드문 큰 자격이요, 자랑으로 믿고 있다.)도 돌아보지 않은 것이라고 깨달아지는 것 같았다.

만일 정선이 숭에게 대하여 애초부터 이만한 존경을 가졌다면 정선은 숭에게 이처럼 배반하는 아내는 되지 아니하였을 것이다, 이렇게도 생각하였다.

그러나 인제는 동이의 물은 모래 위에 엎질러지지 아니하였느냐. 영원히 다시 주워 담을 수는 없지 아니하냐. 정선의 맘은 슬펐다.

'내 눈이 삐었어. 이년의 눈이 삐었어.'

하고 정선은 울었다.

'어쩌면 갑진을 그이보다 낫게 봐. 어쩌면 그이를 몰라봐.'

하고 혼자 애를 썼다.

"유월아!"

하고 정선은 소리를 쳤다.

"네에."

하고 유월이 뛰어 들어왔다.

유월의 처녀다운 낯을 보기가 부끄러워 정선은 눈을 감았다.

"영감이 너보고 내 말 아니 물으시든?"

"……."

"나 오기 전에?"

하고 정선은 눈을 떴다. 유월은 대단히 얌전하고도 아름답게 보였다.

"아뇨, 암 말씀도 아니하셔요."

하고 유월은 의아해하면서도 사실대로 대답하였다.

"나 오기 전에는 어느 방에서 주무셨니?"

"안방에서요."

하고 유월은 웃음을 참느라고 고개를 숙이면서,

"식전에 제가 들어오니깐……. 아이, 우스워."

하고 유월은 우스워서 말이 막혔다.

정선은 유월의 웃는 까닭이 이상했다. 혹시 숭이 유월을 건드리려고 한 것이나 아닌가 하여 갑자기 질투를 느꼈다.

"이년 말을 하지 않고 웃긴 왜 웃어? 바로 말을 해!"

하고 날카롭게 소리를 질렀다.

유월은 웃음을 걷고,

"영감마님께서 저 벽에 걸렸던 마님 치마를 안고 계시다가 제가 들어오는 것을 보고 내던지시겠죠."

하고 겁내는 눈으로 정선을 바라본다.

유월의 말에 정선은 눈을 감았다. 어디까지든지 남편을 몰라보는 저로구나 하고 부끄러웠다.

"그동안 잿골 서방님도 오셨던?"

하고 정선은 유월의 대답에서 무슨 재료를 얻으려고 물었다.

"그럼요, 밤낮 오셔서……."

하고 유월이는 잠깐 주저하였다.

*

"그래, 잿골 서방님이 오셔서 어떻게 하던?"

하고 정선은 무서운 대답을 기다리면서도 물었다.

"오시면 안방으로 들어오셔서……."

하고 말이 막힌다. 본 대로 다 말해도 옳은지 아닌지를 모르는 까닭이다.

정선은 유월이 저를 바라보고 앉았는 것을 보고,

"어서 본 대로 다 말해."

하고 재촉하였다.

"안방에 들어오셔서는 어멈더러 마님 자리를 깔라고 호령을 하고, 사루마다 바람으로 어멈을 껴안고 - 그건 도무지 말이 아니랍니다. 그리고도 아침에 늦게 일어나셔서는 세숫물을 떠오라고, 술을 사 오라고, 반찬이 없다고 소리소리 지르시지요. 남이 부끄러워!"

하고 유월이는 분개한 빛을 보였다.

정선은 또 눈을 감았다. 더 말하랄 용기가 없었다.

정선은 지금 제가 누운 자리가 갑진의 살이 닿았던 것을 생각할 때에 그 자리와 몸이 불결한 것을 깨달았다.

"이 자리 깃이라!"

하고 정선은 벌떡 일어났다.

유월은 명령대로 자리를 걷어 이불장에 얹었다. 정선은,

"그 홑이불, 욧잇, 베갯잇 다 뜯어 빨아라. 내가 또 그것을 덮어 볼는지 모르겠다마는."

하였다. 유월은 제가 한 말이 큰 화단이 되지나 않는가 하고 겁이 났다. 그러나 영감마님을 생각하고 마님과 김 서방을 생각하면 그런 말을 제가 한 것은 당연한 일이라고 생각하였다. 그리고 기운차게 이불과 요를 마루에 내다놓고,

"여보, 똥이 할머니, 이불 뜯으세요!"

하고 아랫방을 향하여 소리를 쳤다. 유월은 제가 갑자기 중요 인물이 된 것같이 생각되었다.

'여편네가 그게 무슨 꼴이람.'

하고 유월이는 속으로 중얼거렸다. 여편네란 것은 물론 정선을 가리킨 것이었다.

정선은 이불을 내다놓고 들어오는 유월을 보고,

"요년, 너 영감께 다 일러바쳤구나?"

하고 눈을 흘겼다. 정선은 저와 갑진에게 대한 모든 비밀이 유월의 입을 통하여 남편의 귀에 들어간 것같이 생각하고 유월이 미워진 것이었다.

"아닙니다, 쉰네가 무얼 영감마님께 일러바칩니까."

하고 유월은 당황하여 쓰지 말라는 쉰네라는 말을 쓰다가,

"저는 암 말씀도 아니 여쭸습니다."

유월은 똑 잡아떼었다.

"내가 잿골 서방님허구 오류장 갔다가 밤에 늦게 온 이야기도 네가 했지, 요년?"

하고 정선의 말은 더욱 날카로웠다.

"전 오류장이 무엇인지 알지도 못합니다."

하고 유월은 속으로는 토라졌다.

정선은 얼른 책상에 돌아앉아서 편지 한 장을 써서 유월에게 주며,

"너 이것 가지고 다방골 병원 댁에 갔다 온. 얼른 오시라고."

하고는 체경에 제 꼴을 비추어 보았다. 머리는 부하게 일어나고 옷은 유치장에서 나온 것같이 꾸겨지고 얼굴은 앓다가 뛰어나온 것 같았다.

*

'내가 어쩌다가 이 꼴이 되었나?'

하고 정신은 늑심이 되었다.

'이러다가 내가 어찌 될 것인가.'

하는 생각도 났다.

'산에 가서 승이나 될까.'

하고 정선은 생각하였다. 이것은 조선 여자가 화날 때에 생각한 법이다.

정선은 금강산에 수학여행 갔을 때에 승에게 대한, 종교적은 아니나 시적인 감흥을 느낀 일이 있었다. 그것이 생각났다. 그러나 여승의 차디차고 고적한 생활을 하기에는 정선은 너무도

변화하고 정욕적이었다.

'죽어 버릴까.'

하는 생각도 났다. 이 생각은 팔자 좋게 자라난 정선으로는 도무지 생각해 본 일이 없었다. 오류동 철로 길에서 차에 치어 죽은 홍, 김 두 여자(그들은 정선과 동창이었다.)를 정선은 비웃었었다. '죽기는 왜, 봄 같은 인생에 꽃 같은 청춘으로 죽기는 왜?' 이렇게 생각한 것이었다. 정선에게는 인생은 봄과 같고 청춘은 꽃과 같고 생활은 음악회와 같았다. 그는 스스로 저는 모든 괴로움과는 전혀 인연이 없는 선녀로 생각하였던 것이었다. 무엇이나 부족함이 있나, 가문이 좋겠다, 재산이 있겠다, 인물이 잘났겠다, 재주가 있겠다, 좋은 교육을 받았겠다, 정선이 일생에 할 일은 오직 즐기는 것뿐이요, 즐기는 것도 싫어지거든 자는 것뿐인 듯하였다. 아마 만물이 면치 못한다는 죽음도 정선 하나만에게는 오지 못할 것 같았다. 그는 여왕이요, 여왕이라도 mortal(죽을) 여왕이 아니라 immortal(죽지 않을)한 celestial(천상의)한 여왕이었다. 그러면서도 Diana(달)와 같이 영원한 아름다움과 사랑을 누리는 여왕이었다.

하지마는 이태도 다 못 되는 세월이 지나가는 동안에 정선은,

'죽었으면……'

하는 생각을 하게 되었다.

'이 망신, 이 욕.'

하고 정선은 제 앞에 닥쳐오는 것이 망신과 욕뿐인 것을 보았다. 도무지 망신이나 욕을 맛보지 못한 정선에게는 망신과 욕은 죽기보다 싫은 것이었다. 정선은 세상이 저를 향하여 손가락질하고 비웃는 것을 보고는 살 수가 없는 것 같았다.

'죽어 버리자.'

하고 정선은 체경에서 물러나 방바닥에 펄썩 주저앉았다.

기찻길, 양잿물, 칼모틴 등등 죽는 방법을 여러 가지로 생각해 보았다. 물에 빠지는 것, 목을 매는 것, 칼로 동맥을 따는 것. 정선은 소설에서와 신문에서 본 자살의 여러 장면을 상상해 보았다. 물에 빠져 죽은 시체, 목매어 죽은 시체, 철도에 치어 사지가 산란한 시체 - 이러한 것도 눈앞에 떠나왔다. 그 어느 것도 보기 좋은 꼴은 아니었다.

'남편을 따라가 농촌 사업에 일생을 바칠까.'

하고 정선은 살여울도 눈앞에 그려 보았다. 농민 아동들에게 어머니와 같이 사모함을 받으면서 농민 교육 사업에 몸을 바치는 것 - 그러한 것도 눈앞에 그려 보았다.

그러나 남편이 과연 저를 용서할까. 아니, 남편이 지금 저를 죽여 버리려고 칼이나 육혈포나를 사러 간 것은 아닐까 - 하는 생각도 불현듯 나서 정선은 몸에 소름이 끼쳤다.

'남편은 맘만 나면 무슨 일이라도 할 사람이다!'

이렇게 생각하면 남편이 저를 죽일 확실성이 더하는 듯했다.

'남편이 어디를 갔을까.'

하고 정선은 정신없는 눈으로 방 안을 둘러보았다.

방 안에는 구석구석 남편이 피 묻은 칼을 들고 저를 노려보는 것만 같았다. 정선은 아까 기색하였던 신경의 격동이 아직 가라앉지를 아니한 것이었다.

"유월아!"

하고 정선은 무서워서 불렀다. 그 소리에 놀라 유모가 뛰어 들어왔다.

정선의 입술에는 핏기가 전혀 없었다.

*

현 의사는 환자를 보내고 수술복을 벗고 안마루인 양실에 들어와서 소파에 앉아 담배를 피워 물었다. 그는 남자 모양으로 한 다리 위에 한 다리를 얹고 고개를 교의 뒤에 기대고 시름없이 공상을 하고 있었다. 테이블 위에 놓인 홍차 잔에서는 연연한 김이 가늘게 올랐다.

역시 이성이 그리웠다. 큰소리는 하지마는 혼자 있는 것은 적적하였다. 나이 삼십이 넘으면 여자로서 앞날의 젊음이 많지 아니한 것이 느껴졌다.

'혼인을 할까.'

하고 현 의사는 요새에 가끔 생각하게 되었다. 정선이 다녀간 뒤로 웬일인지 더욱 그런 생각이 났다. 봄의 꽃 같던 정선이 내외 금실이 좋지 못하여 애를 쓰는 것을 보고는 혼인할 생각이 아니 남직도 하건마는 도리어 그와 반대였다. 젊은 아내로의 괴로움 - 현은 그것이 도리어 그립고 가지고 싶었다. 어머니로의 괴로움도 가지고 싶었다.

'고생이 재미지.'

하는 어떤 시집간 동무의 말이 결코 해학으로만 들리지 아니하였다. 내외 싸움, 앓는 자식을 위해 밤을 새우며 애 졸임 - 이런 것은 부인, 소아만 날마다 접하는 현 의사로서는 이루 셀 수가 없이 듣는 이야기였다. 도무지 어떤 부인이든지 말을 아니하면 몰라도 한 번 두 번 사귀어 말을 하면 저마다 고생이 없는 사람이 없었다. 있다면 그것은 허영심 많고 거짓말 잘하는 여자여서 제 집에는 돈도 많고 집도 좋고 남편도 잘나고 금실도 좋다는 사람뿐이었다.

'글쎄 뭣 하러들 시집들을 가?'

하고 현은 마치 본능과 인정을 다 태워 버린 식은 재나 되는 것 같이 빈정대지마는, 그러나 겨울 시내의 굳은 얼음 밑에도 물은 여전히 울고 흘러가는 것과 같이 가슴의 속속 깊이는 젊은 여성의 애욕의 불길이 탔다.

'허지만 누구한테 시집을 간담?'
하고 현 의사는 탄식하였다. 눈이 너무 높았다. 그것을 현은,
'어디 조선에 사람이 있어야지.'
라고 설명하는 버릇이 있다.

현 의사는 상자 속에 있는 여러 가지 편지들의 필자인 사내들을 생각해 본다. 이 박사, 김두취, 문학 청년, 부랑자, 교사 등등. 그러나 현이 일생을 의탁하고자 하는 사람은 없었다.

"한 남자에게 어떻게 모든 것을 찾소. 갑에게서는 인물을 취하고 을에게서는 재주를 취하고 병에게서는 체격을 취하고 정에게서는 말을 취하고 또 돈을 취하고, 이 모양으로 해야지 한 남자가 모든 것을 구비할 수야 있소?"
하던 어떤 기생 친구의 말도 생각하였다. 콜론타이의 붉은 사랑식 연애관도 생각하였다.

'허기는 일생을 같이 살자니 문제지, 남편을 고르기가 어렵지. 하루 이틀의 남편이야 구하자면야, 이 박사나 편지질하는 무리들도 하루 이틀이라면야……'

하고 현 의사는 제 생각이 우스워서 깔깔 웃었다.

"네?"

하고 현 의사가 웃는 소리에 혹시 무슨 일이나 있나 하고 계집애가 건넌방에서 뛰어나왔다.

"아니다, 나 혼자 웃었다."

하고 도로 건넌방으로 들어가려는 것을,

"얘, 너 자라서 시집갈래?"

하고 물었다.

"싫어요, 시집을 누가 가요."

하고 계집애는 부끄러워서 몸을 비틀면서,

"언제든지 선생님 모시고 있을 테야요."

하였다.

"내가 시집을 가면?"

"네?"

하고 계집애는 못 들을 소리나 들었다는 듯이 눈을 크게 뜬다.

*

현 의사가 이렇게 있을 때에 유월이가 정선의 편지를 가지고 왔다.

"오냐."

하고 현 의사는 유월의 손에서 편지를 받으면서,

"너희 아씨 언제 오셨니? 시골 가셨더라지?"

하고 편지를 뜯는다.

"우리 마님요?"

하고 유월은 현 의사의 아씨란 말을 정정한 뒤에,

"벌써 오셨습니다. 사흘 됐나 나흘 됐나?"

하고는,

"얼른 좀 오십시사고요."

하고는 동무의 손을 잡고 웃고 소곤거린다.

"너희 허 선생도 오셨니?"

"네, 바로 마님 떠나신 날 오셨어요."

현 의사는 고개를 끄덕끄덕한다.

"무슨 급히 의논할 일이 있단 말야?"

하고 현 의사는 담배 한 대를 더 붙이고 가만히 눈을 감는다. 마치 셜록 홈즈가 무슨 큰 문제를 해결하려는 모양으로.

정선이 낙태시키는 방법을 묻던 것, 정선이 허둥허둥하던 것, 또 정선이 왔다 가는 길로 시골로 내려간 것, 이 모든 것이 다 무슨 수수께끼를 싸고도는 사실인 듯하였다.

'역시 혼인이란 귀찮은 것인가. 혼자 사는 것이 제일 편한가.'
하고 현 의사는 담배를 꺼 버리고,

"택시 하나 불러라."

하고 명령하였다.

그로부터 십 분 후에는 현 의사의 청초하고도 싸늘한 자태가 정선과 마주 앉아 있었다.

"결국 정선의 맘에 달렸지."

하고 현 의사는 정선의 하소연을 다 들은 뒤에 하는 말이었다.

"정선이 지난 일을 다 뉘우치고, 앞으로 남편에게 충실하고 순종하는 아내가 될 결심이라면 허 변호사와 그렇게 하는 것이요, 또 만일 정선이 도저히 이 가정생활을 계속할 의사가 없다면, 또 그리하는 것이고 - 그럴 것 아니냐. 잘못은 어차피 잘못이니까. 아마 붉은 사랑의 표준으로 보더라도 네 행위는 죄가 되겠지. 아무리 생각하더라도 네 행위를 변명할 길은 없을 것이다. 정조라는 문제를 차치한다 하더라도, 신의 문제거든. 정조에는 붉은 정조, 흰 정조가 있을는지 모르지마는, 신의라든가 의리라든가 하는 문제에 이르러서는 붉고 흰 것이 없으리란 말이다. 사람이 사회생활을 하는 동안 아마 영원성을 가진 것이겠지. 그런데 정선이 행위로 말하면 신의를 저버린 행위거든. 속이지 못할 사람을 속이고 하지 못할 일을 한 것이거든. 그러니까 말이야. 정선이 할 일은 우선 남편에게 모든 것을 자백하고, 또 사죄하고, 다음에는 아까 말한 것과 같이 정선이 원하는 길, 가정의 계속이냐 파괴냐의 두 길 중에 하나를 택해서 남편에게 청할 것은 청하고 원할 것은 원할 것이란 말야. 그러니깐 지금 네 생각이 어떠냐 말이다. 가정을 계속하느냐 갈라서느냐 – 그걸 먼첨 작정하란 말이다."

하고 현 의사는 정선의 속을 꿰뚫어 보려는 듯한 파는 눈으로 정선을 바라보았다. 그리고 정선의 초췌하고 어찌할 줄 모르는 얼굴이 가엾었다. 역시 혼인이란 어려운 것인가 하고 현은 제 몸이 단출하고 가벼움을 느꼈다.

"내가 어떡하면 좋수?"

하고 정선은 그만 울고 엎드렸다.

남편의 앞에서 갑진과의 관계를 자백하는 것, 그다음에 올 남편의 말, 그다음에 올 제 앞길 모두 캄캄하였다. 갑진과 둘이서 오류장으로 가던 그 용기는 어디서 나왔던 것인고. 정선은 제일의 갈피를 잡을 수가 없었다.

현은 우는 정선을 물끄러미 보고만 앉았다. 침묵 중에 시계바늘은 돌아갔다.

*

"우는 것으로 해결이 되나."

하고 현 의사는 정선의 어깨를 만지며,

"인제는 여자도 우는 것을 버릴 때가 아닌가. 우는 것은 약자의 무기다. 어려운 일을 해결하는 것은 뜨거운 감정이 아니거든. 찬 이지란 말이다. 맘을 식혀, 싸늘하게 얼음같이 식혀요. 그래야 바른 생각이 나오거든. 원래 네가 맘을 식혔다면야 이런 일이 나지를 아니했을 것이다. 열정이 너를 그르쳤구나……. 정선이, 무슨 엔진이든지 말이다, 다 냉각 장치가 있단 말야, 식히는 장치가. 엔진이 돌기는 열로 돌지마는 식히지를 아니하면 아주 돌지 못하게 터지거나 병이 나고 말거든. 그래서 자동차든지, 비행기든지 다 냉각장치가 있단 말야. 공기로 식히는 것도 있고, 물로 식히는 것도 있지 아니하냐. 그 모양으로 열정가의 열정에도 냉각 장치가 필요하단 말이다. 그래서 지금은 냉각을 시켜야 될 때라고 생각되거든 즉시 냉각시킬 수 있도록, 썩 기민하고 정확하게 작용이 되도록 조절해 놓을 필요가 있어. 그럼 그 열정의 냉각 장치는 무엇이냐 하면 그거는 이지란 말이다, 인텔리젠스란 말이다. 정선도 인텔리젠트하기는 하지마는 아직 이모션(정)과 인텔리젠스가 잘 조화, 연락이 되지 못했단 말야. 하니깐 말이다, 잘 머리를 식혀 가지고 생각을 해 보란 말이다."

정선의 혼란한 의식 속에는 현 의사의 말이 분명히 다 들어오지는 아니하였다. 그러나 제 행동이 인텔리젠트하지 못한 것만은 의식하였다. 그것을 의식할 때에 정선은 한 가지 더 낙망을 느꼈다. 정선은 스스로 약은 사람으로 믿고 있었는데 제 약음이란 것이 몇 푼어치 아니 되는 것을 깨달은 까닭이었다. 이만한 어려운 경우를 당하면 곧 파산이 되는 제 지혜라는 것이 가엾은 것이라 하였다.

이렇게 저를 평가할수록 아무러한 일에도 도무지 업셋(쩔쩔매는 것)하지 아니하는 남편의 지력과 의지력이 가치가 높고 무서운 것같이 보였다. 현 의사는 싸늘한 지혜의 사람만 되지마는, 남편에게는 싸늘한 지혜 외에도 굳은 의지의 힘과 불같은 열정을 가진 것으로 보였다. 이렇게 정선이 남편의 인격을 심리학적으로 분석해 보기는 이것이 처음이었다. 그것은 현 의사의 도움이라고 아니할 수 없다.

"내가 혼자 살아갈 수는 없겠수?"

하고 정선은 제게 힘이 없음을 느끼면서 물었다.

"혼자? 이혼하고?"

하고 현은 반문한다.

"이를테면 말이우."

"혼자 살아갈 수 있겠지. 정선이는 재산이 있으니까. 재산만 있으면 살기는 사는 게지. 먹고 입으면 사는 것이니까."

"교사 노릇이라도 못 할까?"

"그건 안 될걸. 간음하고 이혼당한 사람을 누가 선생으로 쓰라고."

하고 현 의사는 사정없이 말하였다.

정선은 너무도 사정없는 말에 가슴이 뜨끔하였다. 그러나 다시 생각해 보면 그것은 사실이었다.

"그럼 내가 무얼허구 사우?"

하고 정선은 눈에 새로운 눈물을 담으면서 물었다.

"무슨 일을 한단 말이지? 먹고 입지만 말고 무슨 일을 해 본단 말이지?"

하고 현 의사는 여전히 싸늘하였다.

"응, 내가 지금 어쩔 줄을 모르니 바로 말씀해 주어요. 나는 자살할 생각도 해 보았어. 지금도 죽고만 싶어. 허지만 죽는 일밖에 없을까?"

하고 정선은 눈물에 젖은 눈으로 현 의사를 바라본다.

"죽어 버리는 것도 한 해결책이지. 세상이란 죽음에 대해서는 턱없이 동정하는 법이니깐."

하고 현 의사는 눈을 감고 무엇을 생각한다.

*

"허지만."
하고 현 의사는 한 다리를 한 무릎에 바꾸어 얹으며,
"자살이란 것은 무엇을 해결하는 수단 중에 제일 졸렬한 수단이야. 어떤 사람이 자살을 하는고 하니 책임감은 있으나 도무지 힘이 없는 사람이거나, 그렇지 아니하면 백 가지 천 가지로 있는 힘을 다해 보다가 그야말로 진퇴유곡이 되어서 한 번 죽음으로써 이름이나 보전하자는 것이야. 그 밖에도 남녀의 정사라든지, 부랑자가 돈이 없어 죽는다든지, 또는 정신병적으로, 이름은 좋게 철학적으로 자살하는 사람도 있지마는 그것은 우리네 생각으로 보면 다 정신병적이야. 어느 자살이든지를 물론하고, 자살한다는 것은 약자의 일이라고 나는 믿어. 세상에 제일 쉬운 것이 죽는 일이거든. 아무리 못난이라도 게름뱅이라도 가만히 있기만 하면 한 번은 죽는 것이란 말이다. 사람이 나라를 위해서 전장에서 죽는다든지, 또 예수나 베드로, 바울 모양으로 세상을 위해서 인류를 구하노라고 죽는다든지, 또 조르다노 브루

노 모양으로 진리를 위해서 죽는다든지 하는 것은 존경할 일이요, 저마다 못 할 일이지마는 제 맘이 좀 괴롭다고, 세상이 좀 부끄럽다고 죽어? 그건 약하다는 것보다도 죄악이란 말이다. 무슨 죄악이나 죄악은 필경 약한 데서 나오는 것이지마는, 가령 정선이로 보더라도 말이다. 간호부가 되어 앓는 사람을 위로하고 도와줄 수도 있고 학교에 못 가는 애들에게 글자를 가르쳐 줄 수도 있겠고 돌아다니면서 남의 마루방에 걸레를 쳐 주기로 세상에 무슨 할 일이 없어서 죽는단 말이냐. 또 네 남편에게 잘 말하면 용서함을 받아서 새로 각설로 행복된 가정을 이룰 수도 있을 것이고 - 얘 조선에는 네 남편 같은 사람이 드물다. 다들 돈푼이나 따라다니고, 계집애 궁둥이나 따라다니고, 조그마한 문화 주택이나 탐내고 하는 이때에 그이는 돈도 안 돌아보고 미인도 안 돌아보고 도회의 향락도 다 내버리고 세계적으로 빈약하고 세계적으로 살 재미없는 조선 농촌에 뛰어 들어간다는 것이 영웅적 행위다. 누구나 다 하는 일인 줄 아니? 나 같으면 그런 남편만 있으면 그야말로 날마다 머리를 풀어서 발을 씻고 발바닥에 입을 맞추겠다. 너는 무엇이 부족해서 그러는지 나는 도무지 네 속을 알 수가 없다."
하고 현 의사는 웃지도 아니하고 길게 한숨을 내쉰다. 그것은 제가 한 말이 정성되고 참된 것을 증명하는 것이었다.

정선은 처음보다 냉정한 의식을 가지고 현 의사의 말을 들었다. 그 말은 극히 이론이 정연하였다. 또 현 의사의 말의 주지가,

일. 나를 중심으로 생각지 말 것
이. 숭의 인격이 출중하다는 것

인 것도 알아들었다. 알아들을 뿐 아니라 그 말이 모두 무거운 압력을 가지고 정선의 맘에 스며듦을 깨달았다.
"나도 선희 모양으로 기생이나 될까."
하고 정선은 말을 던졌다.
"무어?"
하고 현 의사는 깜짝 놀랐다.
"기생이나 될까, 선희 모양으로 – 선희가 산월이라던가, 기생 이름으로."
하고 정선은 빙그레 웃었다.
현 의사는 정선의 맘이 좀 풀려서 웃는 것만이 기뻤다. 그래서 현 의사도 사내 웃음 모양으로,
"하하하하."
하고 웃었다.

현 의사가 가려고 일어설 때에 숭이 돌아왔다. 숭은 사랑으로 들어가려는 것을 유월이 다방골서 현 의사가 왔다고 해서 안방으로 들어온 것이었다.

"오셨어요?"

하고 숭은 현이 내미는 손을 잡아 흔들었다.

"그렇게 왔단 말씀도 아니하세요? 전화라도 거시지."

하고 현은 숭의 손을 뿌리쳤다.

"참 미안합니다."

하고 숭도 웃었다.

마들 앉았다.

"그래, 농촌 재미가 어떠세요?"

하고 현은 일부러 좌석을 유쾌하게 하려고 하는 듯이,

"난 도무지 시골 생활은 몰라. 석왕사 한 이 주일 가 본 일이 있나. 제일 불편한 게 전등 없는 게야. 안 그래요?"

하고 말을 시킨다.

"왜 석왕사는 전등이 없소? 있다우."

하고 정선도 기운을 얻어 말대꾸를 한다.

"모두 불편하지요."

하고 숭도 유쾌하게,

"도회에는 편리하도록 편리한 것을 다 만들어 놓았지마는, 농촌에는 아무것도 만들어 놓는 이가 없거든요. 도회 설비 십분지 일만 해 놓아 보세요. 도회에 와 살기보다 나을 테니. 푸른 하늘, 맑은 물, 산, 신선한 풀, 새들, 신선한 공기, 순박한 풍속, 이것이야 농촌 아니면 볼 수 있어요?"

하고 열심으로 말한다.

"그러나 우리는 직업이 의사니깐 천생 도회에서만 살게 생겼지요?"

"왜 농촌에는 의사가 쓸데없나요? 농촌에는 병이 없나요?"

"그야 그렇지요마는 가난한 농민들이 어떻게 의사를 부르겠어요?"

하고 현 의사는 제 주장이 약한 것을 생각하고 픽 웃는다.

"자동차 타고 불려 다닐 의사는 농촌에서는 쓸데없지요. 허지마는 제 발로 걸어 다닐 의사는 한없이 필요합니다. 내가 처음 살여울에 가니까 살여울 동네에만 이질 환자, 장질부사 환자가 십여 명이나 되겠지요. 그래서 내가 읍내에 가서 의사를 불렀지요. 했더니 자동차비 외에 출장비, 왕진료 하고 사뭇 받아낸단 말씀이야요. 그리고도 오라는 때 오지도 않거든요. 그래서 내가 검온기 하나 사고 또 약품을 좀 사다가 의사 겸 간호부 노릇을 했지요…….."

"오, 그러시다가 장질부사를 붙들리셨습니다그려? 이를테면 순직이시로군, 하하하하."
하고 현 의사는 말을 가로채어서 웃는다.

"그러니 농민들이 전염이 무엇인지를 압니까, 격리가 무엇인지를 압니까, 소독이 무엇인지를 압니까. 의사들이 무엇하러 도회에만 몰려요? 왜 서울에는 골목골목에 병원이 있는데도 의사들이 서울에만 있으려 들어요? 왜 만 명에 하나도 의사가 없는 시골에는 안 가려 들어요. 왜 부랑자나 남의 첩이나 이런 사람의 병이면 제 부모 병이나 같이 밤을 새워 가며 시탕을 하면서도, 왜 제 밥과 제 옷을 만들어 주고 제 민족의 주인인 농민들의 앓는 곳에는 안 가려 들어요. 현 선생은 왜 볼썽흰, 밤낮 쓸데 있는 일에 골몰한 농촌 부녀와 어린애들 병을 좀 안 보아 주시고, 대학 병원일세 의전 병원일세 세브란스일세 하고 큰 병원이 수두룩한 데 있어서 한가한 사람들의 병만 보고 계셔요? 돈 벌어 보실 양으로? 농촌에 가시더라도 양식과 나무 걱정은 없으시리다. 현 선생이 만일 우리 살여울에 와서 개업을 하신다면 집 한 채, 양식, 나무, 반찬거리 다 드리고, 그리고도 떡한 집에서는 떡, 닭 잡은 집에서 닭고기 빠지지 않고 갖다가 드릴 것입니다. 그리고 농민들에게 어머니와 같은 사랑과 존경을 받으시면서 일생을 보내실 것입니다."

하는 숭의 눈은 열정으로 빛났다.

"어머니 소리 듣기는 싫여!"

하고 현 의사는 웃었으나 곧 엄숙한 표정을 지어 숭의 말에 경의를 표하였다.

*

　서울의 밤은 깊어 간다. 서울의 밤에는 소리 없이 눈이 내린다. 덕수궁 빈 대궐의 궁장에 소복소복 밤눈이 덮인 열 시 넘어가 될 때에는 이화 학당의 피아노 소리도 그치고 소비에트 연방과 북미합중국 영사관도 삼림과 같이 고요한데 오직 마당에 나무들만이 하얗게 눈을 무릅쓰고 섰을 뿐이다.

　서울이 금년에는 눈이 적었으나 눈이 오면 반드시 아름다운 경치를 보였다. 오늘 밤 눈도 그러한 아름다운 눈 중의 하나였다. 음산한 찬바람에 날리는 부서진 눈이 아니라 거침없이 사뭇 내려오는 송이눈이었다. 성난 가루눈이 아니요, 눈물과 웃음을 머금은 촉촉한 눈이었다. 그들은 사뿐사뿐 지붕과 나뭇가지와 바위와 길에 굴러다니던 쇠똥 위에까지도 내려와서 가만히 앉

는다. 가는 가지 연한 잎이 그 무게를 견디지 못하여 고개를 흔들면 놀란 새 모양으로 땅에 떨어지지마는 그러하지 아니한 동안 그들은, 눈송이들은 하느님의 둘째 명령을 가만히 기다리고 앉아 있다, 언제까지든지.

땅은 희고 하늘은 회색이다. 천지는 밤눈빛이라 할 특별한 빛에 싸인다. 고요하고 깨끗하고 부드러운 천지의 신(장면). 이것은 천지의 아름다운 신 중에도 가장 아름다운 것 중에 하나다. 누가 이것을 보나? 사람들은 잔다. 새들도 짐승들도 잔다. 달도 별들도 다 잠이 들었다. 이 평화로운 신을 보는 이는 오직 하느님 자신과 시인의 꿈뿐이다. 그렇지 아니하면 잠을 못 이루고 헤매는 근심 품은 사람들이다. 혹은 몰래 만나는 사랑하는 젊은이들이다.

이렇게 평화로운 눈에 덮인 지붕 밑은 반드시 평화로운 단잠뿐은 아니다. 그 밑에 열락(悅樂)의 따뜻한 보금자리도 있겠지마는 눈물의 신, 쟁투의 신, 고통의 신도 없지 아니하다.

옛날 같으면 정동 대궐과 서궐, 미국 공사관, 아라사 공사관과 연락하던 복도가 있던 고개 마루터기를 영성문 쪽으로부터 허둥지둥 올라오는 검은 그림자가 있다. 그는 마치 포수에게 쫓겨 오는 어린 사슴과 같이 비틀거리며 뛰어온다. 그 그림자는 고개 위에 우뚝 섰다.

"내가 어디로 가는 것이야?"

하는 듯이 그는 사방을 둘러본다. 그의 머리와 어깨에는 촉촉한 눈송이가 사뿐사뿐 내려와 앉는다.

그는 이윽히 주저하다가 정동 예배당 쪽으로 허둥거리고 걸어 내려온다. 뒤에는 조그마한 발자국을 남기면서 그는 비탈을 뛰어내려오는 사람 모양으로 재판소 정문 앞까지 일직선으로 내려와 가지고는 또 이쪽저쪽을 돌아보더니 무엇에 끌리는 모양으로 예배당 쪽으로 걸음을 옮긴다. 예배당 앞에 다다라서는 그는 예배당 문설주를 붙들고 쓰러지는 몸을 겨우 붙드는 자세를 취한다. 그의 머리와 어깨는 희다. 회색 하늘에서는 배꽃 같은 눈이 점점 더욱 퍼부어 내린다. 그는 정선이다.

"하느님, 나는 어디로 가요?"

하고 정선은 예배당 뾰족지붕을 바라보았다.

정선에게서는 하느님이나 예수에 대한 믿음이 스러진 지 오래였다. 아마 일찍 생겨 본 일이 없었는지도 모른다. 그는 십오 년 학교 생활에 꼭꼭 예배당에를 다니고 성경을 보고 기도를 하였다. 그러나 학교를 나온 날부터 그는 일찍 성경을 펴 본 일도 없고 기도를 해 본 일도 없었다. 졸업 예배는 그에게는 마지막 예배였다.

그러나 정선은 어찌하여 이 깊은 밤에 허둥지둥 여기를 와서 예배당 문설주를 붙들고 우는가.

*

 정선은 어찌하여 여기를 왔나?

 현 의사가 집에 환자 왔다는 기별을 듣고 돌아가 버린 뒤에 숭과 정선은 말없이 저녁상을 마주 받았다. 그 침묵은 참으로 견딜 수 없이 무겁고 괴로운 침묵이었다.

 정선은 남편이 말문을 열어 주기를 고대하였다. 남편은 반드시 말문을 열어서 이 무겁고 괴로운 침묵을 깨뜨리고 저를 위로해 주는 말을 하리라고 믿었다. 그리고 맛도 없는 밥을 퍼 넣고 있었다. 그러나 숭의 입에서 도무지 말이 나오지 아니할뿐더러 그 눈도 오직 밥그릇과 반찬그릇에서 돌 뿐이요, 한 번도 정선에게로 향하지 아니하였다.

 정선은 혹은 곁눈으로 혹은 치뜨는 눈으로 남편의 태도를 엿보았으나 그는 마치 바윗돌같이 태연하여 얼굴에는 아무 표정의 움직임도 없었다. 이따금 숭이 밥술을 든 채로 멍하니 허공을 바라보고 있는 것은 무슨 괴로운 생각을 보임인가 하였다.

 이 모양으로 저녁도 끝이 났다. 상도 물리기 전에 숭은 사랑으로 나와 버렸다. 숭이 나아간 뒤에 정선은 누를 수 없는 슬픔이 북받쳐서 책상 위에 엎드려 울었다.

정선은 현 의사의 충고대로 남편에게 제 모든 잘못을 뉘우치고 용서함을 빌고 싶었다. 그리고 만일 남편이 허하기만 한다면 그를 따라서 어디까지라도 가고 싶었다. 살여울 가서 오라 같은 굵은 베 치마를 입고 물을 긷고 밥을 지어도 좋을 것 같았다. 그러나 밥을 먹는 동안에도 정선은 그 기회를 찾지 못하였다.

'한없는 남편의 사랑'을 정선은 숭에게 기대하였다. 또 저는 남편에게 그만한 것을 기대할 권리가 있는 것같이 생각하였다. 거기는 숭이 정선의 친정집 밥으로 공부를 한 것, 제가 십여 만 원의 재산을 가지고 온 것 등을 믿는 맘이 섞인 것이었다.

정선은 이제나 남편이 들어오는가 저세나 들어오는가 하고 기다렸다. 마당에서 무슨 소리가 나도 그것이 남편의 발자취나 아닌가 하였다. 마치 애인을 기다리는 처녀의 맘과 같았다. 만일 지금 남편이 들어오기만 하면 울고 매달리려고까지 생각하였다.

그러나 시계가 아홉 시를 가리켜도 남편은 들어오지를 아니하였다. 정선은 초조하여 유월을 불러 남편이 사랑에 있나 없나, 또는 무엇을 하는가 보고 오라고 하였다.

유월의 보고에 의하건댄 남편은 사랑에서 짐을 싸더라고 한다. 그러면 남편은 살여울로 가려는 것인가. 저를 아주 버리고 살여울로 가려는 것인가 하였다.

정선은 일어나 사랑으로 나갔다. 일부러 발자국 소리를 내면서 마루에 올라서서 문밖에서 잠깐 기다렸다. 방 안은 고요하였다. 정선은 서양식으로 문을 두어 번 두드렸다. 그리고 또 기다렸다.

십 초나 지냈을 만한 때에 숭은 일어나서 문을 열었다. 그리고 무심한 눈으로 정선을 바라보고 들어오라는 보통 인사로 하는 듯이 몸을 한편으로 비키고 섰다.

정선은 만나는 길로 남편에게 안기려 하였으나 남편의 이 무심한 태도를 보고는 그 용기도 다 없어졌다. 방 안에 가로놓인 가방들을 보고는 도리어 일종의 반감까지 일어났다.

정선은 가방을 둘러보면서,

"어디 가시우?"

하고 남편에게 말을 붙였다.

"살여울로 가우."

하는 것이 숭의 대답이었다.

"가시려거든 결말을 내고 가시우."

하고 정선은 떨리는 분개한 음성으로 톡 쏘았다.

*

　정선이 결말을 내고 가라고 대드는 바람에 숭은 잠깐 대답을 잃은 듯, 정선의 눈에서 말 밖의 뜻을 찾으려 하였다.

　정선의 눈은 독기를 품고 입술은 떨었다. 그는 남편의 무한한 사랑을 믿던 반동으로 남편이 저를 버리고 달아나려는 것에 무한한 분개를 느낀 것이었다.

　"결말?"

하고 숭은 정선의 맘에 대한 정탐이 끝이 났다는 듯이 다시 태안한 어조로 말을 하였다.

　"그럼, 결말을 내야지. 흐지부지하고 가실 듯싶소?"

하고 정선은 방바닥에 모로 세워 놓은 슈트케이스를 발로 차서 굴리고 해 볼 테면 해 보자 하는 모양으로 아랫목에 펄썩 주저앉았다. 분난 정선의 생각에는 이것도 다 내 집인데 하는 생각이 난 것이었다.

　"결말이 다 나지 않았소? 결말이 다 났으니까 나는 나 갈 데로 가는 것이오. 아직 결말 아니 난 것은 여기 있소."

하고 숭은 양복저고리 속주머니에서 봉투에 넣은 서류 한 장을 꺼내,

　"여기는 당신과 나와의 이혼 수속이 들어 있고, 내 도장은 박

아 놓았으니 언제나 당신이 하고 싶은 때에 당신 이름 밑에 도장을 찍고 당신 아버지 도장을 찍어서 경성부에 제출을 하시오 그려. 그리고 내 이름으로 장인께서 주신 재산은 전부 장인 이름에로 양도한다는 공정 증서를 작성해서 아까 갖다 드렸소. 이만하면 결말이 다 나지 않았소? 그 밖에 무슨 결말 안 난 것이 있단 말이오? 응, 그리구 이 집도 역시 당신 아버지께로 넘긴다고 공정 증서 속에 집어넣었소."

하고 쳇대 끈에서 금고 열쇠를 뽑아서 정선의 앞에 내던진다.

정선은 숭의 대답에 정신을 잃을 뻔하였다. 숭이 낮에 밖에 나갔다 들어온 것이 모두 이러한 수속 때문이었던가. 남편은 아주 저를 끊어 버릴 결심을 하였는가 하매 전신이 매달렸던 줄이 탁 끊어진 것 같아서, 그 서슬에 제 몸은 바윗돌에 탁 부딪친 것 같아서 정신이 희미해짐을 깨달았다.

"나는 살여울서 벌써 당신과 갑진의 관계를 알았소."

하고 숭은 정선을 향하고 마주 앉아 얼마만큼 태도를 부드럽게 풀며,

"어느 친구가 내게 편지를 해 주었소. 나는 그 편지를 아니 믿으려 했지마는, 그래도 맘이 괴로워서 예정보다 일찍 서울로 올라왔소. 내가 하루만 더 일찍 올라왔다면 우리 불행은 좀 덜했을는지 모를 것을, 아마 운명인가 보오. 나는 황주에서 집으로

당신에게 전보를 놓고 당신이 정거장에 나올 것을 기다렸으나, 물론 그때 내가 경성역에 내릴 때에는 당신은 갑진 군과 어느 요릿집에서 저녁을 막 마쳤을 때였을 것이오. 그러니까 내 전보가 집에 올 때에는 당신은 갑진 군과 함께 훈련원 운동장에서 베이스볼 구경을 하고 있었을 것이오. 나는 차에서 내려서 혼자 나오다가 당신이 갑진과 함께 택시를 타고 오류장을 향하고 달려가는 것을 보았소. 그리고 나는 집에 온 이튿날인가 갑진 군이 당신에게 한 편지를 받아 보았소. 그 편지로 나도 당신이 오류장 갔던 목적을 알았소. 그리고 오늘까지 나도 당신이 내게 무슨 말을 하는가 하고 기다렸고, 또 나를 찾아서 살여울 간 뜻도 추측은 하지마는 당신의 입으로 말을 들어 볼까 하였소. 나는 당신이 비록 일시의 잘못으로 그린 일을 저질렀다 하더라도 반드시 내 앞에서 뉘우치는 말을 할 것을 믿고 기다렸소. 그러나 내가 믿었던 것은 다 허사요. 나는 오늘에 이르러서 모든 일은 다 끝난 것을 깨달았소. 그래서 나는 오늘 하루로 당신의 말과 같이 우리 부부생활에 결말을 짓고 밤차로 내 일터로 가는 일밖에 남은 것이 무엇이오?"

하고 정선의 흙빛 얼굴을 바라보았다.

*

 숭은 짐을 싸면서도 최후의 일각까지 정선의 반성을 기다린 것이었다. 그러다가 정선이 사랑으로 나오는 것을 보고 '지금이라도' 하고 정선의 자백과 회오를 예기하였던 것이, 정선이 도리어 토라진 모양을 보이는 것을 보고는 최후의 희망조차 끊어지고 만 것이다.
 "아버지한테 내 말을 다 하셨소그래?"
하고 정선은 숭에게 대들었다.
 "……."
 "아버지보고 무어라고 하셨소?"
하고 정선은 재우쳐 물었다. 정선의 맘에는 제 비밀을 아버지에게 옮긴 것에 대한 분한 맘이 가득 찼고, 또 숭의 말(정선의 죄상을 낱낱이 적발한)에서 받은 수치심이 회오의 눈물로 변하는 대신에 분노와 원망의 불길로 변한 것이었다.
 숭은 정선의 이 반응을 불쾌하게 생각하였다. 그것은 숭의 맘에서 정선에게 대한 최후의 동정과 미련까지도 싹 씻어 버렸다. 그 불쾌함은 정선을 갑진의 집에서 발견한 때 이상이었다.
 숭은 윤 참판을 보고 이혼 문제도 말하지 아니하고 정선의 간음 문제도 말하지 아니하였다. 다만 저는 농촌에서 농민과 같은 가난한 생활을 하는 것이 소원이니 받은 재산을 다 돌려드린다고 하였을 뿐이었다. 그러나 숭은 정선에게 이러한 자세한 말을 할 여유가 없었다. 그는 정선이라는 여자의 맘에 선악을 판단하는 능력이 있는가를 의심하지 아니할 수가 없었다.

숭은 전화를 떼어 들고 택시를 불렀다. 이 자리에 더 머물러 있을 필요를 보지 못한 것이었다.

정선은 거의 본정신을 잃었다 하리만큼 숭을 향하여 온갖 욕설과 저주를 퍼부었다. 처음에는 못 가리라고 주장하였으나 나중에는 어서 나가라고 호령하였다. 처음에는 숭의 짐을 들어 문밖에 내놓았으나 나중에는 모두 다 제 것이니 몸만 나가라고 소리를 질렀다. 숭은 마침내 외투를 빼앗기고 양복저고리를 빼앗기고 조끼를 찢기고 짐도 하나도 들지 아니하고 하인들의 조소 속에 이 집 대문을 나섰다. 택시에 올라앉은 때에 유월이 양복저고리와 외투를 몰래 집어다 주었다. 그것은 숭이 집에서 나온 뒤에 정선이,

"이 더러운 놈이 입던 옷!"

하고 마당으로 집어내 던지는 것을 유월이 집어 가지고 따라 나온 것이었다.

"오, 고맙다."

하고 숭은 그 옷을 받아 입고 유월의 머리를 만져 주었다.

"자, 경성역으로."

하고 숭은 운전수에게 명하였다. 모터가 소리를 내기 시작한다.

"영감마님, 저도 데리고 가 주세요. 저도 따라가요."

하고 유월이 자동차 창을 두드리면서 불렀다.

숭은 몇 번 거절하였으나, 마침내 문을 열고,

"어디를 간단 말이냐."

하고 물었다.

"저는 영감마님 따라갈 테야요. 무슨 일이든지 할 테니 저를 데리고 가세요."

하고 차 속으로 기어 들어왔다.

"가자."

하고 숭은 곁에 자리를 내어 유월을 앉혔다. 안에서는 정선의 울음 섞인 성난 소리가 들렸다.

차는 떠났다.

요란한 모터 소리를 내고 차가 떠나서 대한문을 향하고 달릴 때에 숭은 떨어진 칼라를 바로잡고 머리에 모자가 없는 것을 생각하였다. 그리고 앞에 앉은 운전수에게 부끄러웠다.

*

 정거장에 나오니 차 시간은 아직 한 시간이나 넘어 남았다. 숭은 유월을 데리고 식당에 올라가 한구석 병풍 뒤에 몸을 숨기고 앉았다.

 "유월아, 너는 집으로 들어가거라."
하고 숭은 감히 앉지 못하고 서 있는 유월을 돌아보았다.

 "싫여요, 전 영감마님 따라가요."
하고 유월은 몸을 한 번 흔들고 치마 고리를 씹었다. 분홍치마, 노랑 저고리, 흰 행주치마에 자주 댕기를 늘인 순조선식 계집애 복색이 식당에 앉은 사람들의 시선을 끌었다. 유월은 열여섯 살로는 퍽 줄자란 편이나 체격은 색시꼴이 났다.

 "네가 시골 가서 무얼해?"
하고 숭은 엄숙하게 물었다.

 "그래도 가요. 무엇이나 하라시는 대로 하지요."
하는 유월의 대답에는 결심의 굳음이 있었다.

 밤 열 시 사십 분에 봉천을 향하는 열차는 눈이 퍼붓는 속을 헤치고 경성역을 떠났다.

 삼등실은 한 걸상에 셋씩이나 앉고도 서 있는 사람이 많도록 좁았다. 누워서 자는 체하는 사람과 짐을 올려놓고 기대고 앉은 사람이 있는 것은 늘 보는 일이다. 조선 사람보다 일본 사람, 무교육한 이보다도 교육 있어 보이는 이가 많은 것도 어디서나 보는 일이었다.

숭은 간신히 한 자리를 얻어 유월을 앉히고 저는 자리 넓은 곳을 찾느라고 이 찻간에서 저 찻간으로 여행을 하였다. 그러나 어디를 가도 앉을 만한 곳이 없었다.

숭은 좌석의 간막이에 기대어 무심코 다리를 쉬고 있었다. 이때에 등 뒤에서,

"허 변호사 영감이시지요?"

하는 젊은 여자의 음성이 들렸다.

숭은 깜짝 놀라 돌아보았다. 어떤 잘두루마기 입고 비취와 금으로 장식한 조바위를 쓴 젊은 여자였다.

"영감, 저를 모르세요. 산월이랍니다, 백산월이."

하고 말하는 이는 매달릴 듯이 반갑게 바싹 다가섰다.

이름을 듣고 보니 그는 분명히 산월이었다.

"아!"

하고 숭은 끄덕임과 웃음으로써 인사를 대답하였다.

"어디로 가세요? 아, 용서하세요. 가시는 데를 여쭈어서."

하고 제 말을 취소한다.

"나는 시골로 가요."

하고 숭은 사실대로 대답한 뒤에,

"그런데 어디 가시오?"

하고 이번에 숭이 물었다.

"네, 저, 잠깐."

하고 사방을 둘러보더니 차중의 시선이 다 제게로 모인 것을 보고 잠깐 창황하다가 곧 안정을 회복해 가지고,

"자리가 어디세요? 잠깐 여쭐 말씀이 있으니 우리 저리로 가세요."

하고 산월은 앞서서 한 걸음 걷고 뒤를 돌아보았다. 숭이 따라오는 것을 보고 안심하는 듯이 문을 열고 나갔다.

다음 칸은 식당이었다. 식당으로 들어가는 문손잡이를 붙들고 선 채, 산월은 아양 부리는 눈으로 숭을 쳐다보고 숭의 조끼 가슴에 한 손을 대며,

"나하고 같이 식당에 가시는 것이 부끄러운 일이라고 생각하시거든 고만두실까. 체면 손상이 되시지?"

"천만에."

하고 숭은 대답하지 아니할 수 없었다.

"고맙습니다."

하고 산월은 제 손에 잡았던 핸들을 숭에게 사양하고 저는 숭의 뒤에 따라 선다.

숭은 이 여자가 왜 여기를 탔으며, 무슨 할 말이 있는가 하고 문을 열고 앞서서 들어가 자리를 잡았다.

*

산월은 잘두루마기를 벗어서 곁의 빈 교의 위에 놓았다. 두루마기 안은 짙은 자줏빛 하부다에(견직물의 한 가지)였다. 두루마기 밑에는 연분홍 법단 치마에 남 끝동 자주 고름 단 하얀 저고리를 입은 양은 마치 신방에서 나오는 신부와 같았다. 게다가 약간 술기운을 띤 불그레한 산월의 얼굴은 참으로 아름다웠다.

"어디를 가시오?"

하고 숭이 먼저 입을 열었다.

"선생님 따라가요."

하고 산월은 문득 기생 어조를 버리고 보통 여자의 태도로 말을 한다.

곁에 와서 명령을 기다리는 보이를 향하여 산월은,

"위스키 앤 소다."

하고 분명한 영어 악센트로 명령한 뒤에,

"무엇 잡수실 거?"

하고 숭을 향한다.

"무어나 잡수시오."

하고 숭은 남의 부인을 대한 모양으로 경어를 쓴다.

"햄 샐러드?"

하고 산월은 숭의 기색을 보다가,

"올라잇! 햄 샐러드!"

하고 보이에게 명하고 고개를 숭의 편으로 돌리려다가 눈을 크게 뜨고 고개를 움츠리며,

"이건영 박사가 저기 왔어요. 웬 여자 둘 데리고."

하고 영어로 말하고 혀끝을 날름 내민다.

숭은 돌아보지도 아니하고 고개만 끄덕거렸다.

"내 가서 좀 놀려먹고 오까."

하고 산월은 또 기생 어조다.

"이 박사 아시오?"

하고 숭도 호기심으로 물었다.

"서울 장안에 이 박사 모르는 여자 있나요? 얼굴 반반한 계집애로 이 박사 편지 한두 장 안 받아 본 이 있고?"

하고 산월은 소리를 죽이고 웃느라고 얼굴과 목의 근육을 씰룩거린다.

"어디서 만나셨소?"

하고 숭이 산월에게 물었다.

"어느 좌석에서 한 번 만났는데 주소를 적어 달라기에 적어 주었지요. 했더니 자꾸만 편지질이로구만. 나를 동정한다는 둥, 존경한다는 둥, 사랑한다는 둥, 그리고 서너 번이나 찾아왔겠지요. 누구시냐고 명함을 내라고 하면 가 버린단 말야요. 그럴 걸 오긴 왜 오우?"

하고 고개를 들어 이 박사 쪽을 바라보더니,

"일어나 가려고 들어, 날 보고 겁이 났다. 잠깐 계셔요, 내 가서 좀 놀려먹고 올 테니."

하고 산월은 기생식 걸음으로 이 박사 쪽으로 간다.

숭은 반쯤 고개를 돌려서 그편을 바라보았다.

"하우 두 유 두 닥터 리이?"

하고 산월은 막 일어나려는 이 박사의 앞에 손을 내민다.

이 박사는 낯이 빨개지며 하릴없이 산월의 손을 잡는다.

산월은 유창한 영어로,

"아임 베리 소리, 여러 번 편지 주신 걸 답장을 못 드려서 참 미안합니다. 또 세 번이나 찾아오신 것을 하인들이 몰라 뵈서 미안해요. 용서하세요."

하고는 쩔쩔매는 이 박사를 유쾌한 듯이 정면으로, 웃는 눈으로 바라보면서,

"이 양반들은 당신 매씨세요?"

하고 그것도 영어로 시스터즈(누이들)라는 '시' 자에 가장 힘 있는 악센트를 주어 말한 뒤에, 그 두 여자를 향하여,

"용서하세요. 난 백산월이라는 기생입니다. 노 이 박사의 가르침을 받지요."

하고 악수를 청한다.

두 여자들도 부득이 하는 듯이 손을 내민다.

*

이 박사는 두 손을 마주 비비고 섰다가 겨우 흩어진 부스러기 용기를 주워 모아서,

"난 댁에 찾아간 일 없는데, 혹시 하인들이 잘못 본 게지요."

하고 어색한 변명을 한다.

"하하."

하고 이번에는 성악으로 닦은 분명하고도 높은 소리로,

"제가 안 할 말씀을 했습니까. 그러면 용서하세요."

하고 그담에는 영어로,

"나는 이 부인네들이 매씨들이신 줄만 알았지요, 친구시거나.

이 박사께서는 심순례 씨와 약혼하셨다는 말씀을 들은 지 오래 길래, 호호호."

하고 웃었다.

"아니지요. 심순례 씨와 일시 교제는 있었으나 약혼했단 말은 허전이구요, 또 산월 씨 댁에 찾아갔다는 것도 아마 댁 하인들이 잘못 본 게지요."

하고 극히 엄중한 태도로 말을 한다.

"그런지도 모르지요. 제가 창틈으로 내다보니까 이 박사 같으시고, 또 음성이 이 박사 같으시고, 허기는 명함을 줍시사 하니깐 명함은 아니 내시드구면요. 그러니깐 이 박사와 똑같이 생긴 다른 양반이시든 게지. 하하하, 용서하세요."

하고 산월은 고개를 흔들면서 유쾌하게 웃었다.

그러는 동안에 여자들은 다 달아나고, 이 박사도 산월에게 잠깐 서양식으로 고개를 숙이고는 나가 버리고 만다.

산월은 이 박사가 스러진 뒤를 향하고 또 한 번 웃고 나서는 숭의 곁으로 온다.

"어때요, 내가 언 엑설런트 액트리스(한 빼난 여배우)지요."

하고는 위스키를 단숨에 들이켜고는 한 손으로 이마를 받치고,

"호호호호, 하하하하."

하고 우스워서 죽으려고 든다.

숭도 따라서 웃었다. 숭이 웃으면 산월은 더욱 우스워서 어깨와 등을 들먹거린다.

산월은 실컷 웃고 나서,

"약주 잡수세요. 많이 말고, 꼭 석 잔만 잡수세요."

하고 산월은 잔을 들어 숭을 주며,

"한 잔 잡수셔야 제가 할 말을 하지, 그렇게 점잖게 하시면 무서워요. 자, 잡수세요."

하고 권한다.

"술은 안 먹을랍니다."

하고 숭은 술잔을 받아 한편으로 밀어 놓으며,

"나는 살여울 사람들더러 술 먹지 말라고 권하는 처지에 있는 사람이야요. 술은 아니 먹더라도 하시는 말씀은 다 듣지요."

하고 준절한 거절을 눅이기 위하여 빙긋 웃어 보인다.

"한 잔이야 머. 권하던 제가 부끄럽지요."

하고 산월이 다시 잔을 잡으려는 것을, 숭은 손을 들어 산월의 팔을 막으며,

"아니오! 권하지 마세요. 내가 여러 번 호의를 거절하기는 참 거북한 일이니, 내게 호의를 가지시거든 나를 거북하게 여기지 마시오."

하고 술잔을 들어서 산월의 손이 닿지 아니할 곳에 놓는다.

산월은 잠깐 머쓱하였으나 곧 평상의 기분을 회복해 가지고,

"제가 어떻게 이 차를 탔는지 아세요?"

하는 것은 조금도 농담이 아니었다.

"……."

숭은 대답할 바를 몰랐다.

"아이구 벌써 수색이지?"

하고 밖을 내다본다.

차는 정거하였다. 과연 '스이쇼쿠(수색)' 하는 역부의 소리가 들렸다.

*

"수색이면 어떤가, 나는 영감 가시는 정거장까지 따라갈걸."

하고 산월은,

"오늘 저녁에 어떤 손님에게 부름을 받았지요. 그 손님이라는 이는 이름을 말씀하면 아마 아시겠지마는 이름은 말씀할 필요가 없구요. 그 손님이 한 오륙 일 연해서 나를 불러 주셨지요. 그러자니깐 돈도 꽤 많이 쓰고요. 그리고는 자꾸 우리 집에를 온다는 것을 별의별 핑계를 다 해서 모면했답니다. 내가 기생 노

룻은 하지마는 내 집에 남자가 와서 자리에 누운 이는 선생님밖에는 없으십니다, 빌리브 미(나를 믿으세요). 내일 일은 모르지요. 그러나 오늘까지는 그렇게 해 왔어요. 그런데 말야요, 그 손님이 오늘은 꼭 어디를 가자고 조른단 말씀야요. 배천 온천으로 가자는 둥, 평양을 가자는 둥, 오룡배를 가자는 둥, 내가 하얼빈 구경을 했으면 했더니 그럼 하얼빈을 가자는 둥, 만리장성을 보았으면 했더니 그러면 산해관 열하로 두루 돌아 구경을 하자는 둥 아주 열심이야요. 나이는 한 오십 된 인데, 나이야 말할 것도 없지만. 그러는 것을 겨우 달래서 요 다음 기회로 밀고 정거장까지 전송을 나왔지요. 했더니 이거를 주는구려."

하고 왼손 무명지에 번쩍번쩍하는 금강석 반지를 보이며,

"이것이 엥게이지멘트 링(약혼반지)이라고요, 하하하하. 그리고 제가 먼저 가서 좋은 데를 자리를 잡고, 오라고 전보를 하거든 곧 양복을 지어 입고 오라고 이거를 또 주겠지요. 참, 난 아직 그것이 무엇인지도 안 보았어."

하고 핸드백에서 양봉투 하나를 꺼낸다. 그 봉투는 ○○여관의 용지였다.

겉봉에는,

'白山月 君(백산월 군).'

이라고 썼다. 글씨도 상당하다.

산월은 그 봉투를 떼었다. 거기서는 소절수 한 장이 나왔다.

'金壹仟圓也(금 일천 원야).'

라고 액면에 쓰이어 있다.

그리고 '金○○'라고 서명이 있고 네모난 도장이 찍혀 있다. 이름자는 산월이 얼른 손으로 가렸다.

산월은 그 소절수를 보고 혀끝을 한 번 내밀더니 그리 중대한 일이 아니라는 듯이 그것을 접어 봉투에 넣어서 휴지 모양으로 그냥 테이블 위에 밀어 놓고 다시 웃으며,

"그래 플랫폼에 서서 차 떠나기를 기다리고 있노라니깐 웬 계집애, 선생님 따라오던 계집애가 눈에 뜨인단 말씀이지요. 그래 보니깐 허 선생님이란 말씀이야요. 그러니 그 손님을 내버리고 따라갈 수도 없고, 눈으로만 혹시 전송을 나오셨나, 차를 타시나 하고 그것만 바라보았어요. 허더니 차를 타신단 말씀야요. 일등차에서 선생님 타시던 찻간까지가 한참 아냐요? 하마터면 잃어버릴 뻔했어요. 그저 모자 안 쓰신 양반하고 분홍치마 입은 색시하고만 잃어버리지 아니하려고 애를 썼습니다그려. 그랬더니 그 손님이 어디를 그쪽만 보느냐 그러겠지요. 아냐요, 사람 구경해요, 그랬지요. 그래 퍽 섭섭해하던걸. 그러자 선생님이 차를 타시는 것을 보았길래 나도 따라 타리라 하고 결심을 하고서 그 손님 비위를 좀 맞추어 주고는 차가 떠나기를 기다려

서 도비노리(뛰어오름)를 했답니다. 역부가 야단을 하지마는 이래 보여도 나도 테니스도 하고 바스켓볼도 한 솜씨랍니다. 이렇게 제가 영감을 – 아니 선생님을 따라왔답니다."
하고는 추연한 기색을 보이며 휘유 한숨을 내쉰다.

*

숭은 놀라지 아니할 수 없었다. 산월이 저를 따라서 이 차를 탔다는 것이 참말 같지 아니하였다.

"차표는 어떡하고?"

하고 숭은 의심을 품으면서 물었다.

"안 샀어. 살 새가 있나요?"

하고 산월은 그제야 생각이 나는 듯이 웃었다.

"그럼, 부산에서부터 오는 찻세를 물어야겠네. 그까짓 게 대수요?"

하고 산월은 숭이 아니 먹고 남겨 둔 술잔을 당기어 마신다.

"그럼 어디까지 가시려우?"

하고 숭은 좀 걱정이 된다는 듯이 묻는다.

"귀찮아하시면 다음 정거장에서 내리고, 귀애 주시면 선생님

가시는 데까지 따라가구. 귀찮으시지? 기생 년허구 같이 다닌다고 체면 손상되시지? 그럼 어떻게 해요? 불길같이 일어나는 사랑을 죽입니까. 사랑을 죽이거나 몸을 죽이거나, 둘 중에 하나를 죽인다면 나는 몸을 죽일 테야요."
하고 말이 다 끝나기 전에 조선 사람의 골격과 상모를 가진 양복 입은 사람 셋이 들어와서 산월이 쪽을 바라본다.

"우리 나가요."
하고 산월이 먼저 일어선다.

숭도 따라 일어나서 새로 들어온 패들에게 등을 향하고 보이를 불러 셈을 치르고 일이등 차실이 있는 방향으로 나갔다. 숭이나 산월이나 새로 들어온 사람들과 정면으로 마주 대하기를 원치 아니한 것이었다.

식당 문을 열고 나서니 찬바람이 더운 낯에 불었다. 더 가야 이등실이요, 다음 일등이어서 거기 서서 다음 정거장을 기다릴 수밖에 없었다.

숭은 차 벽에 기대어서 무심히 허공을 바라보고 섰다. 밖에서 여전히 눈이 오는 모양이어서 유리창으로 내다보이는 것이 오직 흰빛뿐이었다.

산월은 비틀비틀 흔들리는 몸으로 억지로 평형을 잡으려다가 불의에 몸이 쏠리는 듯이 숭의 두 어깨에 손을 대고 숭의 가

슴에 제 가슴을 꼭 마주 대면서 술 냄새가 나는 입김으로,

"선생님 저를 한 번 안아 주세요. 그리고 꼭 한 번만 키스를 해 주세요. 부인께 대해서는 죄인 줄 알지마는, 저는 기생 생활 몇 달에 아주 열정에 대한 억제를 잃어버렸습니다. 저는 선생님을 학생 시대부터 잘 알아요. 정선이 집에 놀러 댕길 때부터 잘 알아요. 제가 이렇게 열정적으로 청해서 한 번 키스를 주셨다 하더라도 정선이는 - 부인은 용서할 것입니다. 음탕한 기생 년이라고만 생각지 마세요, 네? 네."

하고 두 팔을 숭의 목으로 끌어올려서 몸을 숭의 목에 단다.

숭은 여전히 허공을 바라보고 있었다. 숭의 지금 생각에는 아내도 없고 여자도 없었다. 영원한 혼자 몸으로 살여울의 농부가 되는 것밖에는 아무 생각이 없었다. 그렇다고 신월이 걱정하는 것과 같이 숭은 산월을 음탕한 기생이라고도, 밉다고도 생각지 아니하였다. 도리어 숭은 산월에게서, 정선에게서는 보지 못하던 무슨 깊은 것이 있는 것까지도 생각하였다. 그리고 평생에 어떤 여성에게서 사랑을 받아 보지 못한 숭으로서는, 평생에 접한 유일한 여성인 아내로부터 학대를 받는 숭으로서는, 산월의 이 헌신적이요, 열정적인 사랑이 고맙고 기쁘기까지도 하였다. 그러나 숭은 이제 다시 어느 여자에게 장가를 들거나 어느 여자를 사랑할 생각은 없었다.

"나는 아내까지도 떠나고 온 사람입니다. 나는 일생에 다시 혼인도 아니하고 사랑도 아니하기로 작정한 사람입니다."
하고 숭은 고개를 들어서 천장을 향하였다.

*

"부인과 떠나셔요?"
하고 산월은 놀라는 듯이 숭의 몸에서 떨어졌다.
"네."
하고 숭은 고개를 끄덕여 보였다.
산월은 그러나 다시 숭에게 매달렸다.
"한 번만, 한 번만입니다. 네, 꼭 한 번만 저를 안아 주세요. 그리고 꼭 한 번만 키스를 하여 주세요."
하고 산월은 마치 바스켓볼에서 하는 자세로 숭에게 뛰어올라서 숭의 입을 맞추었다.

이때에 날카로운 고동 소리가 들렸다. 긴 고동 뒤에는 작은 고동이 몇 마디 연해 들리고 차는 급자기 정거하려고 애쓰는 격렬한 진동을 하였다. 산월은 마치 무서운 소리를 들은 어린애 모양으로 숭의 조끼 가슴에 낯을 파묻고 숭에게 매달렸다. 차는 정거하였다.

숭은 가까스로 산월을 떼고 문을 열고 바깥을 내다보았다. 온통 눈이다. 바른손 편을 보니 거기는 산 옆을 깎은 비탈이다. 소나무들이 눈을 이고 섰다.

승무원들이 등을 들고 기관차 편에서 뛰어온다.

"무슨 사고요?"

하고 숭은 차에 매달리면서 물었다.

"레키시데스(치여 죽었소.)."

한마디를 던지고 승무원은 달아났다.

"레키시?"

하고 숭은 차에서 뛰어내렸다. 산월이도 따라 내렸다. 다른 승객들도 많이 내렸다.

눈은 퍼붓는다.

"도코데스(어디쯤이오)?"

하고 숭은 뛰어가는 어떤 승무원에게 물었다.

"스구 소코데스(바로 저기요.). 마다 신데와 이나이요우데스(아직 죽지는 아니한 모양이오.)."

하고 그도 뒤로 달아나 버리고 말았다.

숭은 이상하게 가슴이 설레는 것을 깨달으면서 기관차를 향하고 뛰어갔다. 기관차 앞에서 한 이 미터 되는 눈 위에 가로누운 시체 하나가 있고, 선로 눈 위에는 붉은 피가 점점이, 줄기줄기 무늬를 놓았다.

숭이 기관차 머리를 지나서 시체 곁으로 가려는 것을 뒤로서 어떤 승무원이 붙들면서,

"잇자 이케마셴(가지 말아요)!"

하고 소리를 질렀다.

숭은 멈칫 섰다.

기관차의 이맛불빛에 그 시체는 양복 외투를 입은 여자인 것이 숭에게 보였다. 구두 끝의 까만 에나멜이 불빛에 반짝거렸다. 숭은 까닭 없이 흥분되어 맘을 진정할 수가 없었다. 그것은 변호사라는 직업 의식으로 이 사건의 법률적 의미를 알아보려는 것만이 아니었다.

"에그머니!"

하고 산월도 따라와서 숭의 팔을 붙들고 섰다.

열차장인 전무 차장이 좀 점잖은 걸음으로 걸어서 시체 곁으로 가서 경찰의 임무를 맡은 사람이라는 태도로 우선 시체의 주위를 둘러보고, 피가 흐르는 시체의 머리를 들어 보고, 또 의사가 하는 모양으로 시체의 가슴을 헤치고 거기 귀를 대어 보고, 그리고는 손을 들어서 다른 승무원을 불렀다.

다른 승무원들은 장관의 명을 받은 군졸 모양으로 시체 곁으

로 달려가서 열차장의 명대로 그 시체를 안아 들고 숭이 섰는 앞으로 왔다.

"에!"

하고 숭은 승무원의 팔에 안기어 힘없이 목을 늘이고 있는 시체의 얼굴을 보고 소리를 쳤다.

"정선이야!"

하고 산월이도 소리를 쳤다.

*

"이 사람 아시오?"

하고 전무 차장이 숭의 말을 듣고 숭을 돌아보면서 발을 멈추고 묻는다.

"내 아내요!"

하고 숭은 시체의 뒤를 따라섰다.

'내 아내요!' 하는 말에 전무 차장뿐 아니라, 곁에 있는 사람들이 다 숭과 그 곁에 따르는 산월을 호기심으로 바라보았다.

정선의 시신을 차장실로 올리려는 것을 숭은 전무 차장과 교섭하여 아직 생명이 붙었으니 시신이 아니라는 조건으로 일등 침대 하나를 얻기로 하여 그리로 정선을 옮겨 뉘었다. 개성에서 내린다는 조건이었다.

차는 약 십 분 임시 정거로 그 자리를 떠나서 여전히 달리기 시작했다.

숭은 열차장에게 응급 구호 재료를 얻어 우선 강심제를 주사하고 머리와 다리의 피 흐르는 곳을 가제와 붕대로 싸매고, 그리고 산월을 맡겨 놓고는 차실로 나아가 의사는 없는가 하고 물었다. 이등 이상을 탄 사람들은 다들 침대로 들어가고 남아 있는 사람이 모두 몇이 안 되는 중에 의사라고 말하는 사람은 없었다.

삼등실에서 의사라고 자칭하는 사람 하나를 만났는데 그는 의사가 가지는 제구가 없었다.

숭은 의사라는 사람을 데리고 정선의 침실로 왔다. 그 의사라는 사람은 맥을 만져 보고 귀로 가슴을 들어 보고,

"아직 생명에는 관계가 없습니다."

하고 가 버렸다.

차가 개성에 닿은 것은 새로 한 시쯤, 숭은 정선을 외과 간호부가 수술 받은 환자를 안는 모양으로 안고 내렸다. 뒤에는 산월과 유월이 따랐다.

정선은 숭의 품에 안겨 남성 병원으로 옮겼다. 먼저 전보를

받은 병원에서는 병실, 수술실, 의사, 간호부가 다 준비되어 정선이 오기를 기다리고 있었다.

정선이는 우선 수술대 위에 누임이 되어 강심제의 주사와 외과적 치료를 받았다. 가장 중상은 머리와 다리였다. 머리에는 왼편 귀로부터 정수리를 향하여 길이 육 센티미터 깊이 골막에 달하는 상처가 있고, 오른편 무릎은 탈구가 되는 동시에 슬개골이 깨졌고, 그 밖에도 어깨와 허리에 피하 일혈이 있고 찰과상도 있었다.

정선이 치료를 받는 동안 숭과 산월과 유월은 수술실 문밖에서 귀를 기울이고 있었다. 도무지 정선은 한마디도 소리를 발하지 아니하였다.

정선이 병실로 온 뒤에 김 의사는 숭의 묻는 말에 대하여,

"오늘 밤을 지내보아야 알겠습니다. 뇌진탕이 되셨으니까."

하고 의사의 특유한 무신경을 가지고 대답하였다. 그리고는 간호부에게 몇 가지 명령을 하고 나갔다.

숭은 따라가서 김 의사를 붙들고 밤 동안을 병원에 있어 달라고 청하였다. 그리고 제가 몸소 환자 곁에서 간호하는 허락도 얻었다.

벌써 새로 세 시, 정선은 마치 아무 시름없이 자는 사람 모양으로 꼼짝 아니하고 잤다. 이따금 전신이 약간 경련을 일으키기

도 하였다.

간호부는 한 시간에 한 번씩 들어와 맥을 보고 주사를 놓았다. 숭은 침대 곁에 앉아서 줄곧 정선의 맥을 짚고 있었다. 가끔 세기도 하였다. 어떤 때에는 맥이 일흔쯤으로 떨어지기도 하고, 어떤 때에는 일백이삼십까지 다시 올라가기도 하였다. 몸은 약간 더우나 열이 오르는 모양은 없었다. 맥도 점점 제자리를 잡아서 새벽 다섯 시쯤에는 아흔과 백 사이에 있었다.

옆방에 있게 한 산월과 유월도 잠을 못 이루고 한 시간에 두세 번이나 들여다보았다.

숭은 붕대로 감긴 정선의 머리를 바라보며 가끔 눈물을 흘렸다. 이따금 정선의 핏기 없는 입술이 말이나 하려는 듯이 전동할 때에는,

"여보, 여보, 내요."

하고 불러 보기도 하였다.

이따금 정선의 눈이 뜨일 듯 뜨일 듯할 때에는 숭은,

"정선이, 여보."

하고 목이 메었다.

그러나 해가 돋도록 정선은 눈을 뜨지 아니하였다.

*

 아침 아홉 시. 눈은 개고 유난히 밝은 아침볕이 병실 창으로 비쳐 들어왔다. 정선의 창백하던 얼굴은 점점 올라가는 체온으로, 또 점점 회복되는 피로 볼그레한 빛을 띠었다. 강심제 주사는 그치고 링거 주사를 하였다. 의사는 삼십팔 도쯤 되는 열은 염려 없다고 숭을 위로하였다. 애초에는 웬 모자도 없이 차에 치여 죽어 가는 시체를 끌고 웬 기생 같은 여자를 데리고 온 숭은 결코 이 병원에서 환영받을 손님은 아니었다. 그러다가 입원 수속을 할 때에 환자의 이름은 윤정선, 주소는 경성부 정동, 남편은 허숭, 직업은 변호사라고 쓴 데서 비로소 부랑자가 아닌 줄을 알았고, 또 숭의 행동거지가 점잖은 것을 보고 비로소 의사 이하로 다소 안심하게 되었다. 그러나 아무도 웬일이냐, 정선이 차에 치인 이유를 묻는 이는 없었다.

 조선에 이십몇 년이나 있었다는 아이비 부인이라는 늙은 간호부가 정선의 병실에 들어와서 비로소 정선을 알아보고 깜짝 놀랐다. 아이비 부인이 세브란스 병원에 있을 때에, 정선이 보통과에 다닐 때부터 알게 되었던 것이다. 개성에 온 뒤에도 정선이 학교에 있는 동안 아이비 부인은 서울에만 가면, 될 수만 있으면 정선을 찾아보았다. 남편도 없고 자식들은 다 조국인 미국으로 유학 보낸 아이비 부인은 이 병원에서 간호원장으로 있는 것이었다.

처음에는 무심코 한 병자로 정선을 보다가, 마침내 그것이 정선인 것을 발견하고,

"정선이 - ."

하고 놀라며 숭을 돌아보았다.

"이이, 윤정선이 아니오? 내가 잘못 알았습니까."

하였다.

"네, 윤정선입니다."

하고 숭은 공손하게 대답하였다.

"당신이 윤정선이 남편 되십니까?"

하고 아이비 부인은 정선과 숭을 번갈아 보며 묻는다.

"네, 내가 허숭입니다."

"허 변호사?"

"네, 그렇습니다."

"그런데 부인 이거 웬일입니까."

하고 대단히 놀라고 근심된 모양으로 물었다.

숭은 대답할 바를 몰랐다. 잠자코 있을 뿐이었다.

삼각관계라 하는 것이 누구나 이 광경을 본 사람이면 나는 생각이었다. 어젯밤 차에서 그러하였고 병원에서도 그러하였다.

산월이 들어오는 것을 본 아이비 부인도 그렇게 생각하고 마땅치 못하다는 듯이 고개를 두어 번 흔들었다.

산월도 숭이 불편하게 생각할 것을 짐작하고 곧 병원에서 떠나 버렸다. 떠날 때에도 맘에는 한량없는 생각을 가졌건마는 아무 말도 아니하고 간다는 인사만 하고 가 버렸다.

오정 때나 되어서 정선은 의식을 회복하였다. 정선의 눈이 첫 번으로 뜨일 때에 그 눈에 든 것은 물론 숭이었다. 정선의 눈은 숭을 보고 놀라는 듯하였다. 그러나 의식이 돌아오는 동시에 고통도 더하여 정선은 낯을 약간 찡그렸다. 그러다가 지금 본 것이 과연 남편인가 하고 또다시 눈을 떴다.

"내요, 내요."

하고 숭은 정선의 얼굴에 제 얼굴을 가까이 댔다.

정선은 알아보았다는 듯이 입을 벌렸으나 소리는 나오지 아니하였다. 그리고는 또 고통을 못 이기어 양미간을 찡그린다.

"여보, 괜찮다고 의사가 그러니 염려 마오."

하고 숭은 정선의 손을 더듬어 잡았다. 정선은 숭의 손을 잡고 떨었다.

*

 정선은 용이하게 위험 상태를 벗어나지 아니하였다. 머리를 부딪쳐 뇌진탕을 일으킨 것과 오른편 무릎의 뼈가 상한 것이 아울러 중증인 모양이었다. 정선의 의식은 가끔 분명하였으나 또 때로는 혼수상태를 계속하였다.

 숭의 전보를 받은 윤 참판은 병을 무릅쓰고 세브란스의 이 박사를 대동하고 내려왔다가 하룻밤을 자고 올라가 버리고 병원에서는 숭과 유월이 정선을 간호하였다.

 이 박사는 숭을 향하여 뇌진탕은 안정으로 하회를 기다릴 수밖에 없지마는, 다리 상한 것은 엑스광선 사진을 박아 보아야 뼈 상한 정도를 알겠고, 만일 뼈가 많이 상하여 화농할 염려가 있다고 하면 다리를 무릎마디 위에서 절단하지 아니하면 아니 될지도 모른다고 말하였다.

 그러나 지금 상태로 병자를 천동할 수는 없으니 이삼 일간 기다릴 수밖에 없다고 말하였다.

 숭은 날마다 밤을 새웠다. 정선이 잠이 든 듯한 동안에 숭은 교의에 걸터앉은 대로 십 분이나 이십 분씩 졸았다.

 밤이면 정선의 고통은 더하는 듯하였다. 두통과 다리의 아픔을 이기지 못하여 정선은 앓는 소리를 하였다. 이것이 정선의 입에서 나오는 유일한 소리였다. 숭이 무슨 말을 붙이면 정선은 다만 눈을 한 번 떠 보고 입을 조금 벌릴 뿐이었다. 정선의 유일한 표정은 오직 고통을 못 이기어 하는 표정뿐이었다.

일주일이 지났다. 서울서 이 박사가 내려왔다. 정선의 오른편 다리는 마침내 끊어 버리기로 결정이 된 것이었다.

"나는 죽어요!"

하는 것이 정선의 첫 말이었다. 그가 처음 입을 열 만하게 된 날, 입원한 지 닷새째 되던 날, 정선은 남편을 보고,

"나는 죽어요!"

하였다.

"아니오, 아니 죽소. 의사도 괜찮다는데. 마음을 편안히 먹으시오."

하고 숭은 정선을 위로하였다.

"나는 죽어요. 내가 왜 안 죽었어? 꼭 죽을 양으로 기관차 앞에 뛰어들었는데, 내가 왜 안 죽었어? 기관차도 나를 더럽게 여겨서 차내 버렸나?"

하고 정선은 울었다.

"당신이 살아야 세상에서 할 일이 많기 때문에 하느님이 당신을 구하신 것이오. 아무것도 아니하는 생명은 천하지마는 일할 생명은 한 나라보다도 귀하다고 하지 아니했소? 그런 생각

말고 맘을 편안히 가지고 어서 나으시오. 인제는 생명의 위기는 벗어났다고 의사도 그러는데."
하고 숭은 가제 조각으로 정선의 눈물을 씻어 주었다.

그 후에도 정선은 정신만 들면 비관하는 소리를 하고는 울었다. 그러할 때마다 숭은 친절하게 위로해 주었다.

"내가 살아나면 당신은 나를 용서하시려오?"

이런 말도 하게 되었다.

"벌써 다 용서했소. 인제는 내가 당신에게서 받을 용서가 있을 뿐이오."

이렇게 숭은 대답하였다. 그럴 때에 숭의 맘에 거리낌이 없음이 아니나, 그 거리낌은 정선에게 대한 긍측한 정에게 눌려 버리고 말았다.

"이렇게 병신이 되고 웃음거리가 되고 살면 무엇하오? 신문에 났지?"

이런 말도 하였다. 아직 죽고 살 것도 판정되지 아니한 이때에 병신 되는 것, 남이 흉보는 것, 신문에 난 것 등을 생각하는 여자의 심리가 신기도 하고 가련하기도 하여서,

"병신이 되기로 무슨 상관요? 병신도 될 리 없지마는. 또 신문에 나거나 말거나 남이 흉을 보거나 말거나 그게 다 무슨 상관요? 내가 당신을 사랑하고 당신이 나를 사랑하고 서로 사랑하

면서 일을 하면 그만 아뇨? 일은 모든 것을 이기오."
하고 위로하였다.

*

 그렇게 말은 했으나 신문에 난 것은 숭에게도 유쾌한 일은 아니었다.
 ○○일보의 기사는 분명히 이 박사의 입에서 나온 것이었다. 그것이 ○○지국 통신으로 온 것을 보아서 더욱 그러하였고, 숭과 정선의 사진을 낸 것으로 보아 더욱 그러하였고, 이 사건의 전말이란 것으로 보아서 더욱 그러하였다.
 그 ○○일보의 기사에 의하건댄 허숭은 겉으로는 지사와 군자의 탈을 썼으나, 기실은 색마여서 윤 참판 집에 식객으로 있는 동안에 정선을 후려냈고, 정선과 혼인을 한 뒤에도 매양 남녀 관계로 가정 풍파가 끊이지 아니하였으며, 다방골 모 여의와도 관계가 있고, 마침내 일 년이 못 하여 살여울에 농촌 사업을 한다고 일컫고 간 것도 그 동네에 있는 유순(가명, 18)이라는 남의 집 처녀와 추한 관계를 맺은 때문이오. 유순의 부모가 죽은 것을 이용하여 공공연히 유순을 제 집에 데려다 두고 머리 땋아

늙인 채로 첩을 삼았으며, 또 소송 일로 잠시 서울에 올라온 때에도 기생 산월과 정을 통하여 아내 정선을 돌아보지 아니하므로 정선은 그 반감으로 재동 모 남작의 아들이요, 제대 법과 출신으로 역시 색마 이름이 높은 김 모와 정을 통하였다. 이 모양으로 지사 허숭의 가정은 불의의 연애의 이중주로 추악한 형태를 이루었다. 정선이 철도 자살을 하던 날도 허숭은 기생 산월을 데리고 같은 침대차를 타고 떠났으므로, 정선은 질투와 가정에 대한 비관으로 마침내 정부를 데리고 불의 향락의 길을 떠난 남편이 탄 차에 차라리 몸을 던져 죽을 양으로 ○○자동차부의 경(京) ○○○○호 자동차를 타고 수색까지 따라가 몸을 기관차 앞에 던졌으나, 마침 궤도에 눈이 쌓였으므로 수십 간을 밀려 나가고도 생명은 부지한 것이라고 하고, 또 목격자의 담이라 하여 허숭이 정선을 데리고 병원으로 가는 것을 보고 기생 산월은 분개하여 개성 역두에서 일장의 희비 활극을 연출하였다고까지 하였다.

이 기사에 흥미와 의분을 느낀 편집자는 '志士假面(지사가면) 쓴 色魔(색마)'니, '不義戀愛四重奏(불의연애사중주)'니 하는 표제를 붙였다.

숭은 이 신문을 정선에게 보이지는 아니하였으나 신문에 났느냐고 정선이 물을 때에 그렇다고 대답은 하였다.

아무려나 이 신문이 온 뒤로는 다소간 회복되었던 병원 내의 허숭 부처에게 대한 존경도 다 스러지고 사람들의 눈에서마다 조롱과 천대의 눈살이 흐르는 듯하였다.

그러나 허숭에게는 이것이 별로 큰일은 아니었다. 그보다도 만일 이번 불행이 새 기원이 되어서 정선이 다리 하나를 끊더라도, 머리에 흠이 나더라도 좋은 아내가 되어 주기만 하면 도리어 행복이라고 생각하였다. 오직 미안한 것은 유순이었다. 가명이라고 하면서 기실 본명을 쓴 것이 미웠다. 이것이 얼마나 유순의 일생에 큰 타격을 줄 것인가. 숭은 유순을 집에 데려다 둔 것을 후회하였다. 살여울 동네 사람도 그런 생각을 할는지 모른다. 숭은 맹한갑이 다행히 무죄가 되어 출옥하면 그와 유순을 혼인시키려고 맘을 먹고 있었던 것이었다. 이번 상고가 기각될 줄을 잘 아는 숭은 유순을 어찌할까가 문제가 되지 아니할 수 없었다. 그러나 정선이 병이 나아서 숭과 같이 살여울로 가면 문제는 해결될 것이라고 믿었다.

"염려 마오. 우리 둘이 일생에 서로 잘 사랑하고 좋은 가정을 이뤄 가면 지금 무슨 말을 듣기로 어떠오. 이것이 다 우리 행복의 거름으로만 압시다."

하고 위로하였다.

그러나 그 위로가 정선을 안심시키지는 못하는 모양이었다.

*

 다리를 자른단 말은 차마 숭의 입에서 나오지 아니하였다. 머리에 흠이 생기는 것만도 병신이 되는 것으로 아는 정선이다. 그만한 병신으로도 살기가 싫다는 정선이다. 만일 다리를 잘라 버린다면 어떻게나 놀랄까, 슬퍼할까 하면 차라리 알리지 말고 수술을 받게 하는 것이 나으리라고 생각하였다.

 의사도 만일 정선을 좀 더 존경하는 맘이 있다고 하면, 직접적으로 한 번 의논을 하였을 법도 하지마는 아주 고약한 것들로 값을 쳐 놓은 터이므로 다시 물어보려고도 아니하였다.

 수술실의 준비는 다 되었다. 신문 기사를 보고 화를 낸 윤 참판은 수술한다는 숭의 편지를 받고도 답장도 하지 아니하고 죽어도 모른다고 집안사람들을 보고 화를 냈다. 이리하여 한 사람의 천하에 오직 한 사람뿐의 동정을 받으면서 정선은 수레에 실려 수술실로 옮기어졌다.

 정선은 다친 무릎을 약간 째는 것으로만 알고 수술대 위에 가만히 누워 있었다. 그러나 수술대에 처음 오르는 정선에게는 여러 가지 무서움이 있었다. 간호부가 하얀 헝겊으로 눈을 싸매어 수술실의 흰 천장과 곁에 선 사람들이 안 보이게 될 때 정선은 죽음의 그림자가 곁에 선 듯함을 깨달아 몸에 소름이 끼쳤다.

간호부들이 정선의 옷을 벗길 때에 정선은 본능적으로 다리를 굽히려 하였으나 물론 다리가 말을 듣지 아니하였다.

정선의 몸은 아주 알몸이 되었다. 정선은 흰 옷을 입고 방수포 앞치마를 두른 의사들이 솔을 가지고 손을 씻고 있던 것을 기억하고 수치를 깨달았다. 그러나 어떤 손이 두 발목을 무엇으로 비끄러맬 때에는 그러한 수치의 정도 스러지고, 오직 절망의 둔한 슬픔이 판토폰 주사에 마취하고 남은 의식을 내리누를 뿐이었다.

전신에 무슨 선뜩선뜩하고 미끈미끈한 액체를 바르고 무엇으로 문지르는 것을 깨달았다. 그것은 마치 냉혈 동물의 몸이 살에 닿는 듯이 불쾌하였다.

'하느님!'
하고 정선은 속으로 불렀다. 한없이 넓고 차고 어두운 허공에 저 한 몸이 벌거숭이로 둥실둥실 떠서 지향 없이 가는 듯한 저를 의식할 때에 정선의 정신은 '하느님!' 하고 부르는 것밖에 다른 힘이 없었다.

딸그락딸그락, 사르릉사르릉 하는 소리가 들린다. 아마 유리판 한 탁자 위에 수술에 쓰는 메스들을 늘어놓는 소리일 것이다. 그 백통 빛 날들! 정선은 소름이 끼침을 깨달았다.

'이 사람들이 나를 어찌할 작정인가.'

하고 정선에게는 의심이 나기 시작하였다. 그러나 제 몸을 어찌 하든지 정선은 반항할 힘이 없음을 깨달았다.

머리맡에 사람이 가까이 오는 모양이더니 코 위에 무엇이 덮이고 온도 낮은 액체인지 기체인지 분간하기 어려운 무엇이 입과 코와 목과 폐 속으로 흘러들어가는 듯한 감각이 생겼다. 그것은 일종의 향기를 가진 냄새였다.

'클로로포름? 에테르?'

하고 정선은 몽혼약의 이름을 생각하였다. 몽혼은 심히 무섭고 불쾌한 일이었으나 그렇다고 반항할 수는 없었다. 되는 대로 되어라 하고 정선은 맘 놓고 숨을 들이쉬었다. 이대로 죽어 버리면 다행이다. 이렇게도 생각하였다.

"하나, 둘, 셋, 넷, 이렇게 세어 보시오."

하는 소리가 들린다. 그것은 김 의사의 소리였다. 조금도 동정을 가지지 아니한 소리였다. 그러나 그런 것을 생각할 여지가 없었다. 정선은 하라는 대로,

"하나, 둘, 셋, 넷……."

하고 세었다.

정선은 맘이 괴롭고 슬펐다. 이런 때에 남편의 소리가 들리고 손이 만져졌으면 어떻게나 좋을까 하였으나 제 두 손을 잡은 이는 남편은 아니었다. 맥을 보는 의사의 손이었다.

*

"하나, 둘, 셋, 넷."

하는 정선의 소리가 숭의 가슴을 찔렀다. 그 떨리는 소리, 울음 섞인 소리는 숭으로 하여금 곧 수술실에 뛰어 들어가서 정선을 안아 내오고 싶은 맘을 내게 하였다.

'사랑의 무한, 아니 왜 내가 그 같지 못하였던고?'

하고 숭은 후회하였다. 정선의 다리를 끊는 것이 저라고, 숭은 가슴을 아프게 하였다.

그렇게 병신이 되기를 싫어하는 정선의 다리를 끊어. 끊어진 줄을 아는 때의 정선의 슬픔. 끊어진 다리로 남의 앞에 나설 때의 정선의 괴로움. 그것을 생각할 때에 숭은 뼈가 저렸다.

'극진히 사랑해 주자. 이제부터야말로 무한한 사랑으로 사랑해 주자.'

이렇게 숭은 다시금 맹세하였다.

"하나, 둘, 셋, 넷……."

하는 소리도 인제는 아니 들렸다. 다만 무엇인지 알 수 없는 버스럭거리는 소리만이 들릴 뿐이었다.

정선의 하얀 다리 바로 무릎 위에는 이 박사의 손에 들린 백통 빛 나는 칼이 한 번 득 건너갔다. 빨간 피가 주르르 흘러나와서 하얀 살 위로 흐르려는 것을 간호부의 손에 들린 가제가 쉴 새 없이 빨아들인다.

칼로 베어진 살을 역시 백통 빛 나는 집게로 집어 좌우로 벌려 놓고 혈관을 골라 졸라매고 그리고는 골막을 긁어 제치고, 또 그리고는 톱을 들어 다리뼈를 자른다. 스르륵스르륵하는 톱질 소리가 고요한 수술실 안에 꽉 찬다. 톱이 왔다 갔다 스르륵 소리를 낼 때마다 정선의 다리는 경련을 일으키는 모양으로 떨린다. 그리고 정선은 아프다는 뜻인지 싫다는 뜻인지 분명히 알 수 없는 소리를 중얼댄다.

이따금 소리를 버럭 지를 때도 있으나 특별히 아픈 줄을 아는 때문인 것 같지는 아니하였다.

맥을 보는 의사는 입술을 떨면서 맥을 세었다. 간호부들은 의사의 이마에 땀을 씻을라, 가제를 주워섬길라 바빴다. 그러나 소리는 없었다.

의사들은 마치 눈과 손만 가진 사람인 듯하였고, 간호부들은 마치 귀와 눈만 가진 사람인 듯하였다. 의사의 눈치와 외마디 소리에 기름을 잘 바른 기계 모양으로 이리 움직이고 저리 움직였다.

"실수 없이 빨리빨리."

이 밖에 아무 생각이 없었다.

"떡."

하는 이상한 소리를 내며 정선의 다리가 뚝 떨어졌다.

아직도 따뜻하고 아직도 말랑말랑한 다리다. 간호부는 무슨 나뭇조각이나 드는 것같이 그 떨어진 다리를 들어서 금속으로 된 커다란 접시 같은 것 위에 올려놓았다. 끊어진 다리에 붙은 발가락들이 가끔 살고 싶다는 듯이 움직였다. 그러나 그들은 영원히 다시 살아나지는 못하게 된 것이다.

의사는 집게로 집어서 걷어 올렸던 살과 가죽으로 끊어진 뼈를 싸고, 초승달 모양으로 생긴 바늘에 흰 명주실을 꿴 것으로 숭숭 꿰매었다. 그리고는 약을 바르고 가제로 싸고 솜으로 싸고 붕대로 감고 이에 수술은 끝났다.

"이것 보아!"

하고 이 박사는 정선의 다리(인제 끊겨 떨어진 죽은 다리를 이리저리 뒤집어 보다가) 무릎께서 칼로 푹 찔러 째어서 피고름이 쏟아지는 것을 보이면서 말하였다.

다른 의사들도 끊어진 다리를 이리 뒤적 저리 뒤적 만져 보았다. 마치 무슨 장난감이나 되는 듯이.

정선의 몸은 깨끗이 씻기고 옷을 입히었다. 코에 댔던 마스크도 떼어졌다. 간호부는 정선의 이마에 돋은 땀방울을 씻어 내고 정선을 수레에 옮겨 싣고 홑이불과 담요를 덮었다.

*

 삐걱 하고 수술실의 문이 열릴 때에 정선의 붕대로 동인 검은 머리가 수레 위에 누운 대로 쑥 나오는 것을 볼 때에 숭은 길을 비키면서 가슴이 몹시 울렁거림을 깨달았다. 그것은 형언하기 어려운 감정이었다.

 숭은 정선이 탄 수레를 제 손으로 끌었다. 그리고 눈이 아뜩아뜩하도록 흥분되는 것을 억지로 참았다.

 병실에 들어가서 간호부가 정선을 안아 내릴 때에 한쪽 다리가 무릎으로부터 없는 것을 보고 숭은 놀랐다. 그럴 줄을 생각 못하였던 것같이 놀랐다.

 '정선은 한 다리를 잃었구나!'

하는 일은 결코 가벼운 일은 아니었다.

 병실에 돌아온 지 얼마 아니하여 정선은 눈을 떴다.

 "수술 다 했수?"

하고 정선은 곁에 앉은 남편을 보고 물었다.

 "응."

하고 숭은 고개를 끄덕여 보였다.

 "쨌나?"

하고 정선은 다시 궁금한 듯이 물었다.

"응."

하고 숭은 길게 설명하기를 원치 아니하였다.

"아프지 않아."

하고 정선은 빙그레 웃었다.

"아프지 말라고 수술했지."

하고 숭도 웃어 보였다.

"그렇게 여러 날 못 주무셔서 어떡하우? 유월이더러 보라고, 당신은 좀 주무시구려."

하고 정선은 숭의 초췌한 얼굴을 보며 걱정하였다.

"염려 마오."

하고 숭은 레모레이드 병을 들어 정선의 입에 넣어 주었.

정선은 가장 맛나는 듯이 그것을 두어 모금 마셨다.

정선은 그날 하루를 제 다리가 끊긴 줄을 모르고 지냈다. 그 이튿날도 그러하였다. 끊긴 쪽 무릎이 가렵다는 둥, 그쪽 발이 가렵다는 둥, 긁어 달라는 둥, 그쪽 다리가 아직 있는 것으로 알고 있었다.

"다리가 병신은 안 되우?"

하고 근심되는 듯이 남편에게 묻기까지 하였다.

그럴 때에는 숭은 긁는 모양도 해 주고 만지는 모양도 해 주었다. 그러면 정말 긁힌 듯이, 만져진 듯이 정선은 만족하게 가만히 있었다.

  다리를 자른 뒤에는 열도 오르지 아니하고 고통도 덜려서 정선은 하루의 대부분을 눈을 뜨고 지내고 남편과 이야기도 하였다. 정선은 매우 명랑하게 지냈다.

  사흘째 되던 날 아침에 의사가 다리 끊은 자리의 붕대 교환을 하게 될 때에 숭은 병실에서 나오지 아니하면 아니 되게 되었으므로 정선은 비로소 제 다리가 끊겨진 것을 보았다.

  붕대 교환이 끝나고 숭이 혹시 정선이 다리 끊긴 것을 알지나 아니하였나 하는 근심을 가지고 병실에 들어갔을 때에는 정선은 울고 있었다. 그러다가 숭이 들어오는 것을 보고 두 손으로 낯을 가렸다.

  숭은 다 알았다. 그러나 무엇이라고 말할 수가 없어서 우두커니 서 있었다.

  "아, 울지 마우. 인제는 살아났으니 울지 마우."

하고 숭은 낯을 가린 정선의 팔목을 붙들어서 낯에서 떼려고 하였다. 그러나 정선은 떼쓰는 어린애 모양으로 더욱 꼭 누르고 손을 떼지 아니하였다. 그리고 달랠수록 더욱 머리를 흔들고 울었다.

  "여보."

하고 숭은 정선을 한 팔로 안으면서,

"내가 끊으라고 해서 끊었는데 어떠오? 당신이 다리 하나가 없더라도 내가 일생에 전보다 더 많이 사랑해 줄 텐데 무슨 걱정요?"
하고 위로하였다.

*

"왜 나한테 말도 아니하고 다리를 자르게 했소?"
하고 정선은 낯을 가렸던 손을 떼며 성을 냈다.
"그냥 두면 다리가 점점 썩어 들어가서 더 많이 자르게 되는지도 모르고, 또 더 심하면 생명에 관계되는지도 모른다고 하니, 당신이 고통을 받는 것도 차마 볼 수 없고, 또 죽기도 원치 아니하고 보면 자를 수밖에 없지 않소?"
하고 숭은 알아듣도록 설명을 하였다.
"싫어요, 싫어요. 죽는 게 낫지 다리병신이 되어 가지고 살면 무얼해요?"
하고 정선은 더욱 흥분하였다.
"이렇게 정신을 격동하든지 몸이 움직이면 출혈이 될 염려가 있다고 합니다. 출혈이 되면 큰일 나오."

하고 숭은 정선의 손을 만지며 애원하였다.

다리를 자른 데 대한 정선의 원망은 여간해서 가라앉지 아니하였다. 그래서 가끔 숭을 볶아 댔다. 그럴 때마다 숭은 침묵을 지키거나 위로하는 말을 하였다.

그러나 일주일 지나 이주일 지나 병이 차차 나아가는 동안에 정선은 숭의 침식을 잊고 저를 위하여 애쓰는 정성에 감동이 되었다. 더구나 친정에서도 돌아보지 아니하고 세상이 다 저를 버려서 죽든지 살든지 상관을 아니하는 이때에, 제일 저를 미워해야 옳을 남편이 이처럼 전심력을 다하여 저를 간호한다는 것을 뼈가 저리도록 고맙게 생각하지 아니할 수 없었다.

"용서하세요."

하고 정선은 가끔 자다가 깨어서는 저를 지키고 앉았는 남편의 손을 잡고 눈물을 흘리게 되었다.

"며칠 안이면 퇴원할 테니, 퇴원하거든 서울로 가서 의족을 만들어 가지고 살여울로 갑시다."

하는 것이 숭의 대답이었다.

"싫어요, 난 서울은 안 가요! 이 꼴을 하고 서울을 가?"

하고 정선은 웃었다. 그러나 그 웃음 끝에는 얼굴이 검은빛으로 흐렸다.

"그럼 의족은 어떻게 하오?"

"여기 불러오지는 못하오?"

"불러오면 돈이 많이 들지. 인제는 당신이나 내나 다 몸뚱이 하나뿐이오. 인제부터는 우리 둘이 벌어먹어야 하오."

이 말은 정선에게는 무서운 말이었다. 참 그렇다. 돈이 없다. 십여만 원 가치어치 재산은 숭이 다 친정아버지에게 돌려보내고 말았다. 이 꼴이 된 정선을 아버지가 다시 돌아볼 것 같지 아니하였다.

그뿐더러 벌어먹는다는 것, 제 손으로 제 옷과 밥을 번다는 것은 정선으로는 일찍 생각해 본 일도 없었다. 제 손으로 벌어먹는다는 것은 천한 사람이나 하는 일 같았다. 재산 없는 몸, 그것은 마치 젖 떨어진 젖먹이와 같이 헬프리스(무력)한 일이었다. 앞이 막막하였다. 그래서 정선은 말이 나오지 아니하였다.

"어떻게 벌어먹소?"

하고 한참 뒤에야 비로소 한마디를 하였다.

"왜 못 벌어먹어?"

하고 숭은 자신 있게 말하였다.

"그야, 당신이 변호사 노릇을 하면야 벌어도 먹지마는 살여울 가서야 어떻게 벌어먹소?"

하고 기 막히는 듯이 천장을 바라보았다.

"땅 사 놓은 것이 있어. 우리 두 식구 먹을 것은 나오우, 내가 혼자 농사를 지어두. 당신은 옷만 꿰매시구려."

하고 숭은 웃었다.

정선은 아직 제 치맛주름 한 번 잡아 본 일도 없었다. 집에는 으레 침모가 있는 법으로 생각하였다. 정동 집에는 침모도 찻집도 다 있지 아니하냐. 그러나 이 꼴 하고, 신문에 나고, 다리 하나 끊어지고 서울로 갈 면목은 없었다. 살여울 갈 면목도 있는 것은 아니지마는 그래도 이 세상에서 저를 돌보아 주는 사람은 남편밖에 없지 아니하냐. 이 병신 된 몸이 의지할 곳은 남편밖에 없지 아니하냐. 이렇게 생각하면 눈물이 솟았다.

"내 낫거든 살여울로 갈게. 옷도 꿰매고 반찬도 만들게."

하고 정선은 낯 근육을 씰룩거리며 울었다.

*

하루는 서울서 숭에게 전화가 왔다. 숭은 그것이 혹시 장인에게서 온 것이나 아닌가 하였다. 장인이나 처남에게서는 지금까지 엽서 한 장도 없었다.

전화에 나타난 것은 여자의 소리였다. 그가 누구라고 말하기 전에 그 소리의 주인은 산월인 것이 분명하였다. 그 목소리는 알토인 듯한 가라앉고도 다정스러운 목소리다.

"저 선희입니다. 백산월이라야 아시겠죠?"

하는 것이 허두다. 그 음성에는 기생다운 것이 떨어지고 없다.

"네."

하고 숭은 무엇이라고 대답할 바를 찾지 못하였다.

"부인 어떠셔요? 일어나셨어요?"

"아직 누워 있습니다."

"괜찮으시지요?"

"인제 죽기는 면한 모양입니다."

"다리는?"

"다리는 잘라 버렸지요."

"네?"

하고 산월은 놀라는 모양이었다.

"잘랐어요. 그렇지만 살아났으니 고맙지요."

하고 숭은 하염없이 웃었다.

"저런, 그럼요. 살아나신 것만 다행하지요."

하고 산월은 한참 잠잠하다가,

"저, 병원으로 좀 찾아가도 좋아요?"

하고 묻는다.

"어떻게 여기를."

하고 숭은 좋다는 뜻도 좋지 않다는 뜻도 표하지 아니하였다. 산월이 찾아오는 것이 아내에게 어떠한 영향을 줄는지 모르는 까닭이다.

"불편하시겠지마는 낮차로 찾아가겠습니다. 꼭 좀 의논할 말씀도 있구요. 선생께 걱정을 끼칠 말씀은 아닙니다. 그럼 이따가께요. 정선이 보시고 제가 온다더라고 그러셔요."

하고 이편의 대답은 듣기도 전에 산월은 전화를 끊어 버렸다.

숭은 방에 들어왔다.

"집에서 왔어요?"

하고 정선은 조급하게 물었다.

"아니, 백선희 씨한테서 왔어. 낮차에 오마구."

하고 숭은 대수롭지 아니한 것같이 대답하였다. 그러나 속으로는 그렇게 편할 수는 없었다.

이날 서울서 의족 만드는 사람이 왔다. 일전에는 그 사람이 석고를 가지고 와서 정선의 성한 쪽 다리를 본떠 갔더니, 이번에 그 본에 비추어서 다리를 만들어 가지고 왔다. 비단 양말을 신기고 구두를 신기고 보면 성한 다리와 다름이 없었다.

정선은 숭에게 겨드랑을 붙들려서 침대 위에 일어나 앉기까지는 하였지마는 고무다리 만드는 사람 있는 곳에서는 그것을 대어 보기를 원치 아니하였다. 그래서 숭은 그 사람을 내보내고 맞춰 보았다.

아직 끊은 자리가 굳지를 아니하여 좀 아팠다. 그런 아픈 것 때문은 아니요, 고무다리를 대지 아니하면 안 되게 된 것 때문에 정선은 숭의 가슴에 매달려서 울었다.

"이게 다 무어야. 내다버려요!"

하고 정선은 그 고무다리가 보기 싫다고 이불을 쓰고 울었다.

숭은 고무다리를 잘 싸서 정선이 보지 않는 곳에 가져다가 두었다.

"나는 고무다리 안 댈 테야."

하고 정선은 떼를 썼다.

"대고 싶을 때에만 대시구려."

하고 숭은 정선을 무마하였다.

그러나 그러면서도 정선은 하루에 한 번씩 고무다리를 대어 보았다. 그리고 한두 걸음씩 걸어도 보았다. 그리고 나서는 또 울었다. 마치 히스테리가 된 것 같았다.

자나 깨나 정선의 머릿속에서는 고무다리가 떠나지 아니하였다. 눈을 감으나 뜨나 고무다리는 눈에 어른거렸다. 그러할 때마다 슬펐다.

*

 산월이 올 시간이 되었다. 숭은 산월이 오기 전에 정선에게 산월과 저와의 관계를 말할 필요가 있다고 생각하였다. 그러나 이런 미묘한 문제를 어디서부터 시작할까 하고 맘을 썼다.
 "선희 씨가 당신이 병원에 입원하던 날 여기까지 와서 하룻밤을 자고 갔다우."
하는 것으로 길을 열었다.
 "선희가 여기?"
하고 정선은 놀랐다.
 "응, 내가 경성역에 차를 타고 자리를 찾으러 다니다가 그 사람을 만났어. 그래 여기까지 같이 와서 하루 묵어갔지요."
 정선은 아내다운 의아의 눈을 가지고 숭을 바라보았다. 그러나 정선은 선희가 학생 시대에 집에 다닐 적에 숭을 알던 것과 또 숭이란 사람이 기생과 무슨 상관이 있으리라고 생각되지 아니하는 것으로 다시 안심하는 것 같았다.
 "내가 선희 집에 가서 하룻밤을 잔 일이 있지 않소? 강 변호사한테 붙들려서 술을 잔뜩 먹고는 인사정신 못 차리고 있었는데, 자다가 깨어 보니까 웬 모르는 집인데 곁에서 자는 사람이 산월이란 말야. 산월은 강 변호사가 부른 기생이거든. 그래서 그 집에서 하룻밤을 지내지 아니하였소?"

하는 숭의 말은 좀 어색하였다. 그렇지마는 해야 할 말을 해 버린 것은 기뻤다.

정선은 그 말을 듣고는 오장이 뒤집히는 듯함을 깨달았다. 지금까지 숭을 존경하던 생각이 다 스러지고 격렬한 질투를 깨달았다. 그러나 정선은 제가 숭을 나무랄 사람이 못 됨을 생각하고 다만 눈을 감고 사내발이 날 뿐이었다. 마치 전신의 피가 얼어붙는 듯하고 숨이 막히고 이가 떡떡 치우쳤다.

"저리 가요."

하고 한참이나 있다가 정선은 남편을 노려보고 소리를 질렀다.

숭은 아무 말도 아니하고 곁방으로 가서 유월을 정선의 병실로 들여보냈다.

"이년! 무엇하러 왔어? 저리 가!"

하고 정선이 외치는 소리가 곁방에 있는 숭의 귀에 들렸다.

유월은 정선에게 쫓겨나서 숭에게로 왔다.

정선은 혼자서 울고 있었다.

"나는 고무다리, 선희는 성한 몸."

하고 정선은 선희가 제게 무서운 원수나 되는 것같이 생각되었다. 선희가 곁에 있으면 칼로 찔러 죽이고 싶었다.

이때에 선희는 간호부를 따라 정선의 방문을 열고 들어섰다.

정선은 그것이 선희인 것을 직각적으로 알고 눈물을 씻고 눈을 감고 자는 모양을 하였다.

선희는 잠든 병인을 깨울까 저어하는 모양으로 발끝으로 걸어서 정선의 침대 곁으로 와서 우두커니 섰다.

이렇게 침묵이 계속하기 이삼 분. 선희는 초췌한 벗의 얼굴을 들여다보고 한숨을 짓고 서 있었다.

선희는 오늘은 산월이 아니었다. 머리도 학생 머리로 틀고 옷도 수수한 검은 세루(모직물의 한 가지) 치마에 흰 삼팔저고리, 학교에 다닐 때에 입던 외투와 핸드백을 손에 들고 모습을 감추기 위함인지 알에 검은빛 나는 인조 대모테 안경을 썼다. 산월을 본 병원 사람들도 그가 산월인 줄을 안 사람이 없었다.

선희는 언제까지든지 정선이 잠을 깨기를 기다리는 듯하였다. 숭은 마치 심판을 기다리는 죄인 모양으로 우두커니 옆방에 앉아 있었다. 그리고 선희가 온 때에 일어날 불쾌한 한 장면을 그려 보았다. 그러나 당할 일은 당할 일이었다. 비가 되거나 우박이 되거나 겪을 일은 겪을 일이었다. 다만 정선의 병에 해롭지 않기만 바랄 뿐이었다.

*

 정선은 자는 체를 하고 있으면서 선희에게 대하여 할 행동을 생각하였다. 처음에는 분하기만 하였으나 선희가 언제까지고 가만히 서 있는 것을 보고는 분한 마음이 좀 풀리고 동정하는 마음이 생겼다. 오는 길로 남편을 찾지 아니하고 저를 찾아서 언제까지든지(정선의 생각에는 반 시간이나 된 것 같았다.) 제가 눈을 뜨기를 기다리고 섰는 것이 선희가 제게 대한 성의인 것으로 해석하였다. 그래서 정선은 아무쪼록 선희에게 대하여 호감을 가져 볼 양으로 학생 적에 저와 선희와 의좋게 지내던 것을 생각하였다. 이 모양으로 맘을 준비해 가지고 정선은 자다가 깨는 모양으로 가볍게 기지개를 켜면서 눈을 떴다.

 "정선이!"

하고 선희는 눈을 뜨는 정선의 가슴 위에 엎어지는 듯이 몸을 던지며 제 뺨을 정선의 뺨에 비비고 최후에 입을 맞추었다. 이것은 두 사람이 동성연애 비슷한 것을 하면서 하던 버릇이었다. 그리고 선희는 코끝과 코끝이 서로 마주 닿을 만한 거리에서 정선의 눈을 들여다보며,

 "네가 살아났구나. 네가 살아났어!"

하고 또 한 번 뺨을 비비고 입을 맞추었다. 마치 어머니가 어린

딸에게 하는 모양으로.

"그래, 죽지 못하고 살아났단다."

하는 정선도 선희의 포옹에 감격하지 아니할 수 없었다.

"왜 그런 소리를 하니?"

하고 선희는 그제야 정선에게서 물러나서 곁에 있는 교의에 앉으며,

"죽기는 왜 죽어? 살아야지. 나는 우연히 미스터 허와 한 차를 탔다가 글쎄, 수색 정거장을 조금 지나서 차가 급작스러이 정거를 하지 않겠니? 그때에 미스터 허는 아마 맘에 무엇이 알렸나 봐. 벌써 무슨 일이 난 것을 다 아는 듯이 차에서 뛰어내린단 말이다. 눈이 펑펑 쏟아지는데. 그러자 사람들이 뛰어오면서 레키시(치여 죽음)라고, 웬 젊은 여자가 레키시를 하였다고 그러겠지. 그래 웬 여자라는 말을 들으니깐 나도 가슴이 설렌단 말야. 남자라고 하는 것보다 다르더라. 역시 여자에게는 여자가 가까운가 봐……."

"서로 미워하기도 여자끼리가 제일이고."

하고 정선은 빙그레 웃었다.

"그래. 그래 가 보니깐 - 너 그때 이야기 미스터 허한테 다 들었니?"

하고 선희는 말을 끊고 묻는다.

"그 뚱딴지가 무슨 말을 하니? 또 내가 무어라고 물어보아?"
하고 정선은 선희의 보고에 참으로 흥미를 느꼈다.

"아, 그래."
하고 선희는 말할 이유를 찾은 것을 만족하게 여기며 말을 계속한다.

"아, 그래 가까이 가 보니까 - 아주 가까이 가게는 아니하지, 길을 막아요. 아 그래, 가만히 바라보니깐 기관차 이맛불빛에 웬 젊은 여자가 피투성이가 되어서 눈이 쌓인 철로 길에 가로누워 있단 말이야, 칠피 구두가 불빛에 반짝반짝하고. 그것을 보니까 나도 저렇게 죽을 몸이 아닌가 하고 맘이 슬퍼지더구나. 그러기로 그것이 정선일 줄이야 꿈엔들 생각하였을 리가 있나. 그런데 말야, 그 시체 - 우리야 시첸 줄만 알았지. 살았으리라고야 생각할 수가 있나. 그래, 그 시체를 맞들고 차에 실으려고 앞으로 지나가는데 미스터 허가 깜짝 놀라서, '아이구 정선이!' 하고 시체를 - 그러니깐 너지, 정선이지 - 붙든단 말야. 그래서 보니깐 정선이 아니야. 얼굴이 반이나 피에 젖고, 치마가 모두 - 아이구, 그 말을 어떻게 다하니?"
하고 선희의 눈에서는 눈물이 흘러내린다.

선희가 우는 것을 보고 정선도 눈물을 흘렸다. 눈물은 두 사람의 맘에 걸려 있던 깨끗지 못한 관념과 감정을 녹여 버렸다.

"그래서."

하고 선희는 눈물을 흘린 것이 부끄러웠다는 것같이 일부러 소리를 내 웃으며 손수건을 두 손가락 끝에 감아 가지고 안경 밑으로 눈물을 씻는다.

"그래서 미스터 허가 차장과 교섭을 해서 너를 일등 침대에다 태우고 다른 찻간으로 돌아다니면서 의사 하나를 불러왔지요. 모르지 정말인지 아닌지, 제가 의사라니깐 아니? 그래서 네가 여기를 오게 되고 나도 여기까지 따라와서 하루를 묵어서 갔단다. 그런 젠데 말야, 세상에서들은 무어라고 하는고 하니……."

하고 선희가 새로운 화제를 꺼내려 할 적에 숭이 문을 열고 들어왔다.

"오셨어요?"

하는 것이 숭의 인사.

"부인 병구완하시기에 얼마나 곤하셔요? 그래도 이렇게 나왔으니깐 다행하시지."

하고 선희는 숭과 정선을 번갈아서 본다.

"낫기는 무어가 나왔어? 다리 하나가 없어졌는데 나왔어?"

하는 정선에게 불쾌한 빛이 없음을 보고 숭은 맘을 놓았다.

숭은 기생 모양을 버리고 보통 여학생 모양을 차린 선희의 모양을 호기심으로 바라보았다. 그 모양에서 기생의 흔적이 어디 남았는지를 찾기가 어려웠다. 이맛전과 눈썹까지도 예사로웠다. 숭은 이것이 산월인가를 의심할 만하였다. 그렇다고 예전 정선의 집에 놀러 다닐 때 선희도 아니었다.

"왜 그렇게 보세요? 기생 냄새가 나는가 하고 그러세요?"
하고 선희는 두 손으로 낯을 가리고 수삽한 빛을 보인다. 도무지 기생의 흔적이 없었다.

"정선이는 내가 기생으로 차린 것을 본 일이 없지? 기생 스타일에도 일종의 미가 있다. 그것이 아마 조선의 가진 아름다운 것 중 하나일는지 몰라. 그 몸가짐, 걸음걸이 그것도 다 공부가 있어야 되어요. 아이, 내가 무어라고 이런 쓸데없는 소리를 하고 있어?"
하고 선희는 정선의 이불과 베개를 바로잡아 주고 나서,

"아이 참, 여기 앉으셔요."
하고 선희는 섰는 숭에게 교의를 권한다. 이 방에 교의는 하나밖에 없었다.

"앉으시오, 나도 여기 앉지요."
하고 숭은 아내의 침대 발치에 걸터앉는다.

"글쎄, 어째 기생이 됐어?"

하고 정선은 억지로 불쾌한 생각을 누르면서 물었다. 그것은 남편이 기생 산월의 집에서 잤다는 것이었다.

"기생 됐던 말은 해서 무얼해?"

하고 선희는 다시 교의에 앉으며 숭을 향하여,

"저 기생 그만두었답니다. 여기서 올라간 날로 폐업하였어요. 그래 지금은 기생 아닙니다."

하고는 다음에는 정선을 향하여,

"나 기생 그만두었다. 인제부터는 어느 시골 유치원 보모 노릇이나 하고 싶어. 그리고 야학 같은 거 가르쳐도 좋고."

하고는 또 숭을 향하여,

"정말입니다. 저 어디 갈 데 하나 구해 주세요. 살여울은 유치원 없습니까. 정선이 살여울 안 가?"

"글쎄."

하고 정선은 맘에 없는 대답을 하였다.

"정선아, 난 너 가는 데로 갈 테야. 너 따라댕겨도 괜찮지."

선희는 퍽 흥분하여 허둥허둥하는 빛이 보인다.

정선은 선희의 속맘을 꿰뚫어 보려는 눈으로 싸늘한 독이 품긴 눈살을 선희의 일동일정에 던졌다. 그리고 선희가 숭에게 맘을 두어 숭을 빼앗아 가려는 것이나 아닌가 하고 맘에 자못 불쾌하였다. 그렇지 아니하면 무슨 까닭에 갑자기 기생을 그만두고 정선을 따라오려는 것일까.

*

"무얼 날 따라오는 게야?"
하고 정선은 빈정댔다. 그러나
'네가 내 남편을 따라오려는 것 아니냐?'
이런 말은 정선의 입에서 나오지 아니하였다.

선희는 잠깐 정선을 바라보았다. 그리고 정선의 얼굴에서 유쾌한 웃음을 찾아보고는 안심하고,

"저는 어려서부터 말 안 듣는 계집애로 유명했답니다. 아버지, 어머니 살아 계실 때에도 영 이르는 말씀은 안 들었지요. 때리면 얻어맞고 울고 밥을 굶을지언정 영 말은 안 들었답니다. 왜 그랬는지 내 모르지요. 학교에 가기 시작한 뒤에도 말을 잘 안 들었어요. 제 생각에는 어른들이 시키시는 말씀이 다 옳지 않아 보인단 말야요. 어른의 권력으로, 선생의 권위로 내리누르시지마는 옳지 않은 것이 옳게는 안 보이거든요. 옳게 안 보이는 것을 복종하기는 싫거든요. 안 그러냐 얘, 너도 내가 선생님한테 벌 받는 것을 여러 번 보았지, 왜?"

하고 선희는 정선의 동의를 구할 겸 눈치를 떠본다.

"그럼, 고년 작두로 찍어두 안 찍힐 년이라구, 불에 태워두 안 타질 년이라구, 하하하하. 그 돌배라는 선생이 안 그랬니, 왜? 선희 널 보구."

하고 정선은 유쾌하게 깔깔대고 웃는다.

숭은 정선이 유쾌하게 생각하는 것이 기뻤다. 선희도 그러하였다. 정선은 선희의 태도와 말이 그가 단순히 사내를 따르려는 계집이 아니요, 사내와 계집을 초월한 사람의 위신을 가졌음을 느끼고 안심하게 된 것이었다.

"그렇게 저는 누구 말 안 듣는 계집애로 자라났단 말씀야요. 그러다가 아버지, 어머니 다 돌아가셔서, 삼촌 집에 가서도 말 안 듣는 버릇은 놓지 못했답니다. 더군다나 삼촌이라는 이가 내게 호의를 가진 사람이 아닌 줄을 안 담에야 내가 왜 그 말을 들어요? 심사로라도 안 듣지. 삼촌은 웬일인지 저를 미워하셨답니다. 작은어머니라는 이는 더하고요. 제게 제일 가까운 사람이 외조모와 이모들이지마는, 삼촌이 제가 외가에 가는 것은 꺼려하거든요. 또 외가가 서울을 떠난 것도 한 이유는 되지만두. 삼촌의 목표는 제게 있은 것은 아니지요. 조카딸년이야 어찌 되었든지 아버지 두고 가신 재산만 가지면 그만이란 말씀야요. 제가 고등과를 졸업한 때에 – 열여덟 살 적이지? 삼촌은 저를 어느 부랑자의 후실로 가라고 야단을 하셨지요. 저는 전문과에 간다고 떼를 쓰고. 전문과에 가? 전문과엔 무엇하러? 전문과에 가면 학비를 안 줄걸. 이러시고 삼촌은 야단이시지요. 삼촌도 나만 못지않게 뉘 말 안 듣는 양반이시거든요. 그래 숙질간에 대충돌이 안 났습니까. 죽일 년 살릴 년이지요. 그러니 삼촌허구 열여덟 살 된 계집애허구 싸우자니 적수가 되어요. 그래 최후에 제가, 그럼 그까짓 재산 다 삼촌 가지우, 난 전문과만 졸업하도록 학비만 주시구, 이런 조건으로 타협이 되었지요. 재산요? 재산 이래야 몇 푼어치 되나요. 양주 논, 고양 논, 시흥 논과 산과 다 해야 한 육칠만 원어치 될까. 그저 한 오백 석 하지요. 뒤에 생각하니깐 아깝기도 하지마는 한 번 한 말을 어찌할 수도 없고, 그래 해 달라는 대로 다 도장을 찍어 주었지요. 옛소, 옛소, 다 가져가우 하구. 그러고 보니 어떻게 됩니까. 전문과를 졸업하고 나는 날 저는 쇠천 한 푼 남은 것 없지요. 그렇다고 구질구질하게 삼촌더러 더 먹여 달랄 수도 없구요. 그래서 졸업식한 이튿날 저는 삼촌의 집에서 뛰어나왔지요."

하고는 선희는,

"제가 이런 말은 왜 합니까. 뉘 말 안 듣는다는 말 하다가 어느새에 신세타령이 나왔네, 아이 부끄러워."

하고 손으로 눈을 가린다.

"그래서 네 재산을 모두 네 삼촌한테 빼앗기고 말았구나?"
하고 정선은 동정하는 듯이,

"난 또 그런 줄까지는 몰랐어. 너 어디 나보고 그런 말했니?"

"그런 말을 왜 하니? 넌 부잣집 작은아씨 아니야. 내가 알거지가 되었다면 너한테 천대받게."

"그러기로, 설마 내가 너를."
하고 정선이 소리를 내 웃는다.

"암, 그렇지. 내가 기생이 되었다고 정선이 나 찾아오는 것을 지긋지긋해하지 않어?"
하고 선희가 턱으로 정선을 가리킨다.

정선의 낯빛이 문득 변한다.

"그런 말씀을 길게 할 것은 없구요, 어쨌으나 저는 인제는 기생은 그만두었습니다. 여기서 올라간 이튿날부터요. 신문에 무엇이라고 쓰인 것이 맘에 걸린 것도 아니구요. 왜 그런지 기생 노릇은 아니하기로 결심을 했단 말씀야요. 세상에서들은 그 신문을 보고 마치 무슨 큰 변이나 생긴 것처럼 야단들이래요. 도무지 집에 앉았을 수가 있나. 굉장히 부르러 오고 찾아오지요. 권번에는 폐업한다고 다 말을 했건만도, 아니라고 아마 신문에 난 것 때문에 그런가 보다고, 내야 어떻겠느냐고, 위로해 줄 테니 오라고 이런 사람들도 있겠지요. 기가 막혀."
하고는 무슨 크게 재미있는 것이 생각이 난 듯이,
 "그런데 말야요, 요전 허 선생허구 차에서 이 박사 안 만나셨어요?"
하고 숭에게로 몸을 돌린다.
 "네, 만났지요."
하고 숭은 그때 광경을 그려 본다.
 "그때에 제가 이 박사를 놀려먹었지요? 들으셨어요? 여러 번 주신 편지는 답장을 못 드려서 미안하다고, 또 세 번이나 찾아오신 것을 대문 밖에서 돌아가시게 해서 미안하다고, 글쎄 이랬답니다. 그랬더니 그담에 알고 보니깐, 그 자리 있던 두 여자 속에 하나가 이 박사와 약혼 말이 있던 여자랍니다그려. 일본 어느 고등사범인가 졸업한 여자라는데, 그만 그 이튿날로 이 박사를 탁 차 버렸대요. 그리고는 이 박사가 또다시 심순례를 꾀여 내려 든대, 얘."
하고 정선을 바라본다.
 "미스 정은 어떻게 되었누?"
하고 정선이 묻는다. 미스 정이라는 것은 정서분을 가리키는 것이다.

"정서분 씨?"

하고 선희는,

"어림이나 있나. 이 박사가 정서분 씨 생각이나 할 줄 아니? 인제 만일 순례한테 퇴짜를 맞으면 하루 이틀 심심파적으로 미스 정 집에 갈는지도 모르지. 그러면 미스 정은 그만 고마워서 허겁지겁으로 이 박사를 맞아들인단 말이다. 미스 정은 이 박사 같은 사람에게는 알맞은 빅팀(희생물)이란 말이다. 우리 같은 것은 너무 닳아 먹어서 잘 넘어가지를 않고, 순례는 또 너무 애송이구. 아무려나 이 박사도 인제는 볼일은 거의 다 보았어. 이번에 순례허구 틀어지면 이젠 마지막일걸. 응, 닥터 현한테도 다니는 모양이지마는 현이 누구라구. 인제는 이 박사도 청산할 때가 되었겠지."

숭은 선희가 점점 흥분하여 말이 많아지는 것을 이상하게 생각하면서 듣고 있었다. 산월이라는 기생은 결코 수다스러운 기생은 아니었다. 도리어 산월이라는 기생의 특색은 그의 숙녀다운 얌전이었다. 그는 별로 말이 없고 말 한마디를 하려면 앞뒤를 재는 것 같았다. 이것이 사람들의 맘을 더욱 끈 것이었다. 이 점잖음이, 얌전함이. 그런데 오늘 이 자리에서는 선희는 마치 무슨 흥분제를 먹어서 발양 상태에나 있는 것같이 말이 많았다. 그 알토 가락을 띤 어성은 대단히 아름답고 유쾌하였다.

"순례는 너무 말을 잘 들어서 걱정이오, 나는 너무 말을 안 들어서 걱정이라고 이 박사가 그리겠지."

하고 선희는 말을 잇는다.

"말 안 듣는 데 미가 있다나. 들을 듯 들을 듯 안 듣는 데는 사내들이 죽는다고. 이건 사실인가 봐. 기생들도 이 수단을 쓴대요. 나는 그래서 남의 말 안 듣는 것은 아니지, 하하하하. 내야 나를 해치려는 사람들 틈에서만 살았으니깐 자연 남의 말을 안 듣게 된 게지. 남의 말을 들으면 제게 해로울 것만 같으니깐. 그렇지만 순례 모양으로 부모의 사랑 속에 자라난 사람이야 남의 말을 안 듣는 연습이 없단 말야. 안 그렇습니까. 남의 말 안 듣는 것이 자위책이거든요."

하고 숭을 바라본다.

숭은 그렇다는 듯이 고개를 끄덕거려 보였다.

*

"남의 말 안 듣고 안 믿는 공부는 그동안 기생 노릇에, 이를테면 대학을 마친 셈이야."

하고 선희는 말을 잇는다.

"기생으로 나서면 손님이란 손님이 다 내게 호의를 가지는 사람이구, 다 나를 위해서는 목숨이라도 바칠 것 같은 사람들이거든. 말을 들으면 말야. 그러니 그 말을 다 믿고 다 듣다가야 큰 코가 백이 있기로 배겨 나겠어요. 그러니깐 오냐 나는 네 말을 안 믿는다, 네 말을 안 듣는다 하고 속으로 선언을 해 놓지요. 그리고는 네, 네 그렇습니다, 아이구 고마우셔라, 그럼요, 이런 대답을 하거든. 그것이 영업이란 말야. 안 그러냐. 그렇지 않습니까, 선생님? 호호호. 허지만 이렇게 세상을 살아가는 것은 죽기보다 어려운 일이야. 아무의 말도 믿지 아니하고 아무의 말도 듣지 아니하고 그저 의심만 하고 뿌리치기만 하는 생활은 참 못 해 먹을 것입니다. 참 그렇다, 정선아. 고양이라도 괜찮고 강아지라도 괜찮으니 누구 하나 안심하고 믿을 사람이 있고 싶다. 그렇지 아니하면 마치 광야에 혼자 사는 것 같거든. 곁에 사람이 백만 명이 있기로 믿지 못하는 사람이면 없으나 다름없지 않습니까. 믿지 못하는 사람이면 원수니깐 도리어 적국에 잡혀간 포로나 마찬가지지요. 안 그렇습니까. 남의 말 안 듣는 것을 자랑으로 아는 것도 잠시 잠깐입니다. 참 못살겠어요. 그래서 기생을 그만두는 동시에 남의 말을 듣기로 작정을 했습니다. 웃지 마라, 정선아. 너같이 팔자 좋은 아이야 나 같은 계집애 심리를 알겠니?"

"말을 듣기로 했다니, 뉘 말을 듣기로 했니?"

하고 정선이 묻는다.

"글쎄, 허 선생 말씀을 듣기로 작정을 했다. 허 선생 말씀이면 듣기도 하고 믿기도 하기로. 그렇지마는 허 선생은 정선이 남편이시니깐 네가 동의를 해야겠지. 너 반대 안 하지?"

하고 선희는 정선을 바라본다.

"내가 왜 반대를 해? 다 자유지."

하고 정선은 승낙하는 듯하면서도 말에 바늘을 품었다.

"제가 지금 시골을 가면 농촌에서 무엇이든지 할 일이 있겠습니까. 유치원 보모든지, 소학교 교사든지, 기타 무엇이든지 말씀이야요. 저는 기생 노릇 해서 번 돈이 한 오천 원 됩니다. 그러니깐 월급은 안 받아도 괜찮아요. 다만 인제는 소원이 '쓸데 있는 일'을 해 보는 것입니다. 노리개 생활은 인제는 싫어요. 쓸데 있는 사람이 되어서 쓸데 있는 일을 좀 해 보고 싶어요. 그렇다고 농사를 지을 줄은 모르고, 방직 공장 여직공도 좋지마는 역시 아직도 야심이 남았어요. 제 주제에 누구를 가르친다는 것이 염치없는 일이지만두, 가갸거겨 하나 둘 셋이나 가르치는 것이야 어떨라고요. 만일 그것을 할 수가 없다고 하시면 방직 직공으로 가지요. 그것도 쓸데 있는 일인 것은 마찬가지니깐요. 네, 선생님, 제가 그런 일을 할 수가 있을까요. 극단의 무용한 사람으로서 속속들이 유용한 사람이 한 번 되어 보고 싶어요. 그렇게 되도록 저를 좀 도와주세요. 성경의 말씀 마찬가지로 잃어버렸던 양이 목자에게 돌아온 것으로 보아 주세요."
하는 선희의 음성은 흥분 상태로부터 벗어나서 침울에 가까운 상태로 들어갔다.

선희는 제가 하려고 별렀던 말을 대강 다 한 것을 발견하고는 어째 텅텅 빈 것 같음을 깨달았다. 또 제 약점을, 제 부끄러움을 사람들의 웃음거리의 재료로 제공하지나 아니하였나 하는 싱거움까지도 깨달았다. 도무지 진정을 토설하지 않기로 작정한 생활을 해 오던 선희가 벼르고 별러서 한바탕 진정을 토설하고 나니, 마치 아이를 낳고 난 부인과 같이 허전하였다.

제4장

*

 살여울에 봄이 왔다. 달내물이 기쁘게 부드럽게 흘러간다. 농촌의 봄은 물이 가지고 온다.
 청명 때가 되면 밭들을 간다. 보습에 뒤집히는 축축한 흙은 오는 가을의 기쁜 추수를 약속하는 것이다.
 보잡이(밭을 가는 사람)는 등에 담뱃대를 비스듬히 꽂고 긴 채찍을 들어 혹은 외나짝 소를, 혹은 마나짝 소를 가볍게 후려갈긴다. 소들은 입에 거품을 물고 고개를 좌우로 흔들흔들하면서 걸음을 맞추어서 간다. 그들은 사래 끝에 오면,
 "마라 도치."
하는 보잡이의 돌라는 명령을 잘 알아듣고 방향을 돌린다.

"외나."

"마라."

하는 구령을 들은 소들은 장관들의 명령을 잘 알아듣는 병정들과 같이 잘 알아듣는다. 송아지로서 처음 멍에를 메인 놈은 말을 잘 듣지 않다가 매를 맞지마는, 삼 년 사 년 익숙한 소는 제가 무엇을 할 것인지를 잘 안다. 그가 가는 밭에서 나는 낟알과 짚 중에 한 부분은 그가 겨우내 먹을 양식이 되는 것이다.

소는 농부의 가족이다. 그 동네 사람은 멀리서 바라보고도 저것이 누구의 집 소인 줄을 안다. 그 소의 결점도 알고 장처도 안다. 만일 어느 집 소가 다리를 전다든지 무슨 병이 난다고 하면 그것은 다만 소 임자 집의 큰 사건만 아니라, 온 동네의 관심사가 된다. 소 니마(소 의원)를 부르고 무꾸리를 하고 무르츠개(귀신을 한턱 먹여서 물리는 일)를 하여야 한다.

"이랴 이랴, 쯧쯧!"

하고 두르는 보잡이의 채찍에 봄볕이 감길 때 온 땅에 기쁨이 넘친다.

소가 지나간 뒤에는 고랑 쩨는 사람이 따른다. 그는 한 손에 굵다란 지팡이를 들고 한 발로 밭이랑의 마루터기를 쩨고 나간다. 그 뒤를 따라서 재놓이가 따른다. 그는 삼태기에 재를 담아 가지고 고랑 쩬 홈에다가 재를 놓는다. 비스듬히 옆으로 서서

재 삼태기를 약간 흔들면서 걸어가면 용하게도 재가 검은 줄을 이뤄서 고르게 펴진다.

만일 조밭이나 면화밭을 간다고 하면 자구밟이가 있을 것이요, 보리밭이나 밀밭이라 하면 고랑 째는 것도 없고 자구밟이도 없을 것이다.

자구밟이는 제일 어린, 숙련 못 한 사람이 하는 것이다. 그는 고랑의 홈에 한 발을 한 발의 끝에 자주자주 옮겨 놓아서 씨 떨어질 자리를 다지는 것이다. 그 뒤로 밭갈이에 가장 머리 되는 일이 한 겨리에 가장 익숙하고 어른 되는 사람의 손으로 거행되는 것이다. 그것은 씨 뿌리는 일이다.

적어도 삼십 년 이상 밭갈이의 경험을 쌓은, 그리고도 수완 있는 사람이 아니고는 '종자놓이'라는 이 명예 있는 지위에 오를 수 없는 것이다. 살여울 네 겨리 중에 숭이 든 겨리의 종자놓이는 돌모룻집 영감님이라는 쉰댓 된 노인이다. 그는 일생에 부지런히 일하고 아끼고 하는 덕에 논마지기 밭날갈이도 장만하고 짚으로나마 깨끗하게 집도 거두고 동네 사람들의 대접도 받는 노인이다. 그는 말이 없다. 벙어리와 같이 말이 없다. 그리고 쥐와 같이 부지런하다. 집에 가 보면 언제나 무엇을 하고 있다. 그의 감화로 그 집 아들딸, 며느리가 다 그렇게 말이 없고 부지런하다. 조용하게 일만 하는 집이다.

돌모롯집 영감님은 옆구리에 종자 뒤웅을 차고 뒤웅에 손을 넣어서는 종자를 한 줌 쥐어서 말없이 솔솔 뿌리며 간다. 고개를 비스듬히 숙이고 한편 어깨를 축 처뜨리고 언제까지든지 씨를 뿌리고, 영원히 씨를 뿌리고 가려는 사람과 같이 긴 사래를 오락가락한다.

"시장하지 않으시우?"

하고 자구밟이하는 젊은 사람이 지나는 길에 물으면,

"어느새에."

하고 그는 씨를 뿌리며 간다.

*

돌모롯집 영감님이 노란 씨를 뿌리고 지나가면 그 뒤에는 이 동네에서 익살꾼으로 유명한 쌍동이 아버지라는 노인이, 연해 우스운 말을 해서는 사람들을 웃기며 묻는 일을 한다. 그는 아직 머리에 상투가 있다. 상투라야 흔적뿐이지마는 머리 가로 헙수룩하게 희끗희끗한 두어 서너 치나 되는 머리카락들이 여러 가지 각도와 곡선을 그려서 흘러내리고 있다. 그는 아마 머리를 안 빗는 모양이었다.

이 노인을 쌍동이 아버지라고 일컫지마는, 그 쌍동이는 언제 나서 언제 죽었는지 젊은 사람들 중에는 아는 사람이 없었다. 다만 그 며느리가 꽤 오래 수절을 하다가 달아나 버렸다는 전설 때문에, 그 쌍동이 중에 적어도 하나는 사내였고 또 장가를 들었던 것까지는 추적할 수가 있었다. 그는 지금도 아들도 딸도 없이, 그와는 반대로 생전 말 한마디 없는 마누라하고 단둘이 살고 있다. 살고 있다는 것보다도 죽기를 기다리고 있다.

　"젊은 놈들이 어느새에 배가 고파? 우리는 젊었을 적에는 사흘쯤은 물만 먹고 하루 일백오십 리는 걸었다. 그러고도······."

　이 모양으로 쌍동이 아버지는 인제는 낮이 기울었으니 점심을 먹고 하자는 젊은 사람들을 책망하면서 두 발을 번갈아 호를 그려 씨를 묻고 간다. 젊은 사람들은 이 늙은이의 이러한 평범한 말에도 웃음을 느껴서 소리를 내서 웃는다.

　"왜 하루에 일천오백 리는 못 걷고 일백오십 리만 걸었소?"

하고 한 젊은 사람이 빈정대면 쌍동이 아버지는,

　"해가 짧아서 못 걷지. 걷기가 싫어서 못 걷누."

하고 눈을 부릅뜨며 쌍동이 아버지는 항의를 하였다. 그러면 젊은 사람들은 또 웃었다.

　"이놈들, 웃으니께네 배가 고프지."

하고 쌍동이 아버지는 중얼거렸다.

숭도 웃음을 삼키지 아니할 수가 없었다.

"외나 외나! 쯧쯧!"

하는 보잡이의 소리에 고개를 들어 보면 소들은 벌써 뽕나무 밑 마지막 이랑을 갈고 있었다. 늘어진 뽕나무 가지가 소에게 스치어 우지끈우지끈 소리를 내며 부러졌다.

씨 뿌리는 돌모룻집 영감님이 마지막으로 손을 흔들고 발에 묻은 흙을 떨면서 밭둑으로 나설 때는 그로부터 오 분이나 뒤였다. 이 노인은 손에 들었던 씨를 다시 뒤웅에 넣는 것을 수치로 알았다. 이 밭에는 씨가 몇 되, 줌으로 몇 줌 드는 것까지 잘 알기 때문이었다.

맨 끝에 발을 툭툭 털고 밭에서 나서는 이가 쌍동이 아버지였다. 이때에는 젊은 사람들은 벌써 담배를 한 대씩 피워 물었다.

"누구 나 담배 한 대 다우."

하고 쌍동이 아버지가 시커먼 손을 내밀었다.

"드리고 싶지마는 전매국 사람이 볼까 봐서 못 드리갔수다."

하고 한 젊은 사람이 반쯤 남은 희연 주머니를 흔들어 보였다.

"영감님은 입만 들고 댕기시우?"

하고 곁에 섰던 젊은 사람이 웃었다.

"엑 이놈들!"

하고 쌍동이 아버지는 또 옛날은 제 집에 담배를 심었던 것과 온 동네에서 제 집 담배가 고작이던 것을 자랑하였다. 이것은 담배를 얻어먹을 때마다 쌍동이 아버지가 하는 말이었다.

"호랭이 담배 먹을 적에 말이오?"

하고 희연 가진 젊은 사람이 저 먹던 담뱃대와 희연을 쌍동이 아버지에게 준다.

쌍동이 아버지는 아직도 뜨거운 대통을 후후 불어 식혀 가지고 담배 한 대를 담아서 땅에 떨어진 담뱃불에 붙인다. 그 껍질만 남은 뺨이 씰룩씰룩한다.

*

봄의 황혼은 유난히도 짧고 또 어둡다. 해가 시루봉 위에 반쯤 허리를 걸친 때부터 벌써 땅은 어두워진다. 마치 촉촉한 봄의 흙에서 어두움이 솟아오르는 듯하였다.

산그늘에 지껄지껄하는 소리를 듣고야 비로소 희끄무레하게 겨리꾼들이 돌아오는 것이 보일 지경이었다.

집들의 굴뚝에서 나던 밥 잦히는 연한 자줏빛 연기조차 인제는 다 스러지고, 주인을 기다리는 밥그릇들은 이 빠진 소반 위에서 김을 뿜고 있었다.

"아버지 오나 봐라!"

하는 소리가 부엌에서 나올 때에 어느새부터 맨발이 된 아이들은 강아지들 모양으로 사립문에서 뛰어나왔다. 그래서 아버지를 붙들고 매달리고 끌고 들어왔다.

"허리 아프다!"

하고 매달리는 어린것들을 뿌리치기는 하면서도 머쓱해 물러선 어린것의 손을 잡았다.

"다 갈았소?"

"좀 남았어. 넘은짓 소가 다리를 절어서."

하고 남편은 만주 조밥을 맛나는 듯이 입으로 몰아넣는다.

어떻게들도 달게 먹는지, 만주 조밥과 쓴 된장을 어른이나 아이나 도무지 아무 소리도 없이 서로 얼굴도 아니 보이는 어두운 방 안에서 그들은 꿀같이 달게 밥을 먹는다. 전 같으면 만주 조 한 말에 쌀 두 말을 주기로 하고 꾸어 먹지 아니하면 아니 되었지마는, 금년에는 허숭이 만든 조합이 고마워서 만주 조 한 말에 벼 한 말을 주기로 하고 농량은 꾸어 먹을 수가 있었다.

씹는 소리도 날 것이 없었다. 씹을 것이 있나. 풀 없는 조밥은 날아서 목구멍으로 넘어갔다. 밥 한 그릇을 다 먹는 동안이 모두 오 분이나 될까. 밥으로 곯은 배를 숭늉으로 채우고 나면 가장은 아랫목에 잠깐 기대어 앉아서 부엌에서 아내의 설거지하는 소리를 들으며 생각을 한다. 이것이 농부의 유일한 인생의 시간이다.

아이들은 어느덧 이 구석 저 구석 쓰러져서 잠이 들었다. 그들은 하루 종일 뛰놀고 배고파서 지쳤다가 배만 불룩하면 쓰러져 잠이 들고 만다.

벌써 빈대가 나오기 시작한다. 목덜미와 허리가 뜨끔뜨끔하지마는 그것을 생각할 여유가 없다. 가장은 하루 종일 밭갈기에, 또 일생의 영양 불량과 과로로 등을 방바닥에 붙이기만 하면 천길 만길 몸이 땅속으로 들어가는 것만 같았다.

"허리는 안 아프우?"

하고 눈에 띄게 늙고 쇠약해 가는 남편을 근심하여 아내는 남편의 허리를 문질러 주다가 그 역시 잠이 들어 버리고 만다. 그러다가 누구든지 먼저 잠이 깨는 사람이 때 묻은 이불을 내려서 식구들을 덮어 주고, 저는 발만을 한 귀퉁이 속에 집어넣고는 잠이 들어 버린다.

가장이 눈을 뜰 때에는 부엌에서는 벌써 아내가 밥을 안치고 불 때는 소리가 들린다. 잘 마르지도 아니한 수수 그루, 조 그루는 탕탕 요란한 소리만 내고 연기만 내고 도무지 화력이 없다.

"오늘은 뉘 밭 가우?"

"허 변호사네 밭 갈 날이야."

"응, 그럼 점심은 잘 먹겠구면."

"허 변호사네 집에 좀 가 보라구. 물이라두 좀 길어 주어야지. 다리 없는 여편네 혼자 있으니, 원. 한갑이 어머니허구 순이허구는 오겠지마는."

이것이 이 집 내외가 아침밥을 먹으면서 주고받는 말이었다.

"나 밥."

"나 오줌."

하고 아이들이 일어났다.

남편은 발등만 덮는 흙 묻은 버선(이것은 목달이라고 부른다.)을 신고 나가는 길에 닭장을 열어 준다. 아직도 어둡다. 닭들은 끼득끼득 소리를 하며 뛰어나온다.

*

오늘은 숭이 집 밭을 가는 날이다. 숭이 겨리를 따라 밭을 갈러 나간 뒤에 집에서는 정선이 선희와 유순과 한갑 어머니를 데리고 겨리꾼들의 점심을 차리고 있었다.

정선은 아직 다리 잘린 자리가 굳지 아니하여 고무다리는 대지 못하고 엉금엉금 기어서 방에서 마루 출입이나 하였다. 오늘 정선이는 마루에 나와 앉아서 북어도 뜯고 상도 보살폈다. 정선이나 선희나 다 손은 낮지마는 눈은 높아서 여러 가지로 반찬을 만들어 보려고 애를 썼다. 그래서 정선이는 손가락 하나를 베고 선희는 두 군데나 베었다.

"아이그, 그 고운 손을."

하고 한갑 어머니는 그들을 애처롭게 여겼다.

"어떻게 한갑 어머니는 그렇게 무를 잘 썰으셔."

하고 한갑 어머니가 곤쟁이 지지미에 넣을 무를 썰고 앉았는 것을 보고 칭찬하였다. 기실 한갑 어머니는 그렇게 잔채를 잘 치는 정도는 아니었다. 원체 시골서는 잘다고 할 정도의 잔채는 칠 필요가 없었다. 그렇지마는 한갑 어머니의 뼈만 남은 시커먼 손가락 끝이 칼날의 바로 앞을 서서 옴질옴질 뒤로 물러가면서, 거의 연속음이라 할 만한 싹둑싹둑하는 소리를 내며 무채를 치는 양은 정선과 선희의 눈에 신기하지 아니할 수 없었다.

"인 내시우, 내 좀 해 볼게."

하고 선희는 한갑 어머니의 도마를 끌어당겼다.

"또 손 벨라구, 그 고운 손을."

하고 주름 잡힌 얼굴을 웃음으로 찌그리며 도마를 내주었다.

선희는 손가락 끝을 옴질옴질 뒤로 물리면서 무를 썰었다. 생각과는 달라서 무가 고르게 썰어지지 아니할뿐더러 몇 번 칼을 움직이지 아니하여서 칼 든 팔목이 자개바람이 날 듯이 아팠다.

"어느새에 팔이 아파?"

하고 정선은 이 일에 대하여서는 선배인 태도를 보였다.

"내가 팔이 아프다니?"

하고 선희는 아픈 팔을 참고 승벽으로 무를 썰기를 계속하였다. 칼이 마음대로 베고 싶은 곳을 베어 주지를 아니하였다.

"아차!"

할 때에는 선희의 장손가락 끝에서 빨간 피가 흘렀다. 식칼이 새로 사 온 일본 칼인 데다가 숭이 손수 숫돌에 갈아서 날이 섰던 까닭이었다. 선희의 왼손 장손가락 끝이 손톱 아울러 베어진 것이었다.

"이그, 저를 어째?"

하고 한갑 어머니가 싸맬 것을 찾을 때에 정선은,

"에그머니!"

하고 일어나려 하였으나 한 다리가 없음을 깨닫고,

"순아, 순아."

하고 부엌에서 불을 때고 있는 순을 불렀다.

순은 한 손으로 머리에 앉은 재를 떨고 한 손에 연기 나는 부지깽이를 든 채로 부엌에서 나왔다. 정선이 부르는 소리가 너무 황황하였던 까닭이다.

"방에 들어가서 약장에서 가제하고 탈지면하고 또 붕대하고 또 옥도정기하고 내와."

하는 정선의 명령에 유순은 부지깽이 끝을 땅바닥에 쓱쓱 비벼서 불을 꺼서 부엌에 던지고 통통 뛰어서 건넌방으로 들어갔다. 건넌방에 질소한 책장과 유리창 들인 약장이 있었다. 이 약장에는 의사 아니고도 쓸 수 있는 약품, 응급 구호품이 들어 있었다. 유순은 다 제 손으로 벌여 놓은 것이라 어디 무엇이 있는지를 다 알뿐더러 이 속에 있는 약의 용도도 다 알았다. 이를테면 숭은 원장이요, 순은 간호부였던 것이었다.

순은 정선이 가져오라는 것을 다 가져다 정선의 앞에 놓았다.

"자, 손가락 인 내."

하고 정선이 손을 내민다.

선희가 피가 뚝뚝 떨어지는 손가락을 정선에게 내댄다. 정선이는 핀셋으로 탈지면을 집어서 옥도정기를 발라서 상한 데를 씻고 가제를 감고 솜을 대고 그리고는 붕대를 감아서 제법 간호부가 할 일을 하였다.

"내가 무어랬어, 팔이 아프거든 쉬라고."

하고 정선은 선희를 책망하였다.

"아야 아퍼, 으스."

하고 선희는 싸맨 손가락을 손으로 가만히 쥐어 가슴에 댔다.

*

 해가 높았다. 따뜻하기가 여름날 같았다. 동네에서 달내강을 끼고 일 마장이나 올라가 있는 숭의 밭에서는 소와 사람이 다 땀을 흘릴 지경이었다. 재 놓는 봇돌이라는 젊은 친구는 웃통을 벗어부치고 재를 놓았다.

"그, 날이 갑자기 더워지눈."

하고 말없는 돌모룻집 영감님이 종자 놓던 손으로 이마에 땀을 씻으며 중얼거렸다.

"다 더울 때가 되니께 더워지고, 물오를 때가 되니께 물이 오르지."

하고 뒤를 따르는 쌍동이 아버지가 대꾸를 하고는 제 말이 잘되었다는 찬성의 표징이나 보려는 듯이 둘러보았다. 젊은 사람들은 짐짓 못 들은 체를 한다.

"배고플 때가 되니께 배가 고프구."

하고 자구밟이 중에 어느 젊은 사람이 쌍동이 아버지 어조를 흉내를 낸다. 모두 하하하하 웃는다.

"엑 이놈! 어른 숭내(흉내) 내면 불알이 떨어지는 법이야, 고얀 놈들 같으니."

하고 씨 묻던 발을 탕 구르며 쌍동이 아버지가 호령을 한다. 하하하 하고 또 웃는다. 모두들 헛헛증이 났다.

숭의 집이면 서울 솜씨로 반찬이 맛나리라고 다들 예기하고 있었다. 그들 생각에 서울 사람이 먹는 음식은 도저히 시골 음식에 댈 바가 아니라고 믿는다.

강가로 점심을 인 여인네 일행이 오는 것이 보일 때에는, 밭 갈던 사람들의 피와 신경은 온통 혓바닥으로 모이는 것같이 입에 침이 돌고 출출한 생각이 못 견디게 더 났다. 소들까지도 침을 더 흘리는 것 같았다.

그들은 이고 들고 한 여인네들이 점점 가까워지는 것을 힐끗 힐끗 바라보며 저것은 유순이, 저것은 죽었다고 신문에 났다던 산월이라는 선희, 하고 꼽았다. 한갑의 어머니는 꼽을 필요도 없는 것이었다. 왜 그런고 하면 한갑의 어머니는 그들 자신의 어머니와 같이 낯익은 존재였다.

순이는 밥과 국물 없는 반찬을 담은 광주리를 이고, 한갑 어머니는 국 동이를 이고, 선희는 숭늉 동이를 이고, 유월이는 막걸리 동이를 이었다. 유순이나 한갑 어머니는 한 손으로 머리에 인 것을 붙들고도 몸을 자유롭게 놀리지마는, 선희와 유월이는 두 손으로 꽉 붙들고도 몸을 자유로 움직이지 못하였다.

밭머리 잔디 난 곳에 음식을 내려놓았다. 선희의 머리에서는 숭늉이 흘렀고, 유월의 머리에서는 막걸리가 흘렀다. 숭은 자구

를 밟다 말고 뛰어나와서 여인네들의 인 것을 받아 내려 주었다. 다른 젊은 사람들은 그것을 부러워하였다.

숭은 선희가 농가 여자의 의복을 입고 이 지방 부인네와 같이 수건을 푹 수그려 쓴 것을 바라보고 빙긋 웃었다. 선희도 웃었다. 유월이 곁으로 와서 선희의 손을 잡아 쳐들면서 숭에게,

"이것 보셔요. 이렇게 무를 썰으시다가 손가락을 베시었답니다. 손톱 아울러 베시었답니다."

하고 싸맨 선희의 손가락을 보인다.

"글쎄, 그 고운 손으로. 내가 써는 것을 썰다가 그렇게 되었다누. 에그 가엾어라."

하고 한갑 어머니가 혀끝을 찬다.

"약 바르시었소?"

하는 숭의 말에,

"네, 약 발랐어요. 그렇게 해야 배우지요."

하고 선희도 웃는다.

"학교에서야 그런 유스풀 아트를 배우실 수 있어요?"

하고 숭은 만족한 듯이 다시 밭으로 들어간다.

사람들이 나와 밥을 먹는 동안에 선희와 유월은 정성으로 국과 반찬과 숭늉을 서브하였다. 사람들은 내외하는 예를 잘 차려서 도무지 선희를 거들떠보지도 아니하였으나, 그런 아름다운

사람이 곁에 있는 것은 그들에게 큰 기쁨이 되었다. 같은 무국, 같은 곤쟁이 지짐이도 보통보다는 맛이 더한 듯하였다. 불과 칠팔 인밖에 안 되는 식구건마는 한 광주리 밥과 한 동이 국, 한 동이 막걸리, 한 동이 숭늉을 다 먹어 버리고 말았다. 그리고 숭이 내놓는 불로연 한 통을 맛나게 피워 물었다.

천지는 더욱 빛이 넘쳤다. 달내의 물은 더욱 유쾌하게 흐르는 것 같았다. 소는 콩과 조짚을 섞은 죽을 맛나게 먹으며 입을 우물거렸다.

*

"어 잘 먹었는걸."

"참, 맛난데."

하고 사람들은 선희가 들어라 하고 모두 칭찬들을 하였다. 정말 맛난 모양이었다.

여인네들은 빈 그릇을 담아서 이고 집 길로 향하였다. 오는 길에도 한갑 어머니와 순이는 길가에 있는 달래와 무릇과 메(마)를 캤다. 선희의 눈에는 그것이 다 신기하였다. 달래장아찌라는 것은 본 일이 있지마는 달래 잎사귀와 그것이 땅에 묻혀 있는 양은 처음 본 것이었다. 선희가 얼른 알아보는 것은 냉이였다. 그러나 냉이에 대가 서고 노란 꽃이 핀다는 것은 처음 보는 일이었다. 하물며 무릇이란 것은 생전 처음 보는 것이었다.

"아이, 먹는 풀이 많기도 하이!"

하고 선희는 놀랐다.

"그럼. 단오 전 풀은 독이 없어서 못 먹는 풀이 없다는 말이 있지."

하고 한갑 어머니가 설명하였다.

"풀만 먹고도 사오?"

하고 선희가 물었다.

"풀만 먹고야 살겠냐마는, 요새야 풀 절반 좁쌀 절반으로 죽을 끓여 먹는 사람도 많지. 그거나 어디 저마다 있나. 방아머리서는 먹을 것이 없어 나물 캐러들 갔다가 허기가 져서 쓰러졌는데, 사람이 가 보니께니 입에다가 풀을 한 입 물었더래, 먹고 살겠다고. 그렇게 먹고 살기가 어렵다네."

하고 한갑 어머니는 곁에 있는 쑥을 캐어서 흙을 떨어 귀중한 물건이나 되는 듯이 그릇에 담으며,

"서울서는 아무리 가난해도 풀 먹고 사는 사람은 없지?"

하고 선희를 쳐다본다.

"그러믄요. 서울서는 풀 먹고 사는 사람은 없답니다. 서울서

는 개나 고양이도 쌀밥에 고기반찬을 먹는 집이 많답니다."
하고 선희는 멀리 서울을 생각하였다. 벌써 떠난 지가 다섯 달이나 넘은 서울을. 번화한 서울, 향락의 서울을. 그 서울과 이 농촌과 무슨 관계가 있는고? 쌀 열리는 나무가 어떻게 생긴지도 모르는 서울 사람의 입에는 쌀밥이 들어가는데 쌀을 심는 농민의 입에는 쌀밥이 안 들어가는 것이 이상도 하였다.

"에그마니, 하느님 무서워라, 원 쯧쯧. 어쩌면 사람도 못 먹는 밥을 개 짐승을 준담. 그래도 벼락이 안 떨어지나."
하고 한갑 어머니는 눈을 크게 뜨고 믿어지지 아니하는 것처럼 선희를 보았다.

"사뭇 밥을 쓰레기통에 내다 버린답니다. 그러면 거지 애들이 와서 주워 가지요."
하고 유월이 말참견을 한다.

"아이구 아까워라. 없는 사람을 주지. 밥풀 한 알갱이도 하늘이 안다는데."
하고 한갑 어머니는 더욱 놀랐다. 그는 일생 쌀밥을 만나 본 일도 별로 없지마는, 일찍 밥풀 한 알갱이를 뜨물에 버린 일도 없었다. 반드시 집어먹었다.

"밥풀 내버리면 죄 된다."
라고 한갑 어머니는 그 어머니 또 그 어머니에게 전해 들은 것이었다.

　가며 가며 네 사람이 뜯은 나물이 한 끼 반찬은 넉넉히 되었다. 선희는 땅의 고마움을 새삼스럽게 깨달았다.

"다들 잘 자시었소?"
하고 마루에 혼자 앉았던 정선은 사람들이 돌아오는 것을 보고 반가운 듯이 웃으며 물었다. 저는 다리가 없어서 나서 다니지 못하는 것이 슬펐다.

"그럼, 다들 어떻게 잘 먹었는지."
하고 한갑 어머니가 동이를 내려놓으며 대답하였다.

"이것 봐요, 그 국을 다 먹고 술도 다 먹고 밥도 다 먹고 반찬도 핥았다니."
하고 한갑 어머니는 만족한 듯이,

"어디 그렇게 맛난 것들을 먹어들 보았나."
한다.

"참 잘들 자셔요."
하고 선희는 정선이와 단둘이만 있으면 농부들이 먹는 양을 흉이라도 보고 싶었다.

"아이그, 어쩌면."
하고 순이와 유월이 들어다 보여 주는 빈 그릇들을 보며 정선은 만족한 듯이 웃었다.

*

 농촌의 봄은 이렇게 일이 많으면서도 화평하였다. 그러나 정선의 맘은 결코 매양 화평하지는 아니하였다.

 살여울에 오기는 크리스마스 일주일 전. 눈이 무릎 위에까지 올라오던 날이었다. 동네 앞까지는 자동차로 와서 거기서 집까지는 숭이 정선을 업고 들어왔다. 동네 사람들이 박작한 속에 남편의 등에 업혀서 오는 정선은 한없이 부끄러웠다. 왜 죽지를 아니하고 이 망신을 하는고, 하고 자기를 살려 낸 하느님을 원망하였다.

 집에 온 후에 지금까지 숭은 정선을 마치 늙은 아버지가 어린 딸을 소중히 여기는 모양으로 소중히 여겼다. 대소변 시중도 숭이 집에 있는 동안 결코 남의 손을 빌리지 아니하였다. 대소변 그릇은 반드시 숭이 손수 버리고 부시었다. 그만큼 숭은 정선을 소중히 여겼다.

 그러나 그러면 그럴수록 정선의 맘은 더욱 괴로웠다. 정선의 지나간 죄 된 생활이 양심을 찌르는 것도 있고, 제 몸이 병신이라는 것이 남편에게 대하여 미안한 것도 있지마는 다만 그것뿐은 아니었다. 정선은 태중이었다. 뱃속에 든 아이가 나는 날이 정선에게는 사형 선고를 받는 날인 것같이 생각되었다. 기차에 치이고 다리를 잘라도 뱃속에 든 생명의 씨는 떨어지지를 아니하고 자라고 있었다. 정선은 이 아이가 남편을 닮기를 바라고 빌었다. 그러나 그 아이가 남편을 닮을 리가 있을까. 아무리 생각하여도 그 아이가 남편을 닮을 리는 없었다. 그 아이는 꼭 김갑진을 닮았을 것이라고 생각할 때에 정선은 앞이 캄캄해짐을 깨달았다.

만일 정선이 다리가 성하면 벌써 달아났을는지도 모른다. 그러나 달아나면 그가 어디를 가나? 생각하면 죽음의 나라에밖에는 갈 곳이 없었다.

입덧이 나도 입덧 난다는 말도 못 하였다. 입맛이 없고 상기가 되고 간혹 구역이 나더라도 그것을 다만 오래 자리에 누워 있기 때문에 소화 불량이 된 것으로 알리려고 할 뿐이었다.

그렇지마는 오 개월이 넘으며부터 배가 불렀다. 나와 다니지 아니하기 때문에 남의 눈에는 잘 띄지는 아니한다 하더라도 남편의 눈에는 아니 띌 리가 없었다. 남편이 모르고 그러는 것인지 알고 그러는 것인지 모르거니와 남편은 도무지 아무러한 말도 없었다. 도리어 남편이,

'이년, 이 뱃속에 있는 것이 어떤 놈의 아이냐?'

하고 야단을 해 주었으면 견디기가 쉬울 것 같았다.

뱃속의 어린애가 꼬물꼬물 놀 때에 정선은 어머니의 본능으

로 어떤 기쁨을 깨닫지마는 다음 순간에는 그것이 무서움으로 변하였다. 아이는 어미 생각도 모르고 펄떡펄떡 놀았다.

'김갑진이 닮아서 이렇게 까부나.'
하는 생각을 아니하지 못하는 신세를 정선은 슬퍼하였다.

만일 어머니가 살아 계시다면 이런 설화라도 하련마는 하고 정선은 슬퍼하였다.

게다가 정선에게 불안을 주는 것은 선희와 순의 존재였다.

정선이 살여울 온 지 한 달 동안은 선희나 순이나 다 정선의 집에 있었으나 숭이 정선의 심경을 동정하고 그럼인지, 숭은 한갑의 집을 수리하고 한갑 어머니, 선희, 순을 그 집에 거처하게 하고, 땅이 풀리고 밭갈이나 끝이 나면 유치원 겸 선희의 주택을 짓기로 계획하였다.

이처럼 선희와 순을 딴 집에 있게 한 것을 정선은 대단히 고맙게 생각하였다. 그러나 그것도 잠깐이었다. 뱃속의 아이가 자라는 대로 선희와 순은 남편에게 대하여 무서운 적인 것같이 정선에게 생각되었다.

'아아, 나는 어찌하면 좋은가.'
하고 정선은 혼자서 울 때가 많았다.

*

 정선은 고무다리를 쓰는 연습을 하였다. 아무도 없는 데서 하는 것이 예였다. 남편이 붙들어 주는 것조차 부끄러웠다. 유월이 보는 데서도 고무다리를 대기가 싫었다. 이 고무다리를 대고 일생을 살아가지 아니치 못할 것을 생각하면 하늘과 땅이 없어지는 것 같았다.

 숭이 정선을 사랑하는 것은 참으로 극진하였다.

 날 따뜻한 어느 일요일 아침에 숭은 정선에게 고무다리를 대어 주고 마스바즈에라고 일본말로 부르는 겨드랑에 끼는 지팡이를 숭이 들고 한 손으로 정선을 부액하여 가지고 강가로 산보를 나갔다. 유월이도 데리지 아니하고.

 이날은 온 동네가 하루 쉬는 날이다. 사람도 쉬고 소도 쉬는 한 달에 두 번 있는 날이다. 농부들도 이날만은 늦잠도 자고 집에서 오래 못 만나던 자녀들도 만나는 날이다. 다른 날은 아이들이 눈을 뜨기 전에 나가고 아이들이 잠든 뒤에 들어오는 것이 상례일뿐더러, 설사 눈뜬 뒤에 나가고 잠들기 전에 들어온다 하더라도 불이 없는 방 안에서는 서로 음성은 들어도 용모는 보기가 어려웠다. 한집에 보름 만에 한 번 낯을 대하는 기쁨이 이날에 있는 것이었다.

숭은 이날은 면회 일체를 사절하고 정선이와 단둘이만 있는 날로 정해 놓았다. 그래서 오늘은 정선에게 밭 구경과 야색 구경도 시킬 겸 데리고 나온 것이었다.

"다리가 아프지 않소?"

하고 숭은 언덕을 다 내려와서 아내에게 물었다.

"아프지는 않은데, 좀 내둘려."

하고 정선은 한쪽 팔을 남편의 어깨에 걸치고 몸을 쉬면서 말하였다.

"방에만 있다가 나오니깐 그렇지. 힘들거든 도로 들어갈까."

하고 숭은 팔로 정선의 허리를 껴안아서 아무쪼록 몸의 무게가 아픈 다리로 가지 아니하도록 애를 썼다.

그러나 손끝이 정선의 배에 닿을 때에 '배가 부르다.' 하는 것을 숭은 새삼스럽게 깨달았다. 정선도 통통하게 부른 제 배에 숭의 손이 닿을 때에 부지불식간에 몸을 비켰다. 그리고 낯을 붉히며,

"내 배가 부르지?"

하고 웃었다. 쓰기가 쑥물과 같은 웃음이었다.

숭은 얼른 허리에서 손을 떼고,

"좀 더 걸어갑시다."

하고 정선을 끌었다.

정선은 고개를 숙여 강물을 들여다보면서 남편이 끄는 대로 발을 옮겼다. 고무다리가 도무지 제 다리 같지를 아니하여 말을 잘 듣지 아니하였다.

정선은 뱃속의 아이가 펄떡펄떡 움직임을 느꼈다.

"여기가 작년에 우리 둘이 앉았던 데요. 자, 여기 좀 앉을까."

하고 숭은 저고리를 벗어서 풀 위에 깔았다.

마른 풀 잎사귀 사이로 파릇파릇한 새 잎사귀들이 뾰족뾰족 나오고 개미들도 나와 돌아다녔다. 물속에는 천어들이 꼬리를 치며 오락가락하였다. 강 건너편에는 다른 동네 사람들이 짐 실은 소바리도 몰고 가고 더 멀리서는 밭 가느라고 '외나 외나!' 하고 보잡이가 외치는 소리가 들렸다. 멀리 철로 길에는 기다란 짐차가 지나가는 것이 보였다.

*

숭이와 정선은 말없이 앉아서 강물을 들여다보았다. 기쁨에 찬 봄의 강물은 소리 없이 흘렀다. 청춘이 흐르는 것이다. 인생이 흐르는 것이다.

살구꽃 한 송이가 떠내려 온다. 잔고기들이 먹을 것인 줄 알고 모여들어서 꽃을 물어 끌다가는 놓아 버린다. 꽃은 물에 사는 모든 생명에게 봄소식을 전하는 체전부 모양으로 고기들이 붙들면 붙들리고 놓으면 떠내려간다. 숭과 정선의 눈은 그 꽃송이를 따라서 흘러 내려갔다. 그러나 그들의 맘만은 꽃송이를 따라서 한가하게 흐르지를 못하였다.

정선의 뱃속에서는 운명의 어린아이가 펄떡거렸다.

"내가 왜 살아났어?"

하고 정선은 남편을 돌아보았다.

"왜 또 그런 소리를 하오?"

하고 숭은 정선의 눈물 괸 얼굴을 들여다보았다.

"죽고만 싶어요. 내가 살면 무엇하오? 앞에 닥치는 것이 불행이지. 당신에게는 귀찮은 짐만 되고. 지금이라도 죽고만 싶어."

하고 정선은 눈물을 떨어뜨렸다.

"왜 그러오? 여기서 이렇게 재미있게 살지. 봄이 오면 봄 재미, 여름이 오면 여름 재미. 그리고 당신 몸이나 추서면 무엇이든지 당신 하고 싶은 것이나 하구려. 아이들을 가르치든지 부인네들을 가르치든지 또 음악을 하든지 글을 쓰든지 무엇이든지 당신 하고 싶은 것을 하구려. 그러노라면 또 재미가 붙지 않소? 그리고 또 중요한 일이 있지, 당신 할 일이."

하고 숭은 아내의 맘을 눅이려는 듯이 빙그레 웃었다.

"무슨 일?"

하고 정선은 코를 풀면서 물었다.

"나를 사랑해 주고 도와주는 것이지."

하고 숭은 정선의 낯에 덮인 머리카락을 끌어올려 주었다.

"내가 어떻게 당신을 사랑하오?"

하고 정선은 느껴 울었다.

"왜?"

"내가 당신을 사랑할 권리가 있어요?"

"그럼. 당신밖에 나를 사랑할 권리를 가진 사람이 없지, 이 하늘 아래는."

"내가 이렇게 다리 하나 없는 병신이라도."

"다리 하나 없는 것이 무슨 상관이오? 다리가 하나 없으니까 당신이 나만을 사랑할 수 있지 않소? 원래 당신이 너무 미인이거든, 내게는 과분한 미인이거든. 이제 다리 하나가 없으니까 당신이 완전히 내 것이 되지 않았소? 그러니까 나는 만족이오."

정선은 더욱 울었다. 숭의 말은 정선에게 위안을 주느니보다는 도리어 고통을 주었다. 왜? 정선이 숭에게 대하여 미안한 것은 다리 하나 없는 것보다도 세상에 대하여 숭을 망신시킨 것이었다. 그보다도 뱃속에 있는 갑진의 씨였다. 그보다도 남편 아닌 사내의 씨를 배에 담게 한 제 맘이었다. 그러나 이것까지는 남편 앞에 자백할 수가 없었다. 남편이 안다 하더라도, 아니 남편이 미리 알고 있을 줄을 알기 때문에 더욱 자백할 수가 없었다. 남편의 앞에서 그 말을 자백하고 나서는 바로 그 자리에서 죽어 버리지 아니하면 아니 될 것이었다. 다시 어떻게 그 얼굴을 들어 남편을 보이랴.

정선은 정조에 대하여 일시 퍽 너그러운 생각을 품었던 일이 있다. 그것이 아마 시대 사조라는 것인지 모른다. 그러나 다리를 자르고 여러 달 동안을 가만히 누워서 안으로 스스로 살펴보면 볼수록 제가 한 일은 죄였다. 남편을 둔 아내가 다른 사내를 가까이하는 것은 아무리 생각하여도 양심이 허락하지를 아니하였다.

게다가 뱃속에 그 죄의 증거가 들어 날이 갈수록 달이 갈수록 자라는 것은 마치 정선의 죄를 벌하는 하느님의 뜻인 것 같았다. 하느님이란 것이 없다 하더라도 자연의 법칙인 듯하였다.

*

뱃속에 든 아이는 나올 날이 있을 것이다. 그 아이가 나오는 날은 정선의 파멸이 오는 날이 아니냐.

정선은 아무리 하여서라도 이 아이의 문제를 미리 꺼내서 남편의 참뜻을 알려고 오래 두고 벼르던 입을 여러 번 열려 하였다. 그러나 번번이 늘 못 하였다. 오늘은 어떻게 하든지 이 말을 하지 아니하면 아니 된다고 정선은 생각하였다.

"여보시우!"

하고 정선은 고개를 들었다.

"왜?"

하고 숭도 무슨 생각에서 돌아왔다.

"내 뱃속에 있는 아이가 당신 아이가 아니오!"

하고 힘 있게 말하였다. 그리고 숭의 입에서 나올 말을 차마 들을 수 없다는 듯이 두 손으로 귀를 꽉 막고 숭의 무릎에 이마를 비비고 울었다.

숭은 죽은 듯이 한참이나 말도 없고 몸도 움직이지 아니하였다. 아마도 숨도 쉬지 않는 것 같았다.

벌써 다 아는 일이다. 숭은 다만 아내의 배에 든 아이가 누구의 아이인 줄을 알뿐더러 그것이 누구의 아이인 것을 증거 세우기 위하여 서울 있는 동안에 아내와의 동침을 피하였다. 그러하건마는 정선의 입에서 이 말을 들을 때에는 벼락을 맞은 듯한 생각이 없지 아니하였다. 무릎 위에 엎드린 정선이 제 아내인 것 같지 아니하고 무슨 지극히 더러운 물건인 것 같았다.

'내가 정말 정선을 아내로 사랑하나?'

이러한 의문까지도 일어났다.

숭은 정선에게 대한 제 감정을 한 번 더 분석해 보고 재인식해 보았다.

'사랑인가?'

하고 스스로 물으면 숭의 양심은 서슴지 않고 '그렇다'라는 대답을 잘 해 주지 아니하였다.

그러나 정선은 희생자다. 불쌍한 인생이다. 육체로는 병신이요, 사회적으로는 버려진 사람이다. 그뿐더러 그의 성격이나 가정의 교육이나 학교의 교육이 그를 굳센 한 개성을 만들기에는 합당치 아니하였다. 그는 혼자 제 운명을 개척해 갈 힘을 가지지 못하였다. 정선을 끝까지 보호해 갈 사람은 숭뿐이었다. 만일 숭이 정선을 버린다면 정선은 그야말로 죽음의 길밖에 취할 길이 없을 것이다.

이렇게 숭은 생각한다. 수색서 벌써 그렇게 생각한 것이다. 그렇지마는 숭도 사람이요, 젊은 사람이었다. 그의 맘은 늘 괴로웠다. 다만 그 괴로운 감정을 굳센 뜻의 힘으로 눌러 온 것이었다.

그러다가 정선의 입으로 배에 든 아이가 숭의 씨가 아니라는 말을 들은 숭은 거의 감정과 뜻의 혼란을 일으킬 만큼 괴로웠다. 숭은 눈을 감았다. 넘치는 봄빛을 보았다. 흐르는 강물을 보았다. 그리고 무릎 위에서 몸에 경련을 일으켜 우는 정선을 보았다.

숭은 정선을 껴안았다. 힘껏 껴안고 정선의 입을 맞추었다.

"여보, 내가 당신을 수색에서 다시 아내로 삼았소. 두 번째 혼인을 하였소. 당신의 배에 든 아이는 나와 혼인하기 전에 든 아이요. 그리고 하느님이 내게로 보낸 아이요. 나는 그 아이를 내 자식으로 일생에 길러 주고 사랑해 줄 의무를 하느님께 받았소. 여보, 이로부터는 우리 둘이 서로 충실한 부부가 됩시다. 지나간 기억은 모두 저 강물에 띄워 보냅시다. 자 일어나오, 남들이 보면 우습게 알겠소. 우리 일어나서 좀 더 산보합시다. 자, 자."
하고 정선을 일으키려 하였다.

그러나 정선의 근육은 아주 힘이 빠진 것 같았다. 정선은 마치 죽은 사람과 같았다. 다만 한없이 눈물만 흐를 뿐이었다. 전신이 모두 눈물로 녹아 나오는 것 같다.

정선의 배에 든 아이는 놀기를 그쳤다. 어머니의 슬픔을 아는 듯하였다.

하늘에서는 종다리의 울음이 들려왔다.

"조리조리 조리오, 조리조리 조르륵."
하는 종다리 소리가 들려왔다.

"여보, 저 종다리 듣소?"

하고 숭은 정선을 안아 일으키고 하늘을 바라보았다.

목발과 숭의 저고리가 땅에 산란하게 놓여 있었다.

*

살여울 동네에 밭갈이가 끝난 뒤에는 여러 가지 큰일이 많았다. 그러나 그 큰일은 다 살여울이 건전하게 자라기에 필요한 큰일이었다.

첫째 큰일은 유치원을 짓는 것이었다. 그 경비는 선희가 자담하였다. 동네 사람들에게는 유치원의 뜻이 철저하지 못하였다. 아이들을 모아서 가르친다니 서당인가 하고 생각하는 이가 많았다. 그러나 선희가 제 돈 가지고 동네 사람 위하여 집을 짓는다는 데는 반대할 이유도 없었다.

유치원 기지는 동네와 숭의 집 사이에서 강변으로 향한 경사지였다. 이 땅도 선희가 제 돈을 내고 유 산장에게서 샀다. 이 유 산장이라는 이는 동네의 부자로 도무지 숭의 사업에 흥미를 아니 가질뿐더러 도리어 동네 사람들을 버려 준다고 하여 내심으로 불평을 품은 노인이었다. 동네에 협동 조합이 생김으로부터 장리와 장변을 놓아 먹지 못하는 것이 그의 불평의 원인이었다. 동네 사람들은 작년까지도 산장 영감 집에 가서 백배(百拜) 천배(千拜) 하고 양식이나 돈을 꾸어 오려 하였으나 지금은 그리 할 필요가 없기 때문에 자연 산장 집에서 그들 발이 멀어졌다. 그리고 노상에서 만나더라도 예전같이 굽실굽실하지 아니하였다. 이것이 다 유 산장에게는 큰 불평거리가 아닐 수 없었다.

그렇지마는 그러한 이유로 도무지 값가지 아니하는 땅, 밭도 안 되고 논도 안 되는 산판을 좋은 값에 유치원 자리로 팔지 아니하도록 그렇게 고집하지도 못하였다. 그 고집보다도 이욕이 큰 것이었다.

이 터는 숭의 집보다도 좀 더 위치가 높아서 강물은 물론이요, 벌판과 기차 다니는 것이 잘 바라보였다.

유치원은 사 간 방이 둘과 그 부속 건물로 선희가 거처할 이 간 방 하나와 부엌과 변소와 욕실이었다. 그리고 백 평쯤 되는 마당과 잔디판을 만들 경사지가 삼백 평가량이나 있었다.

건축은 약 삼 주일 만에 필역이 되었다. 지붕을 양철로 이어 별이 비치면 먼 데서도 번쩍번쩍하는 것이 보였다. 동네 사람들은 이 집이 대단히 좋다고 칭찬하였다.

선희는 숭에게 청하여 유치원의 낙성 연회를 베풀기로 하였다. 동네에 아이 있는 집에서 남자 한 사람, 부인 한 사람씩과 만네 살 이상으로 보통학교에 못 가는 남녀 아동을 전부 초대하였다. 그리고 인절미와 갈빗국과 나박김치로 모인 사람들을 대접하였다.

청한 사람들 중에는 아니 온 사람도 있었다. 유 산장은 물론 그중의 하나다. 그 밖에도 노름꾼으로 유명한 잇자라는 별명을 가진 이며 나리라는 별명을 듣는 면소와 주재소에 잘 다니는 사람도 물론 오지 아니하였다. 잇자라는 사람은 속에 맺힌 것은 없으나 무슨 일이든지 남이 하는 일이면 험구하기를 좋아하고 투전, 화투에는 닷새 엿새 연일 밤을 새우고 십 리 백 리 어디든지 따라갈 성의를 가지면서 쓸데 있는 일은 도무지 하기를 싫어하는 사람이다. 이 사람은 이도 안 닦고 세수도 별로 아니한다. 홀아비가 되어도 장가도 들려고 아니하고 아들 삼형제의 등에 얹혀서 먹고 사는 위인이다. 그러나 잇자에게는 쓸데도 없는 대신에 별로 득도 없다. 하지만 나리는 그와 달라서 말도 잘하고 얼굴도 깨끗하고 인사도 밝고, 좀 아니꼽지마는 이런 동네에서는 드물게 보는 신사 타입의 인물이다. 그는 중절모를 쓰고 물은 날았을망정 양복도 한 벌 가진 위인이다. 이 때문에 그는 주사, 또는 나리라는 존칭을 받는다. 그렇지마는 이 나리는 그의 쉼 없이 반짝거리는 눈이 보이는 모양으로 도무지 재주가 많고 얕은꾀가 많은 사람이어서 농사도 아니하고 재산도 없건마는 어떻게 어디서 누구를 속이든지 여편네에게 인조견 옷까지라도 입히는 귀족적 생활을 하고 있다. 이 군이 숭의 찬성자가 안 될 것은 물론이다. 아마 잇자가 숭과 선희의 험구를 쉴 새 없이 탕탕 하는 모양으로 나리는 속으로 쉴 새 없이 무슨 흉계를 하고 있는지 모른다.

*

유치원 개원일에는 아이들이 열두엇 왔다. 아침 아홉 시라고 시간을 정하였으나 아홉 시라는 것을 알 시계도 아이들의 집에는 없으려니와 또 시간을 지키자는 생각도 아이들의 어버이의 머리에는 없었다. 그래서 출석하는 시간을 일정하기는 어려웠다. 그 시간은 아이들이 밥을 다 먹고 난 때일 수밖에 없었다.

첫날에 선희는 목욕탕에 물을 끓여 놓고 아이들 목욕을 시켰다. 그 몸에 때! 그것은 작년 여름 물장난할 때에 묻힌 때를 계속한 때였다. 사내들은 대개는 머리를 깎아서 그렇지도 않지마는 계집애들의 머리에는 한두 애를 빼고는 머리에 이가 끓었다. 귓머리를 들면 서캐가 하얗게 붙어 있었다.

선희는 처음 몇 애는 전신과 머리에 비누질을 하여서 깨끗이 씻었으나 무릎, 팔꿈치 같은 데 붙은 때는 거진 각질로 변하여 무엇으로 긁어 버리기 전에는 쉽게 씻어지지를 아니하였다. 게다가 아이들은 물에서 철벅거리고 장난하기는 좋아하지마는 때를 씻기는 싫어하였고 더구나 머리를 씻길 때에는 싫다고 떼를 쓸뿐더러 비눗물이 눈에 들어가기나 하면 으아 하고 울고 발버둥을 쳤다. 그래서 선희는 남은 아이들을 얼추 씻기어 목욕을 싫어하는 생각이 나지 않기를 주의하였다.

그렇게 씻는 것도 열두엇 아이를 씻고 나니 선희는 전신이 땀에 뜨고 팔목에 자개바람이 일 지경이었다.

선희는 마지막 애를 옷을 입히고 나서 굴젓같이 된 목욕물을 보았다. 수도가 없기 때문에 마지막 아이들을 더러운 물에 씻긴 것이 애처로웠다. 아이들은 목욕으로 얼굴이 빨갛게 되어 가지고 뒤에 온 다른 아이들 보고,

"우리는 모깡했단다, 야."

하고 자랑들을 하였다.

선희는 악기가 없는 것을 걱정하여 정선과 의논하고 정선의 피아노를 가져오기로 하였다.

그리고 학교에 다닐 때에 보육과에서 하는 것을 본 대로 아이들에게 노래도 가르치고 장난도 가르쳤다. 선희는 있는 정성과 있는 힘을 다하여 아이들을 가르치기에 힘을 썼다.

선희는 아이들을 날마다 접하는 동안에 교육 방침을 하나씩 하나씩 발견하였다. 그 교육 방침은 아이들의 결점을 기초로 하는 것이었다.

선희가 발견한 살여울 아이들의 결점은 이런 것이었다.

일. 깨끗한 것과 더러운 것을 구별하는 생각이 부족한 것
이. 시간 관념, 기타 질서의 관념이 없는 것,
삼. 어른의 말에 복종하는 관념이 부족한 것, 즉 권위를 두려워하는 생각이 부족한 것
사. 단체 생활의 훈련이 전혀 없어 아이들이 심히 개인적, 이기적인 것
오. 대개로 보아서 재주가 없고,
육. 몸의 발육이 좋지 못한 것

등이었다.

선희는 이러한 결점을 제 힘으로 교정해 보겠다는 생각을 냈다. 열흘이 못하여 모이는 아이가 이십 명이나 되었다. 아이들이 느는 까닭은 아이들끼리 서로 선전하는 것도 있지마는 선희가 아이들에게 콩죽 점심을 준다는 것과 집에서 말썽 부리던 아이 녀석들을 집어치우는 것이 좋은 것이 아우른 것이었다.

날마다 이를 닦고 세수를 하는 것이라든지, 코를 주먹으로 씻지 아니하는 것이라든지, 행렬을 지어 단체 행동을 하는 것이라든지, 싸움이 준 것이라든지, 선희는 제 노력의 효과가 하나씩 하나씩 나타나는 것이 기뻤다.

몸이 곤하지마는 선희는 비로소 쓸데 있는 일을 한다는 쾌미를 보았다. 그뿐 아니라 이 바쁘고 피곤한 것으로 가끔 일어나는 청춘의 괴로움을 잊는 것도 기뻤다.

*

그러나 선희의 이 봉사의 생활에도 항상 기쁨만 있는 것은 아니었다. 커다란 집에 혼자 밤에 있노라면 가슴속에는 청춘의 괴로움이 일어났다. 특별히 숭에게 대한 애모의 정은 누르면 누를수록 더욱 불길이 일어나는 듯하였다.

선희는 숭을 대하면 정신이 꿈속에 드는 듯하였다. 가슴이 울렁거렸다. 이것은 선희가 일생에 처음 경험하는 일이었다.

선희는 일기에 이러한 글을 적었다.

'임 찾아가는 길에는

땀이 흐르네.
등과 이마에 야속히도
땀이 흐르네.
임과 마주 앉으면
고개 숙이고
이마에 땀만 씻었네.
말은 못 하고 못나게도
아아 땀만 씻었네.
땀만 씻다가,
갑니다 하고 일어나 왔네.'

또 이런 것도 썼다.

'그대 뵈옵고 무슨 말 하던고?
한 말 없습니다.
갑니다 하고 어엿이 나오다가
되돌아서서,
한 말씀만 더 할까 하다가,
못 하였습니다.
두 번이나 세 번이나,

그러나 못 하였습니다.'

또 이런 것도 있었다.

'임은 바다 저편에 섰네,
건너가지 못할 바다.
임은 하늘 저 위에 있네,
오르지 못할 하늘!
아아 안 볼 임을 뵈었어라,
아아 내 임이여.'

또 선희는 혼자 등불 밑에 앉아서 숭을 생각하면서 영문으로 이러한 편지도 썼다.

'사랑하는 어떤 이여!
아이들이 다 돌아가면 나 혼자 있노라면 그 어떤 이가 내 가슴속에 걸어 들어옵니다. 들어와서는 내 가슴을 꽉 채웁니다. 마치 그이가 문밖에 서서 창틈으로 엿보시다가 내가 혼자 있는 틈을 타서 들어오시는 것 같습니다.
어디를 가나 그 어떤 이는 나를 따르십니다. 나는 그 어떤 이에게 하고 싶은 말을 실컷 다 하고 싶습니다. 그러나 그래서는 안 될 줄을 나는 잘 압니다. 나는 그 어떤 이의 발에 엎드려 실컷 입을 맞추고 싶습니다. 그러나 내 뒤에서 어떤 소리가 안 된다! 하고 나를 막습니다.

때때로 이러한 뜨거운 욕심이 일어납니다. 그 어떤 이를 내 품에 꽉 안고 아무도 내 그이를 안든지, 그이에게 하고 싶은 말을 하든지 도무지 간섭하지 못할 자유의 세계로 달아나고 싶다고. 아아 실로 내 가슴속에 싸고 싸둔 말씀을 그이에게 한 번 토설만이라도 하고 싶습니다. 그러나 오오, 그것은 안 됩니다!'

이것은 영문 본문을 번역한 것이다.

이것을 보더라도 선희가 어떻게 숭을 사랑하는지를 알 것이다. 그러나 선희는 비록 차중에서는 취한 김에, 또 기생인 것을 빙자하고 한 번 숭에게 매달려 입을 맞춘 일이 있다 하더라도 지금은 그러한 말이나 뜻을 내서는 안 된다고 굳게 맹세하였다.

이 까닭에 선희는 이웃에 있으면서도 일이 있기 전에는 숭의 집을 찾지 아니하였고, 찾더라도 숭이 집에 있을 때를 피하였다. 그러면서도 숭이 집에 있기를 바라는 선희의 정은 애처로웠다. 숭이 찾아와 주기를 바라는 정은 간절하였다. 이 모순된 감정은 선희를 볶았다.

*

　여름도 거의 다 지나간 팔월 어느 날. 이날은 말복의 마지막 더위라고 할 만한 무더운 날이었다. 낮에는 여러 번 우레 번개를 함께한 소나기가 지나갔건마는 밤이 되어서는 도로 무더워졌다.

　유치원 아이들도 다 돌아간 뒤에는 이 외딴 유치원에는 사람 기척도 없었다.

　선희는 저녁을 먹어 치우고는 불도 켜 놓지 않고 혼자 피아노를 치고 있었다. 이 곡조 저 곡조 생각나는 대로 쳤다. 쳐야 들어 줄 사람도 없는 곡조를.

　사람을 두라는 것도 아니 두고 선희는 하면 철저하게 한다고 하여 밥 짓는 것, 빨래하는 것, 방 치우고 마당 치우는 것 아울러 다 제 손으로 하였다. 그리고 잘 때만 젊은 여자가 혼자 자는 것이 도리어 의심거리가 될까 하여 유월이를 불러다가 같이 잤다.

　선희는 피아노를 치는 것도 지쳐서 부채를 들고 밖으로 나왔다. 비에 불은 달내물이 소리를 하며 흘러 내려가는 것이 들렸다. 달내의 바리톤 사이로 맹꽁이 테너와 먼 산의 두견새의 애끊는 알토도 들려오고 모기와 풀벌레들의 갖가지 소프라노도 들려왔다.

음산한 바람결이 한 번 휘돌면 굵은 빗방울이 콩알 모양으로 뚝뚝 떨어졌다. 하늘에는 구름이 뭉게뭉게 날아 달아났다. 땅 위에는 비록 바람이 많지 아니하더라도 하늘로 올라가면 바람이 센 모양이었다. 그뿐더러 검은 구름층이 간혹 터질 때면 밑의 구름은 서쪽으로 서쪽으로 흘러 들어가는데 그 위층 구름은 북으로 북으로 흘러가고 또 잠깐만 지나면 구름의 방향이 바뀌었다.

하늘은 마치 뜻을 정치 못한 애인의 맘인 듯하였다. 게다가 이따금 어슴푸레한 달빛이 흐르는 것은 선희의 맘을 한없이 어지럽게 하였다.

갑자기 천지가 회명하여지고는 멀리 남섬에서 줄번개가 일어 마음 심자 초를 한없이 그리며 동으로부터 서로 성급하게 달아난다. 그것은 하늘의 네온사인이요, 번개의 사랑의 암호와 같았다. 이 우레 소리도 아니 들리는 '소리 없는 번개'는 선희의 맘을 더욱 괴롭게 산란하게 하였다. 마치 하늘과 땅의 이 모든 소리와 빛과 움직임은 무슨 큰 괴로운 뜻을 표현하려는 큰사람의 번민과 같았다. 아무리 애를 써도 그 뜻이 통하지 못하여 구름의 방향과 속력을 고치고 번개의 획과 길이를 고치는 것 같았다. 그대로 뜻이 통치 못하매 혹은 번개도 침묵해 버리고 혹은 굵은 빗방울도 뿌렸다. 그것은 애타는 큰사람의 눈물인가.

선희는 이러한 속에 혼자 서서 슬퍼하였다. 선희의 숭에 대한 애모는 갈수록 더욱 깊어 갔다. 가슴에 감추고 나타내지 아니하는 것이 더욱 괴로웠다.

'못 볼 임을 보았네.'
하는 것이 선희의 괴로움의 전체였다. 이 사랑은 죽이지 아니하면 아니 된다. 영원히 죽이지 아니하면 아니 된다.

 선희는 북으로 숭의 집이 있는 곳을 바라보았다. 반쯤 등성이에 가리었으나 건넌방에 불이 반짝거리는 것이 보였다. 그 건넌방에서는 숭이 책을 보거나 사업 설계를 하거나 협동 조합 기타 동중 공동 사업의 문부를 꾸미거나 하고 있을 것이다.

 그의 가슴속에 선희의 그림자가 있을까? 선희는 이렇게 생각해 본다. 돌과 같이 굳고 얼음과 같이 찬 듯한 가슴속에 선희의 그림자가 있을 것 같지 아니하였다.

'아니 못 볼 임을 뵈었네.'
하고 선희는 몸을 돌이켜 숭의 집 아닌 방향을 돌아보았다. 구름은 여전히 방향을 잃고 흐르고 남섬 번개는 애타는 네온사인으로 알아주는 이 없는 암호를 그렸다가는 지워 버리고 그렸다가는 지워 버렸다.

"아아 애타는 번개여!

끝없는 괴로움의 암호여!
알아줄 이도 없는 암호를,
썼다는 지우고 썼다는 지우네.
아아 임 그리는 내 맘과도 같아라."

이렇게 중얼거려 보아도 시원치 아니하였다.

선희는 금시에라도 숭에게로 달려가서 그 가슴에 매달리고 싶었다. 그래서 그 끝이야 어찌 되든지 하고 싶은 말을 다 해 버리고 싶었다. 그러나 선희는 그의 습관대로, 'You Should not do that(못 한다)!' 하는 종아리채로 마음의 종아리에서 피가 흐르도록 후려갈겼다. 선희는 살아올 온 뒤로 몇 번이나 이 종아리를 때렸던고? 이렇게 때리는 종아리의 상처로 전신의 피가 다 흘러내려도 돋는 사랑의 싹은 끊어 버릴 길이 없었다.

'가는 정을 어찌하리. 돋는 사랑을 죽이는 것으로 인생의 길을 삼자.'

하고 선희는 걸음을 빨리 걸으며 혼란한 구름의 길과 썼다가 지워 버리는 번개의 암호를 바라보았다.

'유월이 왜 안 올까?'

*

 선희는 제가 그렇게 많은 남자의 희롱을 받으면서 이렇게 순진한 생각을 남긴 것을 스스로 놀라지 아니할 수 없었다. 여자의 사랑은 아무 남자에게나 가는 것이 아니요, 반드시 어떤 특별한 남자에게만 가는 것인가 하였다. 다른 남자들을 대할 때에는 늘 냉정할 수가 있었다. 혹 얼마쯤 마음이 끌리는 남자가 그동안에도 없지는 아니하였지만 언제나 누르면 눌러지고 참으면 참아졌다. 그러나 숭을 대할 때에는 맘과 몸을 온통 흔들어 놓는 것만 같아서 마치 배를 탄 사람이 배와 함께 아니 흔들릴 수 없는 모양으로 도저히 스스로 제 몸과 맘의 안정을 줄 길이 없었다.

 '내 사랑은 임을 위해 있었네.
 임을 못 본 체 없는 듯하더니
 임을 뵈오매 전신을 태우네.
 그것이 마치
 봄이 오매 아니 피지 못하는 꽃과도 같아라.'

하는 것과 같았다.

'그렇다 하면 조물의 악희로다.
하필 못 사랑하는 임을 사랑하게 지은고?'

이러한 것과도 같았다.
이때에 유월이 뛰어왔다.
"선생님 어서 오시라구요."
하고 유월이 씨근거렸다.
"왜? 왜 누가 날 오래?"
하고 선희는 괴로운 꿈에서 깨었다.
"우리 댁 선생님이오. 아주머니께서 배가 아프시다고."
하고 유월은 영감마님이니 마님이니 하는 말을 버린 것이 한끝 기쁘면서도 한끝 어색하여 함을 아직 버리지 못한다. 더구나 어려서부터 상전으로 섬기는 정선을 아주머니라고 부르는 것은 마치 큰 죄나 범하는 것 같았다.
"아주머니가 배가 아프시다고?"
"네에, 아까 저녁 잡수실 때부터 좀 이상하다고 하시더니 지금은 아주 대단하셔요."
하고 유월 – 지금 이름은 을란 – 은 말을 하면서도 염려되는 듯이 연해 집을 바라보았다.

선희는 문들을 닫고 우산을 들고 또 약이랑 주사약이랑 든 가방을 들고 아주 의사 모양으로 을란을 따라 숭의 집으로 갔다.

 이러한 급한 일이 있어서 가는 길이건만도 숭의 집이 가까울수록 가슴이 울렁거렸다.

 을란을 따라왔던 강아지가 앞에서 돌아와 가지고는 콩콩 짖었다. 숭은 마루 끝에 나서서 어두운 마당을 내려다보았다. 등으로 불빛을 받고 선 숭의 모양은 선희가 보기에 마치 동상과 같았다.

 "정선이 배가 아파요?"
하고 선희는 침착하기를 힘쓰면서 묻고, 숭의 힘 있는 팔을 스치며 마루에 올라섰다.

 "대단히 아픈 모양인데요."
하고 숭은 선희를 앞세우고 안방으로 들어갔다.

 "선희 왔어요?"
하고 모기장 속에 누운 정선이 선희를 보고 반갑게 말한다.

 "응, 배가 아퍼?"
하고 선희는 모기장 곁에서 꿇어앉는 자세로 정선을 들여다보았다.

 "아이고 아이고 아이고!"
하고 정선은 미처 선희의 말에 대답도 하기 전에 진통이 왔다.

정선은 낯을 찌푸리고 안간힘을 썼다. 그것이 일 분도 못 계속하건마는 정선의 이마에는 구슬땀이 돋았다.

"아이고 아퍼. 이를 어째!"

하고 진통이 지나간 뒤에 정선은 슬픈 듯 선희의 손을 잡았다.

"기쁨을 낳는 아픔이 아니냐. 참어. 그것이 바로 어머니의 의무 아냐?"

하고 선희는 위로하였다.

그러나 말끝에 곧 후회하였다. 정선은 과연 기쁨을 낳는 것일까, 저주를 낳는 것이 아닐까 하였다. 그런 생각을 하니 정선이 불쌍하였다.

*

정선의 진통은 밤이 깊어 갈수록 차차 도수가 잦고 아픔도 더하였다. 정선은 모기장을 다 잡아당기어 걷어 버리고 홑이불을 차내 버리고 몸이 나오는 것도 부끄러워하지 아니하였다. 더욱 괴로워하는 소리를 질렀다. 그가 잠이 들어도 드러내지 아니하던 끊어진 다리를 막 내놓고 몸을 비틀었다.

선희는 이러한 광경을 처음 보았다.

"의사를 불러오지요."

하고 선희는 숭에게 말하였다.

"의사? 싫어 싫어."

하고 정선은 몸부림을 하였다. 그는 끊어진 다리를 보이기도 원치 아니할뿐더러 자랑할 수 없는 아이를 낳으면서 의사요, 조산부요, 할 염치도 없었다.

"의사 부르면 난 죽어요!"

하고 정선은 야단을 하였다.

또 진통이 왔다. 정선은 선희의 손을 꽉 붙들고 아프다고 소리를 질렀다. 선희도 덩달아서 손과 전신에 힘을 주었다. 정선의 진통이 지나가고 이마와 전신에 땀이 흐를 때에는 선희의 이마와 전신에도 땀이 흘렀다.

"선희!"

하고 진통이 지나간 틈에 정선은 선희의 손을 끌어다가 제 가슴 위에 놓으며 정답게 말하였다.

"난 죽어."

하고 정선은 울었다.

"쓸데없는 소리를 다 하네. 어느 어머니나 아이 낳을 때에는 그렇지. 그러길래 낳는 아픔이라고 안 해? 인제 한두 시간만 지나면 아이가 나올걸. 아이만 나오면 씻은 듯 부신 듯이라는데."

하고 선희는 위로를 하였다.

이러한 때에 숭이 들어오면 정선은,

"당신은 건넌방에 가서 주무셔요."

하고 손을 홰홰 내저어서 나가라는 뜻을 표하였다.

그러면 숭은 말없이 돌아서 나갔다. 숭은 정선의 속을 아는 것이다. 남편의 자식 아닌 자식을 낳느라고 아파하는 아내의 맘을 숭은 알아주었다. 숭도 제 맘이 무엇인지를 알지 못하였다. 숭은 건넌방에 가서 드러누워도 보았다. 그러나 안방에서 '아이구구' 하는 소리가 들릴 때에는 기계적으로 벌떡 일어나서는 안방을 들여다보았다. 아내가 끊어진 다리를 버둥거리며 애를 쓰는 양을 볼 때에는 인생의 가장 큰 비극을 보는 것 같아서 가슴이 막혔다.

"들어오지 말아요."

하는 아내의 울음 섞인 애원을 듣고는 숭은 견디지 못하는 듯이 마당으로 뛰어 내려갔다.

밖에는 번개가 번쩍거리고 굵다란 빗방울이 뚝뚝 떨어졌다. 그리고 음산한 바람이 구름을 날리고 있었다. 천지가 모두 무슨 큰 아픔을 못 견디어 하는 것 같았다.

밤은 깊어 갔다. 우레 소리가 들리며 비가 쏟아지기 시작하였다. 정선의 진통은 더욱 심하여지는 모양이었다. 정선은 선희의 두 손을 끊어져라 하고 비틀었다. 그러다가 진통이 지나간 뒤에는 정신을 잃은 듯이 눈을 감고 졸았다. 선희는 이것이 책에서 본 자간이라는 무서운 병이 아닌가 하여,
"정선이, 정선이."
하고 정선을 흔들어 깨웠다.
'인생에 가장 큰 아픔이다.'
하는 생각을 선희는 하고 앉았다.
 정선의 생명이 어찌 될는고? 그 생명이 아픔 때문에 너무 켕겨서 금시에 끊어져 버릴 것만 같았다.

*

"선희, 용서해 주어, 응."
하고 어떤 한 굽이 진통 끝에 정선은 선희의 손을 제 가슴 위에 얹고 말하였다.
"용서가 무슨 용서야? 무어 잘못한 것 있던가."
하고 선희는 정선의 이마의 땀을 씻었다.
 정선은 선희에게 무슨 할 말이 있는 듯하다가는 아픈 것이 아주 끝나 버리면 말을 끊었다.

또 한 번 된 진통이 지나간 뒤에 정선은 기운 없이 눈을 뜨며,

"선희, 날 용서해요. 내가 지금까지 선희를 미워했어. 겉으로는 드러내지 아니했지마는 속으로는 미워했어. 선희가."

하고 정선은 선희를 안아다가 선희의 귀에다가 입을 대고,

"선희가 허를 사랑하는 것이 미워서. 나는 선희 속을 알아요. 아니깐 미웠어. 그렇지만 지금 생각해 보면 선희밖에 이 세상에는 내 뜻을 말할 데가 없구려. 하늘에나 땅에나 나무에도 돌에도 붙일 곳이 없는 내 아니오? 내가 죽더라도 선희가 내 눈을 감기고 염도 해 주어, 응. 나는 다른 사람의 손이 내 몸에 닿는 것이 싫어. 손이 닿는 것은커녕 눈이 내 몸을 보는 것도 싫어. 선희만은 내 더러운 몸과 맘을 다 알고 만져 주우, 응."

하고 정선은 또 눈물을 흘렸다.

"글쎄, 왜 그런 소리를 해?"

하고 선희는 가슴이 울렁거리는 것을 억지로 누르면서,

"정선이! 내가 살여울 있는 것이 정선한테 고통이 되거든 내 여기서 떠날게. 내가 정선이한테 고통을 주었다면 내가 잘못했수. 나도 정선이 말마따나 나무에도 돌에도 붙일 데가 없는 사람이니깐 정선이 집을 믿고 여기 와 사는 게지. 내 떠나 줄게."

하고 선희도 눈물을 씻었다.

또 정선에게 진통이 왔다. 이번 진통은 거의 삼 분이나 계속

되는 것 같았다. 밖에서는 우레와 빗소리가 요란히 들렸다. 시계는 새로 세 시.

"선희."

하고 정선이 가까스로 정신을 차려서,

"저 가방 속에 무슨 약이 있소?"

하고 물었다.

"피투이트린이라는 주사약하고 애기 눈에 넣을 초산은 물하고 몸이랑 입이랑 씻길 기름허구 그런 게야."

하고 선희는 가방을 열고 약들을 내보였다.

"나 그 주사 해 주어."

하고 정선은 팔을 내밀었다.

"안 돼. 좀 기다려 보고."

"아이구, 이거 못살겠어."

"좀 더 참어."

"어떻게 참어?"

"새벽이 되면 낳을걸."

"아이구, 나는 못 참어. 나를 어떻게 죽여 주어, 응. 참 못 참겠으니 죽여 주어요. 또 나 같은 년이 살면 무얼해?"

"글쎄, 왜 그런 소릴 해, 좀 참지 않고? 맘을 굳세게 먹어야 된대."

"아이구 아퍼. 아이구 허리 끊어져. 내가 무슨 죄로 이럴까."

"죄가 무슨 죄야. 아담 이브의 죄면 죄지."

"어린애가 나오기로 그것을 누가 길러. 내가 죽으면 누가 길러?"

"원, 별소리가 다 많군. 정선이 죽거든 허 선생이 안 길러?"

"아냐, 아냐, 내가 죽으면 어린애도 안고 갈 테야. 지옥으로 가든지 유황불 구덩이로 가든지, 어린애는 안고 갈 테야."

하고 정선은 깜박 정신을 잃어버린다.

"정선이, 정선이!"

하고 선희가 정선을 흔들어도 대답이 없다.

'정선이, 정선이' 부르는 소리에 숭이 뛰어 건너왔다. 선희는 정선의 말을 생각하여 홑이불로 정선의 몸을 가려 주었다.

*

"암만해도 의사를 불러와야 할 것 같습니다."

하고 선희가 숭에게 자리를 비키면서 말한다.

"의사를 제가 싫다니까 부르기도 어렵구만요. 또 부른대야 산부인과 전문하는 이는 물론 없구."

하고 숭은 민망한 듯이 이마에 손을 대며 정선을 들여다본다. 정선은 마치 장난꾼 아이가 몸이 곤해서 세상모르고 자는 모양으로 사지를 아무렇게나 내던지고 입으로는 침을 흘리며 코를 골고 있다. 견디기 어려운 고통은 마침내 정선에게서 모든 절제력을 빼어 버린 것이었다.

"산모가 이렇게 자는 것이 좋지 않다는데."
하고 선희는 정선의 맥을 짚어 본다. 선희가 보기에는 맥이 약한 것만 같았다.

"그래두 의사가 와야지 어떻게 해요? 어찌 될지 압니까. 겁이 납니다."
하고 선희는 애원하는 듯이 숭의 낯을 바라보았다.

"아냐, 싫어. 의사 싫어."
하고 정선은 잠꼬대 모양으로 중얼거렸다.

"의사가 와야 얼른 아이를 낳지."
하고 선희는 떼쓰는 딸을 책망하는 모양으로 짜증을 내는 듯이 말하였다.

"싫어. 나 죽는 거 보기 싫거든 다들 가요. 어머니가 저기 오셨는데 같이 가자고. 나 옷 입고 어린애 데리고 같이 가자고. 어머니 나허고 같이 가요. 어머니 계신 데 같이 가요."
하고 정선은 반은 정신이 있는 듯, 반은 없는 듯 중얼거리며 눈물을 흘렸다. 그 말끝에 또 진통이 돌아와서 정선은 낯을 찡그리고 몸을 비틀고 눈을 떴다. 숭과 선희는 몸에 소름이 끼침을 깨달았다. 더구나 어린애를 데리고 간다는 말이 숭에게 비상한 쇼크를 주었다.

"여보."

하고 정선은 숭의 손을 찾았다. 숭은 얼른 정선에게 제 손을 주었다.

"나를 용서해 주세요."

하고 정선은 숭의 손을 쥐고 떨었다.

숭은 말이 없었다. 정선은,

"나를 용서해 주세요. 나를 불쌍한 사람으로 알아주세요. 당신 같은 좋은 남편을 잘 섬기지 못하고 용서 못 할 죄를 지은 아내를 용서해 주세요. 나는 차마 이 뱃속에 있는 아이를 낳아 가지고 당신 앞에서 살 면목이 없어요. 나는 내 죄의 결과를 뱃속에 넣은 채로 나는 가요. 정선아, 내가 네 죄를 다 용서한다, 마음 놓고 죽어라, 그래 주세요."

하고 소리를 내 느껴 가며 울었다.

"왜 그런 생각을 하오? 나는 당신을 용서한 지가 오래요. 그런 생각 말고 상심도 말고 맘을 편하게 먹고……."

하고 숭의 말이 다 끝나기 전에 정선은 손으로 얼굴을 가리며,

"아냐요, 아냐요, 날 용서 아니하셔요! 날 불쌍히는 여기시겠지. 당신이 맘이 착하시니깐 불쌍한 계집애라고는 생각하시겠지. 그렇지마는 용서는 아니하셔요. 나를 참으로 사랑하지는 아니하셔요. 당신이 의지가 굳으시니깐 일생이라도 나를 사랑하시는 모양으로 꾸며 가실 줄은 믿어요. 그렇지만 나 정말 용서하고 사랑하실 수는 없어요."

하고 고개를 베개에 비볐다.

정선은 스스로 제 잘못과 또 제가 인제는 하나도 취할 것이 없는 여자인 것을 깨달았을뿐더러 지금까지 기생 년이라고 속으로 천대하던 선희가 도리어 살여울 온 뒤에는 존경할 만한 여자가 되고 사업가가 된 것을 생각하면은 일종의 시기가 생기는 동시에 제 몸의 가엾음이 더욱 눈 떠지는 것이었다.

숭은 아무 말이 없었다. 정선의 말은 숭의 마음을 꿰뚫어 본 말이어서 그 말을 부인할 아무 재료가 없는 것이었다. 가만히 제 속에 물어보아도 정선을 불쌍히 여겨서 그의 일생을 힘 있는 데까지 위로해 주겠다는 생각은 있으나 참으로 사랑의 정이 가지는 아니하였다. 가게 하려고 힘을 쓰면서 일생을 살아가자는 것이 숭의 속이었다. 그리고 할 일이 많으니 사랑이라든지 정이라든지를 잊어버리자는 것이었다. 이것이 숭의 마음에 어두운 그림자를 이루는 것은 사실이었다. 그것이 폭풍우를 알밴 하늘

한구석의 구름장이 아닌지도 알 수 없는 일이었다.

*

 진통은 정선의 의식과 말을 중단하였다. 그러나 곁에서 보기에 정선의 마음속에는 슬픔과 무서움과 절망의 혼란한 감정이 끓는 것 같았다. 육체적으로나 정신적으로나 사람에게 이렇게 비참한 고통도 있을 수 있을까 하리만큼 정선은 고통하였다.
 정선의 얼굴 표정, 몸의 움직임, 이 모든 것이 다 마치 고통이란 것을 표현하는 참혹한 무용인 것 같았다. 정선은 선희의 손을 잡고,
 "선희, 나는 이 세상에서 용서해 줄 것이 있다면 다 용서해 줄 테야. 누가 내게 어떠한 잘못이 있더라도, 나를 죽이려 한 사람이 있더라도 다 용서해 줄 테야. 그 대신 내가 지은 죄를 누가 다 용서해 주마 하는 이가 있으면 좋겠어. 아버지한테도 죄를 지은 년이요, 남편한테도 죄를 지은 년이요, 또 동무들한테도 죄를 지은 년이요, 뱃속에 있는 생명한테도 죄를 지은 년이 아니오? 내가 그런데 내가 세상에 와서 스물세 해 동안에 한 일이 무엇이오? 세상 위해서 한 일이 무엇이오? 여러 사람들한테 폐만 끼

치고 신세만 졌지, 한 일이 무엇이오? 내가 인제 하느님께 용서해 줍시사고 빈다고 용서해 주실 리 만무하지 않아? 아이구구 아이구, 또 아퍼. 언제나 이 아픔이 끝이 나?"
하고 또 정선에게는 진통이 일어난다.

"선생님, 정선이를 다 용서한다고 해 주셔요."
하고 선희는 정선이 진통 끝에 의식을 잃고 조는 동안을 타서 숭에게 말하였다.

"제가 퍽 괴로워하는 모양입니다. 인제 정신이 들거든 다 용서하고 전같이 사랑해 주마고 말씀해 주셔요. 그러다가 죽어 버린다면 그런 한이 있습니까. 그리고 또 무사히 아이를 낳고 일어나거든 선생님, 정선을 극진하게 사랑해 주셔요. 선생님은 그만하신 너그러운 인격을 가지신 줄 믿습니다. 정선이 불쌍하지 않습니까, 네."
하고 눈물을 흘리고 느껴 울었다.

숭도 북받쳐 오르는 울음을 삼키고 눈을 꽉 감아 눈에 괸 눈물을 막아 버리려 하였다. 그 눈물은 방바닥에 뚝뚝 떨어졌다.

"용서하지요. 사랑하지요."
하고 숭은 정선의 머리맡에 놓인 물그릇에서 물을 숟가락으로 떠서 정선의 입에 넣었다. 정선은 무의식적으로 물을 받아 삼켰다. 정선의 입술은 열병 앓는 사람 모양으로 탔다.

"날 용서하셔요."

하고 다시 정신을 차린 정선은 숭의 손에 매달렸다.

숭은 정선의 얼굴에 제 얼굴을 가까이 대고,

"정선이, 다 용서했소. 남편의 사랑은 무한이오. 한참만 더 참으면 고통이 없어질 것이오."

하였다.

닭이 울었다. 폭풍우도 어느덧 그쳤다. 처마 끝에서 물방울 떨어지는 소리가 새벽의 고요함을 깨뜨릴 뿐이었다.

"고맙습니다. 나는 인제는 죽어도 한이 없습니다. 당신밖에 나를 사랑해 줄 사람도 없고 용서해 줄 사람도 없으니 날 용서해 주셔요. 그리고 불쌍히 여겨 주셔요. 내가 죽거든 나를 당신이 늘 돌아볼 수 있는 곳에 묻어 주셔요. 그리고 조그마한 돌비에다 허숭의 처 정선의 무덤이라고 새겨 주셔요. 그리구 그리구……. 선희하고 혼인해 주셔요."

하고 눈물을 흘렸다. 그러나 그 눈물은 지금까지 흐르던 고통의 눈물, 원한의 눈물은 아니었다. 그 눈물은 감사의 눈물, 만족의 눈물, 사랑의 눈물이었다.

선희는 정선의 말에 눈이 아뜩아뜩해짐을 깨달았다. 숭도 말이 없었다.

해가 솟았다. 그 구름 그 폭풍우는 어디로 갔는고. 하늘은 구름 한 점 없이 맑았다. 첫 가을날의 빛을 보였다.

숭의 집에서는,

"으아 으아."

하는 어린애 소리가 들렸다. 정선은 딸을 낳은 것이었다.

*

가을이 되고 겨울이 되어 또 한 해가 지났다.

살구꽃도 다 지고 사월 팔일도 지낸 어느 날, 살여울 앞에는 자동차 한 채가 우렁차게 소리를 지르며 와 닿았다.

그 자동차에서는 아주 시크하게 양장으로 차린 청년 하나가 회색 소프트 모자를 영국식으로 앞을 숙여 쓰고 팔에는 푸른빛 나는 스프링을 들고 물소 뿔로 손잡이를 한 단장을 들고 대모테 안경을 썼다. 그리고 입에는 궐련을 피워 물었다.

운전수가 트렁크와 손가방을 내려놓고 마지막으로 기타인 듯한 것을 내려놓고는 자동차 문을 닫고 차세를 받으려고 청년의 앞에 서서 기다린다.

"도시단다이 잇타이? 뎀포모 옷데 아루노니(어찌 된 셈이야, 대관절. 전보도 놓았는데)."

하고 청년은 매우 불쾌한 듯이 동네를 바라보며 일본말로 중얼댄다. 탁음과 악센트가 그리 잘하는 일본 말은 아니다.

"가겠습니다, 차세 주세요."

하고 젊은 운전수는 참다못하여 청구한다.

"이쿠라(얼마)?"

하고 청년은 여전히 일본말이다.

"사 원 팔십 전입니다."

하고 운전수는 조선말로 대답한다.

"요엔 하치짓센? 다카이쟈 나이카(사 원 팔십 전? 비싸 비싸.)."

하고 청년은 더욱 불쾌한 듯이 소리를 지른다.

"그렇게 작정을 하시고 타시지 않으셨어요?"

하고 운전수의 어성도 좀 높아진다.

"난다이, 곤나 보로지도샤가(이게 다 무어야, 이런 거지 같은 자동차를.)."

하고 청년은 단장으로 자동차의 옆구리를 한 번 찌르고,

"도쿄나라 세이제이 고짓센다요(동경 같으면 잘해야 오십 전야.)."

하고 눈을 부릅뜬다.

"동경은 동경이요, 조선은 조선이지요. 값을 정해 놓고는 다 타고 와서 그런 말을 하면 어떡해요?"

하고 운전수의 말도 점점 불공하게 된다.

"난다? 난다토? 모 이치도 잇데 미이(무엇이? 어째? 또 한 번 그런 소리해 봐.)."

하고 청년이 운전수의 어깨를 떠민다.

"사람을 때릴 테요?"

하고 운전수도 대들며,

"여기서 이럴 것 없으니 저 주재소로 갑시다."

하고 운전수는 청년의 팔을 꽉 붙든다.

청년은 두어 걸음 끌려가더니,

"이 팔 놓아!"

하고 팔을 뿌리치고는 기운 없이 바지 주머니를 뒤져 지갑에도 넣지 아니한 지전 뭉텅이를 꺼내 오 원배기 한 장을 골라서 길바닥에 내던지며,

"돗데 이케, 빠가야로(가져가거라! 망할 자식.)."

하고 입에 물었던 궐련을 침과 아울러 손도 대지 아니하고 퉤 뱉어 버린다.

운전수는 말없이 돈을 집어넣고 운전수대에 올라앉아서 차를 돌려놓고는 고개를 내밀고,

"이건 왜 이 모양이야. 돈도 몇 푼 없는 것이 되지못하게시리. 국으로 짚세기나 삼고 있어. 네 에미, 애비는 무명것도 없어서

못 입는데 되지못하게 하이칼라나 하면 되는 줄 아니?"
하고 차를 스타트해 가지고 슬근슬근 달아나며 욕설을 퍼붓는다. 받을 돈 받아 놓고 떠나면서 분풀이를 하는 것이었다.

이러는 동안에 동네 아이들이 자동차 구경 겸 하이칼라 구경하러 모여들었다.

"산장네 정근이야."

하고 아이들은 수군거렸다.

정근은 이 동네 부자라는 유 산장의 아들로 동경 가서 공부하고 돌아오는 길이었다.

*

아이들 중에는 정근이라는 청년을 보고 반가운 빛을 보이는 이는 드물었다. 그들은 부모가 유 산장을 원망하는 소리를 너무 많이 들은 까닭이었다. 또 그들은 산장네 정근이 일본 가서 공부한다 하고 돈만 없이 한다고 산장이 화를 낸다는 말을 들었다. 산장네가 작년부터는 협동 조합 때문에 장리도 잘 아니 되고 빚을 줄 곳도 줄어서 논을 두 자리나 팔아서 정근의 학비를 주었다는 소리를 부모들이 고소한 듯이 말하는 말을 들은 것도

기억한다. 그래서 그들은,

"잘도 차렸네. 하이칼라다."

이러한 흥미밖에는 정근에게 대해서 가지지 아니하였다.

"이거 좀 들고 가!"

하고 정근은 아이들 중에 큰 애를 단장 끝으로 가리키며 부르짖었다. 가리킴 받지 아니한 아이들은 저희도 그 대접을 받을까 두려워 뒤로 물러서고 가리킴을 받은 아이는 마치 기계적인 것같이 그 명령을 복종하였다.

큰 아이들이 정근의 짐을 들고 앞설 때에야 도망하려던 아이들이 다시 뒤를 따라 섰다. 정근은 다시 담배 한 대를 피워 물고 단장을 두르면서 살여울 동네로 향하였다.

그때에 마침 어떤 사람 하나가 지게를 지고 나오다가 정근을 보고 반가운 빛을 보이며 아이들이 들고 꼬부랑깽 하는 것을 받아 제 지게에 짊었다.

"지금 차에서 내리는 길인가."

하고 지게를 진 사람은 정근에게 물었다.

"내가 오는 줄을 알고도 아무도 안 나온단 말이오? 다들 죽었단 말이오?"

하고 정근은 화를 냈다.

"어디 자네가 오는 줄 알았나. 형님도 아무 말씀이 없으시니."

하고 이 가난한 아저씨는 먼촌 조카의 짐을 지고 일어선다.

"내가 집으로 전보를 했는데 동네에서들 몰라?"

하고 아저씨에 대한 조카의 어성은 매우 불공하였다. 이렇게 큰 소리가 나는 것도 까닭이 없지는 아니하였다.

삼 년 전으로 말하면 제가 평양만 가서 공부를 하다가 방학에 돌아오더라도 전보 한 장만 치면 온 동네가 끓어 나왔던 것이다. 그러하던 것이 삼 년을 지낸 오늘에 이렇게 한 사람도 아니 나온다는 것은 창상지변이라고 아니할 수 없었다.

아저씨는 말없이 짐을 지고 길을 걸었다.

아이들 중에 먼저 뛰어 들어가서 보고한 사람이 있어서 산장네 집 식구들이 마주 나왔다. 산장네 머슴 사는 미력이라는 사람이 달음박질쳐서 앞서 나와서 보통학교 아이 모양으로 정근을 보고 허리를 굽혔다.

"이 자식, 인제 나와?"

하고 정근은 인사하는 미력이의 등을 단장으로 후려갈겼다. 미력은 영문도 모르고 아프단 말도 못 하고 아저씨의 짐을 받아졌다. 지게를 지니 매 맞은 등이 몹시 아팠다.

정근은 반가워하는 가족들을 보고 모자도 벗지 아니하였다.

"아버지 안 계시우?"

하고 집에 들어온 정근이는 병든 어머니를 보고 퉁명스럽게 말하였다.

"아버지가 사랑에 계신 게지. 나가 뵈려무나."

하고 어머니도 낯을 찡그렸다.

"내가 오늘 온다고 전보를 놓았는데, 그래 아무도 안 나온단 말이오?"

하고 정근은 아버지는 찾으려고도 아니하고 문지방에 걸터앉으며 소리를 질렀다.

"전보가 왔는지 무엇이 왔는지 아니?"

하고 어머니는,

"요새에 아버지가 무슨 말씀은 하신다던? 안에는 진지 잡수러도 안 들어오신단다. 이놈의 세상이 망할 놈의 세상이 되었다고. 동네 놈들이나 일가 놈들이나 도무지 발길도 아니한다고. 그 허숭이 녀석이 이 동네에 들어와서부터는 협동 조합인가 무엇인가 만들어 가지고 모두들 장리를 내어 먹나 빚을 얻어 쓰나. 그런 뒤부터는 우리 집에는 그림자도 얼씬 않는단다. 그 연놈들의 뼈가 뉘 집 덕으로 굵었다구. 말 말아. 그래서 아버지는 화병이 나셔서 도무지 집안사람 보고도 말이 없으시단다."

하고 한탄하였다.

*

　정근이 안방 문지방에 걸터앉아 있을 적에 부엌 앞에는 정근의 아내가 어느새에 새 옷을 입고 너덧 살 먹은 아이 녀석 하나를 머리를 만져 주면서 들릴락 말락 한 소리로,

"가서 아버지! 그러고 불러."

하고 훈수를 하여 준다.

　아이 녀석은 흙과 때 묻은 손가락을 빨고 커다란 눈으로 정근을 힐끗힐끗 보면서 싫다고 몸을 흔든다.

　그래도 아내는 자식을 통하여 남편의 자기에게 대한 주목을 끌어 볼 양으로,

"어서 가 그래!"

하고 아이 녀석의 옆구리를 지르며,

"너이 아버지야. 가서 아버지 하고 좀 매달려!"

하고 소곤거린다.

　아내는 정근이보다 늙었다. 그리고 무슨 속병이나 있는지 혈색이 좋지 못하다.

　청춘에 남편이 그리워서 그러하기도 하겠지마는 이 집 가풍이 여자는 찬밥과 된장밖에 못 얻어먹고, 병이 들어도 의원 하나 보이지 않는 까닭도 있을 것이다. 시어머니가 병이 들어도

약 한 첩을 얻어먹기가 어렵거든 하물며 며느리랴.

"장손아, 가서 아버지, 그래."

하고 아내는 아이 녀석을 잡아 흔든다.

장손이는 마지못해 두어 걸음 아비를 향하고 나가다가 아비의 무정한 시선이 제 위로 미끄러져 다른 데로 지나가는 것을 보고는 그만 용기를 잃고 어미 치맛자락으로 돌아와 버린다.

"숭이 녀석이 와서 우리 험구를 해요?"

하고 정근은 어머니의 말에 분개한 어조로,

"그 녀석이 무엇이기에. 제 계집 남한테 빼앗기고 - 왜 숭이 여편네가 서방질하다가 들켜서 차에 치여 죽으려다가 살아나지 않았어요. 그 녀석이 고개를 들고 댕겨요? 변호사 노릇도 못 해 먹고 쫓겨난 녀석이!"

하고 침을 퉤 뱉는다.

"숭이 여편네가 서방질했니?"

하고 어머니는 무슨 신기한 소식이나 들은 것같이 아들의 곁으로 다가앉는다.

"그럼요. 모두 신문에 나구 야단인데 어머니는 꿈만 꾸시네."

하고 정근은 비로소 찌푸린 상판대기를 펴고 재미나는 듯이,

"그럼요. 게다가 산월이라는 기생하고 죽자 사자 해서 왜 산월이 기생 고만두고 여기 와서 유치원인가 한다지요. 우리 아이

들도 가우?"

"아니, 안 가. 우리 아이들은 안 간다. 아버지가 숭이 녀석이라면 불공대천지수로 아시는데, 아이들을 보내실라던? 오, 그년이 기생 년이야. 뭐 대학교 졸업한 처녀라던데."

"대학교가 다 무엇이오. 전문학교는 졸업했지요. 그리고 기생질하던 년인데, 서울서는 누구나 다 안답니다. 흥, 미친 녀석, 기생 첩 데리고 와서 유치원 시키구 아주 겉으로는 점잖은 체하면서 – 왜 신문 보니깐두로 초시네 순이도 숭이 녀석이 버려 주었다던데."

하고 정근은 더욱 분개한다.

"오오, 그래?"

하고 어머니는 고개를 끄덕거리며,

"그렇겠지. 말만한 계집애를 반년이나 한집에 두고 있었으니 성할 리가 있나, 내 그저. 그렇게 실컷 버려 놓고는 한갑이한테 시집을 보냈구나."

"순이 한갑이한테 시집갔수?"

하고 정근은 놀란다.

"그럼, 한갑이 지지난달엔가 가막소에서 나와서 유치원에서 혼례식을 했다."

"흥."

하고 정근은,

"그렇지, 첩을 둘씩 둘 수야 있나. 한갑이 녀석도 미친 자식이지. 그래 헌계집을 얻어 가지고 좋아하는구면."

하고 자못 유쾌한 모양이다.

이때에 장손이는 어미의 말에 못 견디어,

"아버지."

하고 뛰어와서 어미가 시킨 대로 무릎에 와 매달린다.

*

"저리 가."

하고 정근은 매달리는 아들 장손을 버러지나 떼어 버리는 듯이 밀쳐 버린다.

장손이는 '으아' 하고 울면서 비틀거리고 제 어미한테로 달려가서 개한테 물리기나 한 것같이 악을 쓰고 운다.

"거 왜 그러느냐."

하고 어머니는 화를 내며,

"어린것이 애비라고 반가워서 와 매달리는 것을 그런 법이 어디 있니? 그게 무슨 짓이냐. 너는 자식 귀여운 줄도 모르니? 너도 너의 아버지 모양으로 자식에게 그렇게 무정하단 말이냐, 원. 유가네 집은 종자가 다 그런가 보구나."
하고 꾸짖는다.

"자식이 그까짓 게 무슨 자식이오? 내 자식이 그래요? 저렇게 괭이새끼같이 눈깔만 크고, 더럽고."
하고 벌떡 일어난다.

"그럼 이 애가 뉘 아들이오? 원, 못 들을 소리를 다 듣눈."
하고 칼로 찔러도 말 한마디 못 할 듯하던 아내가 한마디 단단히 쏜다.

"흥, 꼴에 무어라고 주둥이를 놀려? 흥, 눌은밥도 못 얻어먹고 쫓겨나고 싶은가 보군. 내가 이번에는 용서하지 아니할걸."
하고 정근이 뽐낸다.

"옳지, 일본 가서 남 무엇인가 하는 계집년허구 배가 맞아서 잘 놀았다두구만. 그 망할 년이 어디 서방이 없어서 남의 처자 있는 사내를 따라댕긴담. 그년이 남의 서방한테 정이 들었으면 둘째 첩으루나 셋째 첩으루나 살 게지 왜 이혼은 허래. 내가 무슨 죄를 지었길래? 나는 이 집에 와서 죽두룩 일해 주구 아들 낳아 바친 죄밖에 없어. 날 누가 내쫓아? 어디 내쫓아 보아!"
하고 아내는 여자에게 용기를 주는 질투의 힘으로 남편에게 대든다.

"이년 무엇이 어쩌구 어째?"

하고 정근은 아내의 앞으로 대들며,

"이년 또 한 번 그 따위 주둥이를 놀려 보아라. 당장에 때려죽이고 말 테니."

하고 단장을 둘러멘다.

장손이 엄마를 부엌으로 끌어들이며 발버둥을 치고 운다.

"때려죽여 보아! 때려죽여 보아! 어디 때려죽여 보아! 내가 무엇을 잘못했어? 어디 말 좀 해 보아! 내가 부모께 불공을 했어? 행실이 부정했어? 내가 무엇을 잘못했어? 응? 왜 말을 못 해? 내가 이 집에 시집올 때에는 친정에서 논 한 섬지기 밭 이틀갈이 가지고 왔어. 서울 갑네 일본 갑네 하구 공부는 뉘 돈으로 했는데. 오, 인제는 남가 년한테 반해서 나를 내쫓을 테야, 옳지. 아들까지 낳아 바쳤는데 무슨 죄루 날 내쫓을 테야?"

엄마, 엄마 하고 울고 치맛자락을 끌고 부엌으로 들어가려는 장손의 뺨을 손바닥으로 딱 후려갈기면서,

"이놈의 자식 왜 우니, 왜 울어?"

하고 두 번째 때리려는 것을 피하여 장손은 부엌 속으로 달아났으나 그래도 뒷문으로 빠져나가지는 않고,

"엄마, 엄마."

하고 벌벌 떨며 운다.

어머니는 듣다 못해 뛰어나오며,

"아서라, 아이 어마. 그렇게 말하는 법이 아니다. 어디 남편보고 그렇게 말하는 법이 있느냐. 우리는 젊어서 남편이 아무런 말을 하더라도 가만히 듣고만 있었다. 어린것은 왜 때리느냐. 아서라 그래서는 못쓴다."

하고 며느리를 책망하고, 다음에는 아들을 향하여,

"오래간만에 집에 돌아오면 처자를 반갑게 대하는 게지 그래서 쓰느냐. 열 첩 못 얻는 사내 없다고 사내가 젊어서는 오입도 하고 첩도 얻지. 그렇지마는 귓머리 풀고 만난 처권을 버리는 법은 없어! 일본 있으면서 밤낮 편지로 이혼이니 무엇이니 하고 듣기 싫은 소리만 하니 쟤 어멈인들 맘이 좋겠느냐. 어서 그러지 말고 처가속의 맘을 풀어 주어라. 그 원 왜들 그러느냐."

하고 어머니의 지혜를 보인다.

"아니, 이년이 글쎄 언필칭 남가 년 남가 년 하니 그런 말법이 어디 있어요? 남인숙으로 말하면 아주 깨끗하고 얌전한 여성입니다. 첩이라니, 그가 누구의 첩으로 갈 여성이 아냐요. 또 나와 무슨 관계가 있는 것도 아니구. 내가 그 여성을 존경은 하지요. 그런데 저년이 언필칭……."

"글쎄 왜들 이리 떠들어?"

하고 유 산장이 상투 바람으로 사랑 뒤창으로 고개를 내밀며,

"이놈아, 공부합네 하고 돌아댕기다가 집에라고 돌아오는 길로 애비도 안 보고 집안에 분란만 일으켜? 그래 일본까지 가서 배워 온 것이 그 따위란 말이냐. 집안 망할 자식 다 있다."
하고는 문을 닫아 버린다.

날뛰던 정근도 아비 말에는 항거를 못 하고 화나는 듯이,

"내가 무엇하러 이놈의 데를 왔어?"
하고 대문 밖으로 홱 나가 버리고 만다.

그는 어디로 가려나?

*

정근이 살여울에 나타난 것은 살여울의 평화를 깨뜨리는 데 많은 힘이 되었다.

정근은 살여울에 온 뒤로 선희가 본래 산월이라는 기생인 것과 정선이 서방질하다가 다리가 부러졌다는 것과 숭과 선희가 서로 좋아한다는 것을 힘써 선전하였다.

동네 사람들은 숭과 선희를 신임하던 까닭에, 또는 정근을 신임하지 아니하는 까닭에 처음에는 그 말을 믿지 아니하였으나, 열 번 찍어서 아니 넘어가는 나무도 없거니와 사람에게 대한 신

임도 의리도 백지장과 같이 엷었다.

"아, 기생 년에게 자식을 맡겨?"

이러한 소리가 나오게 되고, 어제까지 유치원에 다니던 아이들 중에는,

"기생이란다, 야, 기생이란다."

하고 선희가 듣는 곳에서 놀리며 까치걸음을 하는 아이도 있게 되었다.

더구나 숭이 선희를 첩으로 두었다는 말과 유순을 버려두었다는 말이 신문에 났다는 말을 정근에게 들은 사람들은 숭을 도무지 가까이하지 못할 고연 놈으로 여기게까지 되었다.

숭과 선희에게 대한 이러한 소문은 숭이 경영하는 모든 사업에 지장을 일으키게 되었다. 첫째로 한 주일에 한 번씩 모여서 동네일을 의논하던 동회에 점점 출석하는 사람이 줄어들고, 매주일 모일 때마다 가져오기로 한 쌀 저축과 짚세기, 새끼 저축의 의무도 행하지 아니하는 이가 늘어 가고, 동네 사람의 집에 언제나 다투어 환영을 받던 숭을 환영하지 아니하는 가정이 점점 늘어 갔다.

그러나 숭에게 가장 크게 고통을 주는 것이 있었으니 그것은 맹한갑이의 태도가 점점 소원해 가다가 마침내 숭에 대하여 적의를 품는 태도까지도 보이게 된 것이었다.

정근이 맹한갑을 허숭 배척의 두목으로 손에 넣으려 하였음은 말할 것도 없다.

"다시 그놈의 집엘 갈 테야?"

하고 하루는 한갑은 숭의 집에 다녀온 아내 순을 보고 참을 수 없이 불쾌한 듯이 호령을 하였다.

순은 남편의 이 태도에 놀랐다. 그래서 눈을 크게 뜨고 남편을 바라보았다. 순의 생각에는 이 말이 무슨 거룩한 것을 모독하는 것같이 들린 까닭이었다.

"왜 그러우?"

하고 순은 제 귀를 의심하는 듯이 물었다.

"왜 그러긴 무얼 왜 그래?"

하고 한갑은 더욱 불쾌한 빛을 보이며,

"내가 다 알어. 왜 걸핏하면 숭이 놈의 집으로 가는지 내가 다 알어. 내가 모르는 줄 알구. 다시 그놈의 집에 발길을 해 보아. 당장에 물고를 낼 테니."

하고 그는 감옥에서 여러 죄수한테 듣던 말투를 본받았다. 그리고 서방질하는 계집을 때려죽이고 징역을 지던 동무를 연상하였다.

"그게 웬 소리요?"

하고 순은 울고 싶었다.

"우리가 뉘 덕으로 살길래 허 선생께 그런 말을 하시오?"

"내가 다 알어. 다시는 그놈 집에 가지 말라거든 가지 말어."

하고 한갑은 밖으로 나가더니 돌이켜서 순의 곁으로 오며,

"그 뱃속에 있는 애가 뉘 애야? 바로 말을 해!"

하고 그가 경찰서와 검사정에서 보던 관인들의 눈과 표정을 보였다.

"아니, 그건 다 무슨 소리요?"

하고 순은 앞이 아뜩아뜩함을 깨달았다.

"무엇이 무슨 소리야? 네 뱃속에 든 아이가 어느 놈의 아이냔 말이야."

하고 한갑은 땅바닥에 침을 퉤하고 뱉었다.

한갑은 타오르는 분노와 질투에 전신을 떨었다.

*

순에게는 한갑의 말은 실로 청천벽력이었다. 남편의 정신이 온전한가를 의심할 지경이었다.

"내가 감옥에 있는 동안 네가 어디 있었어?"

하고 한갑은 재우쳐 물었다.

순은 억색하여 대답이 나오지 아니하였다.

"내가 다 알어."

한갑은 성낸 얼굴에다가 빈정거리는 웃음을 띠고,

"내가 들으니께 나 감옥에 있는 동안에 네가 숭이허구 함께 살았다더라. 병구완합네 하고 한방에서 자구. 흥, 그리구는 인제는 모르는 체야. 옳지, 응, 숭이 놈이 실컷 데리고 살다가 산월이 년이 오니께루 내게다가 물려주어. 죽일 놈 같으니. 내가 그놈의 다릿마댕이를 안 분지를 줄 알구, 흥. 반반한 계집애는 모조리 주워 먹는 놈이 아주 겉으론 점잖은 체허구. 내가 왜 이렇게 오래 감옥에 있었는지 아니? 그놈이 나를 변호합네 하고 되레 잡아넣어서 그랬어. 내가 다 알어, 흥. 모르는 줄 알구. 아이구 분해라."

하고 이를 으드득 갈았다.

이로부터 한갑의 태도는 돌변하였다. 그는 일도 아니하고 술만 먹으러 돌아다녔다. 그리고 집에 들어오면 순이를 볶았다.

순은 몇 번 간절한 말로 변명도 하였으나 변명을 하면 할수록 한갑의 의혹은 더욱 깊어지는 것 같아서 순은 다만 잠자코 참을 뿐이었다. 순의 생각에는 저를 위한 고통보다도 숭이 저를 위하여 사업에 방해를 받고 또 마음에 고통을 받는 것이 괴로웠다. 순은 어찌하면 숭의 누명을 벗겨 드릴 수가 있을까 하고 그것이

도리어 가장 큰 염려가 되었다.

하루는 한갑이 밤이 깊은 뒤에 술이 취해서 들어왔다. 그는 정근이와 함께 장에 가서 술을 잔뜩 먹고 돌아온 길이었다.

"이년, 이 화냥년, 또 숭이 놈의 집에 서방질 갔니?"

하고 외치며 비틀비틀하고 문고리를 찾았다.

순이는 얼른 일어나 문고리를 벗겼다. 한갑의 몸에서는 술 냄새가 코를 찔렀다.

"이 개 같은 년! 이 화냥년!"

하고 한갑은 한 발을 방에 들여놓으면서 한 손으로 아내의 머리채를 감아쥐어서 앞으로 끌어당겼다. 무심코 섰던 순은 문지방에 어깨와 머리를 부딪고 남편의 가슴을 향하고 쓰러졌다.

한갑은 몸을 비키면서 순의 머리채를 홱 끌어당기어 순은 다섯 달 된 배를 안고 토당(툇마루 있을 땅)에 팍 하고 엎드러졌다.

"이 개 같은 년! 이 화냥년!"

하고 한갑의 발은 수없이 엎어진 아내의 등과 어깨와 볼기짝 위에 떨어졌다.

순은 아프단 말도 못 하고 다만 픽픽픽 할 뿐이었다.

"이년 죽어라! 뒈져라!"

하고 한갑은 술기운을 빌려 기고만장하여 호통을 하였다.

밤마다 있는 술주정이라 또 하는구나 하고 누워 있던 한갑 어

머니는 그 어릿한 귀에도 무슨 심상치 아니한 소리가 들리는 듯하여 문을 열치며,

"이게 웬일이냐. 글쎄, 이놈아, 밤마다 술을 먹고 와서는 지랄을 하니. 돈은 어디 나서 이렇게 날마다 술을 처먹는단 말이냐."
하고 어스름한 속에 허연 무엇이 엎어진 것을 보고 한갑 어머니는 깜짝 놀라서 웃통을 벗은 채 고쟁이바람으로 뛰어나오며,

"이게 무어냐."
하고 소리를 질렀다.

*

한갑 어머니는 더듬더듬 순이 엎어져 있는 데까지 걸어오더니 순이 쓰러진 것을 보고 깜짝 놀라며,

"아 이놈아, 글쎄 이게 웬일이냐. 홀몸도 아닌 사람을."
하고 허리를 굽혀 순의 팔을 잡아 일으키려다가 팔에 기운이 없는 것을 보고 더욱 놀라 순의 머리를 만지며,

"아이고, 이 애가 이마에서 피가 흐르는구나. 아가, 아가."
하고 불러도 순은 대답이 없었다.

"그깟 년 내버려 두우. 죽어라, 죽어."

하고 한갑은 발길을 들어 순의 옆구리를 한 번 더 지르고 비틀비틀하며 밖으로 나가 버린다.

"아가, 아가."

하고 한갑 어머니는 순을 안아 일으키려다가 기운이 부쳐서 못하고 방에 들어가 석유 등잔에 불을 켜들고 나온다.

순의 머리 밑에는 피가 뻘겋게 빛났다. 그리고 순의 몸은 느껴 우는 사람 모양으로 들먹거렸다.

"이를 어쩌나?"

하고 한갑 어머니는,

"한갑아, 한갑아!"

하고 소리껏 두어 번 불러 보았으나 대답이 없었다.

"아이고, 이를 어쩌나. 그 망할 녀석이 제 애비 성미를 받아서 그러는구나. 요새에는 웬 술을 그리 처먹고. 아가, 아가, 일어나 방에 들어가 누워라. 내가 기운이 없어서 너를 안아 들일 수가 없구나. 원, 이 일을 어쩌나. 동태나 안 되었나. 아이구 이를 어쩌나. 이 애 치마에도 피가 배었구나. 아이구머니나, 하혈을 하는구나. 아이구, 이를 어쩐단 말이냐. 그 몹쓸 놈이 어디를 어떻게 때렸길래. 아이구, 이거 큰일 났구나. 아가, 아가!"

한갑 어머니는 혼자 쩔쩔매고 갈팡질팡하더니 등잔불을 방 안에 들여다 놓고 옷을 주워 입고 어디로 나가 버린다.

동네에서는 개들이 콩콩 짖었다. 한갑 어머니는 달음질하듯 숭의 집으로 달려갔다. 급한 일에는 숭의 집에밖에 갈 곳이 없는 것이었다.

숭의 집에서는 왁자지껄하는 소리가 들렸다. 한갑 어머니는 잠깐 발을 멈추고 귀를 기울였다. 그 떠드는 소리는 분명히 한갑의 소리였다.

"저놈이 또 저기 가서 지랄을 하는구나."

하고 한갑 어머니는 더욱 걸음을 빨리 걸었다.

한갑은 숭의 집 마당에서 숭의 멱살을 잡고 숭을 때리고 있었다. 숭은 다만 한갑의 발길과 주먹을 막을 수 있는 대로 막을 뿐이요, 마주 때리지는 아니하는 모양이었다.

"이놈, 이놈, 죽일 놈, 이놈, 네가 나를 감옥에 잡아 넣구, 내 계집을 버려 주구. 어 이놈, 나허구 죽자."

이러한 소리를 뇌고 또 뇌며 숭에게 대들었다. 숭이 힘이 세어 한갑의 마음대로 잘 때려지지 아니하는 데 더욱 화를 내서 돌아가지 아니하는 혀로 욕설만 퍼부었다.

"이놈아, 글쎄 이 배은망덕하는 놈아, 아무러기로 네 놈이야 허 변호사에게 이리 할 수가 있단 말이냐."

하고 한갑 어머니는 한갑의 어깨에 매달려 발을 동동 구르며,

"너 가막소에 가 있는 동안에 내가 누구 덕에 살았니. 허 변호

사가 나를 친어미보다도 더 위해 주었는데. 이놈아, 글쎄 어미를 보기로 이게 무슨 일이란 말이냐. 자, 가자."
하고 한갑을 잡아끌며,
 "허 변호사도 잠깐 와 주게. 이 녀석이 며느리를 때려서 하혈이 몹시 되는 모양인데 어떻게 하면 좋은가. 피를 흘리구 쓰러진 것을 혼자 두구 왔는데. 이 술 취한 녀석의 말에 노여워하지 말구 좀 와 주게."
하고 한갑을 끌고 어두움 속에 사라졌다.

*

 한갑은 기운이 지쳤는지 어머니가 끄는 대로 끌려간다.
 "이 애야, 너 그 정근이 녀석한테 무슨 소리를 들었나 보다마는, 그녀석의 말을 어떻게 믿니? 그 녀석 난봉 녀석 아니냐. 허 변호사가 이 동네에 들어온 뒤로 유 산장네 장리 벼가 시세가 없어서 그 집 식구들은 허 변호사를 잡아먹으려 드는데 네가 정근의 말을 믿고 허 변호사와 네 처를 의심하다니 말이 되니? 네 처로 말하면 내가 꼭 한방에 데리고 있었는데 무슨 의심이 있니. 의심이 있으면 내가 먼저 알지, 네나 정근이 안단 말이냐. 또 허 변호사는 그럴 사람이 아니야. 정근이 녀석이 돌아온 뒤로 동네 인심이 변한 모양이더라마는 다들 잘못이지 잘못이야. 허 변호사나 유치원 선생이나 다 제 돈 갖다가 동네 위해 좋은 일 하는데 그 은혜를 몰라보고 이러니저러니 말이 되나. 내가 그렇게 타일러두 도무지 듣지를 아니하고 그 난봉 녀석의 말을 믿구서, 글쎄 이게 무슨 일이냐. 네 처가 저렇게 하혈을 하니 뱃속의 아이가 성할 수가 있나. 아이구, 이년의 팔자야. 죽기 전에 손주 새끼라두 한 번 안아 볼까 했더니 이게 다 무슨 죈구? 왜 죽지를 않구 살아서 이 꼴을 보는지. 너 아버지가 젊어서 술을 먹구 사람을 때려서 그 사람이 그 빌미로 죽은 일이 있느니라. 너 아버지가 마음이 착하지마는 울뚝하는 성미가 있구 술이 취하면 앞뒤를 가리지 못하는 성미가 있더니 너두 그 성미를 닮았구나. 그래두 너 아부지는 친구를 그렇게 죽인 뒤로는 도무지 술을 입에두 아니 대구 말두 아니하구 그러셨단다."

이렇게 집까지 가는 동안에 한갑 어머니는 아들을 향하여 여러 가지 말을 하였다. 그러는 동안에도,

"아이구 저거, 어린애가 떨어졌으면 어떻게 해?"

하고 혼자 한탄을 하였다. 한갑 어머니에게 인제 남은 소원은 '손주 새끼'를 안아 보는 것이었다. 한갑 어머니 눈앞에는 꼬물꼬물하는 손주가 보이던 것이었다. 그에게는 며느리가 죽는 것

보다는 손주가 떨어지는 것이 더 중한 일이었다.

집에 돌아오니 순은 아직도 그대로 엎어져 있었다.

한갑은 어머니의 말에는 대답도 아니하고 비틀거리고 따라왔다.

한갑은 머리가 아프고 몸이 노곤한 것을 깨달았다. 그리고 정신을 아무리 분명히 차리려 하여도 마치 깨어진 질그릇 조각을 모아서 제대로 만들려는 것 모양으로 모여지지를 아니하였다. 그의 고개는 꼬빡꼬빡 앞으로 수그려만 지고 눈은 감겼다. 다리가 이리 놓이고 저리 놓이고 하였다. 읍내 갈보집에서 정근에게 실컷 술을 얻어먹고 또 잠깐 자기까지 하고 나온 것이었다. 숭이 죽일 놈이라는 것, 숭이 전에는 물론이거니와 지금도 때때로 숭과 순이 밀회한다는 것, 순의 뱃속에 있는 아이가 누구의 아인 줄 아느냐 하는 것 등의 선전을 받고 이십 리나 넘는 길을 달음박질로 온 그였다. 단순한 생각을 가진 한갑은 정근의 그럴듯한 선전에 그만 더 참을 수가 없이 되어 감옥에서 아내 죽인 죄수에게 듣던 이야기 그대로 실행을 해 본 것이었다.

그러나 술이 주던 기운이 없어지매 한갑은 그만 푹 누그러졌다. 그는 무슨 큰일을 저지른 듯도 싶고 또 당연히 할 일을 다 못한 듯도 싶었다. 가끔 고개를 번쩍 들고 무엇이라고 중얼대나 곧 정신을 잃어버리고 말았다. 어머니가 하는 말도 어떤 말은

귀에 들어오고 어떤 말은 귀에 들어오지 아니하였다.

한갑은 토당에 쓰러진 아내를 물끄러미 들여다보고 고개를 번쩍 들며,

"이년 죽어라, 이 개 같은 년 같으니."

하고 한 번 뽐내고는 어머니한테 끌려서 방으로 들어갔다.

*

숭은 선희를 데리고 응급치료 제구를 들고 한갑의 집으로 왔다. 숭은 한갑의 신이 문밖에 놓인 것을 보았다. 선희는 무엇을 무서워하는 사람 모양으로 눈을 이리저리 굴렸다.

숭은 전후를 돌아볼 새가 없었다. 순의 곁에 쭈그리고 앉아서 순의 팔목을 들어 맥을 보았다. 처음에는 맥이 끊어진 것 같았으나 서투른 사람이 하는 모양으로 이리저리 옮겨 쥐어 보아 희미하게나마 맥이 뛰는 것을 알았다.

선희는 숭의 눈만 바라보고 있다가 숭이 고개를 끄덕거리는 것을 보아서 맥이 있다는 것을 알았다.

"우선 방으로 들여 뉘어야겠습니다."

하고 숭은 순의 피 흐르는 이마를 만지며 어머니에게 말하였다.

어머니는 덜덜 떨며 숭과 선희를 번갈아 바라보다가 숭의 말에 비로소 맘을 놓은 듯이,

"그럼 아랫간에 들여 뉘이지."

하고 자기 방으로 들어가 자기가 깔았던 요를 바로잡아 깔고 베개를 바로 놓고,

"자, 이리루 들어오지. 원 괜찮을까."

하고 문에서 내다보고 있다. 그 주름 잡힌 검은 얼굴, 그 쥐어뜯다가 남겨 놓은 듯한 희뜩희뜩한 머리카락, 그 피곤한 듯한 찌그러진 눈. 불빛에 비치인 한갑 어머니의 모양은 산사람과 같지는 아니하였다. 일생에 근심과 가난과 잠시도 떠나 보지 못하고 부대낀 그에게는 절망하거나 슬퍼할 기운도 없는 것 같았다. 그처럼 무표정이었다.

숭은 한 팔을 순의 목 밑에 넣고 한 팔을 무릎마디 밑에 넣어서 순을 가만히 안아 쳐들었다. 그렇게도 제 품에 안기고 싶어하던 가여운 순을 이렇게 불행하게 된 때에 안아 주는 것이 슬펐다.

방문을 들어가 누이려 할 때에 순은 가만히 눈을 떴다. 저를 안은 것이 숭인 것을 보고 잠깐 놀라는 표정을 하였다. 그러고는 다시 눈을 감았다.

자리에 누이고 나서 일어설 때에는 숭의 팔과 가슴에는 순의

피가 빨갛게 묻었다.

"저는 시집가기를 원치 않습니다. 그냥 선생님 댁에 있게 해 주셔요."

하고 지난 가을, 숭이 순더러 한갑이와 혼인하기를 권할 때에 참으로 하기 어려운 듯이 말하던 것을 숭은 기억한다. 그러나 숭이 제삼 권하는 말에는,

"그러면 무엇이나 선생님 하라시는 대로 하겠습니다. 다 저를 위하여서 하시는 말씀이니깐."

하고 낯색이 변하고 울먹울먹하던 것을 숭은 기억한다.

순은 한갑에게 시집가고 싶어 간 것은 아니었다. 숭이 한갑과 혼인하라니까 한 것이었다. 순의 생각에 자기의 숭에게 대한 사랑은 영원히 달할 수 없는 공상이었다. 그리고 제 처지에 일생을 혼자 살아간다는 것도 가망이 없는 일이었다. 그래서 숭에게 대한 끊을 수 없는 애모의 정을 안은 채 한갑에게로 시집을 간 것이었다. 숭도 이것을 모름이 아니었다.

이마가 터져서 피가 흐르고 머리채가 끄들려서 흐트러지고 하체가 피투성이가 되어서 누워 있는 순을 바라볼 때에 숭은 가슴이 아프고 눈물이 복받쳐 오름을 깨달았다.

"아아 불쌍한, 가여운 계집애."

하는 한탄이 아니 나올 수가 없었다.

숭과 선희는 의사와 간호부 모양으로 이마 터진 데를 씻고 싸매고, 그리고는 선희에게 맡기고 숭은 밖으로 나왔다.

하늘에는 별이 총총하였다. 초저녁에 떠돌던 구름도 스러지고 말았다. 끝없이 넓은 곳, 끝없이 오랜 덧에, 나고 괴로워하고 죽고 하는 인생이 심히 가엾었다. 숭은 망연하게 하늘을 바라보며 한숨을 쉬었다.

*

선희가 순의 출혈을 막는 일을 제 힘껏 지식껏 다하고 밖으로 나와서 숭을 찾았다.

"의사를 불러야겠어요."

하고 선희는 하늘을 바라보고 섰는 숭의 곁에 와 서며 이마의 땀을 씻었다.

"피가 많이 나요?"

하고 숭은 꿈에서 깬 듯이 물었다.

"대단해요."

하고 선희는 한숨을 지었다.

"내가 가서 의사를 데려오지요. 그럼 여기 계셔요. 계셔서 보아 주서요. 불쌍한 사람입니다."

하고 숭은 읍을 향하고 걷기를 시작하였다.

선희는 숭의 모양이 어두움 속에 스러지는 것을 보고 또 한 번 한숨을 쉬고 숭이 바라보던 하늘을 바라보았다. 별들이 영원한 찬 빛을 반짝이고 있었다.

선희는 책에서 본 대로 순에게 소금을 먹이며 간호하고 있었다. 옆방에서는 한갑이 드렁드렁 코를 골고 있었다. 가끔 알아듣지도 못할 소리를 중얼대고 있었다. 한갑 어머니는 정신없이 한편 구석에 쭈그리고 앉아 있었다.

"아이그, 이를 어쩌나?"

"좀 어떠냐."

이러한 말을 할 기운도 없는 것 같았다. 마치 아무러한 생각도 없이 쉴 새 없는 근심과 슬픔에 신경이 모두 무디어진 것 같다고 선희는 생각하였다.

"어머니."

하고 순이 눈을 뜨고 불렀다.

"왜?"

하고 한갑 어머니는 무릎으로 걸어서 며느리 곁으로 왔다.

"어머니, 저는 아무 죄도 없습니다."

하고 순은 눈물을 흘렸다.

"그럼, 네가 무슨 죄가 있니. 그 녀석이 죽일 놈이 되어서 정근이 놈의 말을 듣고 그러지."

하고 한갑 어머니는 힘 있게 대답하였다.

"어머니만 그렇게 알아주시면 저는 죽어도 한이 없어요."

하고 순은 느껴 울었다. 순은 인제야 의식을 완전히 회복하여 전후사를 헤아린 모양이었다.

"죽기는 왜? 네가 죽으면 이 에미는 어떡하게. 안 죽는다, 응."

하고 한갑 어머니는 있는 웅변을 다하여 죽어 가는 며느리를 위로하는 셈이었다. 순은 다시 말이 없었다. 얼굴에 흘러내리는 눈물만이 희미한 불빛에 번쩍거렸다.

선희는 순이 다 말하지 못하는 한없는 생각과 슬픔이 알아지는 것 같았다. 그래서 가슴이 아팠다.

"허 선생님!"

하고 얼마 있다가 순은 다시 눈을 뜨고 불렀다.

"허 선생 읍내에 가셨수."

하고 선희는 순의 얼굴에 입을 가까이 대고 앓는 동생에게 대답하는 모양으로 대답하였다.

"왜?"

하고 순은 다시 물었다.

"의사 부르러."

하고 선희는 손바닥으로 순의 눈물을 씻었다.

"이 밤중에?"

"……."

"난 살구 싶지 않어요."

하고 순은 새로운 눈물을 흘렸다.

"왜 그런 소릴 허우?"

하고 선희는 순의 손을 잡았다.

"나 죽기 전에 허 선생님이 돌아오실까."

하고 또 한 번 순의 눈에서 새 눈물이 흘렀다.

"곧 오실걸. 오실 때에는 자동차로 오실걸."

하며 선희는 순의 맥을 만져 보았다. 맥은 알아볼 수 없으리만큼 약하고 입술은 점점 희어졌다.

*

순은 다시 눈을 뜨며,

"선생님."

하고 선희를 부른다.

"왜 그러우. 맘을 편안히 가지지, 그렇게 여러 생각은 하지 마시오."

하고 선희는 순의 어깨를 만진다.

"자꾸 정신이 희미해 가요. 이 정신이 남아 있는 동안에 할 말을 다 해 두고 싶은데. 자꾸 정신이 흐릿하게 가는걸."

하고 순은 말을 계속하기가 힘이 들어 한다.

"왜 그런 말을 하우? 피가 좀 빠지면 빈혈이 되어서 그렇지만 출혈만 그치면 곧 회복된다우. 피란 얼른 생기는 것이거든. 아무 염려 말어요."

"내가 이 아이를 낳지 아니하면 무엇으로 이 누명을 벗어요? 아이를 꼭 낳아야만 누명을 벗겠는데. 죽더라도 아이를 낳아 놓고 죽어야겠는데. 뱃속에 어린애는 벌써 죽었을걸, 선생님. 이 누명을 어떻게 씻습니까. 내 누명도 누명이지마는 친부모보다도 오빠보다도 더 은혜가 많으신 선생님의 - 허 선생님의 명예를 어떻게 합니까. 아무 죄도 없이."

"나, 물!"

하고 옆방에서 한갑의 소리가 들린다.

"나 물 주어. 어디 갔어?"

하고 소리를 지른다. 한갑은 한 시간쯤 자고 나서 옆에 아내가 누운 줄만 알고 있는 모양이다.

"이놈아, 정신이 들었느냐."

하고 한갑 어머니는 다 찌그러진 장지를 열어젖히며,

"이놈아, 글쎄 아무리 술을 처먹었기로 이게 무슨 짓이냐. 눈깔이 있거든 이 모양을 좀 보아라. 좀 보아!"

하고 아들의 다리를 쥐어뜯는다.

"왜? 왜? 왜?"

하고 한갑은 잘 떠지지 않는 눈을 억지로 뜨며 벌떡 일어앉아 아랫목을 내려다본다. 이마를 싸매고 드러누운 아내의 모양을 보고는 한갑은 희미하게 남은 기억을 주워 모아 보았다.

문을 열어 주는 아내의 머리채를 끌어 힘껏 둘러메치던 생각이 나고, 읍내에서 정근이 순이와 숭이의 관계를 차마 들을 수 없는 말로 말하던 것이 생각나고, 순이를 죽이고 숭이를 죽인다고 이십 리 길을 허둥지둥 나오던 일이 생각난다. 그리고 숭의 집으로 뛰어올라갔던 일도 생각나나 자세한 생각은 나지 아니하고, 읍내에서 정근에게 끌려 어떤 통통한 창기와 희롱하던 생각이 났다.

그러나 모든 것이 안개 속에 있었다. 천지가 모두 뿌옇다. 아무리 눈을 크게 뜨려 하여도 도무지 분명히 보이지 아니하는 모양으로 도무지 분명히 생각하려 하여도 도무지 분명히 생각해지지 아니하였다.

"어떻게 됐소?"

하고 한갑은 얼빠진 사람 모양으로 묻는다.

"어떻게 된 게 무어냐. 저거 보아라. 저렇게 모두 이마가 터지구 하혈이 되구. 아이가 떨어지면 어떻게 한단 말이냐. 이 망할 자식아."

하고 한갑 어머니는 울며 아들의 어깨를 때린다. 그리고도 아들이 물 달라던 말을 생각하고 부엌으로 내려가서 사발에 물 한 그릇을 떠 가지고 온다.

한갑은 벌꺽벌꺽 그 물을 다 들이켜고 도로 자리에 쓰러지더니 다시 일어나 앉으며,

"그깟 놈의 아이 떨어지면 대수요? 죽어라 죽어."

하고 한 번 뽐내고는 또 쓰러진다.

한갑의 머리에는 희미하게 질투가 북받쳐 오른 것도 있거니와 취한 생각에 제가 한 행동을 옳게 생각해 보자는, 또 남아의 위신을 보전하자는 허영심이 솟아난 것이었다.

*

한갑의 술 취한 꼴, 말하는 모양을 보고 순은 남편에게 대하여 누를 수 없는 반감을 느꼈다. 순이 한갑에게 시집을 온 것은

사랑이 있어서 한 일이 아니었다. 순은 숭에게 대한 사랑은 첫사랑인 동시에 마지막 사랑으로 일생을 안고 가려고 결심하였다. 순은 두 번 사랑한다는 것을 믿지 아니하였다. 그의 속에 흐르는 조선의 피는 한 여자의 두 사랑을 굳세게 부인하였다. 그는 자기가 타고난 사랑을 숭에게 다 바쳐 버리고 말았다. 그리고 순이 한갑에게 시집을 온 것은 숭을 위함이었다. 오직 그것뿐이었다. 그러나 순이 제 사랑을 희생하는 것으로 숭을 불명예에서 구원해 내지 못한 것을 생각할 때에 오직 후회가 날 뿐이었다. 그러나 순은 한마디도 남편에게 대한 불평을 입 밖에 내려고는 아니하였다. 끝까지 숭에게 대한 자기의 희생을 완성하려고 굳게굳게 결심하였다.

한갑은 또 코를 골았다. 그는 알코올의 힘과 피곤을 이기지 못하는 것이었다.

닭이 울고 동편이 훤하였다. 숭이 의사를 데리고 왔을 적에는 순은 혼수상태에 빠졌다. 배가 아프다고 가끔 깨어나서 고통을 하였으나 마침내는 정신을 차리지 못하였다.

의사는 태아가 벌써 죽었다는 것을 선언하고 출혈이 과하여서 태모의 생명도 위험하다 하여 고개를 흔들었다.

의사가 와서 진찰을 할 때에야 한갑이 정신이 들어서 일어났다. 머리는 도끼로 패는 듯이 아팠고 눈은 바늘로 찌르는 것 같왔다. 그러나 그것도 눈앞에 놓인 아내의 반쯤 죽은 참혹한 모양을 볼 때 받는 마음의 아픔에 비겨서는 아무것도 아니었다.

"수술을 할 수밖에 없으나 수술을 한대도 태모의 생명을 꼭 건지리라고 단언하기는 어렵습니다. 한 번 해 보는 게지요."

하고 의사는 마음에 없는 빛을 보였다.

"어린애를 살릴 수는 없습니까?"

하고 한갑 어머니는 의사가 일본말 섞어서 하는 말을 잘 알아듣지 못하고 몸을 벌벌 떨며 의사에게 물었다. 의사는 힐끗 한갑 어머니를 보기만 하고 대답이 없었다.

"어떻게 할까."

하고 숭은 한갑에게 물었다.

"아무렇게든지 사람을 살려야지."

하고 한갑은 씨근씨근하며 힘없이 대답하였다.

"그러면 수술을 해도 좋은가. 태아는 벌써 죽었다니까."

하고 숭은 엄숙한 눈으로 한갑을 노려보았다. 한갑은 고개를 숙여 숭의 눈을 피하면서,

"어떻게 해서든지 사람을 살려야지."

하고 길게 한숨을 쉬었다.

"타태 수술은 부모나 호주 승낙이 없으면 안 하는 것이니까."

하고 의사는 한갑을 돌아보았다.

"어떻게 해서든지 사람만 살려 주세요."

하고 한갑은 애원하는 어조로 말하였다. 그의 눈에는 눈물이 있었다.

"그럼 승낙하시오?"

하고 의사는 수술비는 허숭이 담당할 것을 잘 알기 때문에 안심하고 재우쳐 물었다.

"그럼 살려야지요. 사람이 살아야지요."

하고 한갑은,

"수술을 하면 꼭 살아요?"

하고 의사를 쳐다보았다.

"어린애를 살려 주시우."

하고 한갑 어머니가 두 손바닥을 마주 대고 빌었다.

"어린애는 벌써 죽었어요. 태모의 생명도 꼭 살아나리라고 장담할 수는 없어요. 피가 많이 쏟아져서 심장이 대단히 약해졌으니까. 원, 이 심장이 배겨날까."

하고 의사는 아무쪼록 옷이 더러운 방바닥에 닿지 아니하게 하려는 자세로 환자의 두 팔목을 잡는다.

"이거 원 맥이 약해서."
하고 의사는 간호부를 시켜 주사 준비를 시킨다.

순의 흰 팔을 걷어 올리고 의사는 무색투명한 약으로 주사를 놓았다. 그리고 팔목을 붙들고 맥이 살아 나오기를 기다리고 눈을 벌리고 회중전등으로 비추어 보기도 하였다.

한갑만을 입회시키기로 하고 숭은 선희와 한갑 어머니를 데리고 밖으로 나왔다. 한갑 어머니는 들어가 본다고 몇 번이나 숭의 팔을 뿌리쳤으나 숭은,

"안 가 보시는 것이 좋습니다."
하고 굳이 말렸다.

"아이고, 이 늙은 년이 죽더라도 손주 새끼만 살려 주우. 그게 죽으면 내가 어떻게 사나, 우우."
하고 한갑 어머니의 감정은 마치 얼어붙었던 것이 녹아 터지는 모양으로 소리를 치며 흐르기 시작하였다.

"영감……."
하고 의사가 문을 열고 방에서 나오며 숭을 부른다.

"네? 어찌 되었어요?"
하고 숭은 깜짝 놀라서 물었다.

의사는 숭의 곁으로 가까이 와 서며 일본말로,

"도저히 지금 수술을 할 수는 없습니다. 워낙 피를 많이 잃어서 심장이 약해졌으니까 수술을 하더라도 수혈을 하거나 하기 전에는 안 되겠고, 수혈을 한다 하더라도 여기는 기구가 없고, 또 도저히 혼자서는 할 수가 없으니까."

하고 담배를 꺼내 피운다.

"그럼, 어찌하면 좋아요?"

하고 숭은 초조하였다.

"글쎄요, 원 출혈하는 환자를 읍으로 데리고 가기도 어렵고, 고마리 마시다나(걱정입니다.)."

"그러면 도와드릴 의사를 한 분 더 청할까요. 내가 곧 갔다가 오지요."

"헌데, 대단히 중태란 말씀이야요. 수술을 한대도 원 자신이 없습니다그려."

"그야 힘껏 해 보셔서 안 되는 게야 어찌합니까. 그저 할 수 있는 일은 다 해 보아야지요."

의사는 제가 눈에 들었던 순이, 제 첩으로 달래다가 망신만 당하는 원인이 되었던 순이 이 지경을 당하여 제 손에 생명을 맡기게 된 것이 마음에 고소하기도 하고, 그렇다고 꼭 살려 낼 자신이 없는 제 솜씨가 미약한 것이 부끄럽기도 하였다.

마침내 의사가 한갑이를 데리고 읍내로 들어가 수술 제구와 다른 의사를 데리고 오기로 하고 숭과 선희가 그동안에 환자 곁에 있어서 삼십 분에 한 번씩 강심제 주사를 하며 경계하기로 하였다. 의사가 젊은 의사를 데리고 수술 제구를 가지고 돌아온 것은 세 시간쯤 뒤였다. 그는 급한 환자들을 대강 보고 작년에 의전을 졸업하고 새로 개업한 의사를 데리고 왔다.

첫째로 할 일은 수혈이었다. 혈형을 검사한 결과 순의 피에 맞는 것은 숭의 피뿐이었다.

"내 피를 넣어도 좋은가."

하고 숭은 한갑에게 물었다.

"면목 없네. 어찌해서든지 살려만 주게. 자네 은혜는 백골난망일세."

하고 한갑은 숭을 바라보았다. 숭은 한갑의 말에는 대답을 아니하고 의사가 명하는 대로 누워서 왼편 팔의 피를 뽑혔다.

순은 수혈받을 팔을 소독할 때에 눈을 떴다. 낯선 사람들이 많이 둘러선 것을 보고 눈을 크게 떴다. 선희는,

"피를 넣수. 허 선생님 피를 빼어서 넣수. 이 피를 넣으면 나을 테니 안심하우."

하고 어깨를 누르고 있었다. 순은 눈을 굴려서 숭을 찾았다. 그리고는 다시 눈을 감았다.

*

 서투른 의사는 젊은 여자의 정맥을 찾아내기에도 여간 고생이 아니었다. 마침내 절개를 하고야 정맥을 찾아서 침을 꽂을 수가 있었다. 숭의 피는 그 구멍으로 순의 혈관에 들어갔다. 사람들은 피가 흘러들어가는 것을 숨도 아니 쉬고 보고 있었다. 수혈이 다 끝나는 동안에는 벌써 숭의 피는 순의 심장을 거쳐서 몇십 번이나 순의 전신을 돌았을 것이다.

 수혈이 끝난 지 십 분이나 지나서 순의 두 뺨에는 불그레한 빛이 돌았다. 그리고 팔목을 잡고 앉았는 선희의 손가락에는 맥이 차차 힘 있게 뛰는 것이 눈에 분명히 감각되었다.

 "맥이 살아납니다."

하고 선희가 물러앉을 때에 의사는 선희의 몸에 손을 스치며 쭈그리고 앉아서 순의 맥을 본다.

 "상당히 긴장이 있군."

하고 일본말로 중얼거리고,

 "시작할까."

하고 젊은 의사를 돌아본다. 젊은 의사는 대답이 없다.

 "고맛타나(곤란한데.)."

하고 맥을 보던 의사가 일어나며 눈을 감고 무엇을 생각한다.

아무리 하여도 해 본 경험 없는 부인과 수술을 할 생각이 나지 아니하는 것이었다.

"손 군 해 보려나?"

하고 젊은 의사를 보고 물었다.

'손 군'이라는 의사는 학교에 다닐 때에 부인과 수술을 견습하던 것이 기억되나, 실습기에는 내과와 외과를 보았을 뿐이요, 산부인과는 구경도 못 하였던 것을 후회하였다. 한 번 해 보고 싶은 마음도 없지 아니하나 하겠다고 할 용기가 잘 나지 아니하였다.

"선생께서 하시지요. 저는 도와드리지요."

하고 젊은 의사는 선배에게 사양하였다.

숭은 이 두 의사가 도무지 신임이 되지 아니하였다. 자신 없는 수술을 해 달라고 할 생각이 없었다.

선배 되는 의사는 환자의 배를 한 번 만져 보았다. 그리고 태아의 위치를 결정하는 모양으로 이리저리 쓸어 보았다. 그러나 별로 무엇을 아는 것 같지 아니하였다.

의사는 또 마치 태아의 신음을 들으려는 것같이 귀를 환자의 배에 댔다. 이 귀를 대보고 저 귀를 대보았다. 선희가 보기에도 지금은 의사가 이런 일을 할 때가 아닌 것 같았다.

"시큐 하레츠카나(애기집이 터졌나)?"

이런 소리도 중얼거려 보았다.

"이렇게 출혈이 되다가도 감쪽같이 낫는 수도 있건마는."

하고 태아는 벌써 죽었다던 자기의 진단을 스스로 부정하면서 또 한 번 귀를 환자의 배에 대보았다. 그리고는 뱃속의 모양을 만져 보아서 알려는 것같이 두루 만졌다.

그리고는 환자의 배를 덮고 환자의 눈을 회중전등으로 한 번 비추어 보고, 환자의 두 팔목을 잡고 맥을 보고, 그리고는 환자의 손톱과 발톱을 보고 환자의 다리를 쓸어 보고, 그리고는 니쿨 각에 넣은 알코올 면으로 손을 씻고, 그리고는 뒤로 물러앉아서,

"도모 먀쿠가 아야시이네(암만해도 맥이 염련걸.)."

하고 또 눈을 감는다.

순은 무슨 말을 하고 싶은 듯이 입을 우물우물하였다.

선희는 얼른 미음을 숟가락에 떠서 순의 입에 넣었다. 그러나 순은 벌써 삼키는 힘을 잃어버린 것 같았다.

순의 이마와 가슴에는 구슬땀이 흘렀다. 선희는 수건으로 고이고이 그것을 씻었으나 씻은 뒤로 또 솟았다.

젊은 의사는 혼자 무엇을 알아본 듯이 고개를 좌우로 흔들었다. 순의 몸은 한 번 경련이 되더니 눈을 번쩍 떴다.

"여보, 이봐."

하고 선희는 즉각적으로 무슨 무서운 연상을 가지고 순을 흔들며 불렀다.

*

"수술할 수가 없을 것 같습니다."
하고 맥을 만져 보고 난 의사는 선언하였다.
"고칠 수 없어요?"
하고 한갑 어머니는 소리를 내서 울었다.
"수혈을 한 번 더하면 어떨까요?"
하고 숭이 물었다.
"그렇게 하루에 두 번 할 수는 없습니다. 원체 쇠약하였으니까, 암만해도 자신이 없습니다."
하고 간호부를 시켜 내놓았던 기구를 주워 넣게 하였다.
"여보, 여보!"
하고 지금까지 말없이 섰던 한갑은 아내의 곁에 앉으며 아내를 흔들었다. 대답이 없었다.
"여보, 여보, 말 한마디만 하오!"
하고 어깨를 잡아 흔들었다.

"내가 당신을 죽였구려. 내가 두 목숨을 죽였구려. 여보! 한 번만 눈을 떠서 내 말을 들어요!"
하고 옆에서 말리는 것도 듣지 아니하고 손을 잡아 흔드니 순은 눈도 뜨지 아니하고 대답도 없었다.

"여보, 순이!"
하고 선희도 순의 이마에 돋은 땀을 씻으며 불렀다.

순은 눈을 뜨려고 애쓰는 듯이 반쯤 눈을 떴다. 그리고 하고 싶은 말이 있는 것처럼 입술을 움직였다. 숭은 한갑의 등 뒤에 서서 순을 내려다보고 쏟아지려는 눈물을 억지로 빨아들였다. 마음 같아서는 임종에 한 번 안아 주고라도 싶었다. 그러나 절대로 그럴 수가 없는 것이다. 순이 세상을 떠나기 전에 한마디 하고 싶은 말이 있는 것 같았다. 그러나 그것도 절대로 할 수 없는 일이었다.

'순을 죽이는 것이 내가 아닌가.'
하는 생각이 숭의 가슴을 찔렀다.

'그렇다, 내다. 그렇게 나를 따르는 순을 내가 아내를 삼았더면 이러한 비극은 없었을 것이 아닌가. 왜 나는 순을 버리고 정선과 혼인을 하였던가. 순에게 대한 사랑과 의리만 지켰다면 정선의 다리가 끊어지는 비극도 아니 일어났을 것이 아니었던가. 이 모든 비극은 다 나 때문이 아닌가.'

하고 생각할 때에 숭은 모골이 송연함을 깨달았다.

의사는 최후로 강심제 하나를 주사하고 슬몃슬몃 가 버리고 말았다. 밖에서 간호부를 시켜 '一金伍拾圓也(일금 오십 원야)'의 청구서를 숭에게 들여보내고 가 버렸다.

그 청구서를 받고 숭은 명상에서 깨어났다.

"여보, 여보!"

하고 한갑은 울며 아내를 흔들었다.

"아이구, 이를 어찌하나."

하고 한갑 어머니는 못 만난 손자를 생각하고 울었다.

선희는 순의 입에다가 물을 떠 넣었다. 그러나 물도 그저 흘러나오고 말았다.

강심제 주사의 힘인지 순은 눈을 떴다. 그러나 눈알이 돌지는 아니하였다. 한갑은 순의 눈에 저를 비치려고 순의 눈앞에 제 눈을 가져다 대고,

"내요, 내야. 알어? 내야."

하고 소리를 질렀다. 순의 얼굴은 빙그레 웃는 모양으로 움직였다. 그러나 그것이 웃는 것인지 경련인지는 알 수 없었다.

한갑 어머니, 선희, 그리고 숭, 이 모양으로 차례차례 순의 눈앞에 가까이 얼굴을 댔다. 순은 또 웃는 것 모양으로 얼굴의 근육을 움직이고 그리고 나서는 스르르 눈을 감았다.

목에 가래 끓는 소리가 그르렁그르렁하였다. 순의 감았던 눈은 다시 반쯤 떴다.

사람들은 순의 숨이 들어갈 때에는 또 나오기를 고대하였다. 그동안이 퍽 오랜 것 같았다.

언젠지 모르게 순의 숨은 들어가고 다시 나오지 아니하였다.

순의 반쯤 뜬 눈은 멀리 허공을 바라보고 있었다.

*

"여보, 여보!"

하고 한갑은 미친 듯이 순을 흔들었다. 그러나 순의 무표정한 얼굴은 근육도 씰룩거리지 아니하였다.

사람들은 얼마 동안 말이 없었다. 한갑은 한없이 울었다. 숭은 한갑의 팔을 붙들며,

"여보게, 부인은 돌아가셨네. 자네가 부인을 오해한 죄를 부인의 낯을 가리기 전에 한 번 말하게. 자네 부인은 한 점 티도 없는 이일세. 사람이 죽어서 혼이 있다고 하면 아직도 부인의 혼은 자네 곁에 있어서 자네가 잘못 알았다, 용서한다는 한마디를 기다리고 있을 것일세."

하였다.

"숭이, 면목 없네. 내 아버지가 사람을 죽였다더니 나도 사람을 죽였네. 내 아버지는 남이나 죽였지마는 나는 제 아내와 자식을 죽였네그려. 내가 무슨 면목으로 세상에 살아 있겠나. 내가 무슨 면목으로 아내의 혼을 대하여 용서하네 마네 하는 말을 하겠나. 곰곰 생각하니 자네에게 지은 죄도 한이 없네. 이 어리석은 놈이 그 죽일 놈의 말을 믿고……. 아흐."

하고 머리를 흔들며 주먹을 불끈 쥐고 몸을 푸르르 떤다. 한갑에게는 열정이 있는 동시에 순한 듯한 그 성격 중에는 어느 한 구석에 야수성이 있었다. 그의 빛이 검고 피부가 거칠고 눈이 약간 하삼백인 것이 그의 무서운 성격을 보였다.

한갑은 몇 번이나 주먹을 쥐고 몸을 떨더니 죽은 아내의 가슴에 제 낯을 대고,

"내가 잘못했소. 죽을 죄로 잘못했소. 나를 용서해 달라고는 아니하오. 용서 못 할 놈을 어떻게 용서하겠소? 당신의 가슴에 아픈 원한이 맺혔거든 그것을 풀어 주시오. 그리고 기쁘게 천국으로 가시오."

하고 소리를 내서 울었다.

선희도 울고 숭도 울었다. 한갑 어머니는 정신 잃은 사람 모양으로 가만히 있었다. 그의 희미한 눈앞에는 꼬물꼬물하던 손

자의 모양이 눈에 띄었다.

동네에는 한갑이 순이를 발길로 차서 죽였다는 소문이 퍼졌다. 이 소문이 퍼지자 유 씨네 청년들은 분개하여 가만둘 수 없다는 의논이 높았다. 초혼 부른 적삼이 아직 한갑의 집 지붕에 남아 있을 때에 유 씨 집 청년 사오 명이 모두 울분한 빛을 띠고 한갑의 집으로 몰려왔다.

"한갑이!"
하고 그중에 갑 청년이 앞장을 서서 불렀다.

한갑이 나왔다.

"우리 누이가 죽었다지?"
하고 갑 청년은 한갑을 노려보았다.

한갑은 말없이 고개를 끄덕끄덕하였다.

"말짱하던 사람이 어째 죽었나?"
하고 갑 청년은 재우쳐 힐문하였다.

"헐 말 없네."
하고 한갑은 고개를 숙였다.

"헐 말 없어?"
하고 을 청년이 갑 청년의 등 뒤에서 뛰어나왔다.

"내가 발길로 차 죽였으니 헐 말이 없지 아니한가."
하고 한갑은 고개를 번쩍 들었다. 한갑의 얼굴에는 결심과 비창의 빛이 보였다.

"이놈아, 사람을 죽이고 너는 살 줄 아니?"

하고 병 청년이 대들며 한갑의 뺨을 갈겼다.

한갑은 때리는 대로 맞고 있었다.

"이 자식, 기 애가 누군 줄 아니? 유가네 딸이다. 애초에 너 같은 상놈한테 시집갈 아이가 아니야. 숭이 놈 때문에 네 같은 놈한테 시집간 것만 해도 분하거든. 옳지, 이놈 발길로 차 죽여?"

하고 정 청년이 대들어서 한갑의 머리와 뺨을 함부로 때렸다.

그래도 한갑은 잠잠하였다.

*

"가만있어!"

하고 갑 청년이 다른 청년들을 막으며,

"그래, 무슨 죄가 있어서 내 누이를 죽였나. 만일 내 누이가 죽을 죄가 있다면 말이지, 우리가 도리어 면목이 없겠지마는, 그래, 내 누이가 음행을 했단 말인가, 불효를 했단 말인가. 어디 말 좀 해 보아!"

하고 힐책하였다.

"자네 누이는 아무 죄도 없네. 모두 내가 잘못 생각한 것일세. 내가 미친놈이 되어서 남의 말을 듣고 죽을죄를 지었네. 그러니까 자네네들이 나를 때리든지, 경찰서로 끌어가든지 맘대로 하게. 다 달게 받겠네마는 내가 자네 누이를 위해서 원수를 갚을 일이 있으니 하루만 참아 주게."

하고 입으로 흘러들어오는 코피를 퉤퉤 뱉어 버렸다.

유 씨네 청년들은 한갑의 태연한 태도에 기운이 꺾였다.

그러할 즈음에 다른 한패의 청년들이 모여 왔다. 그들도 다 유 씨네 청년들이었다.

"그래, 이놈을 가만두어?"

하고 새로 온 청년들 중에 한 사람이 한갑이 앞으로 대들었다.

"이놈아, 사람을 죽이고 성할 줄 알아?"

하고 그 청년은 한갑의 멱살을 잡아당겼다.

"그놈을 때려라!"

하는 소리가 났다.

한갑의 멱살을 잡은 청년은 한갑의 따귀를 두어 번 갈기니 한갑은 참지 못하여 그 청년의 덜미를 짚고 발길로 옆구리를 냅다질러 마당에 거꾸러뜨렸다.

"이놈들 뎀비어라! 이 개 같은 놈들 같으니. 그래, 순이 집이 없고 먹을 것이 없기로 너희 놈들이 아랑곳했니? 이 도야지 새끼 같은 놈들 같으니. 내 어머니가 먹을 것이 없기로 한 놈이나 아랑곳했니? 이 죽일 놈들 같으니. 이놈들, 너희 입으로 네 누이니, 아주머니니 하는 순이 허숭이허구 어쩌구어쩌구 했지. 이놈들아, 너희들의 그 주둥이루 안 그랬어? 그리구 이제 와서 무슨 소리야. 이 똥을 먹일 놈들 같으니."

하고 입에 피거품을 물었다.

"이놈 봐라. 때려라!"

하고 유가네 청년들이 고함을 지르고 한갑에게로 들이덤볐다.

한갑은 혼자서 이리 치고 저리 차고 오륙 명이나 때려뉘었다. 그러나 어젯밤 술에 곯고 낮이 기울도록 밥도 아니 먹은 한갑은 기운이 진하였다. 한갑은 땅에 엎드려서 모둠매를 맞았다.

한갑 어머니가 나와서 울고 소리를 질러,

"사람 살리오! 사람 살리오!"

하고 외쳤으나 구경꾼만 모여들 뿐이었다.

이때에 집에 다니러 갔던 숭이 한갑의 집을 향하고 왔다. 숭은 등성이에서 멀리 바라보고 서 있는 정근을 등 뒤로 보았다. 그는 한갑의 집에서 일어나는 일을 바라보고 선 것이었다. 어찌하였든지 숭의 세력의 몰락은 자기 세력의 진장을 의미하는 것이었다. 정근은 이 동네에 온 후로 숭을 찾은 적이 없었다. 혹 길에서 만나게 되더라도 외면하고 다른 데로 피해 버린 것이었다.

숭은 정근을 볼 때 울분한 생각이 폭발하였다. 이 모든 비극은 정근이 만들어 낸 것을 생각하면 참을 수 없이 분하였다.

"여보게, 정근이."

하고 숭은 정신없이 섰는 정근을 불렀다. 정근은 깜짝 놀라 돌아보아 숭을 발견하였다. 정근은 무의식중에 두어 걸음 뒤로 물러서다가 용기를 수습하여 우뚝 선다.

"자네는 비극을 만들어 놓고 구경을 하고 섰나? 사람을 죽여 놓고 구경을 하고 섰나?"

하고 숭은 한 걸음 정근에게로 가까이 가며 정근을 노려보았다.

*

"그것은 뉘가 할 말이야?"

하고 정근은 되살았다. 그의 동그란 눈에는 독기를 품었다.

"비극을 만들기는 누가 만들고, 사람을 죽이기는 뉘가 죽였는데 대관절 이 평화롭던 살여울의 평화를 교란해 놓기는 뉘가 하였는데?"

하고 정근은 도리어 숭에게 대들었다.

"그건 무슨 말인가."

하고 숭은 정근에게 한 걸음 더 가까이 갔다.

"생각해 보게그려. 자네가 나보다 더 낫게 알 것이 아닌가. 이 모든 비극의 작자인 자네가 그것을 모르고 되레 날더러 물어?"

하고 정근은 냉소하고 동네를 향하고 걸어 내려갔다.

숭은 정근이 내려가는 뒷모양을 물끄러미 바라보고 있었다. 정근의 흉중에는 지금 무슨 궤휼과 음모가 있는고 하고 숭은 한숨을 쉬었다. 자기가 살여울 동네를 위해서 세운 모든 계획은 다 수포로 돌아간 것을 깨달았다.

숭은 성난 소리, 우는 소리가 들려오는 한갑의 집을 이윽히 바라보다가 돌아서서 집으로 왔다.

집에는 정선과 선희가 마주 앉아 있었다. 숭은 잠깐 안방을 들여다보고는 건넌방으로 들어갔다. 오늘 안으로 무슨 더욱 큰 일이 생기는 것 같아서 도무지 마음이 가라앉지를 아니하였다.

숭은 손으로 이마를 괴고 책상에 기대어 깊은 생각에 잠겼다.

'나는 살여울을 떠나지 아니하면 아니 된다.'

하고 마음속으로 혼자 말하였다.

'떠나면 어디로 가나?'

하고 혼자 물었다.

'떠나면 살여울서 시작한 사업은 누가 하나?'

하고 또 혼자 물었다.

숭은 작은갑이를 생각하였다.

작은갑이는 조합 서기 일을 보는 청년이었다. 그는 돌모룻집 영감님의 아들이다. 그 아버지와 같이 말이 없고 침착하고 그리고 동네일을 제 일과 같이 정성으로 생각하는 사람이었다. 좀 수완이 부족하지마는 지키는 힘과 믿음으로 동네에서 첫째였다. 한갑은 수완이 있었으나 제어하기 어려운 열정과 야수성이 있었다. 작은갑이는 그것이 없었다.

"을란아!"

하고 숭은 을란이(유월이)를 불렀다.

"너 줄아웃집 작은갑 씨 오시라구, 얼른 좀 오시라구. 만일 안 계시거든 어디 가셨는지 물어보아서 일터에까지 가서라도 얼른 좀 오시라구. 급한 일이라구 그래라."

하고 일렀다.

"네에."

하고 을란은, 아직도 변하지 아니한 순 서울 말씨로 대답하고 머리꼬리를 흔들며 나갔다.

'을란이는 어찌하누?'

하고 숭은 을란의 모양을 보며 생각하였다.

'선희는 어찌하누?'

하고 숭은 이어서 생각하였다.

숭은 제게 관계된 사람이 모두 불행한 사람인 것을 생각하고, 저 자신도 불행한 사람인 것을 생각하고 한숨을 쉬었다.

"작은갑 씨는 왜 불르우?"

하는 소리에 숭이 놀라 돌아보니 정선이 등 뒤에 있었다. 그도 남편의 심상치 아니한 태도와 말에 염려가 되어서 안방으로부터 건너온 것이었다. 숭은 깊은 근심에 아내가 오는 것도 알지 못하였다.

"아니, 조합에 대해서 좀 할 말이 있어서."

하고 숭은 고무다리를 치고 겨우 몸의 평형을 안보하고 섰는 아내의 가엾은 모양을 보고 위로하는 듯이 빙그레 웃었다.

"우리 서울로 가."

하고 정선은 숭의 곁에 앉는다.

숭은 앉기 힘들어하는 정선을 안아 앉히었다.

*

"서울로?"

하고 숭은 아내의 말에 반문하였다.

"그럼 서울로 가요. 아무리 애를 써도 일도 안 되고 동네 사람들이 고마운 줄도 모르는 걸 무엇하러 여기서 고생을 하우? 서울로 갑시다. 가서 다른 일에 그만큼 애를 쓰면 무슨 일은 성공 못 하겠수?"

하고 정선은 애원하였다.

"우리가 동네 사람들한테 고맙다는 말 들으러 여기 온 것은 아니니까. 아니하면 안 될 일이니까 하는 게지……. 그런데 여보, 나도 이곳을 떠나기는 떠날 텐데!"

"정말? 그래요, 이깟 놈의 데를 떠나요, 오늘 밤차로라두."

"글쎄, 떠나긴 떠날 텐데 말요, 어디를 갈 마음이 있는고 하니 살여울보다 더 흉악한 데를 갈 마음이 있단 말이오."

"살여울보다 더 흉악한 데?"

하고 정선은 눈을 크게 뜬다.

"살여울 사람들은 아직도 배가 불러. 배가 부르니까 아직 덜 깨달았단 말요. 나는 저 평강을 가고 싶소. 왜 경원선을 타고 가노라면 평강, 복계를 지나서 검불랑, 세포가 있지 않소? 그 무인지경 말요. 거기 지금 소야 농장이라는 일본 사람의 큰 농장이 있는데, 거기 농민들이 많이 모여들어서 개간을 한다니 우리도 그리로 갑시다. 가서 우리도 황무지를 한 조각 얻어 가지고 개간을 해 봅시다. 그리고 그 불쌍한 농민들에게 우리가 무슨 일을 해 줄 수가 있겠나 알아봅시다. 거기는 아직도 정말 배가 고폰 줄을 모르는 살여울보다도 할 일이 많을 것 같지 않소. 이 살여울은 너무도 경치가 좋고 토지가 비옥하고 배들이 불러. 좀 더 부자들한테 빨려서 배가 고파야 정신들을 차릴 모양이오. 또 우리 집도, 우리 생활도 너무 고등이구. 우리 이번에는 조선에 제일 가난한 동포가 사는 집에서 제일 가난한 동포가 먹는 밥을 먹어 봅시다. 그리고 제일 가난한 동포가 어떻게 하면 넉넉하게 먹고 살아갈 수 있을까를 실험해 봅시다. 그래서 만일 그 실험이 성공한다 하면, 그야말로 조선을 구원하는 큰 발명이 아니겠소? 우리 그리합시다. 응, 여기서 벌여 놓았던 것은 다 작은갑군에게 맡기고 우리는 알몸뚱이만 가지고 검불랑으로 갑시다. 검불랑 가는 동포들은 다 알몸뚱이로만 가는 모양이니, 우리도 그이들과 꼭 같은 모양으로 갑시다. 우리에게는 너무도 돈이 많어. 돈이 많으니깐 가난한 이들이 도무지 믿어 주지를 않는단 말요."

"그럼, 한 푼도 없이 가요? 여기 있는 건 다 남 주구?"

하고 정선은 더욱 놀란다.

"응, 여기 있는 것은 조합 출자금으로 해서 가난한 농민들의 농자 대부의 밑천을 삼고 우리는 몸만 가 보잔 말요. 어디 굶어 죽나, 안 굶어 죽나 보게."

하고 숭은 자기의 말이 정선에게 대해서 너무나 가혹한 것을 좀 완화해 볼 양으로 웃어 보였다.

"난 못 해. 그렇게 한 푼 없이는 난 못 해."

하고 정선의 놀람과 타격은 숭의 웃음만으로 풀어지기에는 너무도 크고 강하였다.

"그렇게 어떻게 산단 말이요? 난 죽으면 죽어도 그것은 못 하겠소."

하고 정선은 놀람과 의혹의 혼돈 속에서 단단한 결론을 얻어서 힘 있게 숭의 제안을 부인하였다.

숭은 더 말하는 것이 쓸데없음을 깨닫고 입을 다물었다.

둘이 다 한참이나 잠잠히 있을 때에 을란이 작은갑이를 데리고 왔다. 작은갑이는 논일을 하다가 오는 모양이어서 물에 젖은 괭이를 메고 옷은 말할 것도 없고 콧등과 이마에까지 흙이 튀었다. 잠방이를 무르팍 위까지 걷어 올리고 맨발에 젖은 짚세기를 신었다.

"거, 원, 무슨 일들이람!"

하고 괭이를 내려놓고 정선에게 공손히 인사를 한다.

*

"나 부르셨소?"

하고 작은갑은 마루에 올라섰다. 나이는 서너 살밖에 아니 틀리지마는, 작은갑은 숭에게 대해서 '허 선생'이라고 부르고 또 경어를 쓴다. 그는 동네 청년 중에 가장 숭의 사업과 인격을 이해하는 사람이다.

"이리 들어오시오."

하고 숭은 일어나 작은갑을 맞았다.

"발이 젖어서…… 모판을 좀 돌보느라고."

하고 작은갑은 발바닥을 마룻바닥에 문질렀다.

"그냥 들어오셔요."

하고 정선은 작은갑이 미안히 여기는 것을 늦추려 하였다.

안방에서 어린애가 무엇에 놀란 것처럼 으아 하고 울었다.

"애기 우우."

하고 선희는 정선을 부르면서 어린애를 안고 둥개둥개를 하며 방 안을 돌아다녔다. 선희는 그윽이 어머니의 본능이 움직임을 깨달았다. 그러나 자기는 어머니가 되어 볼 날이 있을까 하고 망망한 전도를 생각하였다.

정선은 절뚝절뚝하는 양을 남에게 보이기가 싫어서 기는 모양으로 건넌방에서 나왔다.

"오, 왜?"

하고 정선은 어린애의 눈앞에 손바닥을 짝짝 두드렸다. 난 지 열 달이나 바라보는 어린애는 울음을 그치고 엄마를 향하여 두 손을 내밀었다.

"곧잘 엎디어서 놀더니 불현듯 엄마 생각이 나나 보아. 눈물이 글썽글썽하더니만 장난감을 동댕이 치고 우는구려."

하고 선희는 어린애의 볼기짝을 한 번 가볍게 때리며 웃는다.

"오, 젖 머, 젖 머."

하고 정선은 어린애에게 젖꼭지를 물리고 무릎을 흔들흔들하면서,

"이리 좀 앉어요."

하고 선희에게 앉을 자리를 가리키며,

"글쎄, 허 선생이 검불랑인가 세포인가를 가서 살자는구려. 에구, 인제 시골구석은 지긋지긋한데 또 이만도 못한 시골을 가자니 어떡해? 선희가 허 선생한테 말 좀 해서 서울로 가도록 해 주어요. 도무지 벽창호니 어떻게 할 수가 있어야지."

"검불랑?"

하고 선희는 약간 의외임을 느끼면서 되묻는다.

"응, 왜 그 검불랑이라고 안 있수? 저 삼방 가는 데 말야, 그

무인지경 안 있수. 거기를 가 살자는구려. 난 못 가. 가고 싶거든 혼자 가라지, 난 죽어도 싫어!"
하고 정선은 분개한 어조로 말을 맺는다.

"아무 데고 허 선생이 가신다면 따라가야지 어쩌우? 허 선생이 옳지 아니한 일을 하신다면 반항도 할 만하지마는, 옳은 일을 하신다는 데는 어디까지든지 도와 드려야지."
하고 선희는 한숨을 쉬고 눈을 감았다.

"남편이 아내를 불행하게 할 권리가 어디 있소? 아무리 하고 싶은 일이라도 아내가 싫다면 말아야지. 왜 아내는 부물인가?"
하고 정선의 어조는 더욱 분개한 빛을 띤다.

선희는 더 말할 계제가 아니라고 생각하고 입을 다물었다. 그리고 슬며시 일어나서 집으로 갔다.

쓸쓸한 집에는 아무도 선희를 맞아 주는 사람이 없었다. 젊은 사람에게 이러한 쓸쓸함은 참으로 견디기 어려운 일이었다. 선희는 마루 끝에 걸터앉아서 달내강과 달내벌을 바라보면서 울고 싶었다. 죽고 싶었다. 이 동네의 어린애들과 숭의 사업에 일생을 의탁하리라던 생각도 이제는 다 수포로 돌아간 것 같았다.

'아아, 나는 어디로 가나?'
하고 선희는 고개를 푹 수그려 버렸다.

　　　　　　　　　＊

"작은갑 군, 나는 살여울을 떠나게 되겠소."
하고 숭은 침통한 어조로 말하였다.

"떠나지 않고 배기려고 해 보았지마는 암만해도 안 될 모양이오. 내가 떠난 뒤에는 조합이나 유치원이나 만사를 다 작은갑 군이 맡아 하시오."

"가시다니, 선생이 가시면 되우?"
하고 작은갑은 정면으로 숭의 의사에 반대하였다.

"나도 떠나기를 원하는 것은 아니오. 나는 살여울에 뼈를 묻으려고 했지마는 그렇게 안 되는구려."

"안 될 건 무어요? 그까진 정근이 놈은 내쫓아 버리지요. 그놈을 두었다간 동네도 망허구 말걸. 한갑이두 그놈이 충동여서 그러지요, 내가 다 아는걸. 그런 놈은 단단히 골려 주어야 해요."
하고 작은갑은 당장에 정근이를 때려죽일 듯이 분개한다.

"정근이 하나만 같으면야 참기도 하지마는 동네 사람들이 모두 나를 배척하는 모양이니까."
하고 숭은 추연한 빛을 보인다.

"동네 늙은이들요?"

"젊은이들도 안 그렇소?"

"젊은이들 중에도 정근이 놈의 술잔이나 얻어먹고 못되게 구는 놈도 있지마는 그게 몇 놈 되나요. 적으나 철이 있는 사람이야 다 허 선생이 떠나신다면 동네가 안 될 줄 알지요. 요새에 — 그것도 정근이놈의 수단이겠지. 유 산장 영감이 생일날일세, 제 삿날일세 하고 동네 늙은이들을 청해서는 개를 잡아 먹이고, 술을 먹이고 그러지요. 못난 늙은이들이 거기 모두 솔깃해서 그러지마는 그거 몇 날 가요? 어디 그 욕심쟁이 고림보 영감이 전에야 동네 사람 술 한 잔 먹였나. 남의 동네 사람들을 청해 먹일지언정 없지, 없어요. 그러던 것이 요새에 와서는 아주 인심 사 보려고, 흥, 그러면 되나요?"

하고 본시 말이 없던 작은갑은 갑자기 웅변이 되었다. 숭도 놀랐다. 평소에 그리 밝히 관찰하는 것 같지도 않던 작은갑도 속에는 육조를 배포하였구나 하여 그것이 더욱 작은갑에게 모든 일을 맡기는 것을 안심되게 하였다.

 그러나 숭은 미리 뭉쳐 놓았던 회계 문부와 모든 서류를 작은갑에게 내주며,

 "살여울 동네에서 나를 다시 부르면 어느 때에나 오리다. 그렇지만 지금은 내가 떠나지 아니할 수가 없으니 모든 일은 다 형이 맡아 하시오. 그리구 이 집은 형이 쓰시오."

하고 숭은 '형'이란 말을 새로 썼다. 그것으로써 숭이 작은갑을

존경함을 표시하려 함이었다.

이때에 한 순사라는 얼굴 검은 순사가 나타났다.

"허숭 씨 있소?"

하고 허숭을 보면서 한 순사가 물었다.

"네."

하고 허숭이 일어났다.

"한 순사 오셨어요?"

하고 작은갑이도 일어섰다.

"어서 옷 입고 나오시오."

하고 한 순사는 작은갑의 인사는 받지도 아니하고 숭에게 명령하였다.

"무슨 일이야요?"

하고 숭은 물었다.

"무슨 일인지 가 보면 알지."

하고 한 순사의 말은 거칠었다. 숭은 대님만 치고 농모를 쓰고 안방을 들여다보며,

"주재소에서 오래서 나는 잠시 가오. 작은갑 씨한테 물어서 하시오."

하고 마당에 내려섰다.

정선은 안았던 젖먹이를 내려놓고 마루에 따라 나와서,

"무슨 일이야요?"

하고 한 순사를 보고 물었다.

"죄가 있으니까 잡아가지."

하고 한 순사는 정선이 보는 앞에서 숭에게 포승을 걸었다.

*

숭이 포승을 지고 끌려가는 길가에는 동네 사람들이 나와서 바라보고 있었다. 숭은 선희가 한 마장쯤 앞서서 붙들려 가는 것을 바라보았다.

주재소 거의 다 미쳐서 숭은 주재소 쪽으로부터 오는 정근을 만났다. 정근은 숭을 보고 유쾌한 듯이 웃고 잘 가라는 듯 손을 들었다. 숭은 이것이 다 정근의 조화인 것을 깨달았다. 정근은 동네에 온 뒤로 동네 젊은이를 데리고 술 먹는 것, 남의 집 아내와 딸 엿보는 것, 그리고는 주재소에 다니는 것, 이 세 가지를 일삼는다는 것을 숭이도 벌써부터 알고 있었다.

유치장을 가지지 못한 주재소의 사무실 안에는 선희, 한갑, 또 한갑을 때린 패 중에서 두 사람이 모두 포승을 진 채로 앉아 있었다. 숭도 그 새에 끼었다.

"무얼 내다봐?"

"왜 꿈지럭거려?"

"가만있어!"

"안 돼!"

하는 지키는 순사들의 책망하는 소리가 났다.

숭은 고개를 숙이고 가만히 앉아 있었다.

이렇게 있기를 한 반시간쯤 한 뒤에 맨 먼저 소장실로 불려 들어간 것이 한갑이었다. 다른 사람들은 고개도 꼼짝 못 하고 눈으로만 힐끗힐끗 좌우를 돌아보고 덜덜 떨고 있었다.

한 이십 분쯤 되어 한갑이 흥분한 낯으로 순사에게 끌려서 제자리에 돌아오고, 다음에는 한갑이를 때린 청년 둘이 한꺼번에 불려 들어갔다. 그리고 방에는 숭과 선희와 한갑만이 남았다. 한갑은 숭을 향하여 미안한 듯이 눈짓을 하고 고개를 숙였다.

두 사람도 이십 분쯤 지나서 나오고 다음에는 선희가 불렸다.

선희는 순사에게 끌려 소장실에 들어갔다. 선희는 여자라는 특별 대우로 포승은 지지 아니하였다.

소장실에는 테이블 하나와 교의 둘이 있었다.

수염 깎은 자리가 시퍼렇고 머리가 눈썹 바로 위까지 내려 덮인 소장은 선희를 보고 교의에 앉으라고 명령하였다. 그리고는,

"고쿠고가 와카루카(일본말을 할 줄 아나)?"

하고 물었다.

"너는 기생이라지?"

하고도 물었다.

"너는 허숭의 정부라지?"

하고도 물었다.

선희는 '네.', '아니오.' 하고 간단하게 대답하였다.

"왜 살여울을 왔느냐?"

하고 물었다.

"유치원 하려고 왔소."

하고 선희는 대답하였다.

"유치원은 왜 해?"

하고 소장은 또 물었다.

"내 정성껏 아이들을 가르쳐 보려고 하오."

하고 선희는 대답하였다.

"조선 독립을 위해서 유치원을 하고 야학을 하는 것 아니야?"

하고 소장은 소리를 높였다.

선희는 대답을 아니하였다.

"그렇지? 허숭이 그러한 생각을 가지고 있으니까 너도 거기 공명해서 제 돈을 가지고 와서 유치원을 하고 야학을 하는 것이지?"

하고 소장은 한 번 더 을렀다.

"조선 사람이 하도 못 사니까 좀 잘살게 해 보려고 힘쓰는 것이 무엇이 잘못이오? 유치원을 하고 야학을 하는 것이 무엇이 죄요?"

하고 선희는 날카로운 소리로 들이댔다.

"나마이키나 고토 유우나(건방진 소리 말아)!"

하고 소장은 테이블을 쳤다.

선희의 대답이 소장의 심중을 해한 것이었다.

*

선희는 소장이 자기에게 대하여 조롱하는 태도를 보이는 것을 심히 불쾌하게 생각하였다. 그래서 흥분된 어조로,

"대관절 무슨 죄로 나를 잡아 왔소. 나는 어린아이들과 글 모르는 부녀들을 가르친 죄밖에는 아무것도 없소."

하고 깁을 찢는 소리를 질렀다.

선희는 저 스스로도 놀라리만큼 큰 소리를 냈다.

이것이 소장의 심정을 더욱 좋지 못하게 한 것은 말할 것도 없다.

"이년! 예가 어딘 줄 알구?"

하고 곁에 섰던 순사가 선희의 뺨을 한 번 갈겼다.

"이년을 묶어라!"

하고 소장은 분개하여 자리에서 일어났다.

순사는 포승을 내어서 선희를 묶었다. 그리고 신문하던 조서 끝에,

"피의자(선희를 가리킴)는 성질이 흉포하고 언동이 오만하고 교격하여 신문하는 경찰관을 향하여 폭언을 토하고."

하는 구절을 써넣었다.

선희는 낯에 핏기가 하나도 없이 순사에게 끌려서 자리에 돌아왔다.

"어디라고 그런 버르장머리를 해?"

하고 끌고 온 순사는 한 번 선희를 노려보았다.

"오, 경관이란 건 무죄한 사람을 때리라는 것이야?"

하고 선희는 대들었다.

"건방진 년, 이년, 어디 경을 좀 단단히 쳐 보아라."

하고 주먹으로 한 번 선희를 때릴 듯이 으르고,

"허숭이!"

하고 굵단 소리로 부르며, 숭의 팔목과 허리를 비끄러맨 포승을 심술궂게 잡아챈다.

숭은 순사에게 끌려 소장실에 들어갔다. 소장은 선희에게 대해서 발한 분한 마음이 아직도 가라앉지 아니하여서 담배를 뻑뻑 빨고 있었다.

소장은 채 아니 탄 담배를 재떨이에 비벼 끄더니 주소 씨명 등을 묻는 것도 다 집어치고, 앉으란 말도 없이 다짜고짜로,

"너는 어째서 사람을 죽이게 했어?"

하고 흥분된 어조로 물었다.

"나는 사람을 죽이게 한 일이 없소."

하고 숭은 냉정하게 대답하였다.

"없다?"

하고 소장은 반문하였다.

"없소!"

하고 숭은 여전히 냉정하였다.

"그러면 모깡꼬(맹한갑)의 아내 유순이 왜 죽었단 말이냐."

하고 소장은 언성을 높였다.

"유순이 죽은 것과 나와는 아무 관계도 있을 수 없소."

"있을 수 없어?"

"없소."

"모깡꼬는 네가 죽이라고 해서 죽였다는데."

"그런 몰상식한 일이 있을 리도 없고 맹한갑이 그런 말을 했

347

을 리도 없소."

소장은 화두를 돌려,

"유순은 네 정부지?"

하고 숭을 노려보았다.

"그런 무례한 말을 해서는 아니 되오."

하고 숭은 어성은 높여서,

"유순은 내가 중매를 해서 맹한갑과 혼인하게 된 남의 정당한 아내요."

하고 말끝에 더욱 힘을 주었다.

"내가 다 안다. 네가 유순을 데려다 두고 거진 일 년 동안이나 정부로 희롱하다가 유순이 잉태를 하게 되니까 그것을 감추느라고 한갑에게 시집을 보내고, 그리고 유순이 아이를 낳는 날이면 네 죄상이 발각될 터이니까 한갑이 너를 믿는 것을 기화로 여겨서 맹한갑더러는 뱃속에 있는 아이가 맹한갑의 아이가 아니라 유순이 행실이 부정해서 든 아이라고 말을 해서 맹한갑으로 하여금 유순을 죽여 버려서 네 죄상을 감추어 버리게 한 것이지. 벌써 맹한갑이 자백을 했고 모든 증인들이 다 말을 했는데, 그래도 모른다고 잡아떼어?"

하고 소장은 주먹으로 책상을 쳤다.

*

 소장의 말에 숭은 기가 막히지 아니할 수 없었다. 소장의 말은 곧, 정근이 하던 말과 같은 것을 깨달았다. 아침에 정근을 만났던 것과, 또 바로 아까 주재소 앞에서 정근을 만났던 것을 합해서 생각하면 대개가 추측이 되었다.

 그렇지마는 도덕적으로 생각할 때에는 소장의 말은 절절히 옳았다. 유순을 죽이게 한 것은 간접으로는 분명히 자기다. 이 모든 비극의 원인이 숭이라고 부르짖은 정근의 말은, 가만히 생각해 보면 하늘이 정근의 입을 빌려서 자기의 양심에 주는 책망인 듯하였다.

 "잘 생각해 보아! 너는 고등 교육도 받고 고등 문관 시험까지 패스한 신사가 아니냐. 한 일은 사내답게 했다고 해야지, 사내답게."

하고 소장은 숭이 무엇을 깊이 생각하고 있는 눈치를 보고 그 기회를 이용하여 자백을 시키려고 하였다. 소장의 말은 부드러웠다.

 "내게도 죄는 있소. 그렇지마는 그것은 내 양심의 도덕상 죄이지 법률상 책임을 질 죄는 아니오."

하고 숭은 대답하였다.

"요시 요시(잘했다)!"

하고 소장은 숭의 말을 받아서 적더니,

"그러면 전부를 다 말해 보게그려."

하고 소장은 유쾌한 빛을 보였다.

"어서 말하지. 바로 다 말하면 본서에 보고할 때에도 좋도록 할 수가 있으니까. 자현했다고 해도 좋으니까."

하고 소장은 숭에게 자백을 재촉하였다.

숭이 유순이나 한갑에게 대하여 깊이 느끼는 도덕적 책임은 그의 법률적 이론을 둔하게 만들었다. 이 자리에서 분명하게 제가 책임 없는 것을 말해 버리면 그만이 아닌가. 유순과 간통한 사실도 없고, 한갑을 교사한 사실도 없다는 것을 밝혀 말하면 그만이 아닌가. 그렇지마는 숭의 맘은 그것을 허락할 수가 없었다. 순을 죽인 책임을 한갑에게만 지우는 것이 숭으로는 도저히 참을 수가 없는 일이었다. 차라리 한갑과 공범이 되어서 한갑이 받는 형벌을 같이 받는 것이 정당한 듯하였다.

이러한 생각에 숭은 한참이나 잠자코 있었다.

"어서 말해!"

하고 소장은 어성을 높여서,

"한갑을 교사해서 유순을 죽이게 한 것이 분명하지?"

하고 조건조건 들어서 묻기를 시작한다.

"나는 한갑이더러 유순을 죽이라고 한 일은 없소."

하고 숭은 대답하였다.

"바로 지금 했다고 말을 하고는 삼 분도 못 지나서 그것을 부인해?"

하고 소장은 성을 냈다.

"없으니까 없다고 하는 것이오."

하고 숭은 새로운 결심으로 대답하였다.

"그러면 아까 네가 죄가 있다고 한 것은 무엇이야? 거짓말을 하면 용서 아니할걸!"

하고 소장은 을렀다.

"유순이라는 여자는 극히 마음이 아름답고 곧은 여자여서 내가 믿기에는 결코 실행한 일이 없소. 한갑은 어떤 사람의 참소를 듣고, 그 아내 유순의 배에 있는 아이를 다른 사람의 아이로 잘못 생각하고, 취중에 아마 때린 모양이오. 그러나 나는 맹한갑이 그 아내를 때릴 때에는 목격하지도 못하였고, 또 맹한갑의 입으로나 유순의 입으로나 그때 정황은 들은 일이 없소. 내가 맹한갑의 집에 간 것은 맹한갑의 어머니가 와서 큰일이 났다고 태모가 출혈을 하니 와 달라고 하는 말을 듣고 간 것이오. 그러니까 내가 이 사건에 대해서 관계한 것은 탈지면, 붕대, 응급 치료 약품 등속을 가지고 뛰어간 것과 읍내에 들어가서 의사를 불러온 것밖에는 없소."

하고 숭은 사건 관계를 설명하였다.

*

"대관절 너는 왜 이곳에 와 사느냐?"

하고 소장은 화제를 돌린다.

"애써 고학을 해서 변호사까지 되어 가지고 무슨 까닭에 이 시골구석에 와서 묻혔느냐 말이야?"

"살여울은 내 고향이니까, 고향을 위해서 좀 도움이 될까 하고 와 있소."

하고 숭은 흥미 없는 대답을 하였다.

"어떻게 돕는단 말인가?"

"글 모르는 사람은 글도 가르쳐 주고 조합을 만들어서 생산, 판매, 소비도 합리화를 시키고, 위생 사상도 보급을 시키고, 생활 개선도 하고, 그래서 조금이라도 지금보다 좀 낫게 살도록 해 보자는 것이오."

"무슨 다른 목적이 있는 것 아닌가. 지금 그런 일은 당국에서 다 하고 있는 일인데, 네가 그 일을 한다는 것은 당국이 하는 일에 대해서 불만을 가지고 당국을 반항하자는 것이 아닌가."

숭은 대답이 없었다.

"필시 그런 게지? 총독 정치에 대해서 불만을 가지고 거기 반항하자는 게지? 내가 들으니까 네가 사람들을 모아 놓고, 조선 사람들은 어리석어서 모든 이권을 다 남에게 빼앗기고, 물건도 남의 물건만 사 쓰고, 그래서 점점 조선 사람이 가난하게 되니, 조선 사람들이 자각을 해서 조선 사람끼리 모든 것을 다 해 가도록 해야 된다, 그러기 위해서 조합도 만들고 유치원도 설시하고 야학도 열고 단결도 해야 된다고 그랬다지?"

하고 소장은 엄연한 태도로 숭을 노려보았다.

"내가 사람들을 모아 놓고 그런 말을 한 일은 없소."

하고 숭은 부인하였다.

"그러면 그런 생각은 가졌나?"

"그런 생각은 가졌소. 그러나 그런 생각을 가지고 그런 말을 했기로 그것이 죄를 구성하리라고는 믿지 않소."

하고 숭도 법정 어조로 답변을 하였다.

"요시 와카타(오냐, 알았다)!"

하고 소장은 숭의 말을 적었다.

"소화 ○년 ○월 ○일 협동 조합 총회에서 네가 이렇게 해야만 우리 조선 사람이 살아난다고, 이렇게 안 하면, 조합을 만들고 조선 사람끼리 잘살아야 된다는 공동 목적으로 단결하지 아니하면 다 죽는다고 말한 것은 사실이지?"

"그런 의미의 말을 한 것은 사실이오."

"요시."

하고 소장은 또 적었다.

"너는 법률을 안다면서 그러한 언동이 죄가 되는 줄을 몰라?"

하고 소장은 철필 대가리로 테이블 전을 한 번 두드렸다.

"조선 사람들이 저희끼리 힘써서 잘산다는 것이 무슨 죄가 될 것 있소?"

하고 숭은 소장을 정면으로 바라보았다.

"필경은 총독 정치에 반항하는 것을 의미하는 것이 아니냐?"

하고 소장은 소리를 질렀다.

"그것은 잘못 생각하신 것이오. 농민들이 야학을 세우고 조합을 만들고 하는 것은 순전히 문화적, 경제적 활동이지, 거기 아무 정치적 의도가 포함된 것은 아니라고 믿소. 또 촌 농민들에게 무슨 정치적 의도가 있을 바가 아니오. 문화적으로 경제적으로 더 잘살아 보겠다고 하는 농민의 노력을 죄로 여긴다면, 그야말로 인민으로 하여금 반항할 길밖에 없게 하는 것이오."

"건방진 소리 마라. 할 말이 있거든 본서나 검사국 가서 해!"

하고 소리를 지르고 소장은 분연히 자리에서 일어나면서,

"너는 본래 건방진 놈이다. 계집을 둘씩 셋씩 끌고 댕기며 아니꼽게 인민을 위해 일을 한다고, 네 일이나 해!"
하고 궐련을 꺼내 성냥을 득 그어서 피운다.

숭은 사십 분 동안이나 신문을 받고 누르라는 곳에 지장을 누르고 자리에 돌아 나왔다. 앞으로 정근이 의기양양하게 와서 소장실로 들어가는 것이 보였다.

*

허숭, 백선희, 맹한갑 등 다섯 명은 무너미 주재소를 다 저녁 때에 떠나서 읍내 본서까지 압송이 되었다. 그들이 무너미를 떠날 때에는 다수의 동민들이 길가에 나와서 전송하였으나 그것이 섭섭하게 여기는 전송인지 또는 단순한 구경인지는 표시되지 아니하였다. 오직 돌모룻집 작은갑이 비창한 낯으로 얼마를 더 따라오다가 숭이에게,

"가사는 다 믿소. 장례도 믿소."
하는 부탁을 받고 울며 돌아섰다.

한갑과 숭을 다 잃어버린 한갑 어머니는 정신없이 울고만 있었다. 동네에서는 늙은이들이 가끔 들여다볼 뿐이요, 젊은 축들

은 그림자도 얼씬하지 아니하였다.

 이튿날, 읍에서 경찰 서장이 검사의 자격으로 공의를 데리고 와서 시체를 선희의 유치원에 운반하여다가 해부하고 현장을 검사하고 돌아갔다. 공의는 서장을 향하여 귓속으로, 순이 죽은 원인은 자궁파열이라고 하였다. 그리고 숭의 집, 선희의 집의 가택 수색을 하고 조합 문서와 편지 몇 장을 압수해 가지고 갔다. 유가들은 또 한 번 모여서 떠들었으나 아무도 장례를 위하여 나서는 이는 없었다.

 "서방질하다가 뒈진 년을 장례는 무슨 장례냐."
하고 비웃는 자도 있었다.

 돌모룻집 부자와 쌍동이 아버지와 기타 한갑이 친구, 숭을 존경하는 사람 등 몇 사람이 모여서 순의 다 찢긴 시체를 싸서 밀짚 거적에 묶어서 공동묘지에 갖다가 묻었다. 이날은 아침부터 부슬부슬 비가 왔다.

 한갑 어머니와 정선이 평지가 끝나는 곳까지 따라갔다. 정선은 그 초라한 순의 장례, 맞들리어 홑이불을 덮고 들려 가는 순의 시체가 점점 멀어 가는 것을 보고 길가에 서서 혼자 울었다. 불쌍한 순을 더욱 불쌍하게 만든 것이 정선 자신인 것만 같아서 가슴이 아팠다.

 '참말 얌전하던 여자, 착하고도 맺혔던 여자, 사랑에 실패한

한을 영원히 품고 가는구나.'

하고 정선은 눈물을 씻으며 자탄하였다.

숭과 선희가 잡혀간 뒤에는 유치원은 폐쇄를 당하였다. 유치원에 다니던 아이들은 모여서 놀 곳을 잃고 산으로 들로 흩어져 다니며 장난을 하였다. 어디서든지 유치원 집을 바라보면 아이들은,

"저기서 송장 쨌단다. 골에서 의사가 와서 송장 쨌단다."

"거기, 머리 푼 구신(귀신) 난다드라, 야."

하고는 소리를 지르고 달아났다.

이 동네에는 흉가가 둘이 생긴 것이었다. 하나는 한갑의 집이요, 또 하나는 선희의 집, 곧 유치원이었다.

정선도 유치원을 바라보면 그리 유쾌한 생각은 나지 아니하였다. 맘에 좀 꺼림한 것을, 작은갑에게 부탁하여 유치원에 두었던 피아노와 선희의 세간을 집으로 옮겨 오게 하였다. 피아노는 마루에 놓고 선희의 짐은 건넌방에 들여쌓았다.

남편이 잡혀간 지가 일주일이 넘었다.

"나는 ○○검사국으로 넘어가오. 살여울에 있기 어렵거든 서울로 올라가시오. 집일은 모두 작은갑 군에게 물어서 하시오."

하는 엽서가 숭으로부터 왔다.

어느 날 어느 시에 떠나는 줄만 알면 정거장에라도 가고 싶었

으나, 작은갑의 보고에 의하여 한갑을 때린 사람 둘은 놓여나오고, 그 사람들의 말을 듣건대 숭과 선희와 한갑은 어제 아침차로 벌써 ○○으로 갔다고 한다.

"서울을 가? 내가 왜 서울을 가."
하고 정선은 엄지손가락을 씹으며 울었다.

정선은 일생에 처음 독립한 판단을 아니하면 아니 될 경우를 당하였다. 제 배의 키를 제 손으로 잡지 아니하면 아니 될 경우를 당하였다.

*

정선은 을란을 불렀다.

을란은 정선이 슬퍼하는 양을 보고 더욱 맘이 비감하여,

"선생님 어떻게 되셨어요?"
하고 물었다.

"○○검사국으로 가셨단다."

"그럼, 언제나 돌아오셔요?"

"알 수 있니? 그런데 너 어찌하련? 너 나허구 있으련? 서울로 가련? 어려워할 것 없이 네 마음대로 해라."

"전, 선생님 계시는 데 있어요."

하고 을란은 대답하였다. 을란은 근래에 와서는 정선에 대한 반감이 줄고 동정하는 마음이 생겼다. 선생님이라는 것은 정선을 가리키는 말이었다.

"여기 있으면 농사를 지어야 된다. 선생님이 하시던 농사를 우리 둘이 지어야 한다. 김도 매고, 거두기도 하고, 그것을 네가 할 테냐."

"허지 그럼 못 해요? 그렇지 않아도 금년부텀은 해 보려고 했는데."

하고 을란은 밭과 논에 나가서 다리와 팔을 걷고 김을 매는 것을 상상하였다. 그것은 을란에게는 심히 유쾌한 생각이었다.

"뙤약볕에 논밭에 김을 매는 것은 수월한 일이 아니다."

"알아요. 그래두 전 해요! 혼자 서울은 안 가요. 언제까지든지 살여울 살 테야요."

하고 을란은 고개를 숙이고 눈물을 씻는다.

"고맙다. 그러자, 응. 우리 둘이 여기서 선생님 돌아오실 때까지 농사 지어 먹고 살자, 응."

하고 정선도 새로운 눈물을 흘렸다.

"나도 다리만 성하면야, 남 하는 것 못 할라구. 그렇지만 밭김이야 못 매겠니. 그것도 못 하면 집에서 밥이야 짓겠지, 소나 먹이고."

하고 정선은 결심의 표로 입을 꼭 다물었다.

"을란아, 넌 소 먹이는 것 구경했지?"

하고 정선은 제가 소를 먹일 것을 생각하고 물었다.

"그럼요, 강가로 슬슬 끌고 다니며 풀을 뜯기고, 배가 부를 만하면 물을 먹이고 그러면 되지요, 별것 있나요, 머?"

"꼴을 누가 베나!"

하고 정선은 남편이 꼴망태에 먹음직스러운 꼴을 베어서 메고 석양에 소를 끌고 돌아오던 것을 생각하였다.

"제가 꼴을 베면 남들이 웃을까."

하고 을란이 웃었다.

"커다란 계집애가 꼴을 베는 게 다 무어냐. 아이를 하나 얻어 둘까."

하고 정선도 웃었다.

이때에 작은갑이 또 씨근거리고 달려왔다.

"한갑 어머니가 물에 빠져서 돌아가셨어요!"

하고 작은갑은 주먹으로 이마의 땀을 씻었다.

"네에?"

하고 정선은 펄쩍 뛰었다.

"어디서요? 언제?"

"아침에 가 보니까니 안 계시단 말야요. 그래 어디를 가셨나 하고 찾아보아도 없거든요. 거 이상하다 하고 아까 댁에 왔다가 가는 길에, 암만해도 이상하길래 강가로 찾아보았더니 아래 여울에 무엇이 허연 것이 있길래 가 보니까 한갑 어머니겠지요. 그래서 들어가서 끌어내다 놓고 지금 주재소에 가서 말하고 오는 길입니다."

"아이 저를 으찌해."

하고 정선은 양미간을 찡겼다.

"그래 시체는 어떡하셨어요?"

하고 정선은 일어나서 문설주에 몸을 기대고 아래 여울 쪽을 바라본다. 거기는 거뭇거뭇 사람의 그림자가 보였다. 아마 순사들이 나온 모양이었다.

"시체는 주재소에서 묻으라고 해야 묻지요. 그러나저러나 돈이 없어서 걱정입니다. 어떻게 묶어다가 묻기는 해야 할 텐데."

하고 작은갑은 입맛을 쩍 다신다.

*

정선이 십 원 한 장을 작은갑에게 주어서 작은갑이 널 하나를 사고, 유 산장네 집에서 베를 한 필 사서, 또 돌모룻집 영감과 쌍둥이 아버지가 염을 해서 한갑 어머니를 공동묘지에 갖다가 묻었다. 그리고는 동네에서는 한갑의 집을 흉가라고 해서 헐어 버리자고 하였으나 소유권자인 한갑의 말을 듣기 전에는 그리할 수 없다고 해서 내버려 두었다. 사람들은 낮에도 한갑의 집 앞을 지나기를 꺼려서 될 수 있는 대로 멀리로 돌아다녔다.

작은갑은 ○○형무소 맹한갑의 이름으로 어머니가 돌아가셔서 장례를 지냈다는 말만 하고 어떤 모양으로 죽었다는 것은 말하지 아니하였다. 한갑이네 집에서 먹이던 개는 처치할 길이 없어서 정선이 맡아서 기르기로 하였다. 두 귀가 넓적하고 잘생긴 개였다. 다만 잘 얻어먹지를 못해서 뼈마디가 불룩불룩 내밀고 털도 곱지를 못하였다.

한갑이네 개는 곧 정선과 을란이에게 정이 들었다. 그러나 본래 숭이 집에서 자라던 바둑이라는 개한테는 눌려 지냈다. 한갑이네 개는 본래 이름이 없어서 섭섭이라고 을란이 이름을 지었다. 주인집이 다 불쌍하게 되어서 섭섭하다는 뜻이었다.

숭의 집은 안정이 되었다. 정선은 다시 울지 아니하였다. 모든 일을 혼자의 판단과 의지력으로 해 보려고 결심하였다.

아침에 눈을 뜨면 논이나 밭을 어떻게 할 일, 소를 어떻게 먹일 일을 생각하였다. 아침마다 한 번씩 들러 주는 작은갑에게 혹은 문의하고 혹은 부탁하여 일을 처결하였다. 처음에는 스스로 제 판단과 제 의지력을 의심하였으나 하루, 이틀, 한 번, 두 번 경험함으로 점점 파겁(破怯)이 되어서 자신이 생기게 되었다. 마치 과부 된 사람이 곧잘 사내답게 집안 처리를 하는 것과 같았다. 게다가 정선이 받은 전문 교육은 이렇게 독립한 생활을 하게 된 때에 큰 힘을 주었다. 정선은 한 달이 다 못해서 가사를 주재하는 데 거리낌이 없이 되었다.

정선은 아침에 일어나면 을란을 일터로 보내고 을란이 길어다 준 물로 손수 밥을 지었다. 절뚝절뚝하는 다리로 부엌으로 들락날락하는 정선의 행주치마 모양이 보였다.

정선은 방을 치우는 것과 빨래하는 것을 배웠다. 소를 강변으로 끌고 다니며 풀을 뜯기기도 하고, 썩 좋은 꼴판을 발견할 때에는 이튿날 낫을 들고 나와서 꼴을 베기도 하였다.

정선의 분결 같은 손은 피부가 점점 굳어지고 정선의 흰 낯은 꺼멓게 볕에 그을었다. 그 모양으로 정선의 정신도 굳어지고 기운차게 되었다.

노동과 피곤은 정선의 입맛을 돋우어서 오래 두고 먹던 소화약의 필요를 없이하였다. 그리고 베개에 머리를 붙이기만 하면 잠이 들었다.

정선은 새로운 인생을 발견하였다. 그것은 제 맘대로 아무에게도 의지함이 없이 사는 인생이요, 노동과 피곤에서 오는 세월 가는 줄 모르는 인생이었다.

정선의 집 마당에는 빨래가 하얗게 널린다. 그것은 정선이 빤 것이다. 정선은 풀질을 배우고 밟는 것을 배우고 다리는 것을 배웠다. 적삼 등에 땀이 흐르는 것쯤은 당연한 일이었다.

정선은 화장 제구를 집어치웠다. 볕에 그을어 검은 얼굴에 분을 바를 필요도 없었다. 머리 모양을 낼 필요도 없었다. 그저 든든하게, 그저 검소하게. 정선은 이러한 중에서 새로운 미를 발견하였다.

동네 사람들은 곧 서울로 쫓겨 가려니 하던 정선이 아주 시골 여편네가 되어 버려서 농사를 짓고 진일, 궂은일을 다 몸소 하는 것을 보고는 놀랐다. 그리고 살여울 부인들은 분도 안 바르고 비단옷도 아니 입고 제 손으로 아침저녁을 짓고, 제 손으로 빨래를 하는 정선에게서 자기네와 꼭 같은 여성을 발견하였다. 그래서 그들은 정선의 집에 놀러 와서 마음 놓고 이야기를 하였다. 그들은 비로소 정선이 결코 나쁜 년, 교만한 년, 아니꼬운 년이 아니요, 도리어 마음이 아름답고 인사성 있고 지식 많은 '사람'이요, '여편네'인 것을 발견하여 사랑하고 존경하는 생각을 발하였다.

살여울 부인네들은 처음에는 정선을 구경하러 오고 다음에는 사귀러 왔으나 마침내는 정선에게 무엇을 배우고 청하고 의지하러 오게 되었다.

"여울 모룻집 아이 어멈은 참 양반다운 사람이야."

하고 부인들이 칭찬하고 먹을 것이 있으면 싸 주게 되었다.

*

허숭이 조선 독립을 목적으로 농민을 선동하여 협동 조합과 야학회를 조직하였다는 죄로 치안 유지법 위반으로 징역 오 년, 백선희가 공범으로 삼 년, 작은갑이 삼 년, 맹한갑이 상해 치사, 치안 유지법 위반으로 오 년의 징역 언도를 받고 일 년 삼 개월의 예심을 치른 후였다. 네 사람은 일제히 공소권을 포기하고 복역하였다.

피고인 일동은 판결을 받은 날 재판장의 허락으로 약 오 분간 법정에서 공소할 여부 기타를 의논도 하고 이야기도 할 기회를 허하였다.

그 자리에서 한갑은 숭을 향하여,

"용서해 주게. 내가 지금이야 형이 누구인지를 바로 알았네. 내가 칠 년 후에 옥에서 나가는 날이면 내가 남은 목숨을 형에게 바치려네."

하고 숭의 손을 잡으려 하였으나 간수에게 금지를 당하였다.

숭은 말없이 고개를 한 번 끄덕여 보였다.

"공소하시려오?"

하고 숭은 선희에게 물었다.

"저는 선생님 하시는 대로 해요."

하고 선희는 초췌한 숭을 보았다.

"나는 공소권을 포기하겠소이다."

"저도 공소 안 해요."

하고 선희는 재판장을 바라보았다.

"나는 안 해요."

하고 작은갑이는 도로 고개를 숙인다.

"한갑 군, 자네는?"

하고 숭이 물었다.

"우리는 죽든지 살든지 형의 뒤를 따를 사람일세."

하고 한갑은 숭의 앞에 허리를 굽혔다.

이리하여 판결은 확정되고 피고들은 간수에게 끌려서 법정을 나섰다. 방청석에 있던 정선은 남편이 웃어 보이는 양을 보고 목을 놓아 울었다. 같이 방청석에 있던 한민교 선생이 정선을 붙들고 밖으로 나왔다. 한 선생의 눈에도 눈물이 있었다.

정선과 한 선생은 숭에게 최후의 면회를 허락받았다.

한 선생은 정선을 데리고 아침 아홉 시에 ○○형무소에 갔다. 높은 벽돌담, 시커먼 철문, 조그마한 창으로 내다보는 무장한 간수의 무서운 눈, 그 앞에 면회하러 온 친족들, 늙은이, 젊은 여편네, 어린애를 안은 촌 부인네, 양복 입은 사람, 이러한 칠팔 인이 문 앞에 모여 있었다.

다 대서소에서 쓴 면회 청원과 차입 청원을 조그마한 창으로 들이밀고 제 차례가 돌아와 불러들이기를 기다리고 서성서성하고 있었다.

큰 철문 말고 작은 철문이 삐걱 열리고 무장한 간수의 전신이 나타나면,

"○○○."

하고 사람의 이름을 부르면 저마다 제가 불린 듯하여 한두 걸음 문을 향하고 일제히 걸어 들어가다가, 정말 불린 사람만이 들어가는 것을 부러운 듯이 바라보고는 슬몃슬몃 뒤로 밀려 서서 또 왔다 갔다 하기를 시작한다. 그동안 자전거를 타고 온 출입 상인들과 인력거를 타고 온 변호사들이 들어간다.

이리하기를 한 시간이나 한 뒤에 간수가 나타나며,

"한민교, 윤정선."

하고 부른다.

한 선생은 정선을 앞세우고 나무패 하나씩을 받아 들고 철문 속으로 들어갔다.

문에 들어서서 황톳물 들인 옷을 입은 죄수들이 무슨 짐들을 가지고 개미떼 모양으로 오락가락하는 것을 보면서 마당을 건너 문을 열고 들어가면 형무소의 서무과다. 모두들 부채를 부치며 사무를 보고 있고, 면회 청원을 맡은 간수가 앞에 놓인 수없는 청원 중에서 한 장씩을 골라 뽑아 가지고는,

"무슨 일로 만나?"

"면회한 지가 아직 두 달이 못 되었는데 또 면회를 해?"

이 모양으로 약간 귀찮은 듯이, 아무쪼록은 허하지 아니하려는 의사를 보이고, 면회하러 온 이는 멀리서 왔다는 둥, 꼭 만나야 할 채권 채무 관계가 있다는 둥 하여 아무쪼록 면회를 하려고 애걸을 한다.

*

한 선생과 정선은 여기서 기다린 지도 약 한 시간, 벽에 걸린 시계가 열한 시를 가리킬 때에야 겨우 차례가 돌아왔다.

간수는 정선이 가지고 온 재판장의 소개를 내보이며,

"재판이 끝난 뒤에 재판장의 소개가 무슨 상관이오?"
하고 벽두에 트집을 잡았다.

"윤정선은 허숭의 호적상 아낸가?"
하고 간수는 정선을 바라보았다. 정선은 이 시골 형무소의 면회인 중에서는 보기 어려운 사람이었다. 정선의 이 아름다움과 그리고는 갖추어 있는 모양은 사람들의 주목을 끌었다.

"네."
하고 정선은 모욕감을 느끼면서도 순순하게 대답하였다.

"한민교는 무슨 일로 만나오?"
하고 간수는 한 선생을 보았다.

"나는 허숭 씨와 친구요. 허숭 씨가 복역 중에는 그 집 살림을 돌볼 사람이 나밖에 없고, 또 백선희로 말하면 내가 가르친 학생인데 부모도 없고 형제도 없으니, 복역 중에 그의 재산 정리도 내가 하지 아니하면 아니 될 형편이외다. 그 까닭에 내가 서울서 위해 내려왔소이다."
하고 한 선생은 간수를 정면으로 바라보면서 말하였다.

"친족도 아니면서 만나자면 되나?"
하고 간수는 화를 냈으나, 두 사람에게 다 면회를 허하였다.

"저 지하실에 내려가 기다려!"
하고 간수는 다른 청원서를 집었다.

한 선생과 정선은 다시 물품 들이고 내주고 하는 데 가서 차입했던 의복 기타 물품을 받아 낼 수속을 하고 면회인들이 기다리는 지하실을 찾아 내려갔다.

유월의 지하실은 찌는 듯이 더웠다. 사람들은 제 차례를 기다리고 모두 말없이 앉아 있었다. 저마다 제가 찾아온 죄수를 생각하고 있는 것이다.

어떤 쪼그라진 노파는 간수가 번뜻 보일 때마다,

"나으리, 나으리, 우리 아들 좀 만나게 해 주시우. 삼백 리 길을 늙은 것이 걸어왔수다."

하고 부처님 앞에서 하는 모양으로 합장하고 절을 하였다.

간수는 본체만체하고 면회 차례 된 사람을 데리고 들어갔다.

"자제는 무슨 죄로 와 있소?"

하고 어떤 양복 입은 청년이 묻는다.

"우리 아들이요, 우리 아들 좀 메너(면회)하게 해 주세요."

하고 노파는 그 청년에게도 절을 한다.

이 노파는 귀가 절벽이었다. 여러 사람들은 심심파적으로 노파의 귀에 소리를 고래고래 질러도 보고 손으로 시늉도 해 보았으나, 뜻은 통치 아니하고 다만 아들을 만나게 해 달라고 같은 소리를 할 뿐이었다.

이윽고 간수가 나와서 그 노파를 보고,

"안 돼, 가!"

하고 일변 고개를 흔들고 일변 손으로 가라는 뜻을 표하였다.

노파는 또 몇 번 합장 배례를 하였으나 간수에게 몰려 밖으로 나가고 말았다.

노파의 아들은 ○○의 소작쟁의에 들었다가 농터를 떼인 한으로 지주의 집에 불을 놓은 청년이었다.

마침내 정선의 차례가 왔다.

"윤정선, 한민교."

하고 두 사람은 함께 불렸다.

정선과 한 선생은 각각 간수가 지시하는 창 앞에 가 섰다.

이삼 분이나 지났을까 한 때에 정선의 앞에 있는 창이 덜컥 하고 위로 올라가고 거기는 숭의 얼굴이 나타났다.

"왔소?"

하고 숭은 반가운 웃음을 띠었다.

"몸은 괜찮으시우?"

하고 정선은 울렁거리는 가슴을 억지로 누르면서 첫말을 냈다.

정선의 눈에서는 눈물이 쏟아지려 하는 것을 간수가 주의하던 말을 듣고 억지로 참았다.

"나는 괜찮아요. 선이 잘 노우?"
하고 숭은 아내에게 묻는다.

선이란 정선이 낳은 어린애의 이름이다. 호적에는 물론 숭의 맏딸로 되어 있다.

"네."
하고 정선은 울음 섞어 대답하였다.

"어떻게 하려오? 서울로 올라가시려오? 편할 대로 하시오."
하고 숭은 정선의 말문을 열려고 애를 쓴다.

"서울 안 가요. 살여울서 농사짓고 있을 테야요. 작년에도 나허구 을란이허구 둘이서 농사를 지어서 벼 스무 섬허구, 조 열 섬, 콩 두 섬 했답니다. 금년에두 농사를 벌여 놓았는데 벌써 모두 절반 나구……. 난 밥을 짓고 소 먹이지요. 내 손 좀 보아요."
하고 꺼멓게 그을고 거친 손을 가지런히 숭의 눈앞에 내보인다.

"정말?"
하고 숭은 고개를 앞으로 숙여서 정선의 손을 보았다. 조그마한 손이 커질 리는 없지마는 피부는 많이 거칠었다.

"그럼. 인제는 나도 농사를 많이 배웠어요. 소만에 목화 심고 망종에 모내고……."

하고 정선은 웃었다.

"올라잇. 그러면 내가 나가도록 살여울을 지키시오!"

하고 숭은 더욱 유쾌하게,

"그래, 손수 지은 쌀로 손수 지은 밥맛이 어떻소?"

하고 숭은 소리를 내서 웃었다.

"아주 맛나요. 당신만 집에 같이 계시면 얼마나 더 맛날까. 호박잎 된장찌개가 아주 훌륭하게 맛나. 김매다 말고 밭머리에서 먹는 밥도 먹어 보았지요. 아주 맛나. 소화 불량도 다 없어졌어요. 난 이제 아무 걱정도 없어요."

하고 정선은 정말 아무 걱정도 없는 모양을 보인다.

"굿! 동네엔 별일 없소?"

하는 숭의 말에는 대답도 아니하고,

"왜 공소를 안 한다고 그러시우? 공소를 해 보시지. 무슨 까닭으로 오 년이나 징역을 하시우?"

하고 정선의 얼굴에는 잠시 있던 유쾌한 빛이 스러지고 만다.

"공소할 필요가 없으니까 안 하는 게지."

"그러기로 오 년씩이나."

"할 수 없지요. 오 년 동안에 공부나 잘하지, 아직 젊었으니까. 아무 걱정 말고 농사나 잘 배우시오. 서울 기별했소?"

"기별은 안 했지마는 신문을 보기로 모르셨을라구. 아시면 무얼하우. 인제는 아버지도 우리를 잊으시고 우리도 아버지를 잊어버린걸."

"정근이 그저 동네에 있소?"

"있지요. 식산 조합이라고 집이랑 땅을 저당 잡고는 삼 푼 변사 푼 변에 돈을 꾸어 주고, 동네 사람들은 그 돈을 가지고 잔치하고 술 먹고 야단입니다. 그리고 저당할 것 없는 사람은 장리라든가 하는 것을 주는데, 이른 여름에 벼 한 섬을 주면 가을에 가서 벼 두 섬을 받는다구요. 작년에도 장리 벼를 못 물어서 그것을 금년까지 지고 넘어온 사람이 여럿이랍디다."

정선의 설명을 듣고 숭은 다만 고개를 끄덕끄덕할 뿐이었다.

"간단히, 가사에 관한 것만 말해."

하고 간수가 주의를 하였다.

"그럼, 우리 협동 조합 재산은 다 어찌하였소?"

하고 숭이 묻는다.

"협동 조합은 못 하리라고 경찰에서 금해서 출자했던 것을 모두 노나 가졌지요. 주재소에서 와서 입회를 하고 모두 노났답니다. 유치원도 문을 닫고. 유치원은 나 혼자라도 하려면 하겠는데, 동네 사람들의 인심이 변해서 – 그래도 근래에는 동네 부인들이 우리 집에 놀러도 오고 의논하러도 와요. 다들 못살게 된다고, 술들만 먹고, 빚들만 지고, 예전 생각이 나나 보아요."

숭은 가만히 살여울을 생각하고 살여울의 앞날과 조선 농촌의 앞날을 생각하였다.

제5장

*

 삼 년의 세월이 흘러갔다. 살여울의 농민들은 이 동네 생긴 이래로 처음 당하는 견딜 수 없는 곤경을 당하였다. 집칸 논마지기 밭날갈이는 대부분 유정근이 경영하는 식산 조합의 채무 때문에 혹은 벌써 경매를 당하고 혹은 가차압을 당하고 혹은 지불 명령을 당하고 있게 되었다. 빚을 얻어 쓰기가 쉬운 것과 옛날의 신용 대부 대신에 신식인 저당권 설정이라는 채권 채무의 형식은 가난한 농민들을 완전히 옭아 넣고 말았다. 숭이 경영하던 협동 조합이 농량과 병 치료비와 농구 사는 값밖에는 일체로 대부하지 아니하던 것을 야속히 여기던 살여울 농민들은 잔치 비용이거나 노름 밑천이거나를 물론하고 저당만 하면 꾸어 주는 유정근의 식산 조합을 환영한 것은 사실이었다. 그러나 가여운 농민들은 그것이 자기네의 자살 행위인 줄을 몰랐던 것이다.

"도장만 찍으면 돈이 생긴다."

고 살여울 농민들이 생각하게 된 지 이태가 다 못하여 인제는 농량조차도 얻을 수가 없고, 오직 추수할 곡식을 저당으로 한 장리 벼만을 얻을 수가 있게 되었다.

정근의 아버지 되는 유 산장은 아들의 수완에 절절 탄복하였다. 그래서 금년 봄부터는 모든 재산권을 전부 아들 정근에게 맡겼다. 유 산장네 재산은 숭이 감옥에 들어간 동안에 삼 배가 늘었다고도 하고 사 배가 늘었다고도 한다. 아무리 줄잡아도 갑절 이상이라는 것만은 사실일 것이다.

정근은 숭의 집에서 좀 더 올라간 곳에 별장이라고 일컫는 집을 짓고, 서울 가서 고등보통학교까지 마쳤다는 여학생을 첩으로 데려다가 금년 봄부터 살림을 차렸다. 도회 의원에 선거될 양으로 출마하였으나 돈만 몇천 원 없이하고 낙선된 것만이, 이 집의 유일한 실패였다. 그러나 불원간 면장이 될 것은 사실이라고 전하였고, 다음번에는 반드시 도회 의원이 된다고도 하고, 또 동경 어떤 유력한 사람의 추천으로 불원간 군수가 되리란 말조차 있었다. 어쨌든지 유 산장 집 운수는 끝없이 왕성하는 것같이만 보였다.

그러나 이 동네에서 개벽 이래로 있어 본 일 없는 차압이니 경매니 하는 것을 당하게 되어 몇 푼어치 아니 되는 세간에 이상한 종잇조각이 붙고, 오늘까지 내 소유이던 것이 남의 손으로 끌려감을 당할 때에 받는 살여울 농민들의 가슴의 쓰라림은 비길 데가 없이 심각하였다. 그러나 모든 것을 합법적으로 하여 가는 정근에게 그 따위 민간의 불평은 한 센티멘털리즘에 불과하였다. 혹시 불평하는 말을 하는 소작인이나 채무자가 있다고 하면 정근은 서슴지 않고,

"그것은 게으른 자의 핑계다. 약자의 비명이다. 내가 그대네에게 돈을 꾸어 준 것은 급한 때에 그대네를 도와준 것이다. 남의 도움을 받았거든 감사한 줄을 알아라."

이 모양으로 대답할 것이다. 정근은 법률을 배우지 아니하였느냐. 그는 무슨 일이든지 법률에 걸리지 않기를 힘쓴다. 정근은 이 세상에 법률밖에 무서운 무엇이 있는 줄을 알지 못한다. 그는 사람보다 몇 갑절이나 법률을 무서워한다. 무서워하는지라 그는 요리조리 법률을 피할 길을 찾는 것이다. 그의 정신의 전체는 '법의 그물을 피하여 돈을 모으는 것'에만 쓰였다.

그러나 정근에게도 한 걱정이 생겼다. 그것은 작은갑이의 만기 출옥이다.

*

  정근이 작은갑이 돌아오는 것을 두려워하는 이유는 간단한 것이 아니었다. 작은갑이 돌아오면 자기의 횡포에 한 꺼림이 생길 것은 말할 것도 없다. 그가 비록 보통학교밖에는 더 배운 것이 없고, 또 사람도 그렇게 잘난 편이 아니지마는 작은갑에게는 옳은 것을 위해서는 겁을 내지 아니하는 무서운 성질이 있었다. 그것은 힘으로 누르기도 어렵고 돈으로 사기도 어려운 성질이었다. 이를테면 작은갑은 좀 둔하면서도 직한 벽창호였다. 정근은 작은갑과 어렸을 때의 동무로서 이 성질을 잘 알았다. 숭이 작은갑에게서 본 것도 이 성질이었다. 정근은 작은갑의 이 성질이 싫고 무시무시하였다. 게다가 그는 감옥에서 삼 년이나 닦이지 아니하였나. 그는 검사정에서나 공판정에서,

  "나는 모르오. 허숭이 하라는 대로만 하였소."

한다든지,

  "조선이 잘되고 어쩌고 나는 그런 것은 모르오. 돈이 생긴다니까 하였소."

하기만 하였던들 그는 백방이 되었을 것이었다. 그러나 우직한 작은갑은 어디까지든지 허숭과 동지인 것을 주장하였다. 검사와 예심 판사의 유도함도 듣지 아니하였고 공판정에서도 그대

로 뻗댔다.

이것은 온 동네의 웃음거리가 되었다. '미친놈'이라는 별명까지 얻었다. 그러나 정근은 이러한 작은갑을 다만 미친놈이라고만 웃어 버릴 수는 없었다.

그러나 정근이 작은갑이를 싫어하는 데는 또 한 가지 이유가 있었다. 그것은 작은갑의 아내에 관한 것이었다.

작은갑의 아내는 작은갑이 옥에 들어갈 때에 겨우 열여섯 살이었다. 열두 살에 민며느리로 와서 열다섯 살에 머리를 얹고(혼인을 하고) 내외 생활을 한 지 일 년 만에 옥에 들어간 것이다.

작은갑이 옥에 들어갈 때에는 면회하러 온 아버지(돌모룻집 영감님)에게 제 아내를 날마다 숭의 집에 보내 그 집 일을 도와주게 하라고 부탁하여서 한 이태 동안은 그리하였다. 그러다가 정근이 여학생 첩을 해서 따로 집을 잡은 뒤에는 여러 가지로 꼬여서 작은갑의 처를 한 달에 이 원씩 월급을 주기로 하고 아침부터 저녁까지 여학생 첩의 시중을 들렸다. 밥도 짓고 물도 긷고 세숫물도 놓고 빨래도 하고 그리고 자리도 깔고 걷고 어멈 비슷, 몸종 비슷한 일을 하였다. 월말이면 월급 외에 인조견 치마채, 저고릿감도 주었다.

정근이 작은갑의 처를 이렇게 불러다가 쓰는 것은 결코 그의 서비스만을 위함이 아님은 물론이었다. 열여덟, 열아홉 살의 통통한 그 육체에 맘을 두었음은 물론이었다. 동네에는 한 달이 못하여 소문이 났다. 학생 첩과 정근과의 사이에 싸움이 나면 그것은 작은갑의 처 때문이라고들 다 추측하였다. 아마 그럴 것이다.

"아가, 너 학생 첩네 집에 가지 마라. 가더라도 해지기 전에 돌아와."

이 모양으로 시아버지의 말을 듣는 일도 작은갑의 처에게는 있었다.

"한 달에 스무 냥이 얼마야요?"
하고 며느리는 뾰로통하였다.

아들과는 딴판으로 사람이 좋기 만한 돌모룻집 영감님은 그 이상 더 말할 수가 없었다. 이 촌에서 인조견 옷을 걸치고 낮에 분 기운을 보이고 다니는 며느리의 꼴은 시아버지 눈에 아니 거슬릴 수 없는 풍경이지마는 명절이 되어도 며느리 옷 한 가지도 못 해 주는 시아비로는 그 이상 더 책망할 수도 없었다. 오직 월말이면 지전 두 장을 꽁꽁 뭉쳤다가 시아버지 앞에 내놓는 것만 눈물겹게 생각하지 아니할 수 없었다.

이러한 때 돌아온다는 작은갑이다. 돌모룻집 영감님은 며느리가 지어 놓은 작은갑의 옷 한 벌을 가지고, 며느리가 번 돈으로 차비를 해 가지고 ○○형무소까지 아들 마중을 갔던 것이다.

*

 작은갑이 살여울에 돌아온다는 날(그날은 곧 선희도 돌아오는 날이다.) 동네 청년 육칠 인은 저녁차에 두 사람을 맞으러 일을 쉬고 정거장까지 나아갔다. 정선도 고무다리를 끌며 을란을 데리고 우물께까지 나와서 기다렸다. 이 우물은 정선과 을란은 모르지마는, 인제는 벌써 오륙 년 전에 유순이 바가지로 이슬 맺힌 거미줄을 걷고 식전 물을 길으면서 숭이 돌아오기를 기다리던 데다. 순의 무덤이 바로 이 우물을 내려다보는 위치에 있는 것도 이상한 인연이었다. 유순의 무덤은 벌써 새 무덤의 빛을 잃었다. 다른 낡은 무덤과 같이 풀로 덮였다. 정선은 청명 추석에 을란을 보내서 이 돌아볼 사람 없는 유순의 무덤과 한갑 어머니의 무덤을 돌아보게 하였다. 예수교 학교에서 자라난 정선이라 음식을 벌여 놓는 것은 아니지마는 풀이나 뜯어 주고 꽃포기나 심어 주었다.

 정선은 우물가에 서서 순의 무덤을 바라보았다. 을란도 따라서 바라보았다.

 "여기 오신 지가 몇 해야요?"

하고 을란은 감개를 못 이기는 듯이 물었다.

 "벌써 오 년째다. 우리가 농사를 네 번이나 짓지 아니했니?"

하고 정선은 서울 있는 쪽을 바라보았다. 부모 생각도 나고, 집 생각도 났다. 떠난 지 사오 년이 되어도 소식도 없는 집! 그러나 그것은 그리운 곳이었다.

그리고는 정선의 머리는 ○○으로 돌려졌다. 거기는 남편이 흙물 묻은 옷을 입고 있다. 사오 차 면회도 하였고 이따금 편지도 오지마는 앞으로 아직도 이태를 남긴 남편의 돌아올 기회가 망연하였다.

해는 뉘엿뉘엿 넘어간다. 지평선 위에는 구름 봉오리들이 여러 가지 모양과 여러 가지 색채로 변하였다. 논김을 매는 사람들이 석양 비낀 볕에 마치 신기루 모양으로 커다랗게 떠오르는 것이 바라보였다.

"으어허 허으허."

하는 소리밖에는 말뜻도 알아볼 수 없는 메나리 소리가 들려왔다. 배고프고 피곤한 것을 이기려는 젊은 농부들의 억지로 짜내는 소리였다. 장에 갔다가 돌아오는 장돌림의 당나귀 방울 소리가 들리고 맥고자 밑에 손수건을 늘인 장꾼들이 새로 샀는가 싶은 부채를 부치며 지껄이고 가는 것이 보였다.

이윽고 작은갑이와 선희 일행이 무너미 고개를 넘는 것이 보였다. 뒤에 따라오는 것은 정선이 돌모룻집 영감님 편에 부친 제 옷(예전 서울서 입던 옷)을 입고 제 파라솔을 받은 선희였다.

"저기 오시네."

하고 을란도 반가워서 따라갔다. 머리를 치렁치렁 땋아 늘인 커다란 계집애다. 정선도 절뚝절뚝하며 몇 걸음을 더 걸어갔다.

청년들은 자기네 힘으로나 빼어 오는 것같이 작은갑과 선희를 옹위해 가지고 의기양양하게 떠들고 웃고 손가락으로 가리켰다. 그리고는 또 떠들고 웃었다.

"아이, 정선이!"

하고 선희는 정선이 절뚝거리고 오는 것을 보고 빠른 걸음으로 뛰어와서 파라솔을 풀밭에 내던지고 정선을 껴안았다. 그리고 두 사람은 서로 안고 울었다.

작은갑이 정선에게 인사를 할 때에 정선은 일변 눈물을 씻으면서 허리를 굽혔다. 그러나 목이 메어서 말이 나오지를 아니하였다.

작은갑이와 젊은 사람들은 세 여자에게 자유로 울 기회를 주려는 듯이 지나가 버리고 말았다. 정선과 선희는 언제까지나 서로 안고 울었다. 곁에 을란이도 앞치마 자락으로 낯을 가리고 머리꼬리를 물결 지으면서 울었다.

*

　선희는 한참이나 정선을 안고 울다가 정선에게서 물러나 정선의 화장 아니한 별에 그은 얼굴과 목지지미 치마에 굵은 모시 적삼을 걸친 꼴을 물끄러미 바라보다가 미친 듯한 열정으로 정선의 목을 안고 수없이 그 입을 맞추었다.

　"정선이 더 이뻐졌구나!"

하고 선희는 다시 정선에게 물러서며 히스테리컬하게 웃었다.

　"허 선생 면회하고 왔다. 안녕하시더라. 난 꼭 삼 년 만에 뵈었는데 몸이 좀 부대하신 것 같으시어. 정선이 보거든 잘 있으니 염려 말라고 그러라고. 나는 집에 있을 때나 지금이나 꼭 한 모양이라고 말하라고. 학교에 있을 때보다 공부가 많이 된다고. 서양 유학하는 셈치고 있다고 그러라고. 이태나 더 있어야 졸업이라고. 졸업하고 가거든 새 지식을 가지고 일할 터이니 그동안에 정선이는 건강과 용기를 기르고 있으라고. 광명한 앞길을 바라보고 아예 어두운, 슬픈 생각을 말라고. 그리고 또 무어라고 하셨더라. 오, 옳지 친정에 한 번 댕겨오라고. 정선이 친정아버지께서 감옥으로 편지를 하셨더라고. 필적이 떨리신 것을 보니까 퍽 노쇠하신 모양이니 얼른 가 뵈이라고."

　"안 가."

하고 정선은 서울 쪽을 바라보며 눈을 끔적끔적하고 어린애 모양으로 고개를 도리도리하여 보인다.

선희는 말을 이어,

"그리구, 그리구."

하고 잊어버린 말을 생각하다가,

"오, 참."

하고 을란의 손을 잡으며 선희는,

"을란이 인제는 나이가 많았으니 적당한 신랑을 구해서 시집을 보내라고. 서울로 보내든지 살여울서 혼처를 구하든지 정선이 을란이 어머니가 되어서 잘 골라서 시집을 보내라고."

"안 가요. 전 집에 있을 테야요."

하고 을란은 고개를 숙이고 정선의 치마꼬리를 만진다.

정선은 을란의 어깨에 올라앉은 귀뚜라미를 집어던지며 말없이 한숨을 쉰다.

"오, 그리구 또, 저, 아이구 무슨 말씀을 또 하시더라."

하고 선희는 말을 잊어버린다.

세 여자가 울고 이야기하는 동안에 날은 아주 저물어 남빛 어두움이 달내벌을 덮었다.

"을란아, 밥."

하고 정선이 놀랐다.

"아이그마."

하고 을란이 집을 향하고 달려간다.

정선과 선희도 집을 향하고 걷기를 시작한다.

몇 걸음을 가다가 정선이 우뚝 서며,

"선희, 순이 무덤이 저기라우."

하고 선희에게 시루봉 기슭을 가리켰다.

선희는 깜짝 놀라는 빛으로 정선이 가리키는 데를 본다. 그러나 어두움은 완전히 유순의 무덤을 가려 버리고 말았다.

"한갑 어머니 무덤두 저기구."

하고 정선은 또 한 번 그곳을 가리켰다.

선희는 두 무덤이 있다는 쪽을 향하여 이윽히 묵상하였다. 시루봉의 원추형인 윤곽이 마치 한 큰 무덤인 것과 같이 남은 빛에 하늘에 우뚝 솟아 있었다. 그 봉우리 위에는 새로 눈뜨는 별 하나가 반짝거렸다.

'불쌍한 순이 누운 곳이 저기라네.

무덤은 아니 보이고,

저녁 하늘에 별 하나만 깜박인다.'

선희는 이러한 생각을 하고 그것으로 시를 만들어 유순의 무덤에 새겨 세울까 하는 생각을 해 본다.

선희와 정선은 동네 사람들을 피하여 동네를 에돌아서 집으로 향하였다.

*

작은갑이 집에 돌아온 길로 보고 싶은 이는 물론 그의 아내였다. 혼인이라고 해서 석 달도 다 못 되어서 떠난 해, 그때에는 아직 열여섯 살밖에 되지 아니하였지마는, 지금은 열아홉 살이 되어 성숙한 부녀가 되었을 아내는 작은갑이의 가장 그리운 사람일 것은 말할 것도 없었다.

"보구 싶어!"

하고 옥중에서 소리를 지르다가 간수한테 야단을 당한 일까지 있었다.

작은갑은 전보다 퇴락한 집을 보았다. 다 썩어 문드러진 바자울, 바잣문, 여러 해 영을 잇지 못해서 여기저기 홈이 파진 것 등 작은갑의 가슴을 아프게 하지 아니한 것이 없지마는 가장 섭섭한 것은 아내가 눈에 안 보이는 것이었다. 혹시나 죽었나 하는 무서움까지 있었다. 모두 엉성하게 뼈만 남은 동생들이 반가워하는 것도 시들하였다.

작은갑은 수줍은 맘에 아내가 어디 갔는가를 물어볼 용기는 없었다.

"어디 앓지나 않았니?"

"아이구, 겨울에 손발이 언다던데."

"글쎄, 무슨 죄를 지었다고 그 고생이냐."

이러한 말을 해 주는 어머니와 일가, 동네 어른들의 말에 작은갑이는,

"예."

"무얼요."

이러한 마음 없는 대답을 하고 밖에서 발자국 소리만 나면 아내인가 하고 마당을 내다보았다. 동넷집 아이들이 모여들고 늦도록 홰에 아니 오른 닭들이 끼룩거리고 들어오고 동넷집 개까지 모여들어도 아내의 빛은 안 보였다.

"어따, 시장하겠다. 어디 먹을 게 있나."

하고 어머니는 부엌에서 손수 밥상을 들고 들어와서 작은갑이 앞에 놓는다.

"어디 갔어요?"

하고 작은갑이는 참다못하여 어머니를 향하고 묻는다.

"누구? 응, 네 처?"

하고 어머니는,

"어디 일 갔어. 인제 오겠지."

하고 갑자기 시들한 어조로 변한다.

'죽지는 않았군. 어디로 가지도 않았군.'

하고 작은갑이는 적이 마음을 놓았다. 그러나 아무렇기로 남편이 삼 년이나 옥에 있다가 돌아온다는데 무슨 일을 갔기에 이렇게 늦도록 아니 오는가 하고 불안한 생각이 없지 아니하였다.

돌모룻집 영감님은 반은 죽고 반만 산 사람 모양으로 아무 말도 없고 아무 표정도 없이 밥만 먹고 있었다.

저녁상을 물려도 아내는 돌아오지 아니하였다. 지붕 낮은 방은 벌써 어둡다. 그래도 아내는 안 돌아왔다. 어머니는 부엌에서 뒷설거지를 하고 있고 아버지인 돌모룻집 영감님은 토당에 쭈그리고 앉아서 담배를 피우고 있었다.

작은갑은 화를 내 마당에서 왔다 갔다 하다가 부엌을 들여다보며,

"어디 갔소? 이렇게 어둡도록 안 오니?"

하고 수줍은 것 다 제쳐놓고 물었다.

"퍽도 안달을 한다. 산 사람이 오지 않을라구. 그렇게 계집이 보고 싶거든 가 보려무나."

하고 어머니는 솥에다 숭늉 바가지를 내동댕이치며 어성을 높

였다.

"마중 가 보렴."

하고 아버지가 작은갑에게 말을 건다.

"어디 갔어요? 날마다 이렇게 늦어요?"

하고 작은갑은 아내를 오래 떠난 남편이 가지는 일종 본능적인 의심을 느꼈다.

"가(그애)레 그래두 돈을 벌어서 우리 집에서도 돈을 만져 본단다. 저 홰나뭇집 정근이 학생 첩네 집에 가서 일해 주고 먹고 한 달에 이 원이야. 요새에 그만한 벌이는 있나."

하고 돌모룻집 영감님은 며느리의 하는 일을 변호하였다.

*

"뭐요?"

하고 작은갑은 눈이 뒤집힘을 깨달았다.

"굶어 죽기어든 그 원수 놈 집에 가서 종노릇을 해 주어요?"

"그래두 한 달에 먹구 스무 냥이 어딘데. 스무 닢을 어디서?"

하고 돌모룻집 영감님은 끙끙 하고 앉았다.

작은갑은 간다 온다 말없이 휙 집에서 나왔다.

작은갑은 정근의 학생 첩의 집이라는 데를 향하여 빨리 걸었
다. 그동안에도 작은갑은 동네 길들이 더러워진 것을 보았다.
가운데가 불룩하던 길이 인제는 가운데가 우묵하게 패였다. 집
들도 모두 윤을 잃었다. 숭이 애써 이뤄 놓았던 동네의 문명을
정근이 모조리 깨뜨려 버린 것이었다.

작은갑은 황혼 속에 귀신같이 서 있는 한갑이네 집을 보고 우
뚝 발을 멈추었다. 그리고 이 집에서 일어난 모든 비극을 생각
하였다. 그것이 모두 다 정근의 소위인 것을 생각하고 이를 갈
았다.

작은갑은 한갑의 집을 지나서 보리밭과 삼밭 사이로 등성이
를 올랐다. 거기 심었던 낙엽송이 모두 말라죽은 것을 보았다.

마루터기에 올라서려 할 때에 작은갑은 눈앞에 희끗한 무엇
을 보았다. 작은갑은 우뚝 섰다. 그 희끗한 것은 두 사람이었다.

작은갑은 길가 풀숲에 납작 엎드렸다. 그래 가지고는 사냥하
는 사람 모양으로 가만가만히 기어 올라갔다.

두 사람의 안고 섰는 양이 황혼 빛에 희미하게, 그러나 윤곽
만은 분명하게 하늘을 배경으로 나떴다.

두 사람은 서로 껴안고 수없이 입을 맞추고 희롱하는 것이 보
였다. 작은갑의 사지의 근육은 굳었다. 호흡도 굳었다.

"아이, 고만 놓으셔요."

하는 것은 분명히 작은갑의 아내의 음성이었다.

"내일도 오지?"

하는 것은 정근의 음성이었다.

"그럼요."

"작은갑이 못 가게 하면 어찌할 테야?"

"아이 노세요. 누가 보는 것 같애."

하고 여자는 몸을 빼내려고 애를 썼다.

"흥, 오늘 밤에는 작은갑허고 오래간만에 정답게 잘 터이지."

하고 정근은 여자를 땅에 앉히려는 태도를 보였다.

"아이, 작은갑이 보면 어떡하우?"

하고 여자는 애원하였다.

"그깟짓 놈 보면 대순가. 내가 주재소에 말 한마디만 하면 그놈 또 징역을 갈걸. 그놈 징역만 가면 우리 같이 살아, 응."

하고 정근은 여자를 번쩍 안아 들어서 땅에 내려놓는다.

"이놈아!"

하고 작은갑은 뛰어 나섰다.

정근은 서너 걸음 달아나다가 작은갑에게 붙들렸다. 작은갑은 정근의 멱살을 잡아서 끌고 아내가 있는 곳으로 왔다.

아내는 땅에 엎어진 채 두 손으로 머리를 가리고 떨고 있다.

"이놈아!"

하고 작은갑은 한 주먹을 높이 들었다.

"난 잘못한 것 없네."

하고 정근은 한 팔을 들어 작은갑의 주먹을 가리었다.

"내가 다 보았다. 저기 숨어서 내가 다 보았어."

하고 작은갑은 주먹으로 정근의 따귀를 서너 번 연거푸 갈겼다.

"아니, 아이구 아이구."

하고 정근은 작은갑의 주먹을 피하며,

"아니야, 자네가 잘못 보았네, 가만. 아이구 내 말을, 아이구 한마디만 듣게, 아이구, 글쎄 아이구."

"이놈아, 네가 주둥이가 열 개가 있기로 무슨 할 말이 있어. 옳지 인제 내가 네 놈을 죽이고야 말 터이다."

하고 작은갑은 정근을 땅에 자빠뜨려 놓고 타고 올라앉았다.

*

작은갑과 정근이 격투를 하는 동안에 작은갑의 처는 둘 중에 한 사람은 죽을 것을 두려워하여서 집으로 달려 내려가 시아버지를 보고,

"아버님, 저 큰일 났습니다. 둘이 큰 싸움이 났습니다."

하고 고하였다.

 돌모룻집 영감님은 그 말에 벌써 누가 누구와 무슨 일로 싸우는지를 알았다. 그리고 영감님은 지팡이를 끌고 두 사람이 싸운다는 곳으로 올라갔다.

 이리하여 가까스로 두 사람을 뜯어말렸다. 정근은 제 집으로 들어가고 작은갑은 아버지에게 끌려서 집으로 내려왔다. 영감님은 또 앞에 무슨, 큰, 불길한 일이나 생기지 아니할까 하여 속으로 겁이 나고 '어서 죽어 버려야' 하는 자탄을 발하였다. 영감님은 자기가 못났기 때문에 재산을 못 만들어서 아들과 며느리에게도 큰소리를 못 하는 것이 부끄러웠다.

 집에 돌아와 보니 작은갑도 목과 낯에 시퍼렇게 피진 곳이 여러 곳이요, 코피가 흘러 적삼 앞자락이 뻘겋게 물이 들었다.

 이날 밤에 작은갑의 아내는 남편이 자기를 어떻게 하려나 하고 겁을 집어먹고 눈치만 보고 있었다. 애초에는 남편이 자기를 건드리면,

 "왜 이래?"

하고 뿌리쳐서 핀잔을 주려고 마음을 먹고 있었으나 정근을 때려눕히고 막 때리는 양을 보고는 겁이 나서 감히 남편에게 반항할 용기가 없었다. 그러나 작은갑은 밤이 새도록 곁에 아내라는 여자가 있는 것을 잊어버린 듯하였다. 작은갑의 아내는 도리어

자존심이 상하는 불쾌감을 느꼈다.

아침에 일찌거니 작은갑은 뿌시시 일어나서 정근의 집을 찾아갔다. 어깨와 옆구리와 아픈 데가 많다.

마당에 화초도 심고 서양 종자 사냥개도 놓고 말도 매고 상당히 부르주아식으로 꾸민 정근의 '학생 첩의 집' 문밖에 선 작은갑은 짖고 대드는 개를 발을 굴러 위협하며,

"정근이! 정근이."

하고 무거운 어조로 두어 번 불렀다.

"누구셔요?"

하고 건넌방 문을 방싯 열고 내다보는 것이 '여학생 첩'인 모양이었다.

작은갑은 그 여자의 말은 들은 체 만 체하고,

"정근이! 날세, 작은갑이야. 한마디 할 말이 있어서 왔네."

하고 신을 벗고 마루 끝에 올라선다. 이 집은 서울 집 본으로 지었다.

학생 첩이라는 여자는 작은갑이라는 말에 혼비백산하였다. 마치 지옥에서 온 사자나 보는 것같이 몸서리를 쳤다.

작은갑은 들어오란 말도 없는 주인의 방에 들어섰다. 일본식 모기장이 앞을 가렸다. 작은갑은 모기장을 한 손으로 움켜쥐어 득 잡아당기어 걷어 버리고 정근이 누운 곁에 펄썩 앉으며,

"정근이!"

하고 한 번 더 크게 불렀다.

정근은 비로소 잠을 깬 것처럼 찌그러진 눈을 떠서 작은갑을 바라보았다. 정근은 도장과 돈 있는 곳을 한 번 생각하고 만져 보고 그리고는 다시 눈을 감았다.

"정근이, 내가 온 것은 다름이 아니야. 자네 한 사람 때문에 허 변호사라든지, 백선희 씨라든지, 또 내라든지 아무 죄 없이 징역을 지게 되고, 그뿐 아니라 자네 한 사람 때문에 모처럼 살아가려던 동네가 다 망하게 되었으니까, 내가 곰곰 생각하니까 자네를 죽여 버리는 것이 이 동네를 살리는 일이 될 것 같아. 그래서 자네를 내가 마저 죽여 버리려고 왔네."

*

"사람 살리우!"

하고 정근은 소리를 치며 일어났다. 그러다가 작은갑의 눈을 보고는 문득 태도가 변하여 작은갑의 앞에 절하는 모양으로 엎드리며,

"살려 주우. 내가 다 죽을죄로 잘못했으니 살려 주우. 우리가

앞뒷집에서 자라난 정리를 생각해서 목숨만 살려 주우. 여보, 여보, 이리 와서 인사드리우. 우리 어려서부터 친구가 오셨소. 여보, 애희, 이리 오우. 차라도 만들고. 우선 이리 와서 인사부터 하구."

하고 정근은 반쯤 정신 나간 사람 모양으로 허둥댄다. 아홉 시가 지나면 주재소장이 들르기로 되었지마는 인제 여섯 시도 다 안 되었으니 아홉 시까지는 무사히 지내도록 온갖 수단을 다 할 수밖에 없었다.

"낸들 사람을 죽이고 싶겠나, 그렇지마는."

하고 말하려는 작은갑을 가로막으며,

"그야 자네가 분하게 생각할 줄도 알아. 그렇지만 그건 오해야. 자네 입옥 후에 자네 아버지가 무얼 좀 도와 달라고 그러시니까, 그때 마침 이 집을 지었고 해서 참, 자네 부인더러 우리 집 일을 좀 보살펴 달라고 그랬지. 그게 벌써 삼 년 아닌가. 그동안에 매삭에 먹고 이 원이라고 정했지마는 돈일세, 옷감일세, 또 양식일세 하고 자네 집에 간 것이 해마다 백 원치는 될걸. 허지만 다 아는 처지니까. 그래, 그래 나는 잘못한 게야 있지. 그저 모두 잊구 오해를 풀어 주게. 응, 그럼 자네가 분할 테지, 그럼 오해될 것도 없지. 응, 그저 다 오해야."

작은갑은 정근의 말뜻을 짐작하느라고 정근의 눈과 입과 손

을 눈도 깜짝 아니하고 바라보다가,

"응, 나도 내 아내 말을 하려는 것이 아닐세. 젊은 며느리를 자네와 같은 색마의 집에 보내는 우리 아버지가 그르지. 또 내 아내가 절개가 곧으면야 누가 무어라기로 까딱 있겠나. 그러니까 나는 내 아내 문제를 문제로 삼지 않네. 누가 옳은지 누가 그른지 오지자웅을 알 수 있나. 다만 내가 그 여자의 서방이니까 자네를 죽인 칼로는 그 계집마저 죽일 수밖에 없지. 분통이 터져서 못 견디겠으니까. 그렇지마는 내가 자네를 죽이려는 것은 이 동네를 위해서야. 자네가 삼 년만 더 살아 있다가는 이 동네가 쑥밭이 되고 말 것이요, 삼 년이 되기 전에 자네와 자네 집 식구는 이 동네 사람들의 성난 손에 타 죽거나 맞아 죽거나 찔려 죽거나 할 터이니, 그리 되면 살여울 동네는 온통 쑥밭이 되고 마는 것 아닌가. 그러니까 말야, 나허구 자네허구 죽어 버리면 이 동네는 산단 말일세. 자네도 죽기는 싫겠지. 나도 죽기는 싫어. 그렇지마는 꼭 자네를 죽이고야 말 테니 그리 알게."
하고 한 손에 들었던 수건 뭉치를 탁 털어서 날이 네 치나 되는 일본식 식칼을 내든다.

"이 사람, 제발 살려 주게. 이 사람, 작은갑이 제발 살려 주게. 무엇이든지 자네가 하라는 대로 다 할 테니 살려만 주게. 여보, 이리 좀 와요."

하고 정근이 미닫이를 열어젖히려는 것을 작은갑이 정근의 팔을 꽉 붙들어서 제자리에 앉힌다.

정근은 제 몸의 어느 구석에 칼날이 들어가는 줄만 알고,
"아고고."
하고 눈을 희번덕거린다. 그러다가 작은갑의 손에 들린 칼에 피가 흐르지 아니하는 것을 보고야 숨을 헐떡거린다.

여학생 첩이 덜덜 떨고 엿듣고 있다가 쏜살같이 대문 밖으로 뛰어 나간다. 주재소로 가려는 것이다.

"오 주재소에 보냈구나. 그렇지만 순사가 오기 전에 너는 벌써 죽었을걸."
하고 작은갑은 칼을 들고 정근에게 대들었다.

*

정근은,
"여보, 가지 마오! 이리 오오."
하고 학생 첩을 불렀다. 그리고는 더 말도 못 하고 작은갑의 앞에 합장하고 빌었다.

여학생 첩은 남편이 부르는 소리를 듣고는 돌아 들어왔다. 들

어와서 작은갑의 앞에 엎드려서 빌었다. 말은 못 하고 그저 수없이 절을 하였다.

"이놈, 너는 법률밖에는 무서운 것이 없는 줄 아니? 세상에는 법률보다 더 무서운 것도 있다."

하고 작은갑은 을렀다.

"응 알았네, 알았어. 내 자네 하라는 대로 함세. 저 종이하고 내 만년필하고 가져와. 자 불러요, 내 쓸 테니. 무어라고든지 자네가 쓰라는 대로 쓸 테니. 자, 그 칼은 좀 놓아요. 내가 이거 손이 떨려서 어디."

하고 정근은 종이를 앞에 놓고 붓을 든다. 작은갑은 잠깐 주저하더니,

"그래 써라. 허숭과 협동 조합을 모함한 것은 전연 무근한 것을 네가 지어낸 것이지? 내 말을 받아써!"

정근이 떨리는 손으로 받아쓴다.

"인제는 내가 물은 말에 네 대답을 써라, 털끝만치도 속이면 안 돼!"

하고 작은갑은 칼을 흔든다.

"그렇소."

하고 정근이 답을 쓴다.

"왜 무근한 소리를 했어?"

"협동 조합이 생기기 때문에 영업에 방해가 되고 또 허숭 씨가 동민의 존경을 받는 것이 미워서 그랬소."

하고 정근은 똑바로 쓴다.

"허숭을 감옥에 보낸 뒤에 고리대금과 부정 수단으로 모은 돈이 얼마나 되나?"

하고 작은갑이 묻는다.

"한 오륙만 원 되오."

"그만만 되어?"

"아니, 실상 그밖에 안 되네. 게서 더 될 게 있나?"

하고 정근은 입으로 대답한다.

"지금 동민에게 지운 채권은 얼마나 되고?"

"일만 한 팔천 원 되오."

"그 나머지는 다 청산하고?"

"그렇소. 더러는 부동산을 사는 형식을 취하고 더러는 강제 집행을 하여서 다 청산을 하였네."

"고대로 써!"

정근은 그 말을 쓴다.

"그러면 이 자리에서 그 일만 팔천 원 채권은 포기하고 그동안에 모은 돈 육만 원에서 절반 삼만 원은 동네 교육 기금으로, 또 절반 삼만 원은 협동 조합 기금으로 내놓는다는 표를 쓰게."

"이 사람, 그렇게 다 내놓으면 나는 무얼 쓰고 사나?"

"자네는 본래 재산도 있고, 또 협동 조합을 하거든 거기 일 보고 월급 받지."

정근은 작은갑이 시키는 대로 삼만 원은 동네의 교육 자금으로 삼만 원은 식산 자금으로 살여울 동네에 기부한다는 표를 쓰고, 연월일 씨명을 쓰고 도장을 찍고 증인으로는 학생 첩이 도장을 찍고 또 작은갑이 도장을 찍었다.

작은갑은 이러한 일이 어떻게 하면 법률상 효과가 생기는지를 잘 몰랐다. 다만 도장 한 번 찍은 것이 오늘날 법률에는 면하지 못할 책임을 지는 것을 여러 번 보아 왔다.

정근은 자기가 비록 이렇게 증서를 쓰고 도장을 찍는다 하더라도 나중에 협박으로 된 것이라는 한마디면 이 일이 뒤집혀질 것을 잘 안다.

작은갑은 정근이 쓴 표를 받아서 집어넣고 칼을 수건에 싸서 조끼 주머니에 집어넣고 나서 정근의 손을 잡으면서 친구다운 태도로,

"여보게, 자네가 정말 이 표대로만 하면야 이 동네에서 자네네 부자 생사당(生祠堂) 짓고 동상 해 세우지 않겠나. 그리 되면 자네네 집도 잘살고 동네도 잘살지 않겠나. 꼭 이 약속대로 하여 주게."

하고 손을 잡아 흔들었다.

*

 정근은 작은갑의 태도에 놀랐다. 첫째로 작은갑이 칼을 들고 저를 죽이러 온 것은 아내에게 대한 분풀이거나 그렇지 아니하면 아내와 정근의 간통을 이유로 돈이나 달랄 것으로 생각하였다. 이에 대해서 정근은 논이나 여남은 마지기 주기로 결심까지 하였다. 그러나 작은갑은 이에 대하여는 한마디도 비치지 아니하였다. 그의 요구는 자초지종으로 순전히 동네를 위한 것이었다. 살아올 동네를 위한 것이었다. 정근에게는 이런 일상은 상상할 수 없는 의외의 일이었다. 자기 같으면 이런 좋은 기회를 이용하여 돈 몇천 원 떼어 낼 것이라고 생각하였다.
 삼만 원으로 조합 자금을 삼고 삼만 원으로 교육 기관을 세우라는 것은 그리 어려운 조건은 아닌 것 같았다. 정말 그렇게 해 보고 싶은 생각도 났다.
 "그럼 자네는 무고죄로 나를 고발하지는 않겠나?"
하고 정근은 작은갑에게 다졌다.
 "자네가 지금 약속한 일만 한다면야 고발이라니 말이 되나.

내가 자네 집 심부름을 해 주어도 싫지 않지."

"또 내가 자네 부인과, 아무 일도 있는 것은 아니지마는 혹시 오해로라도 말야, 그런 일을 문제로 만들지 않겠나?"

"자네가 지금 약속한 일만 한다면야 절대로 그런 일은 없지."

"고마우이. 그럼, 내 약속대로 함세. 나도 사람 아닌가. 나도 오늘 자네 정성에 감격했네. 저를 잊고 동네를 생각하는 그 의사적(義士的) 풍도에 감격했네."

하고 정근은 겨우 떨던 몸이 진정되고 또 파랗던 입술에 핏기가 돌며 손을 내밀어 작은갑의 손을 청하였다. 작은갑은 쾌하게 손을 내밀어 정근의 손을 잡아 흔들었다.

"자네가 만일 약속대로 아니하는 날이면 이 칼은 언제나 자네를 위해서 내가 가지고 있네. 오늘 동네를 모아서 동네에 이 일을 발표하세. 좋은 일이란 마음 난 때에 해 버려야 하는 것이야. 그럼, 내 가서 일들 다 나가기 전에 동네 사람들을 유치원 집에 잠깐 모아 놓겠네. 자네가 모이란다고, 자네 심부름으로."

하고 작은갑은 일어나서 정근의 집에서 나왔다. 정근은 거절할 용기가 없었다.

작은갑은 동네 집집에 다니며 정근의 뜻을 대강 말하고 모두 유치원으로 모이라고 하였다. 동네 사람들은 반신반의로 어리둥절하였다. 천하에 돈밖에 모르는 정근이 무슨 흉계를 피우는 것인가 하면서도 유치원으로 모였다.

　한 시간이 다 못하여 작은갑은 다시 정근의 집으로 왔다.

　정근은 바로 밥술을 놓고 있었다.

　"다들 모였네. 모두 칭송이 자자하이."

　"좀 앉게."

하고 정근은 어쩔 줄 모르는 듯이 작은갑을 바라보았다.

　정근은 두루마기를 떼어 입고 모자를 쓰고 작은갑을 따라 나섰다.

　유치원 마당에는 사람들이 모여서 웅성거리고 있었다. 모두들 영양 불량으로 얼굴에는 핏기가 없고 다리들도 가늘었다. 사흘을 더 살 수가 없을 것같이 참혹하였다. 모인 사람 중에는 아침을 굶은 사람도 있었다. 만일 오늘도 정근이 좁쌀 창고를 열지 아니하면 자기네끼리 모여서 창고를 깨뜨리고 꺼내 먹자는 의논까지도 있었다. 눈앞에 먹을 것을 두고도 굶어 죽을 수는 없다고 생각하게 되었다.

　"다들 들어가십시다."

하고 작은갑은 사람들을 방으로 들이몰았다. 사람들은 정근을 힐끗힐끗 바라보며 방으로 들어갔다.

*

 사 년 만에 처음으로 모이는 모임이다. 숭이 이 동네에 있을 때에는 가끔 동네일을 의논하느라고 모였으나 숭이 잡혀간 뒤로는 한 번도 모여 본 일이 없었다.

 유치원은 벽이 떨어지고 비가 새고 먼지가 켜켜이 앉았건마는 아무도 돌아보는 이가 없었다. 마당에는 풀이 무성하였다. 선희는 어제 감옥에서 돌아오는 길로 이 모양을 보고 울었다.

 작은갑은 사람들이 다 자리에 정돈하기를 기다려서 사회자석에서 일어섰다. 그 곁에는 주재소에서 감시하러 온 경관이 둘이나 정모를 쓴 채로 앉아 있었다.

 "오늘은 참으로 기쁜 날입니다."

하고 작은갑은 입을 열었다. 동네 아이들도 무슨 구경이나 났는가 하고 기웃기웃 들여다보았다. 머리들이 자라고 때가 끼고 모두 귀신같이 되어 버린 아이들이다. 숭이와 선희가 있을 때에는 아이들은 이렇지 아니하였다.

 "유정근 선생이."

하고 작은갑은 뒤에 앉힌 정근을 바라보며,

 "우리 살여울 동네를 위하셔서 돈 육만 원을 내놓으시기로 하셨습니다. 삼만 원은 교육 자금으로, 삼만 원은 협동 조합 자금으로 육만 원을 내놓으시기로 하였습니다. 오늘 아침에 이 사람을 부르셔서 이렇게 자필로 증서를 쓰셨습니다."
하고 정근이 손수 쓴 증서를 낭독하고 그것을 여러 사람에게 보인 뒤에,

"그뿐 아니라 우리 살여울 동네 사람에게 지운 빚 일만 육천여 원을 모두 탕감해 주시기로 하고, 여기 이렇게 표지를 다 내놓으셨습니다. 이것은 회가 끝난 뒤에 각각 나오셔서 우리 유정근 선생님께 고맙다는 말씀을 드리고 찾아가시기를 바랍니다. 유정근 선생이 그동안에 우리 동네에서 원망을 받으신 것은 사실입니다. 그러나 오늘에 와서 우리는 그 불쾌한 묵은 기억을 다 달내물에 띄워 내려 보내고 오늘부터 새로이 우리 은인이요, 우리 동네에 은인인 유정근 선생을 새로 맞게 되었습니다. 유정근 선생은."
하고 다른 종잇조각을 꺼내며,

"우리 지도자 허숭 선생에게 미안한 일을 하셨다는 것과 또 백선희 선생과 맹한갑 군에게도 미안한 일을 하셨다는 것을 말씀하셨습니다. 그러나 우리는 오늘에 이 모든 것을 잊어버리지 아니하면 아니 됩니다. 우리는 기쁘게 이 불쾌한 모든 기억을 잊어버리십시다. 허숭 선생이 앞으로 이태 동안 더 옥중의 고초를 보시더라도 유정근 선생이 이런 고마우신 크신 일을 하셨다

는 말을 들으면 기뻐하실 줄 믿습니다. 여러분! 우리는 일제히 일어나서 유정근 선생에 고맙다는 뜻을 표하십시다."
하고 손을 드니 모인 사람들이 다 일제히 일어난다.
"원, 이런 고마운 일이 어디 있나."
하고 눈물을 흘리는 노인도 있었다.
"다들 앉으십시오."
하고 작은갑은 정근을 향하여 고개를 숙이며 인사말을 하라는 뜻을 표한다.

정근은 일어나 읍하고,
"나는 그동안 지은 죄가 많습니다. 첫째로 옳은 사람들을 모함했고, 그 밖에도 지은 죄가 많습니다. 나는 작은갑 군 때문에 눈을 떴습니다. 작은갑 군에게는 용서받을 수 없는 죄를 지었건마는 작은갑 군은 나를 용서하였습니다. 작은갑 군은 내게는 재생지은(再生之恩)을 주신 이입니다. 동네 여러 어른들께도 지은 죄가 태산 같습니다. 그러나 그것은 다 내가 철이 안 나서 그러한 것입니다. 이제부터 나는 있는 힘을 다해서 우리 살여울 동네를 위해서 힘쓰고자 합니다. 우리 살여울 동네가 조선에서 제일 넉넉하고 살기 좋고 문명한 동네가 되도록 있는 힘을 다하려고 합니다."
하고 정근은 북받쳐 오르는 눈물을 삼키느라 잠깐 말을 끊었다.

*

   정근은 눈물을 삼키고 나서,

   "저는 이제 여러분 앞에 자백합니다. 첫째로 유순은 애매하였습니다. 허숭 군이 미워서 허숭 군을 잡느라고 내가 한갑에게 없는 소리를 하였습니다. 유순을 죽인 것은 이놈입니다."

하고 제 가슴을 가리키며,

   "그리고 허숭 군이나 한갑이나 백선희 씨나 여기 계신 작은갑 씨나 다 애매합니다. 나는 처음 일본서 돌아와서 허숭이 동네에서 채를 잡은 것을 보고 불쾌하였습니다. 그리고 우리 집이 허숭 때문에 못 살게 된다고 생각하고 허숭 씨를 미워했습니다. 옳은 사람을 모함한 나는 소인입니다. 죄인입니다. 열 번 죽어도 아깝지 아니한 죄인입니다. 만일 허숭 씨나 한갑 씨가 경찰에서나 검사국에서나 예심정에서나 공판에서나 내 말을 하였다 하면 그이들은 다 무사하고 나는 무고죄로 몰렸을 것입니다. 그러나 허숭 씨는 일절 그러한 말을 입 밖에도 내지 아니하였습니다. 이 몹쓸 놈은 그것을 다행으로 알았습니다. 그러나 내게도 양심은 있어서 자나 깨나 괴로웠습니다. 순이 밤마다 꿈에 나를 원망했습니다. 순이는 내 열촌 누이가 아닙니까. 나는 이제 모든 죄를 자백합니다. 나는 작은갑 씨에게도 큰 죄를 지었습니다. 그 죄가 무슨 죄인 것은 말하지 아니하겠습니다마는 죽어도 마땅한 큰 죄를 지었습니다. 그런데 작은갑 씨는 나를 용서하셨습니다. 나는 내 모든 죄를 자백하였습니다. 나는 이제 잡혀가서 징역을 져도 좋습니다. 그것이 도리어 마음에 편하겠습니다. 나는 하루도 마음 편할 날이 없었습니다. 마음 편할 날이 없었기 때문에 더욱 죄만 지었습니다. 그러나 나는 오늘 모든 죄를 자백하였습니다. 여러 어른께서 나를 때리시든지 죽이시든지 맘대로 하시기 바랍니다. 나는 백 번 죽어도 아깝지 아니합니다. 만일 목숨이 남으면 나는 살여울 동네를 위해서 허숭 군이 하던 일을 따라가겠습니다. 그러나 나는 죄 많은 놈이라 무슨 낯을 들고 그런 일을 하겠습니까."

하고 정근은 울음에 소리가 막혔다.

입석한 경관들은 서로 돌아보며 눈을 꿈적거렸다. 청중들도 모두 복잡한 감정에 잠겨 있었다. 정근은 눈물을 씻으며,

"지금 작은갑 씨가 말씀한 것은 다 내 뜻입니다."

하고 더 말할 수가 없이 감정이 혼란하여 밖으로 나가 버렸다.

방에서는,

"유정근 만세."

하고 외치는 소리가 세 번 들렸다.

극도로 흥분한 정근은 거의 본정신을 잃은 듯하였다. 그는 주

재소에 자현한다고, 자현해서 허숭의 죄를 없이한다고 주장하였다. 작은갑은 굳이 만류하여 숭의 집으로 끌고 왔다.

정근은 정선과 선희를 보고,

"용서하세요, 용서하세요."

하고 일본 무사 모양으로 마루에 엎드렸다.

작은갑은 정선과 선희에게 정근이 심기일전한 전말을 대강 말하였다. 그리고 동네를 위하여 돈 육만 원을 내놓고 일만 육천여 원의 채권을 포기하였단 말을 하였다.

정근은 눈물 섞어 숭과 순이의 관계는 자기가 다 지어냈다는 것과, 숭과 선희와 관계에 대한 악선전도 다 자기가 지어낸 것이라는 것과, 숭이 자기의 죄를 다 알면서도 법정에서 한마디도 발설치 아니하였다는 말을 되풀이하고, 자기는 경찰에 자현하여 숭과 선희와 한갑이와 순이와 작은갑이의 애매한 것을 밝혀야 한다는 것을 말하였다.

정선과 선희는 정근의 손을 잡고,

"고맙습니다, 고맙습니다."

하고 위로하였다.

정근은 미친 듯이 흥분하여 스스로 억제할 바를 몰랐다.

*

 정근은 이러한 큰 결심을 한 이튿날 ○○형무소에 허숭을 면회하였다. 허숭은 더운 감방에서 그물을 뜨고 앉았다가 유정근이라는 사람이 면회를 청한다 하여 일변 놀라고 일변 의아해하면서 간수에게 끌려 나갔다.

 정근은 숭의 얼굴이 나타나는 맡에,

 "도무지 면목이 없네. 오늘 나는 자네에게 사죄를 하고 앞으로 해 나갈 일을 의논하러 왔네."

하고 단도직입으로 온 뜻을 말하였다.

 숭은 대답할 바를 몰라서 다만 물끄러미 정근을 바라보고만 있었다.

 "나는 모든 죄를 다 깨달았네. 그리고 동네 사람들한테 자백을 했네. 인제 자네허구 한갑이한테만 자백하면 마지막일세."

하고 그동안 모은 돈 육만 원을 산업 기금과 교육 기금으로 살여울을 위하여 내놓기로 하였다는 말과 남은 채권 일만 육천여 원을 탕감했단 말을 하고,

 "이런 것으로 내 죄가 탕감되리라고는 믿지 않네. 나는 검사국에 자현해서 자네가 무죄한 것을 변명할 결심도 가지고 있네마는 그렇게 한다고 꼭 자네가 무죄가 될는지가 의문이야. 그래

서 똑바로 말이지, 나는 세상에 있어서 자네가 나올 때까지 자네가 하던 일을 해 보려고 하네. 나는 그것이 자네 뜻인 줄 아네, 안 그런가."

숭은 아직도 대답할 바를 찾지 못했다. 도무지 이것은 믿기지 아니하는 일이다. 정근이 무슨 생각으로 자기를 놀려먹는 것이라고밖에는 생각할 수가 없었다.

"자네가 내 말을 안 믿으리. 그렇지마는 나는 자네를 미워하고 적으로 알아서 없애 버리려고 하다가 필경은 자네의 인격에 감복한 것일세. 나는 새사람이 되려네. 자네를 따르는 충실한 제자가 되려네. 나를 믿어 주게."
하고 정근은 두 손을 합장을 하고 고개를 숙였다.

"경찰에서나 법정에서나 자네가 나만 끌어넣으면 죄는 내가 지고 자네는 무사하였을 것을 나는 아네. 그렇지만 자네는 나를 끌어넣지 아니하고 애매한 죄를 달게 지지 않았나. 나도 사람일세. 사람의 마음이 있는지라 삼사 년이 지난 오늘날에라도 제 죄를 깨달은 것이 아닌가. 이 사람, 나를 믿어 주게. 이처럼 말을 하여도 나를 못 믿나?"
하고 정근은 또 한 번 합장하고 고개를 숙인다.

"정근 군, 고마우이. 나는 인제 자네를 믿네. 기쁘이. 살여울 하나만 잘살게 되면야 나는 옥에서 죽어도 한이 없네."

하고 숭은 긴 한숨과 함께 고개를 숙인다.

"어서 할 말만 해!"

하고 간수가 재촉을 한다.

"네, 할 말을 하지요."

하고 정근은,

"그러면 내가 이 육만 원 돈을 가지고 어떻게 일을 할 것을 일러 주게. 무엇이든지 자네가 하라는 대로 하려네."

숭은 이윽히 생각하다가,

"서울 가서 한민교 선생을 찾아보고 그 어른을 살여울로 모셔 오게. 그래서 그 어른이 하라는 대로 하게. 자네 한 선생 알지?"

"응, 말은 들었지. 뵈온 일은 없어."

"한 선생이 가장 조선을 잘 아시네. 조선에 무엇이 없는지 무엇이 있어야 할지를 가장 잘 아시는 이가 그 어른이니, 그 어른께 만사를 의논하게."

하고 숭은 한 선생을 생각하였다.

"그 어른이 살여울에 오시겠나?"

"오시겠지."

"그럼 내가 이 길로 서울로 올라가겠네. 가서 자네 말을 하고 한 선생을 만나겠네."

하고 잠시 더 할 말을 생각하다가,

"자네 부인, 따님, 다 무고하시니 염려 말게."
하고는 간수의 재촉으로 숭의 얼굴은 가려졌다.

정근은 처음 경험하는 감동을 가지고 물러 나왔다.

*

다방골 현 의사는 일찍 저녁을 먹고 등교의에 누워서 선풍기 바람을 쏘이고 있다. 현 의사는 사오 년 전보다는 뚱뚱해졌다. 그러나 남자도 모르고 아이도 아니 낳아 본 그는 중년 여성의 태가 있는 중에도 처녀와 같은 태가 어딘지 모르게 있었다.

현 의사는 옛날 모양으로 탁자 위에 즐겨하는 우롱차 컵을 놓은 채로 요새에 와서 맛을 붙인 웨스트민스터를 피우고 있었다.

"길아, 누구 오셨나 보다."
하고 현 의사는 고개를 들었다.

소리에 응하여 뛰어나오는 사람은 십육칠 세나 되어 보이는 흰 양복을 입은 미소년이었다. 계집애는 낯살만 먹으면 서방 얻어 가는 것이 밉다고 하여 사내아이를 두는 것이 요새 현 의사다. 길이란 이 사내아이의 이름이다. 현 의사는 이 아이를 고르는 것을 마치 미술품을 고르는 것 모양으로 살빛을 보고 골격을 보고 손발을 보고 눈, 코, 입을 보고 음성을 보고 별의별 것을 다 보아서 고른 것이다.

"네?"

하고 길이가 현 의사의 곁에 오는 것을 현 의사는 담배 내를 길의 낯에 푸 하고 뿜으며,

"귀먹었니? 대문에서 누가 찾지 않어?"

하고 길의 볼기짝을 때린다.

"오, 또 이 박사가 왔군."

하고 길은 댄스하는 보조로 걸어 나간다.

과연 이 박사였다.

"굿 이브닝 닥터."

하고 이 박사는 단장을 팔에 걸고 파나마를 벗어 높이 들고,

"글쎄, 왜 순례 같은 여자를 버려?"

하고 현 의사는 누운 채로,

"어때? 인제야 이건영이 심순례 신들은 매겠소? 홍, 앙아리 보살이 내렸지. 백주에 그런 여자를 마대. 그리구는 그게 뭐야. 이 계집애 저 계집애, 나중에는 남의 유부녀 궁둥이까지 따라댕기니. 홍, 어때?"

하고 피에드네(서양식 아웅)를 해 보인다.

"닥터, 이건 너무하지 않으시우?"

하고 이 박사는 싱글싱글 웃는다.

이 박사도 그동안에 몸이 나고 얼굴에는 마치 술꾼이나 건달에게서 보는 뻔질뻔질한 빛이 돈다. 오륙 년 전의 얌전하던 빛, 점잖던 빛은 다 없어졌다.

이 박사는 신발 신은 채로 한 발을 마루에 올려 짚고 탁자 위에 놓인 웨스트민스터갑을 집으며,

"글쎄, 여자는 여자답게 가늣한 궐련을 먹는 게지, 웨스트민스턴 다 무어야."

하고 한 개를 꺼내 입에 문다.

"흥, 무슨 상관야. 오늘도 어디서 한 잔 자셨구려?"

하고 현 의사는 담뱃불을 이 박사에게 준다.

"인생에 실패한 나 같은 사람이 술이 아니면 무엇으로 사오? 당신이나 내나 다 일생에 패군지장(敗軍之將)이거든."

하고 맛나는 듯이 담배를 깊이 들이빤다.

"당신이나 패군지장이지, 내가 왜 패군지장이오? 나는 당신네 같은 패군지장을 구경하고 사는 사람이라나."

"길아!"

하고 이 박사는 길의 손을 잡아끌며,

"나는 네가 부럽고나."

하고 싱글싱글 웃는다.

"왜요?"

하고 길은 무슨 장단을 맞추어 몸을 우쭐거린다.

"너는 이런 주인아씨 같으신 미인 곁에 밤낮 있으니까 부럽지 아니하냐, 하하하하."

하고 길의 어깨를 툭 치고는 현 의사를 향하여,

"자, 나서우!"

하고 재촉한다.

"어디를?"

"음악회."

"심순례 독주회?"

"슈어. 이렇게 표 두 장 사 가지고 왔습니다."

하고 표를 내보인다.

*

"그래, 순례 음악회에를 갈 테야?"

하고 현 의사는 기가 막힌 듯이 웃으면서 몸을 반쯤 일으킨다.

"왜요? 내가 사랑하는 사람이 유학을 하고 돌아와서 영광스러운 독주회를 한다는데 내가 안 가고 누가 가요?"

하고 이 박사는 뽐낸다.

"사랑하는 사람? 흥, 이 박사야 치마만 두른 사람이면 다 사랑하지? 빗자루에 치마를 둘러도 사랑할걸. 흥, 그 싸구려 사랑, 대관절 이 박사가 미국서 돌아온 후로 모두 몇 여자나 사랑하셨소? 몇 여자나 버려 주고, 몇 여자에게서나 핀둥이를 맞았소?"

"이거 왜 이러시우?"

하고 이 박사는 약간 무안한 빛을 보인다.

"이거 왜 이러시우가 아니오. 인제는 사람 구실을 좀 해 보란 말이오. 그러다가 인제 텍사스에서까지 쫓겨나지 말구. 오, 참 거기 타이피스트를 또 사랑한답디다그려. 괜히 그러지 말고 다 늙어 죽기 전에 다만 며칠 만이라두 사람 구실을 좀 해 보아요. 세상에 왔다가 한 번도 사람 구실을 못 해 보고 간대서야 섭섭하지 않소?"

하고 현 의사는 차 한 모금을 마시고 볼일 다 보았다는 듯이 또 드러눕는다.

이 박사는 고개를 숙이고 말이 없다. 이 박사의 마음에도 괴로움이 생긴 것이다. 인제는 교회도 떠나 버렸다. 점잖은 친구들도 다 자기를 반기지 아니하게 되었다. 여자들은 다 자기를 피하게 되었다. 잡지들이 자기를 놀려먹던 기사조차 인제는 써 주지 아니하게 되었다. 생각하면 적막한 일이었다.

그러나 이제 다시 교회에를 다닌댔자 어느 천년에 신용을 회복할 것 같지도 아니하고, 무슨 사회적 활동을 하려 하여도 인제는 거들떠보아 주는 사람이 없다. 그러면 돈은 벌어지느냐 하면 그리할 밑천도 재주도 없었다. 텍사스에서 돈 백 원이나 받는대야 그걸로는 저축이 될 성도 싶지 아니하였다. 게다가 인제는 나이도 사십이 가까워오지 아니하는가. 세상에서 버려진 몸은 생각할수록 적막하였다.

현 의사는 만날 적마다 이 박사를 놀려먹고 공박하였다. 그러나 현 의사밖에는 그렇게라도 자기를 아랑곳해 주는 이도 없었다. 가끔 현 의사에게 아픈 소리를 들으면서도 그래도 적막해지면 이 박사의 발은 현 의사의 집으로 향하였다. 처음에는 현 의사를 제 것을 만들어 보려고 따라다녔으나 벌써 그 야심을 버린 지는 오래다. 이 박사가 보기에 현 의사도 하늘에 핀 꽃이었다. 그래도 현 의사를 아니 따를 수는 없었다.

현 의사도 귀찮게 생각은 하면서도 이 박사를 영접하였다. 영접한다는 것보다도 오는 대로 내버려 두었다. 그리고 올 때마다 강아지나 고양이와 희롱하는 모양으로 희롱하였다. 아무러한 말을 하여도 성도 안 내는 것이 좋은 장난감이었다. 유시호 불쌍하게 생각하는 때도 있었다. 그러한 때에는 한 번 악수를 하여 주었다. 이 박사는 현 의사의 손을 한 번 잡으면 울 것같이 감격하였다. 현 의사가 빙그레 웃으면서 손을 내주면 이 박사는 여왕의 손을 잡으려는 신하 모양으로 허리를 굽히고 그 손을 잡았다. 어떤 때에 그 손등에 키스를 하다가 뺨을 얻어맞은 일도 있었다.

'저것은 무엇에 소용이 될꾸.'

하고 가끔 현 의사는 이 박사를 보고 생각하였다.

"Good for nothing(무용지물)."

하고 입 밖에 내 말한 일도 있었다.

이 박사 자신도 무용지물인 것을 의식하는 모양이었다.

"영어나 좀 가르쳐 보구려."

이렇게 현 의사는 이 박사의 소용처를 찾아도 보았다.

"허허허허."

하고 이 박사는 웃을 뿐이었다.

*

공회당은 상당히 만원이었다. 순례 모교의 서양 선생들도 보이고, 그의 동창인 아름다운 여자들도 떼를 지어서 순례가 나타나기를 기다렸다. 순례의 아버지와 어머니도 딸의 영광을 보려고 맨 앞줄에 와서 가슴을 두근거리고 앉아 있었다. 순례의 어머니는 아직 젊지마는 그 아버지는 벌써 백발이 성성하고 얼굴에 주름이 잡혔다. 사 년이나 만리 타국에 떠나 있던 딸이 돌아온 지가 한 달이 넘었지마는 아직도 밤에 문득 잠을 깨어서는 딸이 멀리 미국에 있는 것만 같았다.

이 박사와 현 의사도 보였다.

시계의 바늘이 여덟 시를 가리키고도 이삼 분 더 지난 때에 주최자인 조선 음악회를 대표하여 이전(梨專)의 A 교수가 작은 몸에 연미복을 입고 단상에 나타났다. 일동은 박수하였다.

A 교수는 이렇게 심순례를 소개하였다.

"이 사람은 우리 조선의 새 천재 한 분을 소개하게 된 것을 영광으로 압니다."

하고 심순례의 약력과 그가 어떻게 아름다운 인격을 가지고 또 어떻게 큰 재주를 가지면서도 힘써 공부했는가를 열 있는 말로 설명한 뒤에 A 교수는 한층 소리에 힘을 주어서,

"그러나 이상에 말씀한 모든 아름다운 것보다 가장 아름다운 것을 심순례 씨가 가졌습니다. 그것은 조선적인 것에 대한 사랑입니다. 그의 성격이 조선 사람의, 조선 여성의 가장 아름다운 것을 구비하셨거니와 이것은 심순례 씨의 예술에서 가장 분명히 볼 수가 있습니다. 오늘 저녁에 연주할 곡조 중에 '아아 그 나

라'라는 것과 '사랑하는 이의 슬픔'은 심순례 씨 자신의 작곡이라 말할 것도 없지마는 서양 사람이 지은 곡조를 치더라도 그의 손에서는 조선의 소리가 우러나옵니다. 한 말씀으로 하면 심순례 씨는 서양 악기인 피아노의 건반에서 순전한 조선의 소리를 내는 예술가입니다. 심순례 씨야말로 진실로 조선의 딸이요, 조선의 예술가라고 할 것입니다."
하고 심순례를 불러냈다.

집이 떠나갈 듯한 박장 소리에 낯을 붉히고 나서는 심순례는 오 년 전보다 약간 몸이 여위어서 호리호리하였다. 모시 적삼에 모시 치마를 입고 그리 굽 높지 아니한 까만 구두를 신었다. 어느 모로 보든지 미국에 다녀온 현대 여성 같지는 아니하고 A 교수가 소개한 바와 같이 조선의 딸다운 얌전과 겸손과 수삽이 있었다.

순례는 은사 되는 A 교수의 열렬한 칭찬과 청중의 박수갈채에 잠깐 지나쳐 흥분함을 깨달았다. 눈이 아뜩아뜩함을 깨달았다. 그래서 순례는 피아노 앞에 앉아서 마치 기도하는 사람 모양으로 일이 분 동안 고개를 숙이고 앉았다.

다음 순간에 순례의 손은 들렸다. 열 손가락이 하얀 건반 위로 날았다. 방 안은 고요하였다. 마치 아무것도 없고 순례가 치는 소리만이 유일한 존재인 것 같았다.

한 곡조가 끝날 때마다 박수가 일어났다.

순례가 뒷방에 들어오면 순례를 딸이라고 하는 홀 부인은 순례를 껴안고 눈물을 흘리고, 순례를 사랑하는 동창들도 순례를 안고 기뻐하였다.

'아아 그 나라'가 연주될 때에는 청중은 거의 숨이 막힐 듯하였다. 그 곡조가 끝나도 청중은 박장하는 것조차 잊어버린 듯하였다. 그러다가 순례가 무대로부터 사라진 뒤에야 끝없이 박수를 하고 소리를 질렀다.

그러나 순례는 울려오는 박수 소리를 들으면서도 마음에 누를 수 없는 슬픔이 있었다. 거의 기절할 것같이 기운이 빠짐을 깨달았다. 동창들은 부채를 부쳐 주고 땀을 씻어 주었다. 그러나 순례의 가슴에는 명상할 수 없는 고적과 슬픔이 있었다.

한 선생이 들어와서 순례의 손을 잡고 칭찬의 말을 할 때에 순례는 더 참을 수 없어 소리를 내서 울었다.

마지막은 '사랑하는 이의 슬픔'이다. 이것은 순례가 이 박사에게 버림을 받았을 때에 지은 것을 미국에서 몇 군데 수정한 것이다. 순례는 이 곡조를 아니하려 하였으나 홀 부인이 굳이 권하기 때문에 프로그램에 넣은 것이었다.

순례는 마지막으로 피아노 앞에 앉았다.

곡조는 끝났다. 아아, 어떻게 애틋한 선율이냐. 청중은 일제히 한숨을 쉬었다.

순례가 피아노에서 일어서려 할 때에 청중으로서 꽃다발을 들고 무대에 뛰어올라 순례 앞을 막아서는 이가 있었다. 그것은 이 박사였다.

이 박사는 꽃다발을 순례의 앞에 내밀었다. 순례는 무심히 꽃을 받아 들고는 깜짝 놀라며 뒤로 물러섰다.

다음 순간에 순례는 꽃다발을 무대 위에 내던지고는 두 손으로 낯을 가리고 비틀비틀 쓰러지려 하였다.

*

쓰러지려는 순례는 A 교수의 팔에 안기어 뒷방으로 옮김이 되었다. 청중이 일제히 일어섰다. 그중에서,

"저놈 끌어내려라. 저 색마 이건영이 놈을 끌어내려라."

하는 소리가 들렸다.

이건영이 무대에서 갈팡질팡할 때에 무대 밑으로서 어떤 노인이 뛰어올라와 이건영의 멱살을 붙들고 따귀를 수없이 갈겼다. 그 노인은 순례의 아버지였다.

"이놈, 오늘 내 손에 죽어라!"

하고 노인은 소리를 질렀다.

몇 사람이 뛰어나와서 노인을 안고 이건영을 붙들어 내렸다. 임석 경관이 나서서 청중에게는 해산을 명하고 노인과 이건영을 붙들었다.

순례는 현 의사의 손에 치료를 받았다. 십 분 후에는 회장은 고요하게 되고 뒷방에만 순례의 어머니와 홀 부인과 현 의사와 한 선생과 사랑하는 친구 몇 사람이 말없이 순례가 정신을 차리기를 기다렸다.

"그놈이, 그놈이 어쩌면 또 나선단 말이냐. 그 마귀 놈이, 그 죽일 놈이."

하고 순례의 어머니는 울었다.

이십 분이나 지나서 순례는 정신을 차렸다. 현 의사 안동하여 자동차를 타고 순례는 집으로 돌아왔다.

순례는 아무 일도 아니 생긴 것처럼 한잠을 잤다. 그리고 잠이 깬 때에는 대청의 시계가 두 시를 치고 창에는 달이 환하게 비쳤다.

순례는 일어나 안방에 들리지 않게 가만히 창을 열었다. 하늘에는 여기저기 구름 조각이 떠 있으나 여름달이 휘영청 밝았다.

순례는 문지방에 몸을 기대어 멀거니 하늘을 바라보았다. 안방에서는 아버지의 코고는 소리가 들렸다. 순례가 정신없이 잠든 동안에 아버지는 경찰서에서 나온 것이다.

"그놈이 내 딸 속인 놈이오. 그놈이 여러 계집애를 버려 준 놈이오. 그놈이 세상에 나와 돌아댕기면 내 딸이 언제 또 그 변을 당할는지 모르고, 또 남의 딸을 얼마나 더 버려 줄는지 모르니 그놈을 꼭 잡아다가 가두고 내놓지를 말아 주시오."

하고 순례의 아버지는 경관에게 순박한 말을 하였다. 그리고는 다시는 사람을 때리지 말라는 말을 듣고 놓여 나왔다. 나와서는 딸이 편안히 잠들어 자는 것을 들여다보고 내외가 늦도록 이야기를 하다가 막 잠이 든 것이었다.

"그놈을 죽여 버리고 마는 것을."

하고 아버지는 잠꼬대로 중얼거렸다.

순례에게 준 이건영의 타격은 순례에게보다도 순례의 아버지에게 더 아픈 영향을 주었다. 딸을 사랑하는 그는 이 사건 때문에 십 년은 더 늙은 듯하였다. 시체 사람들 모양으로 입 밖에 내서 말은 아니하지마는 가끔 비분한 생각이 치밀어서 억제할 수가 없었다. 그래서 이 슬픔은 순례의 아버지의 성격을 침울하게 만들어 버렸다.

순례는 달을 바라보았다. 어려서부터 보통학교, 고등보통학교 시절부터 바라보던 달이요, 이건영과 약혼한 뒤에 그 속에 건영의 얼굴을 그리며 바라보던 달이었다. 어디서든 달을 보면 순례는 건영을 생각하지 아니할 수 없었다. 그것은 순례가 이 박사와 단둘이 외출하기를 허락받은 첫날밤에 남산 공원에서 달을 가리키고 산을 가리켜 서로 사랑이 변치 말기를 맹약한 까닭이었다. 그때에 이 박사는 순례의 귀에 입을 대고 영어로,

"저 달이 빛나는 동안, 저 하늘이 있는 동안!"

하고 세 번 맹세를 주었다.

그때에 순례는 그 말을 그대로 믿었다. 그것은 지금 와서 생각하면 심히 부끄러운 일이었다.

순례는 미국에 있는 동안이나 미국을 떠나서 조선에 올 때에도 이건영에게 대한 생각을 떼어 버리려고 애를 썼다. 그러나 달을 떼어 버릴 수가 없는 것과 같이 그 생각을 떼어 버리기가 어려웠다. 반드시 그리워서 그런 것이 아니었다. 이건영의 인격에 대하여서는 침을 뱉고 싶게 불쾌한 생각을 가지지마는, 그래도 이모저모로 잊히지를 아니하였다. 그의 미운 모양이 순례를 더 괴롭게 하였다.

'내가 왜 이렇게 약해.'

하고 순례는 머리를 흔들고 다시 자리에 누웠다.

*

　이튿날, 한 선생이 순례의 집을 찾아왔다. 한 선생은 순례의 부모를 향하여 어젯밤에 생긴 일을 위로하고, 순례를 향하여,

　"너 여행 좀 안 해 보련? 지금까지는 세계에 가장 돈 많고 문명했다는 미국에 가 있었으니 이번에는 세계에 가장 가난하고 문명 못한 조선 시골 구경을 좀 해 보지."
하였다.

　어젯밤에 일어난 일로 순례에 관한 소문은 반드시 높을 것이었다. 새 학기부터 모교에서 교편을 들기로 대개 내정이 되었지마는, 어젯밤 사건이 그 일에 어떠한 방향 전환을 줄는지 모르는 것이었다. 그래서 순례도 좀 서울을 떠나고 싶고 순례의 부모도 딸이 잠시 어디 소풍을 하는 것이 좋을 것같이 생각되었다. 그래서 한 선생을 따라 살여울에 가 보기로 작정이 되었다.

　서울을 떠난다고 생각하니 순례의 가슴이 좀 시원해지는 것 같았다.

　"살여울 가면 정선이도 있고 선희도 있지. 너 알지?"
하고 한 선생은 순례를 기쁘게 하려고 애를 썼다.

　"그럼요."
하고 순례도 정선과 선희를 만날 것을 기뻐하였다.

"그래라. 선생님 따라가서 구경이나 잘해라. 선생님 말 일러지 말구."

하고 순례 어머니는 어린애 타이르듯 말하였다.

밤 열 시 이십 분, 경성역을 떠나는 북행에는 한민교를 전송하는 사오십 명 남녀가 있었다. 그 전송객 중에는 한은 선생도 있고 홀 부인도 있고 정서분도 있고 현 의사도 있었다.

한 선생은 안동포로 지은 쓰메에리 양복에 인제는 전 조선에 몇 개 안 남은 총모자를 썼다. 한 선생은 평생에 소원이던 농촌 경영, 농촌 진흥 운동의 기회를 잡은 것이 기뻤다.

그는 전송 나온 사람들에게 유정근을 일일이 소개하였다.

"이이가 유정근 씨요. 전 재산을 내놓아서 농촌 운동을 하시는 이인데, 조선에 이런 독지가가 열 분만 나기를 바라오."

하고 유쾌하게 웃었다.

한은 선생의 손을 잡고 한 선생은 유정근을 소개한 뒤에,

"유정근 씨 말씀을 들으니까 정선이 광당포 치마 적삼을 입고 아주 농부가 다 되었답니다."

하였다.

따르르 하고 차 떠날 때가 되었다는 신호가 나자, 사람들은 한 선생과 마지막 악수를 교환하였다.

맨 나중에 한 선생이 차에 오르려 할 때에 어떤 농립 쓰고 고

의적삼만 입은 청년 하나가 나와서,

"선생님!"

하고 한 선생을 불렀다.

한 선생은 발을 멈추고 그 청년을 바라보았다.

"갑진이올시다."

하고 농모를 벗었다.

"어, 갑진 군인가."

하고 한 선생은 놀라며 갑진의 어깨에 팔을 얹었다. 그리고 갑진의 차림차림을 훑어보았다.

"어서 오릅시오. 저도 신촌까지 모시고 가겠습니다."

하고 한 선생의 뒤를 따랐다.

전송하던 사람들도 갑진이라는 말에 한 번 놀라고 그 초초한 행색에 두 번 놀랐다.

차는 떠났다.

한 선생은 삼등차의 승강대에 서서 고개를 숙여 일일이 전송하는 인사에 대답하였다. 순례는 한 선생의 어깨 뒤에 숨어서 아무쪼록 사람의 눈을 피하였다.

"이리 와 앉게."

하고 한 선생은 갑진에게 자리를 권하며,

"그런데 대관절 그동안 어디 가 있었나. 이삼 년 동안 도무지 소식을 못 들었네그려."

하고 갑진의 옆에 그은 초췌한 얼굴을 바라보았다.

"말씀하지요. 저는 그동안 검불랑 가서 농사했습니다."

"검불랑?"

하고 한 선생은 더욱 놀란다.

"네, 평강 검불랑 말씀야요. 허숭 군의 예심 결정서를 보고 생각하는 바가 있어서 검불랑으로 갔습니다. 가서 만 이 년간 농부들과 함께 살았습니다. 이번 소비조합 물건을 사러 서울을 왔던 길인데, 선생님이 살여울로 가신다기에 잠깐이라도 만나 뵐 양으로 퍽 주저하다가 나왔습니다."

하고 갑진은 유쾌하게 웃었다.

"어째 내 집엘 안 왔나?"

하고 한 선생은 갑진의 수목고의 입은 무릎을 친다.

"아직 찾아뵈올 때가 못 되니깐요. 아직 사람이 다 안 되었으니깐요. 사람이 될 만하거든 찾아뵈오려고 했지요, 하하. 도무지 꿈같습니다, 선생님."

하고 웃는다.

그 소리 내어 웃는 모양만이 갑진의 옛 모습이었다.

차가 신촌에 서려 할 때에 갑진은 한 선생과 악수하며,

"선생님, 제일 선생님 말씀을 안 듣던 저도 필경 선생님을 따

르느라고 하게 되었습니다. 명년쯤에 한 번 검불랑에도 와 주십시오."
하고 뛰어내렸다.

이광수 대표 장편 소설 해설

흙 2

■ 작가에 대하여

이광수[李光洙, 1892. 3. 4. ~ 1950. 10. 25.]

호는 춘원(春園). 평북 정주 출신으로 1892년 전주 이 씨 양반 가문에서 태어났으나 가세가 기울어 가난한 생활을 했고, 11세가 되던 해에 부모가 모두 콜레라로 사망하며 외가에서 청소년기를 보냈다.

1907년 일본으로 건너가 톨스토이에 심취했고, 1909년에는 단편 소설 〈사랑인가〉를 발표하여 유학생 사이에 차츰 이름이 알려지기 시작했다. 1910년 일본 명치학원을 졸업하고, 오산학교 교원으로 있다가, 1916년 일본 와세다 대학 철학과에 입학했다.

1917년 우리나라 최초의 근대 장편소설 《무정》을 《매일신보》에 연재하였고, 그해 단편소설 〈소년의 비애〉, 〈어린 벗에게〉를 《청춘》에 발표하고 《개척자》를 《매일신보》에 연재했다. 1919년에는 동경에서 2·8 독립 선언서를 작성하고 상해로 탈출, 도산 안창호의 흥사단 이념에 감명받아 임시 정부 기관지 독립 신문사의 사장 겸 편집국장에 취임했다. 1922년에는 논문 〈민족개조론〉을

《개벽》에 발표하고 《허생전》, 《재생》, 《마의 태자》 등의 작품을 계속 발표했다.

1937년 '수양 동우회' 사건으로 안창호 등과 함께 수감되었다가 반년 만에 병보석으로 풀려났다. 그 후 조선문인협회 회장이 되고, 가야마 미쓰로(香山光郎)로 창씨개명을 해 친일 행위를 시작하였다. 1950년 6·25 전쟁 중에 납북된 후 1950년 10월 폐결핵으로 사망했다.

이광수는 이상주의에 바탕을 둔 계몽적 민족의식을 표방하며 작품 세계를 펼쳐 나갔다. 그는 문체 확립, 실험적 인물 묘사, 현대적 주제 설정 등을 작품에 적용하며 현대 문학 선구자로서의 문학사적 위치를 차지하였다. 또한 그는 많은 논설을 통해서 자신의 사상을 주장했다. 그는 기존의 도덕과 윤리를 강렬하게 비판하였으며, 진화론적 사고에 토대를 둔 근대적이고 새로운 가치관과 세계관을 역설하였다. 그는 일제 강점기 하의 억압과 현실의 부조리, 구사상과 새로운 서구 민주주의 사상과의 갈등, 유교적 가치관과 기독교 사상의 대립 등을 작품에 투영하였다.

그가 남긴 저서로 장편 소설 《무정》, 《개척자》, 《재생》, 《마의 태자》, 《단종애사》, 《이순신》, 《흙》, 《그 여자의 일생》, 《유정》, 《사랑》, 《꿈》, 《원효대사》 등이 있고, 단편 소설 〈무정〉, 〈소년의 비애〉, 〈방황〉, 〈무명〉 등이 있다.

흙 2

◆ **작품 개관**

1932년 《동아일보》에 연재된 장편 소설이다. 이 시기는 이광수가 《동아일보》에서 편집국장을 지내던 때로, 《동아일보》의 주도로 브나로드 운동(1870년대 러시아에서 청년 귀족과 학생들이 농민을 대상으로 사회 개혁을 이루고자 일으킨 계몽 운동. '민중 속으로'라는 뜻으로 우리나라에서도 1930년대에 크게 성행하였다.)이 전개되던 시기였다. 이 시기는 전 세계적인 경제 공황으로 인하여 사람들의 삶이 피폐했으며, 우리 농촌도 일제 강점기 하에서 날로 궁핍해져 가고 있었다. 이러한 상황 속에서 이광수는 《흙》을 발표했고, 사람들의 많은 관심을 모았다.

◆ **주요 등장 인물**

허숭 가난한 농촌 출신의 고학생. 보성전문학교를 나와 고등 문관 시험에 합격하여 변호사가 된다. 부잣집 딸인 정선과 결혼했지만 부귀영화를 버리고 고향으로 돌아가 농촌 계몽에 힘을 쏟는다.

윤정선 허숭의 아내이자 윤 참판의 딸. 서울에서 신식 교육을 받은 부잣집 딸로 숙명에서도 두 번 수석했고, 이화전문학교 음악과에서도 수재라는 소리를 들었다. 어머니를 닮아 미모가 뛰어나며 사치스럽고 허영심이 있다. 갑진과 불륜 관계를 맺지만 후회하는 마음에 기차에 뛰어들었다가 불구가 된다. 이후 남편 허숭과 함께 농촌 사업에 적극적으로 참여한다.

유순 순박한 시골 처녀. 허숭을 사모하여 그와 결혼하기를 믿고 기다리지만 허숭은 서울 양반 집 딸인 정선과 혼인한다. 허숭의 주선으로 맹한갑과 결혼하나 유정근의 이간질로 임신 중에 남편에게 매를 맞아 죽는다.

김갑진 경성제대 법과에 다니는 수재. 남작의 아들이었으나 아버지는 주색과 투기를 해 남작 예우가 정지되었다. 허숭과 함께 고등 문관 시험을 보지만 떨어진다. 농촌 현실을 무시하는 교만한 성격으로 처음에는 개인의 성공만을 추구하지만 허숭의 영향을 받아 검불랑에서 농촌 운동에 헌신하는 인물로 변모한다.

이건영 미국에서 박사 학위를 받고 온 유학파 지식인. 결혼을 정략적으로 이용하려는 생각으로 심순례를 농락한다. 이후에도 다른 여성들과 숱한 염문을 뿌린다.

윤명섭 발명가. 조선을 발전시킬 수 있는 발명품을 고안하는 데 전력을 다한다.

한민교 허숭의 정신적 지도자. 농촌이 발전해야 나라가 잘살 수 있다고 믿는다.

맹한갑 순수하고 우직한 인물. 곤경에 빠진 유순을 도우려다 형무소에 갇힌다. 허숭의 주선으로 유순과 결혼하지만 유정근의 이간질로 아내를 죽이게 된다.

작은갑 순박하고 우직한 농촌 청년. 허숭을 도와 농촌 운동을 한다. 유정근의 횡포를 보다 못해 그를 위협하여 살여울 사람들의 빚을 모두 탕감시킨다.

유정근 살여울의 갑부인 유 산장의 아들. 자신의 이득을 위해 마을 사람들을 괴롭히지만 후에 자신의 행동을 뉘우친다.

백선희 전문학교를 나와 기생이 된다. 허숭의 영향으로 농촌 사업에 뛰어들지만 유정근의 농간으로 감옥에 갇힌다.

현 의사 자유분방하고 냉철하며 이성적인 의사. 허숭을 존경하며 그의 농촌 사업을 지지한다.

◆ 줄거리

허숭은 보성전문학교 법과에 재학 중인 학생으로 여름 방학 때

고향인 살여울로 내려가 야학을 연다. 야학에서 동네 사람들을 가르치던 중 유순을 만난다. 허숭과 유순은 말로 표현하지는 않았지만 은연중에 장래를 약속한다.

허숭은 서울의 부잣집 양반인 윤 참판 댁에서 고학하는데, 윤 참판은 장남인 인선이 병으로 죽자 허숭을 장남 대신 믿고 의지한다. 허숭은 학교를 졸업하고 고등 문관 시험에 합격하여 변호사가 되고, 윤 참판의 딸인 정선과 결혼한다.

변호사가 되었고 부잣집 딸과 결혼하여 남부러울 것 없이 살지만 그는 이전부터 가지고 있던 농촌 계몽 사업에 대한 미련을 버리지 못한다. 그러던 중 아내인 정선과 불화가 생기고 그는 고향인 살여울로 내려간다.

그 무렵, 살여울에서는 유순의 미모를 탐내던 농업 기수와 유순을 연모하던 한갑이 사이에 싸움이 벌어진다. 그 일로 한갑이 잡혀간다. 농촌으로 내려온 허숭은 한갑과 동네 사람들의 억울함을 풀어 주기 위해 노력한다. 또한 고향 사람들의 계몽을 위해 힘쓴다.

유순의 아버지가 병으로 죽고 유순의 고모마저 세상을 떠나자, 허숭은 유순을 한갑의 어머니에게 부탁한다. 그런데 유순 아버지의 병을 돌보던 허숭마저 병을 얻는다. 남편이 아프다는 소식을 들은 정선은 한걸음에 살여울로 내려와 남편의 병을 구완한다.

허숭은 병이 다 낫고 정선과 다시 애틋한 부부 사이가 된다. 허숭은 아내에게 살여울로 내려와서 함께 농촌의 발전을 위해 일하자 하고 정선도 그렇게 하겠다고 대답한다.

그러나 살림을 정리하러 서울로 올라온 정선은 서울에서의 삶이 자신에게 더 잘 맞는다고 생각한다. 흔들리는 정선에게 김갑진과 이건영이 수시로 드나들고, 정선은 술김에 김갑진과 간통을 하게 된다.

허숭은 정선과 김갑진의 관계에 대한 이건영의 편지를 받고 서울로 올라온다. 허숭은 우연히 택시 안에 있는 정선과 김갑진을 보고 집으로 가지 않고 여관에 짐을 푼다. 허숭은 집으로 전화해 밤늦도록 정선이 집에 오지 않은 것을 확인한다.

다음날 아침 정선은 자신의 행동을 무마해 볼 생각에 남편이 있는 살여울로 내려간다. 허숭은 그때 서울 집에 들어가고 갑진이 정선에게 보낸 편지를 본다. 허숭은 갑진과 정선이 하룻밤을 보낸 것을 알게 되지만 번뇌 끝에 그들을 용서하기로 한다.

허숭을 만나지 못하고 서울로 올라온 정선은 자신의 행동을 덮을 생각에 갑진의 집을 방문한다. 마침 그때 허숭이 갑진을 방문하고, 정선은 자신의 잘못을 남편이 이미 알고 있다는 것을 깨닫는다. 허숭과 정선은 서로 화해하지 못하고 허숭 혼자 살여울로 내려간다. 기차를 타고 살여울로 가던 중, 허숭은 기차에 누군

가 뛰어들어 사고가 났다는 이야기를 듣는다. 기차에 치여서 다친 여인은 바로 자신의 아내 정선이었다. 허숭은 정선을 병원으로 옮겨 극진히 간호하지만, 정선은 한 다리를 잃고 불구가 된다. 이러한 시련을 겪으면서 허숭과 정선은 서로를 깊이 신뢰하게 되고 함께 살여울로 내려갈 결심을 한다.

허숭이 생각하던 농촌 부흥 운동은 살여울에서 점차 모습을 드러낸다. 살여울 사람들은 농촌 조합을 만들어서 서로 필요한 것을 맞바꾸고 이웃의 일을 돕는다. 또한 정기적으로 동회를 열어 마을 사람들의 의견을 모으고 함께 잘살아 보자는 의지를 다진다. 이러한 과정을 거쳐 살여울 사람들의 빚은 점차 줄어들고 마을이 정비된다.

그러던 어느 날, 유 산장의 아들인 유정근이 일본 유학을 마치고 살여울로 돌아온다. 예전에 살여울 사람들은 대부분 유 산장의 빚을 얻어서 살았는데 유 산장은 허숭이 살여울에 와서 마을이 유복해지자 자신의 지위가 낮아지고 재산을 불릴 방안이 줄어든 데에 불만을 가진다.

유정근은 마을 사람들에게 허숭에 대해 안 좋은 소문을 퍼뜨리기 시작한다. 정근은 신문에 떠들썩하게 기사화되었던 허숭과 정선, 선희의 이야기를 소문낸다. 정선이 바람을 피워 다른 사람의 아이를 가졌다는 것과, 선희가 서울에서 기생이었던 것을 말해 버린 것이다. 정근의 농간에 허숭과 정선, 선희를 보는 마을 사람들의 눈이 차가워진다.

유정근의 악행은 여기서 멈추지 않는다. 유순과 허숭이 내연 관계라는 거짓말을 유순의 남편인 한갑에게 한 것이다. 술을 먹은 상태에서 정근의 말을 들은 한갑은 이성을 잃고 임신 중인 유순을 때린다. 한갑의 폭행에 유순은 그만 목숨을 잃는다. 정근의 모략으로 허숭과 한갑, 작은갑, 선희는 재판을 받고 실형을 구형받는다.

허숭이 옥살이를 하는 동안 윤정선은 살여울을 지킨다. 정선의 행동에 감동한 여자들은 정선의 이야기 동무가 되면서 친밀해진다. 정선의 역할로 여자들의 관계는 돈독해졌지만, 마을 사람들은 점점 더 가난해진다. 정근의 계략으로 사람들이 빚을 지게 되었고 그것을 갚을 방안이 없자 갈수록 살림이 궁핍해진다.

삼 년이 지나고 작은갑과 선희가 먼저 출소한다. 그동안 작은갑의 아내는 정근의 학생 첩 집에서 일을 돕고 있었다. 작은갑은 정근과 아내의 밀회 장면을 목격하고 정근과 몸싸움을 벌인다. 작은갑은 사적인 복수를 하기보다는 마을을 위하는 선에서 정근과 담판을 짓고 마을 사람들의 빚을 탕감시킨다. 또한 정근을 설득하여 재산을 마을의 재건을 위해 기부하고 허숭의 뜻을 이어 나가도록 한다. 정근은 자신의 잘못을 뉘우치고 마을의 발전을 돕기로 약속한다.

순례는 외국 유학을 마치고 귀국하여 독주회를 연다.

살여울의 농촌 사업을 거들기 위해 한 선생과 순례는 살여울로 내려간다. 그들이 기차역에서 차를 타는 순간 김갑진이 한 선생에게 인사를 한다. 갑진은 그동안 검불랑이라는 농촌에 내려가 사람들을 돕고 있었다. 그들은 농촌과 조국의 발전을 위해 힘을 합치자고 뜻을 모은다.

◆ 작가와 작품
농촌 계몽과 조국의 발전

이 작품이 발표된 1930년대에 우리나라는 일제 강점기 하에서 고통스러운 시간을 보내고 있었다. 일제의 수탈은 직접적으로 농촌에 가해졌고 낙후된 현실 상황과 겹쳐서 농민들의 생활은 더욱 어려워져 갔다.

궁핍한 농촌의 상황은 그 시기 우리나라의 생활상과도 겹친다. 잘 배우지 못해서 불합리한 것이 어떤 것인지 모르고 설혹 안다 하더라도 그것을 올바르게 바꿀 만한 힘이 없는 농민들, 힘껏 농사를 지어도 지주와 관에 다 빼앗기고 여전히 가난할 수밖에 없는 농민들의 삶은 일제 강점기 하 우리 모두의 삶과 동일하다. 따라서 이광수가 작품 속에서 농촌을 계몽해야 한다고 말하는 것은 결국 우리나라를 발전시켜 힘을 키워야 한다고 주장하는 것과 다르지 않다.

허숭은 공부를 마친 후에 고향으로 내려가 농민들을 위해 노력하겠다고 결심하고 그것을 실행한다. 허숭은 고등 문관 시험에 합격하여 변호사가 되고 서울에서도 알아주는 부잣집 딸과 결혼하지만 부귀영화를 버리고 농촌으로 돌아간다.

허숭의 정신적 지도자인 한민교 선생은 농촌 계몽에서 더 나아가 민족을 위한 길에 대해 생각한다. 그는 정선과 결혼하는 허숭에게 "농촌 사업만이 사업의 전체는 아니니까, 변호사 생활을 하는 것도 민족 봉사가 되지요. 돈을 벌기 위한 변호사가 되지 말고 백성의 원통한 것을 풀어 주는 변호사가 된다면 그것도 민족 봉사지요."라고 말한다. 한민교 선생의 말은 곧 작가의 생각이기도 하다.

이광수는 많이 배운 젊은이들이 농촌 사업을 통해 농민들을 잘살게 만들면 그것이 곧 나라 전체가 발전하는 길이라고 생각했다. 그의 이러한 생각은 작품《흙》의 곳곳에서 발견할 수 있다.

◆ 작품의 구조

다양한 인물이 빚어내는 갈등 구조

허숭과 관련 있는 여인으로 유순과 윤정선이 있다. 유순과 허숭은 야학에서 만나 서로 호감을 갖는다. 유순은 한 남자에게만 순정을 바쳐야 한다고 생각하기에 허숭이 공부를 끝내고 고향에 내려오기만을 기다린다. 윤정선은 서울의 부유한 집안의 딸이다. 신식 교육을 받았고 학교 성적도 뛰어나다. 그는 숙명에서도 첫째 둘째를 다투는 미인이다. 얼굴도 예쁘고 수재이고 집안도 부유한 그녀는 아쉬울 것이 없다. 이러한 정선은 사치가 강하고 허영심이 있다. 이 두 여자 사이에서 허숭은 갈등한다. 공부를 마치면 유순과 결혼하고, 농촌 사업에 전념하는 것이 허숭의 꿈이자 계획이었다. 허숭은 유순이 농촌 사업을 하는 자신을 지지하고 잘 따라 줄 것이라 생각한다. 그리고 정선과 결혼하면, "첫째로 유순에 대한 의리를 저버리고, 둘째는 농촌에, 농민에 대한 의리를 저버린다." 고 생각한다. 하지만 허숭은 고향으로 가지 않고 정선과 결혼한다. 허숭의 결혼 소식은 유순에게도 알려지고, 유순은 고민 끝에 허숭에게 작별 편지를 하지만, 그 편지는 정선의 손에 들어간다. 이러한 삼각관계는 허숭의 결혼 이후에도 이어진다. 작품 전체에서 주인공을 둘러싼 애정 구조는 작품 흐름의 한 축을 담당하는 역할을 한다.

《흙》에는 애정 구조와 더불어 인물들의 가치관이 대립하는 축이 존재한다. 허숭과 한민교 선생은 농촌으로 돌아가서 농촌의 부흥을 위해 노력해야 한다고 생각한다. 하지만 이들의 생각과 다른 가치관을 가진 사람들도 존재한다. 윤 참판과 그의 딸 정선, 김갑진, 이건영 등은 농촌 계몽 사업에 관심이 없다. 더구나 정선과 김갑진은 농촌에서 사는 사람들을 자신보다 낮은 계층의 사람들이라고 무시한다. 그들의 이런 생각은 갑진이 허숭을 '시골 상놈'이라고 무시하는 것으로 나타나며, 정선으로 하여금 '외국 사람과 같은 생각'을 갖게 만든다. 이렇게 서로 다른 가치관을 가진 인물들이 대립각을 세우며 이야기가 전개된다.

작가는 이런 구조에 대해 작품 속에서 다음과 같이 말한다.

"지금 우리 조선 사람은 모조리 세계적 시골뜨기요, 상놈이 아닌가. 그런데 이 조그마한 조선, 몇 명 안 되는 조선 사람 중에서 양반은 다 무엇이고 상놈은 다 무엇인가. 서울 사람은 다 무엇이고 시골 사람은 다 무엇인가. 또 관립학교는 다 무엇이고 사립학교는 다 무엇인가. 김갑진이나 허숭이나 다 한 가지 이름밖에 없는 것일세. '조선 사람'이라는."

이러한 작가의 생각은 《흙》이 우리 민족이 서로 화합해 나가는 과정을 그리고 있는 작품임을 드러낸다.

◆ **작품의 감상과 수용**

허숭에 감화되어 가는 다른 인물들

 허숭은 서울에서 성공했지만 모든 것을 버리고 농촌으로 돌아간다. 도시보다는 농촌에서 할 일이 더 많고 그의 도움이 필요한 사람이 많다고 생각하기 때문이다. 허숭이 이러한 생각을 갖게 된 데에는 한 선생의 영향이 컸다. 허숭은 그의 스승인 한 선생과의 교류에서 받은 감화로 농촌 부흥 운동에 대한 생각을 행동으로 옮긴다.

 허숭은 살여울에서 사람들을 돕고 마을을 발전시키는 데 노력을 기울인다. 허숭의 행동에 살여울의 사람들도 힘을 합친다. 마을 사람들은 초반에는 허숭을 손님으로 대하지만 그의 태도와 행동을 보고 난 후 마음이 변한다. 허숭이 마을 청년들이 억울하게 형무소에 갇힌 것을 풀어 주고 아픈 이들을 돌보아 주는 모습을 통해 사람들의 마음은 하나가 된다. 이렇게 살여울 사람들은 점차 허숭에게 감화된다.

 살여울 사람만 허숭에게 감화된 것은 아니다. 허숭의 아내 윤정선도 허숭에 의해 변화한다. 정선은 살여울에서 허숭을 간호하며 그의 생각을 이해하게 된다. 허숭의 뜻에 따라 서울 살림을 정리하고 농촌으로 내려와서 살겠다고 약속도 한다. 물론 서울에 올라와서는 결심이 흔들리지만. 정선은 이후 사고로 다친 자신을 보살펴 주는 허숭을 보고 다시 결심을 굳힌다. 정선은 부상이 회복된 후 살여울로 돌아가 누구보다도 열심히 농촌 사업을 한다.

정선과 불륜을 저지른 김갑진도 허숭의 영향을 받는다. 그는 우월 의식이 강하고 남들을 업신여기지만 허숭의 너그러운 태도와 삶의 방식에 동화되어 농촌 사업에 뛰어든다.

이 작품에서는 허숭을 필두로 하여 농촌 사업에 참여하는 다양한 인물을 살펴볼 수 있다. 처음부터 농촌 사업에 호의적이고 적극적인 태도를 보이는 인물도 있고, 농촌 사업의 필요성에 동의는 하지만 자신이 직접 하기는 꺼리는 인물도 있으며, 농촌 사업에 회의적인 반응을 보이는 인물도 있다. 이러한 인물들의 생각이 점차 하나로 합쳐지고 농촌의 발전을 위해, 나라의 발전을 위해 노력하는 모습들이 나타난다. 인물들의 변화되는 생각과 행동을 살펴보는 것도 이 작품을 읽는 독자의 즐거움에 포함된다.

◆ **작품에 반영된 현실**
마루청 널 한 쪽에서도 알 수 있는 조선 현실
《흙》은 일제 강점기에 쓰인 작품이다. 그때 우리나라는 아직 발전하지 못했고 사람들은 먹고 입을 것이 충분하지 않았다. 때문에 나라를 부강하게 만들어서 사람들도 잘살게 만들고 나라의 독립을 꾀하는 것이 당시로선 시급했다. 이 소설 속에도 당시 우리나라의 현실을 나타낸 부분이 많다.

"보이는 차를 가져왔다. 차 맛이 흉했다. 숭은 이렇게 화려하게 차린 집에 어떻게 이렇게 차 맛이 흉할까 하였다. 그리고 자세히 살펴보면 병풍의 그림이나 사벽에 걸린 그림이나 다 변변치 못한 것이었다. 그러나 그것은 이 집의 허물이 아닐는지 모른다. 우리 조선의 정도가 이만밖에 못한 것일는지 모른다 하고 숭은 또 한 선생의 말을 생각하였다.

'이슬 한 방울에 온 우주의 모든 법칙이 품겨 있는 것과 같이 마루청 널 한 쪽에도 조선 문화 전체가 품겨 있다.'
하는 것이었다.

마루청 널 한 쪽만 있어도 당시 조선의 공업, 미술의 정도를 알 수 있을뿐더러 거기 묻은 때를 분석하면 그 이상 더 자세한 상황을 알 수 있다는 것이다."

위에 인용한 부분은 허숭이 요릿집에 들어가 주위를 둘러보며 생각한 내용이다. 분명 서울의 유명한 요릿집인데 차 맛이 좋지 않다. 차 맛뿐만 아니라 벽에 걸려 있는 그림들도 변변찮다. 요릿집의 맛없는 차와 초라한 실내 장식을 보고 허숭은 그 음식점을 탓하지 않는다. 이것은 하나의 음식점이 궁색한 것이 아니라 우리나라의 현실 때문이라고 보는 것이다.

또한 당시에 도시를 제외한 농촌에서는 의사가 턱없이 부족했다. 도시에서는 그나마 의사도 많고 병원도 많아서 아픈 이들이 치료를 받기에 수월했지만, 농촌은 그렇지 않았다. 여기 허숭과 현의사의 대화를 살펴보자.

"왜 농촌에는 의사가 쓸데없나요? 농촌에는 병이 없나요?"

"그야 그렇지요마는 가난한 농민들이 어떻게 의사를 부르겠어요?"

하고 현 의사는 제 주장이 약한 것을 생각하고 픽 웃는다.

"자동차 타고 불려 다닐 의사는 농촌에서는 쓸데없지요. 허지마는 제 발로 걸어 다닐 의사는 한없이 필요합니다. 내가 처음 살여울에 가니까 살여울 동네에만 이질 환자, 장질부사 환자가 십여 명이나 되겠지요."

위 대화에서 허숭은 농촌에 의사가 필요함을 역설한다. 도시에서 편안하게 환자를 보고 돈을 버는 것보다, 정작 의사가 필요하고 도움이 절실한 이들에게 손을 내미는 것이 올바르다고 판단한 것이다.

허숭의 이야기에서 우리는 당시 사회의 모습을 떠올릴 수 있다. 도시는 그나마 의료 시설이 갖춰져 있지만, 도시보다 가난한 이들이 많은 농촌에는 병원도 의사도 부족하다. 때문에 농민들은 아파도 제대로 치료를 받지 못하고 고생하다가 죽는 경우가 빈번했다. 이광수는 작품 속에서 당시 사회의 이러한 문제점을 드러내고 이를 해결할 필요가 있다고 역설했다.